MANUAL DAS DONAS DE CASA CAÇADORAS DE VAMPIROS

MANUAL DAS DONAS DE CASA CAÇADORAS DE VAMPIROS

GRADY HENDRIX

Tradução de Ulisses Teixeira

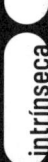

intrínseca

Copyright © 2020 by Grady Hendrix
Todos os direitos reservados.
Publicado originalmente em língua inglesa por Quirk Books, Filadélfia, Pensilvânia.
Publicado mediante acordo com Ute Körner Literary Agent, S.L.U., Barcelona:
www.uklitag.com

TÍTULO ORIGINAL
The Southern Book Club's Guide to Slaying Vampires

PREPARAÇÃO
Marcela Ramos

REVISÃO
Amanda Moura
Juliana Souza
Lara Freitas

PROJETO GRÁFICO
Molly Rose Murphy

DIAGRAMAÇÃO
Henrique Diniz

DESIGN DE CAPA
Andie Reid

ILUSTRAÇÕES DE CAPA
Liz Wheaton (frente)
Dan Funderburgh (verso)

CIP-BRASIL. CATALOGAÇÃO NA PUBLICAÇÃO
SINDICATO NACIONAL DOS EDITORES DE LIVROS, RJ

H435m
Hendrix, Grady 1972-
    Manual das donas de casa caçadoras de vampiros / Grady Hendrix ; tradução Ulisses Teixeira. - 1. ed. - Rio de Janeiro : Intrínseca, 2025.

    Tradução de: The southern book club's guide to slaying vampires
    ISBN 978-85-510-1256-7

    1. Romance americano. I. Teixeira, Ulisses. II. Título.

25-97169   CDD: 813
                        CDU: 82-31(73)

Meri Gleice Rodrigues de Souza - Bibliotecária - CRB-7/6439

[2025]
Todos os direitos desta edição reservados à
Editora Intrínseca Ltda.
Av. das Américas, 500, bloco 12, sala 303
22640-904 – Barra da Tijuca
Rio de Janeiro – RJ
Tel./Fax: (21) 3206-7400
www.intrinseca.com.br

Para Amanda,

Onde quer que todas as suas partes estejam...

NOTA DO AUTOR

Alguns anos atrás, escrevi um livro chamado *O exorcismo da minha melhor amiga,* sobre duas adolescentes em Charleston, Carolina do Sul, em 1988, no auge do Pânico Satânico. As amigas se convencem de que uma delas foi possuída por Satã e, consequentemente, a coisa fica feia.

O livro foi escrito sob o ponto de vista de uma adolescente, então os pais parecem horríveis, porque quando a gente é adolescente os pais parecem horríveis mesmo. Mas existe outro lado dessa história, contado do ponto de vista deles, sobre como se sentem impotentes quando os filhos estão em perigo. Quis escrever algo sobre isso, e assim nasceu *Manual das donas de casa caçadoras de vampiros.* Não é uma continuação de *O exorcismo da minha melhor amiga,* mas se passa na mesma vizinhança em que cresci, só que alguns anos depois.

Quando eu era garoto, não levava a minha mãe a sério. Ela era dona de casa, participava de um clube do livro e, assim como suas amigas, estava sempre resolvendo coisas, se revezando com as outras para nos levar aos lugares e nos forçando a seguir regras que não faziam o menor sentido. Elas pareciam um bando de desocupadas procurando o que fazer. Hoje me dou conta do tanto de coisas que aquelas mulheres enfrentavam e que eu nem imaginava. Elas levavam as porradas para que a gente pudesse viver na ignorância, porque o negócio é o seguinte: quando se tem filhos, você aguenta a dor para que eles não precisem passar por isso.

Este livro também é sobre vampiros, o icônico arquétipo americano do homem errante, de calça jeans, indo de cidade em cidade, sem passado e sem laços. Caras como Jack Kerouac, Shane, Woody Guthrie. Caras como Ted Bundy.

Vampiros são os genuínos assassinos em série, sem nada do que nos torna humanos — amigos, família, raízes, filhos, nada disso. Eles só têm uma coisa: fome. Comem sem parar, mas nunca estão satisfeitos. Com este livro, queria colocar um homem sem responsabilidade alguma além do próprio apetite contra mulheres cuja vida é moldada por responsabilidades sem fim. Queria colocar o Drácula contra a minha mãe.

Como você vai ver, não é uma luta justa.

PRÓLOGO

Esta história acaba em sangue. Toda história começa em sangue: um bebê se esgoelando depois de ser arrancado do ventre, coberto de muco e do sangue da mãe. Mas, hoje em dia, poucas histórias acabam em sangue. Em geral, as pessoas simplesmente voltam para o hospital e têm uma morte seca e silenciosa, cercada por máquinas, depois de um infarto na garagem, um derrame na varanda ou um desvanecer lento por causa de um câncer de pulmão.

Esta história começa com cinco garotinhas, cada uma nascida em um esguicho do sangue da mãe, mas que então são limpas e secas e viram mocinhas comportadas, instruídas nas artes conjugais para se tornarem esposas perfeitas e mães responsáveis, que ajudam as crianças com o dever de casa e lavam a roupa, que organizam eventos da igreja e trocam dicas de crochê, que mandam os filhos para bailes de debutantes e escolas particulares.

Você já viu essas mulheres. Elas se encontram para almoçar e riem tão alto que o restaurante todo consegue ouvir. Ficam bobinhas após uma taça de vinho. Viver no limite, para elas, é comprar um par de brincos de Natal com luzinhas que acendem. Morrem de aflição para decidir se devem ou não pedir sobremesa.

Por serem mulheres de respeito, seus nomes aparecerão apenas em três documentos: na certidão de nascimento, na certidão de casamento e na certidão de óbito. São anfitriãs graciosas. E generosas com os menos favorecidos. Honram o marido e cuidam dos filhos. Compreendem a importância da louça usada no dia a dia, a responsabilidade que é herdar a prataria da bisavó e o valor de uma boa roupa de cama.

E, quando esta história acabar, estarão cobertas de sangue.

Um pouco desse sangue será delas. Outra parte pertencerá a terceiros. Mas as cinco vão estar pingando. Nadando em sangue. Se afogando nele.

Dona de casa (subst.): uma mulher ou garota fraca, inútil
— Oxford English Dictionary, *edição compacta, 1971*

CHORA, Ó PAÍS AMADO

Novembro de 1988

CAPÍTULO 1

Em 1988, George H. W. Bush tinha acabado de ganhar as eleições presidenciais ao convidar todo mundo a ler os seus lábios enquanto Michael Dukakis perdera depois de andar num tanque de guerra. O dr. Huxtable era o pai dos Estados Unidos, *Kate & Allie*, as mães, e as *Supergatas* eram as avós, o McDonald's havia anunciado a inauguração do seu primeiro restaurante na União Soviética, todo mundo comprou e não leu *Uma breve história do tempo*, de Stephen Hawking, *O fantasma da ópera* estreou na Broadway e Patricia Campbell se preparou para morrer.

Ela passou laquê no cabelo, colocou os brincos e tirou o excesso do batom, mas, quando se olhou no espelho, não viu uma dona de casa de trinta e nove anos com dois filhos e um futuro brilhante; viu uma pessoa morta. A não ser que uma guerra estourasse, que o nível do mar subisse indefinidamente ou que o sol engolisse a Terra, aquele seria o dia da reunião mensal do Clube de Leitura de Mt. Pleasant, e Patricia não tinha lido o livro do mês. E seria a mediadora da discussão. Isso significava que, em menos de noventa minutos, teria que ficar de pé na frente de um monte de mulheres e falar sobre um livro que não lera.

Patricia tentou ler *Chora, ó país amado* — de verdade —, mas toda vez que abria as páginas e lia *Tem uma estrada linda que vai de Ixopo para as montanhas*, Korey caía de bicicleta no rio, porque achava que, se pedalasse rápido o suficiente pelo píer, poderia andar sobre a água, ou colocava fogo no cabelo do irmão, tentando ver a que distância conseguiria aproximar um fósforo sem que as labaredas surgissem, ou passava o fim de semana inteiro dizendo que a mãe não podia atender ao telefone porque tinha morrido, coisa que Patricia só ficou sabendo quando as pessoas começaram a aparecer na sua porta para prestar condolências.

Sempre que Patricia estava prestes a descobrir por que a estrada de Ixopo era tão linda, via Blue pelas janelas da varanda, correndo completamente pelado, ou percebia que a casa estava silenciosa daquela forma porque o esquecera na biblioteca do centro da cidade e tinha que voltar em disparada com o Volvo pela ponte, rezando para que o menino não tivesse sido sequestrado por um culto, ou porque ele decidira ver quantas uvas-passas cabiam no seu nariz (vinte e quatro). Ela não conseguiu descobrir sequer a localização de Ixopo, porque a sua sogra, a srta. Mary, resolveu passar seis semanas na casa dela, e o quarto improvisado na garagem precisava de toalhas limpas e roupa de cama nova todo dia, e tiveram que instalar uma daquelas barras, porque a srta. Mary não conseguia sair da banheira sozinha, e Patricia precisou encontrar alguém para fazer isso, fora as roupas das crianças para lavar, e as camisas de Carter para passar, e Korey querendo chuteiras novas porque todo mundo tinha chuteiras novas, mas não dava para comprar um par naquele momento, e Blue vinha comendo apenas comida branca, então a mãe precisava fazer arroz toda noite para o jantar, e a estrada que ia de Ixopo para as montanhas seguiu sem ela.

Fazer parte do Clube de Leitura de Mt. Pleasant parecera uma boa ideia. No instante em que se debruçou na mesa durante o jantar com o chefe de Carter e tentou cortar o bife para ele, Patricia percebeu que precisava sair de casa e conhecer gente nova. Um clube do livro fazia sentido porque ela gostava de ler, sobretudo mistérios. Carter achava que era porque ela encarava a vida como se o mundo inteiro fosse um mistério, e Patricia não discordava: *Patricia Campbell e o segredo para preparar três refeições por dia, sete dias por semana, sem perder a cabeça. Patricia Campbell e o caso do menino de cinco anos que não para de morder os outros. Patricia Campbell e o mistério de como encontrar tempo para ler o jornal quando se está lidando com dois filhos e uma sogra e todo mundo em casa querendo roupa limpa, e comida pronta, e casa arrumada, e alguém tem que dar o vermífugo para o cachorro, e não esqueça de lavar o cabelo de vez em quando para sua filha não perguntar por que a mãe está parecendo que mora na rua.* Após sondar aqui e ali, ela foi convidada para a reunião inaugural do Clube de Leitura de Mt. Pleasant na casa de Marjorie Fretwell.

O Clube escolheu os livros para o ano de uma maneira bem democrática: Marjorie Fretwell convidou as integrantes para selecionar onze livros de uma lista de treze que ela considerava adequados. Perguntou se alguém queria recomendar alguma outra obra, mas todas entenderam que não era de fato uma pergunta, todas exceto Slick Paley, que parecia cronicamente incapaz de pescar qualquer sutileza social.

— Gostaria de indicar *Feito cordeiros para o abate: Seus filhos e o oculto* — disse ela. — Com aquela loja de cristais da Coleman Boulevard e Shirley MacLaine na capa da revista *Time* falando sobre vidas passadas, precisamos ficar de olhos abertos.

— Nunca ouvi falar — respondeu Marjorie Fretwell. — Então imagino que ele não se encaixe na nossa missão de ler os grandes livros do Ocidente. Mais alguém?

— Mas... — protestou Slick.

— Mais alguém? — repetiu Marjorie.

Elas selecionaram os livros da lista de Marjorie, designaram cada livro para o mês que Marjorie achava melhor e escolheram os tópicos de discussão que Marjorie julgava mais apropriados. A mediadora começaria o encontro com uma apresentação de vinte minutos sobre o livro, o contexto em que foi escrito e a vida do autor, e aí abriria a discussão para o grupo. Uma mediadora não tinha permissão de cancelar ou trocar de livro com outra pessoa do clube sem pagar uma pequena multa, porque o Clube de Leitura de Mt. Pleasant deveria ser levado a sério.

Quando ficou claro que não conseguiria terminar *Chora, ó país amado*, Patricia ligou para Marjorie.

— Marjorie — disse ao telefone enquanto colocava a tampa na panela de arroz e diminuía o fogo. — É Patricia Campbell. Preciso falar com você sobre *Chora, ó país amado*.

— Que obra poderosíssima — comentou Marjorie.

— Sim, concordo — falou Patricia.

— Sei que você fará justiça a ela.

— Da melhor forma possível — respondeu Patricia, percebendo que era o exato oposto do que queria dizer.

— E é tão atual, com toda essa situação de hoje em dia na África do Sul — acrescentou Marjorie.

Um calafrio percorreu Patricia: qual era a situação de hoje em dia na África do Sul?

Depois de desligar, a mulher se repreendeu por ser tão boba e covarde e jurou que iria até a biblioteca dar uma olhada em *Chora, ó país amado* no *Diretório da literatura mundial*, mas tinha que preparar lanchinhos para o time de futebol de Korey, e a babá estava com mononucleose, e Carter surgiu com uma viagem inesperada para Colúmbia e ela precisava ajudá-lo a arrumar a mala, e então uma cobra saiu do vaso do quarto da garagem e ela teve que matar o bicho com um ancinho, e Blue bebeu uma garrafa de corretivo líquido e teve que ser levado ao médico para ver se ia morrer (não ia). Ela tentou pesquisar sobre Alan Paton, o autor, na *Enciclopédia da literatura mundial*, mas eles não tinham o volume *P*. Ela guardou na memória que precisavam de novas enciclopédias.

A campainha tocou.

— Mããããāe! — gritou Korey lá de baixo. — A pizza chegou!

Não tinha como adiar mais. Era hora de encarar Marjorie.

* * *

Marjorie tinha uma pilha de papéis nas mãos.

— São apenas alguns artigos sobre os últimos acontecimentos na África do Sul, incluindo as rusgas recentes em Vanderbijlpark — disse ela. — Mas acho que Patricia vai fazer um bom resumo na discussão de *Chora, ó país amado*, do sr. Alan Paton.

Todas se viraram para Patricia, sentada no enorme sofá rosa e branco de Marjorie. Por não estar familiarizada com a decoração da casa, Patricia escolhera um vestido floral e sentia que as convidadas só enxergavam sua cabeça e suas mãos flutuando. Desejou poder se enfiar toda no vestido e desaparecer por completo. Sentiu a alma sair do corpo e pairar perto do teto.

— Mas antes de Patricia começar — continuou Marjorie, e todas as cabeças se voltaram para a dona da casa outra vez —, vamos fazer um minuto de silêncio pelo sr. Alan Paton. Sua morte no início do ano abalou tanto o mundo literário quanto a mim.

O cérebro de Patricia começou a dar voltas: o autor tinha morrido? Recentemente? Ela não vira nada no jornal. O que poderia dizer? Como ele havia morrido? Tinha sido assassinado? Destroçado por cães selvagens? Infarto?

— Amém — disse Marjorie. — Patricia?

A alma de Patricia decidiu que não era boba e ascendeu para o pós-vida, deixando-a à mercê das mulheres ao redor. Uma delas era Grace Cavanaugh, que morava a duas casas de distância de Patricia. No entanto, as duas só haviam se falado uma vez, quando Grace tocou a campainha e perguntou: "Desculpe incomodar, mas já faz seis meses que vocês se mudaram e eu preciso saber: esse aspecto do seu jardim é proposital?"

Slick Paley piscava rápido, com sua cara pontuda de raposa e seus olhinhos grudados em Patricia, a caneta a postos sobre o caderno. Louise Gibbes pigarreou. Cuffy Williams assoou o nariz devagar num lenço de papel. Sadie Funche se inclinou para a frente, beliscando queijos de uma bandeja, os olhos cravados em Patricia. A única que não olhava para ela era Kitty Scruggs, atenta à mesa de centro e à garrafa de vinho que ninguém se atrevera a abrir.

— Bem... — falou Patricia. — *Chora, ó país amado* não é incrível?

Sadie, Slick e Cuffy assentiram. Patricia olhou o relógio de relance e viu que sete segundos haviam se passado. Ela não estava com pressa. Deixou o silêncio perdurar, esperando que alguém fizesse algum comentário, mas a longa pausa só incitou Marjorie a questionar:

— Patricia?

— É tão triste que Alan Paton tenha nos deixado no auge da sua existência antes de escrever outros livros como *Chora, ó país amado* — acrescentou Patricia, tateando pelo caminho, palavra por palavra, guiada pelo aceno de cabeça das outras mulheres. — Pois esse livro tem tantas coisas oportunas e relevantes para nos dizer neste momento, ainda mais depois dos eventos terríveis em Vander... Vanderbill... na África do Sul.

As participantes estavam assentindo com mais contundência. Patricia sentiu a alma voltando ao corpo. Continuou embromando:

— Queria contar a vocês sobre a vida de Alan Paton. E por que ele escreveu este livro. Mas nenhum desses fatos expressam o poder dessa história, em que medida ela me emocionou, a grande revolta que senti quando li. Este é um livro que você lê com o coração, e não com a mente. Mais alguém sentiu isso?

De maneira unânime, por toda a sala, todas assentiam.

— Exatamente — concordou Slick Paley. — Sim.

— Eu sinto tanto pela África do Sul... — disse Patricia, mas então se lembrou de que o marido de Mary Brasington trabalhava em um banco e o marido de Joanie Wieter fazia alguma coisa na bolsa de valores e que podiam ter investimentos lá. — Mas sei que há muitos lados nessa questão, e me pergunto se alguém quer apresentar outro ponto de vista. No espírito do livro do sr. Paton, essa reunião deveria ser uma conversa, não um discurso.

Todas assentiram. Sua alma retornou por completo ao corpo. Ela conseguira. Tinha sobrevivido. Marjorie pigarreou.

— Patricia, o que achou do que o livro diz a respeito de Nelson Mandela?

— Inspirador — respondeu Patricia. — Ele simplesmente está acima de tudo, embora seja apenas mencionado.

— Não sei se concordo — falou Marjorie, e Slick Paley parou de assentir. — Onde você viu a menção a ele? Em que página?

A alma de Patricia começou a voltar para a luz. *Adeus*, disse ela. *Adeus, Patricia. Agora é com você...*

— Seu espírito de liberdade? — disse ela. — Que permeia cada página?

— Quando esse livro foi escrito — falou Marjorie —, Nelson Mandela ainda era estudante de direito e membro menor do Congresso Nacional Africano. Não sei como o espírito dele estaria em qualquer lugar do livro, ainda mais permeando cada página.

Marjorie cravejou os olhos afiados como picador de gelo no rosto de Patricia.

— Bem — resmungou ela, porque estava morta agora e, pelo visto, a morte era muito, muito seca. — O que ele ia fazer? Dá para sentir isso crescendo. Aqui. Neste livro. Que nós lemos.

— Patricia — disse Marjorie —, você não leu o livro, leu?

O tempo parou. Ninguém se mexeu. Ela queria mentir, mas uma vida dedicada à maternidade a tornara uma dama.

— Uma parte — respondeu.

Marjorie deixou escapar um suspiro das profundezas da alma, que pareceu durar para sempre.

— Onde você parou? — perguntou.

— Na primeira página? — confessou Patricia, e então começou a gaguejar. — Me desculpe, sei que decepcionei você, mas a babá está com mononucleose, e a mãe de Carter veio para nossa casa, e saiu uma cobra do vaso, e tudo foi difícil demais esse mês. Não sei mesmo o que dizer, a não ser que sinto muito.

Ela sentiu a visão escurecendo. Ouviu um apito agudo no ouvido direito.

— Bem — disse Marjorie. — Quem sai perdendo é você, por roubar de si mesma a oportunidade de ler o que possivelmente é uma das melhores obras da literatura mundial. E também por roubar de nós a chance de ouvir o seu ponto de vista único. Mas o que está feito está feito. Quem estaria disposta a mediar o debate?

Sadie Funche se retraiu para dentro do seu vestido floral como uma tartaruga, Nancy Fox começou a balançar a cabeça antes mesmo de Marjorie chegar ao final da frase e Cuffy Williams congelou feito uma presa confrontada pelo predador.

— Alguém leu o livro deste mês? — perguntou Marjorie.

Silêncio.

— Não dá pra acreditar — disse ela. — Onze meses atrás, todas nós concordamos em ler as grandes obras da literatura ocidental, e agora isso, menos de um ano depois. Estou muito decepcionada com vocês. Achei que queriam ser melhores, que estivessem buscando pensamentos e ideias além de Mt. Pleasant. Os homens sempre dizem: "Não é muito inteligente da parte de uma mulher ser inteligente." Riem da gente e acham que só nos importamos com o cabelo. Os únicos livros que nos dão são de culinária, porque, na cabeça deles, somos bobas, simplórias e de cabeça vazia. E vocês acabaram de provar que eles estão certos.

Marjorie parou para recuperar o fôlego. Patricia notou o brilho de suor nas suas sobrancelhas. Então continuou:

— Recomendo bastante que todas voltem para casa e pensem se querem ou não retornar no mês que vem para ler *Jude, o obscuro* e...

Grace Cavanaugh se levantou, apoiando a alça da bolsa no ombro.

— Grace? — perguntou Marjorie. — Já vai?

— Acabei de me lembrar que tenho um compromisso. Tinha me escapado completamente.

— Tudo bem — disse Marjorie, perdendo o ímpeto. — Não deixe que a reunião te atrapalhe.

— Eu nem sonharia com isso — falou Grace.

E, com isso, a alta, elegante e prematuramente grisalha Grace escapuliu da sala.

Com aquela quebra de ritmo, o encontro logo teve fim. Marjorie se retirou para a cozinha, seguida por Sadie Funche, que estava preocupada. Um grupo desanimado de mulheres permaneceu perto da mesa, batendo papo. Patricia se encolheu na cadeira até parecer que ninguém estava olhando para ela, então foi embora às pressas.

Ao passar pelo jardim de Marjorie, ouviu um barulho que parecia um *Ei*. Parou e procurou a fonte.

— Ei — repetiu Kitty Scruggs.

Kitty estava escondida atrás da fileira de carros estacionados na entrada da garagem de Marjorie, uma nuvem de fumaça azul pairando sobre sua cabeça, um cigarro fino e longo entre os dedos. Ao lado dela estava Maryellen não sei das quantas, fumando também. Kitty fez sinal para Patricia se aproximar.

Patricia sabia que Maryellen era do norte, de Massachusetts, e que dizia para todo mundo que era feminista. E Kitty era uma daquelas mulheres grandes que usavam o tipo de roupa que as pessoas chamavam, de forma generosa, de "divertidas" — suéteres largos com marcas de mãos de várias cores, bijuterias de plástico grandonas. Patricia suspeitava que se envolver com mulheres como aquelas era o primeiro passo num caminho perigoso que acabaria com ela usando chifres de rena de feltro no Natal ou parada na entrada do shopping pedindo às pessoas que assinassem uma petição. Então, se aproximou com cuidado.

— Gostei do que você fez — disse Kitty.

— Eu deveria ter arrumado um tempo para ler o livro — falou Patricia.

— Por quê? — perguntou Kitty. — Era um saco. Não consegui passar do primeiro capítulo.

— Preciso escrever um bilhete de desculpas para Marjorie.

Maryellen franziu a testa e tragou o cigarro.

— Ela mereceu — disse, soltando a fumaça.

— Escuta. — Kitty virou de costas para a porta da casa, caso Marjorie estivesse de olho e conseguisse fazer leitura labial. — Combinei com algumas pessoas de ler um livro e, no mês que vem, fazer uma reunião na minha casa para conversar. A Maryellen vai.

— Eu não teria de onde tirar tempo para participar de dois clubes de leitura — respondeu Patricia.

— Vai por mim — disse Kitty. — Depois de hoje, o clube da Marjorie já era.

— Que livro vocês estão lendo? — perguntou Patricia, buscando pretexto para dizer não.

Kitty pegou na bolsa jeans uma edição barata que vendia na banca de jornal.

— *Prova de amor: Uma história verdadeira de paixão e morte nos subúrbios.*

Aquilo pegou Patricia de surpresa. Era um daqueles livros simplórios sobre crimes reais. Mas Kitty evidentemente estava lendo aquilo e não dava para criticar o gosto literário dos outros, mesmo que fosse uma porcaria.

— Não sei se é o meu tipo de leitura — disse ela.

— Essas mulheres eram melhores amigas e fizeram picadinho uma da outra com machados — comentou Kitty. — Não finja que não quer saber o que aconteceu.

— Tem uma razão para o Jude ser obscuro — resmungou Maryellen.

— São só vocês duas? — indagou Patricia.

Uma voz surgiu atrás dela.

— Oi, gente — disse Slick Paley. — Do que vocês estão falando?

CAPÍTULO 2

De algum lugar das profundezas do Colégio Albemarle, o último sinal do dia tocou e as portas duplas da escola se abriram, regurgitando uma multidão de criancinhas com mochilas enormes de entortar a coluna. Elas se arrastaram até os carros feito gnomos idosos, curvadas sob o peso dos fichários e dos livros de estudos sociais. Patricia viu Korey e deu uma buzinada. A menina a encontrou ao longe e começou uma corridinha que fez o coração da mãe doer. A filha escorregou pelo banco do passageiro, colocando a mochila no colo.

— Cinto de segurança — disse Patricia, e Korey prendeu o dela.

— Por que veio me buscar hoje? — perguntou a garota.

— Achei que a gente poderia ir na loja de sapatos e dar uma olhada nas chuteiras. Você não disse que estava precisando de uma nova? E também estou a fim de um sorvetinho.

Ela sentiu a filha se animar, e, conforme atravessava a ponte, Korey contou para a mãe sobre todos os tipos diferentes de chuteira que as outras garotas tinham, e por que ela precisava de chuteiras com travas, e que fossem próprias para terrenos mais duros e não mais macios, mesmo que elas sempre jogassem em gramados, porque chuteiras de terrenos mais duros eram mais rápidas. Quando a garota parou para respirar, Patricia disse:

— Fiquei sabendo do que aconteceu no recreio.

Toda a luz de Korey se apagou, e na mesma hora Patricia se arrependeu de ter mencionado aquilo, mas tinha que falar alguma coisa, porque era o que as mães faziam, não?

— Não sei por que a Chelsea abaixou a sua calça na frente da turma inteira — continuou Patricia. — Mas foi uma atitude horrível e maldosa. Assim que chegarmos em casa, vou ligar para a mãe dela.

— Não! — soltou Korey. — Por favor, por favor, por favor, não aconteceu nada. Não foi nada de mais. Por favor, mãe.

Sua própria mãe nunca havia ficado do seu lado em nada, e Patricia esperava que Korey entendesse que aquilo não era um castigo, e sim uma coisa boa, mas a menina se recusou a entrar na sapataria e grunhiu que não queria sorvete, e Patricia achou tudo extremamente injusto, pois só estava tentando ser uma boa mãe, mas, de alguma forma, acabou parecendo mais a Bruxa Má do Oeste. Quando enfim chegou à entrada da garagem, segurando o volante com força, não estava com o menor ânimo de ver um Cadillac branco do tamanho de uma lancha bloqueando o caminho e Kitty Scruggs parada à sua porta.

— Oooiiiii — disse Kitty de um jeito que instantaneamente irritou Patricia.

— Korey, essa é a sra. Scruggs — explicou ela, sorrindo com muito esforço.

— Prazer em conhecer — resmungou Korey.

— Você é a Korey? — perguntou Kitty. — Escuta, ouvi falar sobre o que a filha da Donna Phelps fez com você na escola.

Korey olhou para o chão, o cabelo cobrindo o rosto. Patricia queria dizer a Kitty que ela só estava piorando as coisas.

— Da próxima vez que ela fizer algo assim — continuou Kitty, rápido —, grita bem alto para todo mundo ouvir: "Chelsea Phelps passou a noite na casa da Merit Scruggs no mês passado, fez xixi no saco de dormir e colocou a culpa no cachorro."

Patricia não conseguiu acreditar. Os pais não revelavam coisas como aquela sobre o filho dos outros. Ela se virou para dizer à filha para não dar ouvidos à mulher, mas Korey estava encarando Kitty boquiaberta, de olhos arregalados.

— Sério? — perguntou a menina.

— Ela peidou durante o jantar também — completou Kitty. — E tentou culpar o meu filho de quatro anos.

Por um instante longo e arrastado, Patricia ficou sem saber o que dizer, e então Korey explodiu em risadinhas. Riu tanto que precisou se sentar no degrau, caiu de lado e ofegou a ponto de soluçar.

— Vá dar oi para a sua avó lá dentro — disse Patricia, sentindo uma gratidão repentina por Kitty.

— Eles são uns porres nessa idade, né? — comentou Kitty enquanto Korey se afastava.

— São peculiares — respondeu Patricia.

— Uns porres. Porres que precisam ser aturados até os dezoito anos. Aqui, trouxe uma coisa para você.

Ela lhe entregou um exemplar novo em folha de *Prova de amor*.

— Sei que você acha esse tipo de livro pura baixaria — falou Kitty. — Mas tem paixão, amor, ódio, romance, violência, emoção. É que nem Thomas Hardy, mas em uma edição barata e com oito páginas de fotos no meio…

— Não sei. Não tenho tanto tempo de sobra…

Mas Kitty já ia em direção ao carro. Patricia decidiu que aquele mistério se chamaria *Patricia Campbell e sua incapacidade de dizer não*.

Para sua surpresa, ela devorou o livro em três dias.

Patricia quase perdeu a reunião. Pouco antes, Korey havia lavado o rosto com suco de limão, na tentativa de se livrar das sardas, e o líquido acabou entrando nos olhos, o que a fez sair gritando pelo corredor, onde deu de cara com uma maçaneta. Patricia lavou os olhos da filha, pôs um saco de gelo no galo que ficou, disse a

Korey que, na idade dela, tinha tantas sardas ou até mais e a colocou no sofá para assistir a *The Cosby Show* com sua sogra. Chegou dez minutos atrasada.

Kitty morava em Seewee Farms, um terreno de oitenta hectares da Boone Hall Plantation que foi arrendado muito tempo antes e dado como presente de casamento. Por conta de péssimas decisões e azar, a terra acabou indo parar nas mãos da avó de Horse, marido de Kitty, e quando essa eminente senhora se deitou elegantemente no túmulo, passou-a ao neto favorito.

Muito além de onde Judas perdeu as botas, cercado por arrozais alagados e densas florestas de pinheiros, envolto por edículas caindo aos pedaços habitadas apenas por cobras, o lugar era ancorado por uma casa principal pavorosa, com paredes cor de chocolate, varanda puída e colunas descascando, sem contar os guaxinins no sótão e gambás nas paredes. Era exatamente o tipo de casa, suspensa num estado de graciosa decadência, que, na mente de Patricia, a parcela mais fina da população de Charleston possuía.

Parada diante das enormes portas duplas na varanda comprida, ela tocou a campainha e nada aconteceu. Tentou de novo.

— Patricia! — gritou Kitty.

Ela olhou ao redor e depois para cima. Kitty estava debruçada numa janela do segundo andar.

— Vem pelo outro lado! — berrou a dona da casa. — Nunca encontramos a chave dessa porta.

Kitty recebeu Patricia na porta da cozinha.

— Pode entrar. O gato é manso.

Patricia não viu gato nenhum, mas outra coisa a assustou: a cozinha de Kitty era um horror. Havia caixas de pizza vazias, livros didáticos, correspondências e roupas de banho molhadas por todos os cantos. Edições antigas de revistas de decoração penduradas nas cadeiras. Um motor desmontado na mesa. Em comparação, a casa de Patricia parecia perfeita.

— Casa com cinco crianças é assim — disse Kitty, seguindo na frente. — Fica esperta, Patricia. Duas já está bom.

O vestíbulo parecia um cenário de ...*E o Vento Levou*, mas a escada em curva e o piso de carvalho estavam soterrados por estojos de violino, meias de balé, esquilos empalhados, frisbees que brilhavam no escuro, montes de multas de trânsito, suportes de partitura empenados, bolas de futebol, bastões de lacrosse, um porta-guarda-chuva cheio de bastões de beisebol e uma seringueira de um metro e meio morta dentro de um vaso em formato de pata de elefante amputada.

Kitty seguiu caminho no meio daquela carnificina, guiando Patricia até um cômodo dianteiro onde Slick Paley e Maryellen Sei-Lá-O-Quê se empoleiravam na beirada de um sofá coberto por aproximadamente quinhentas almofadas. Do outro lado, Grace Cavanaugh estava sentada reta como uma vara numa banqueta de piano. Patricia não viu piano algum ali.

— Muito bem! — disse Kitty, servindo vinho de uma jarra.

— Prontas para falar de machadadas?

— Não precisamos de um nome primeiro? — perguntou Slick. — E selecionar os livros do ano?

— Isto aqui não é um clube do livro — respondeu Grace.

— Como assim, não é um clube do livro? — indagou Maryellen.

— Só estamos nos reunindo para conversar sobre um livro de banca que, por acaso, todas nós lemos — falou Grace. — Nem é um livro de verdade.

— Para mim, tanto faz, Grace — disse Kitty, colocando canecas de vinho nas mãos de todas. — Tenho cinco crianças aqui e ainda vai levar oito anos para a mais velha se mudar. Se eu não conversar com um adulto esta noite, vou explodir meus miolos.

— Nem me fala — comentou Maryellen. — Três meninas: sete, cinco e quatro.

— Quatro é uma idade tão boa! — comentou Slick.

— É? — questionou Maryellen, semicerrando os olhos.

— Então somos um clube do livro? — perguntou Patricia. Ela gostava de ter certeza sobre as coisas.

— Somos um clube do livro, não somos um clube do livro, quem se importa? — disse Kitty. — O que quero saber é por que Betty Gore foi até a casa da sua grande amiga, Candy Montgomery, com um machado e como a própria Betty acabou virando picadinho.

Patricia olhou ao redor, em busca da reação das outras mulheres. Maryellen, com sua calça jeans lavada a seco, o cabelo preso e o sotaque carregado do norte; a pequenina Slick, parecendo um rato bastante afobado, com os dentes pontudos e os olhos redondos; Kitty e sua blusa de brim com notas musicais estampadas na frente em lantejoulas douradas, bebendo vinho, o cabelo uma zona, como um urso que acabou de acordar da hibernação; e, por fim, Grace, com um laço rendado no pescoço, empertigada, as mãos apoiadas perfeitamente no colo, piscando os olhos devagar por trás dos óculos grandes, analisando as outras como uma coruja.

Aquelas mulheres eram diferentes demais dela. Patricia não se encaixava ali.

— Eu acho — começou Grace, e as outras se aprumaram — que isso demonstra uma falta de planejamento enorme da parte de Betty. Se você vai matar a sua melhor amiga com um machado, é melhor ter certeza de que sabe o que está fazendo.

Aquilo deu início à conversa, e, sem pensar, Patricia percebeu que estava participando e que ainda falavam sobre o livro duas horas depois, enquanto voltavam aos seus carros.

No mês seguinte, leram *Os Assassinatos de Michigan: A verdadeira história do reinado de terror do Assassino de Ypsilanti*, e depois *Morte em Canaã: Um caso clássico do bem e do mal em uma cidadezinha da Nova Inglaterra*, seguido por *Sangue amargo: Uma história verdadeira sobre orgulho, loucura e múltiplos assassinatos em uma família do Sul* — todos recomendados por Kitty.

Elas selecionaram os títulos do ano seguinte juntas, e quando as fotos em preto e branco desfocadas de cenas de crime e a cronologia minuto a minuto das fatídicas noites começaram a se misturar, Grace teve a ideia de alternar cada história de crime real com um livro de ficção, então leram *O silêncio dos inocentes* num mês e *Sonhos sepultados: Por dentro da mente de John Wayne Gacy* no outro. Leram *Os estranguladores das encostas*, de Darcy O'Brien, seguido por *Tito Andrônico*, de Shakespeare, em que uma mãe come uma torta feita com os cadáveres dos filhos. ("O problema aí", comentou Grace, "é que você precisaria de duas tortas bem grandes para que caibam duas crianças, mesmo picadinhas".)

Patricia adorou. Perguntou a Carter se ele queria ler com ela, mas o marido respondeu que já lidava com pacientes loucos o dia inteiro, então a última coisa que queria era voltar para casa e ler sobre gente maluca. Ela não se importou. O não-exatamente-um--clube-do-livro, com todos os seus envenenadores, assassinos de aluguel e anjos da morte, deu a ela uma nova visão sobre a vida.

Ela e Carter tinham se mudado para Old Village no ano anterior porque queriam morar num lugar espaçoso, silencioso e, principalmente, seguro. Queriam mais do que apenas uma vizinhança, queriam uma comunidade, onde a casa mostrasse que adotavam certos valores. Um lugar protegido do caos e da mudança incessante do mundo exterior. Um lugar em que as crianças pudessem passar o dia brincando na rua, sem que ninguém precisasse ficar olhando, até que fosse a hora de entrarem para jantar.

Old Village ficava logo depois do rio Cooper, saindo de Charleston e entrando em Mt. Pleasant, mas, enquanto Charleston era formal e sofisticada, e Mt. Pleasant era como um primo do interior, Old Village era um estilo de vida. Ou ao menos era nisso que as pessoas que moravam lá acreditavam. E Carter tinha se matado de trabalhar para que eles pudessem não apenas bancar uma casa, mas um estilo de vida.

Esse estilo de vida era um lugarzinho com carvalhos e casas graciosas entre a Coleman Boulevard e o porto de Charleston, onde todo mundo ainda acenava para os carros que passavam e ninguém dirigia a mais de quarenta quilômetros por hora.

Foi lá que Carter ensinou Korey e Blue a pescar crustáceos no píer, mergulhando na água turva pescoços de galinha crus amarrados em linhas longas e subindo com caranguejos de olhar maligno, que depois eram jogados em redes. O pai levava os filhos para pescar camarão à noite, iluminados pelo brilho claro e sibilante do seu lampião Coleman. A família frequentava festivais de frutos do mar, a igreja aos domingos, festas de casamento no Alhambra Hall e funerais na Stuhr. Iam na festa da Pierates Cruze todo Natal e dançavam o *shag* no Wild Dunes todo réveillon. Korey e Blue estudavam no Colégio Albemarle, do outro lado do píer, fizeram amigos, e dormiam uns nas casas dos outros, e Patricia se revezava com as outras mães para buscá-los, e ninguém trancava as portas, e todo mundo sabia onde ficava a chave extra que o outro deixava quando saía da cidade, e dava para passar o dia inteiro fora, deixar as janelas abertas, e a pior coisa que poderia acontecer era chegar em casa e encontrar o gato do vizinho dormindo na bancada da sua cozinha. Era um lugar bom para criar os filhos. Um lugar maravilhoso para construir a família. Era calmo, pacífico e seguro.

Mas às vezes Patricia queria ser desafiada. Às vezes, queria testar se era uma mulher de fibra. Às vezes, se lembrava da época antes de se casar com Carter, quando era enfermeira, e se perguntava se ainda conseguiria enfiar a mão num ferimento e apertar uma artéria com os dedos, ou se ainda tinha coragem de retirar um anzol da pálpebra de uma criança. Às vezes, desejava um pouco de perigo. E era para isso que tinha o clube do livro.

No outono de 1991, os amados Minnesota Twins de Kitty chegaram à World Series, e ela convenceu Horse a derrubar os dois pinheiros no jardim e fazer um campo de beisebol em miniatura com cal. Então, convidou todas as participantes do não-exatamente-um-clube-do-livro com seus maridos para um jogo.

— Gente — disse Slick, na reunião antes da partida —, preciso tirar um peso da minha consciência.

— Meu Deus — comentou Maryellen, revirando os olhos.

— Lá vem.

— Não me venha colocar Ele na história — respondeu Slick.

— Agora, gente, não gosto de pedir para as pessoas pecarem...

— Se beisebol for pecado, eu vou para o inferno — disse Kitty.

— Meu marido, ele... bem... — continuou Slick, ignorando Kitty. — Leland não ia entender por que lemos livros tão mórbidos no nosso clube do livro...

— Não é um clube do livro — comentou Grace.

— ... e eu não queria deixá-lo preocupado — insistiu Slick.

— Então falei que éramos um grupo de estudos bíblicos.

Ninguém disse nada por completos quinze segundos. Por fim, Maryellen abriu a boca.

— Você disse para o seu marido que estamos lendo a Bíblia?

— É o tipo de livro que rende uma vida de estudo — respondeu Slick.

O silêncio perdurou, as mulheres trocando olhares, incrédulas. Então todas caíram na gargalhada.

— Estou falando sério, gente. Ele não vai me deixar voltar mais se souber.

Elas perceberam que Slick tinha mesmo feito aquilo.

— Slick — disse Kitty, solenemente. — Prometo que, no sábado, todas nós vamos professar um entusiasmo sincero e profundo pela palavra de Deus.

E, no sábado, assim o fizeram.

Os maridos se juntaram no jardim de Kitty, trocando apertos de mãos e contando piadas, com as barbas por fazer de fim de semana e as camisas polo dos Clemson para dentro das bermudas jeans. Kitty os dividiu em times, separando os casais, mas Patricia insistiu que Korey jogasse.

— Todas as outras crianças estão nadando no píer — alegou Kitty.

— Ela prefere jogar beisebol — respondeu Patricia.

— Não vou pegar leve só porque ela é criança — avisou Kitty.

— Ela dá conta do recado — garantiu Patricia.

Kitty tinha uma rebatida forte e, como lançadora, jogava bolas rápidas mortais. Korey a viu tirar Slick e Ed do campo. Aí chegou a vez dela no bastão.

— Mãe — disse ela. — E se eu errar?

— Você vai ter feito o melhor que pôde — falou Patricia.

— E se eu quebrar uma janela da casa? — perguntou a menina.

— Aí compro um sorvete para você na volta.

Porém, conforme Korey ia até o home plate, um arrepio de preocupação subiu pela coluna de Patricia. A menina parecia desconfortável segurando o bastão, cuja ponta oscilava, frouxa, no ar. As pernas pareciam muito finas, os braços, fracos. Korey era só um bebê. Patricia se preparou para confortá-la e dizer que a filha tinha feito tudo que podia. Kitty deu de ombros como se pedisse desculpas para Patricia, levou o braço direito para trás e mandou uma bola rápida em linha reta zunindo para Korey.

Ouviu-se um baque e a bola de repente mudou de direção, traçando um arco alto rumo à casa de Kitty, e passou raspando pelo telhado, pela casa, mas continuou subindo, até cair em algum lugar no mato. Todo mundo, inclusive Korey, ficou congelado, olhando.

— Vai, Korey! — gritou Patricia, quebrando o silêncio. — Corre!

A garota deu a volta nas bases, e o time dela ganhou o jogo por seis a quatro. Foi Korey quem rebateu em cada um desses pontos.

Seis meses depois, ficou claro que a srta. Mary não podia mais morar sozinha. Carter e os dois irmãos mais velhos concordaram em revezar os cuidados com a mãe, que se mudaria da casa de um para outro a cada quatro meses. Carter, sendo o caçula, ficou com o primeiro turno.

Então, um dia antes de ir pegá-la para o próximo turno, Sandy ligou:

— Meus filhos são pequenos demais para ficarem perto da mamãe confusa desse jeito. Quero que se lembrem de como ela era antes.

Carter ligou para o irmão mais velho, mas Bobby respondeu:

— A mamãe não vai ficar confortável na Virgínia, faz frio demais aqui.

Eles tiveram uma conversa intensa, e então Carter, sentado na ponta da cama, afundou o dedão no botão de desligar do telefone sem fio e o deixou lá por um bom tempo antes de dizer:

— Minha mãe vai ficar.

— Por quanto tempo? — perguntou Patricia.

— Para sempre.

— Mas, Carter…

— O que quer que eu faça, Patty? Que a jogue na rua? Não posso colocar a minha mãe num asilo.

Na mesma hora, o coração de Patricia amoleceu. O pai de Carter havia morrido quando ele era garoto, e a mãe o criara sozinho. Ele era oito anos mais novo que o irmão do meio, então acabou passando a infância sozinho com a mãe. Os sacrifícios feitos pela srta. Mary pelo caçula eram lendários entre a família.

— Tem razão — disse ela. — Temos o quarto na garagem. Vamos dar um jeito.

— Obrigado — falou ele após uma pausa longa, soando tão grato que Patricia soube que tomara a decisão certa.

Mas Korey estava no meio do ensino fundamental, e Blue não conseguia focar em matemática, e precisava de um tutor, e estava só na quarta série, e a sogra nem sempre era capaz de articular o que estava pensando, e piorava a cada dia.

A frustração envenenou a personalidade da mãe de Carter. Antigamente ela adorava os netos. No entanto, numa situação mais recente, em que Blue derramou sem querer o leite, ela beliscou o braço dele com tanta força que deixou uma mancha roxa. Também chegou a chutar a canela de Patricia uma vez, ao descobrir que não comeriam fígado no jantar. E exigia constantemente que fosse levada ao ponto de ônibus. Após uma série de incidentes, Patricia percebeu que não poderia deixá-la sozinha em casa.

Certa tarde, Grace deu uma passada lá, e, naquele dia, a idosa já tinha jogado a tigela de cereal no chão e entupido o vaso sanitário no quarto da garagem com um rolo inteiro de papel higiênico.

— Queria convidar você para a última noite do Spoleto — disse Grace a Patricia. — Tenho ingressos para você, Kitty, Maryellen e Slick. Achei que seria bom fazermos algo cultural.

Patricia ficou doida para ir. A última noite do festival de artes Spoleto acontecia a céu aberto no Middleton Place. As pessoas estendiam cobertores para fazer piquenique de frente para o lago enquanto a Orquestra Sinfônica de Charleston tocava música clássica, e no final soltavam fogos de artifício. Nessa hora, ouviu Ragtag ganindo da saleta, e a srta. Mary soltando um palavrão.

— Desculpa, mas não posso — falou Patricia.

— Está precisando de alguma coisa? — perguntou Grace.

E tudo saiu de uma vez só: como Patricia se sentia com a sogra morando na casa deles, como era difícil para ela se sentar à mesa para jantar com as crianças, a pressão que aquilo colocava sobre ela e Carter.

— Mas não quero reclamar — disse Patricia. — Ela fez muito pelo Carter.

Grace disse que sentia muito por Patricia não poder ir ao Spoleto e foi embora. Patricia se repreendeu por falar demais.

No dia seguinte, uma picape parou na entrada da garagem de Patricia. Na carroceria, estavam os filhos de Kitty, um sanitário portátil, um andador, penicos, bacias, talheres grandes de plástico e caixas de pratos de plástico. Kitty saiu do assento do motorista.

— Acabamos ficando com toda essa parafernália de quando a mãe do Horse morou com a gente — disse ela. — Vamos trazer a cama de hospital amanhã. Só preciso reunir mais uns rapazes para carregá-la.

Patricia percebeu que Grace devia ter ligado para Kitty e contado da situação. Antes que pudesse telefonar para agradecer a Grace, a campainha tocou. Uma mulher negra e baixinha, rechonchuda, com os olhos vívidos, um penteado antiquado, cheio de laquê, e usando calça e jaleco brancos sob um cardigã roxo, estava parada na varanda.

— A sra. Cavanaugh disse que talvez você precise da minha ajuda — anunciou. — Meu nome é Ursula Greene e eu cuido de velhinhos.

— É muita gentileza — disse Patricia. — Mas...

— Também cuido de crianças de vez em quando sem cobrar nenhum extra — informou a sra. Greene. — Não sou babá, mas a sra. Cavanaugh falou que vez ou outra você pode precisar sair. Cobro onze dólares a hora, e treze em períodos noturnos. Não me importo de cozinhar para os seus filhos, mas não quero que isso se torne um hábito.

Era mais barato do que Patricia pensava, mas ainda não conseguia imaginar ninguém disposto a lidar com a mãe de Carter.

— Antes de tomar uma decisão — falou —, gostaria de apresentar a minha sogra a você.

Elas foram ao jardim de inverno, onde a srta. Mary estava vendo TV. Ao ser interrompida, a idosa olhou feio para as duas.

— Quem é essa aí? — perguntou.

— É a sra. Greene — respondeu Patricia. — Sra. Greene, gostaria que conhecesse...

— O que ela está fazendo aqui? — indagou a sogra.

— Vim pentear o seu cabelo e fazer suas unhas — falou a sra. Greene. — E preparar alguma coisa para você comer depois.

— Por que aquela ali não pode fazer isso? — questionou a srta. Mary, apontando o dedo retorcido para Patricia.

— Porque você está deixando aquela ali louca — disse a sra. Greene. — E se aquela ali não tiver um descanso, vai acabar jogando você do telhado.

A srta. Mary ponderou sobre aquilo por um minuto e então respondeu:

— Ninguém vai me jogar de telhado nenhum.

— Continue assim e pode ser que eu a ajude — replicou a sra. Greene.

Três semanas depois, Patricia estava sentada numa toalha xadrez verde no Middleton Place, escutando a Orquestra Sinfônica de Charleston tocar "Music for the Royal Fireworks", de Handel. Lá em cima, os primeiros fogos estouraram até encherem o céu com um dente-de-leão esverdeado. Fogos de artifício sempre deixavam Patricia emocionada. Era algo que levava muito tempo e esforço para preparar, acabava muito rápido e poucas pessoas podiam apreciar.

Sob a luz dos fogos, ela observou as mulheres ao redor: Grace na cadeira dobrável, os olhos fechados, ouvindo a música; Kitty, deitada dormindo, a taça plástica de vinho perigosamente inclinada na mão; Maryellen, de macacão, esticada, absorvendo o melhor de Charleston; e Slick, sentada em cima das pernas, a cabeça de lado, escutando a música como se fosse um dever de casa.

Patricia percebeu que, por quatro anos, aquelas foram as mulheres que ela vira todo mês. Conversara com elas sobre o seu casamento e os filhos, e ficara frustrada com elas, e discutira, e vira todas chorando em algum momento, e, durante aquele período, entre universitárias assassinadas, e segredos chocantes de cidades pequenas, e crianças desaparecidas, e relatos reais dos casos que mudaram para sempre os Estados Unidos, ela aprendera duas coisas: que estavam juntas para o que desse e viesse e que, se algum dos maridos um dia contratasse um seguro de vida, estaria encrencado.

HELTER SKELTER

Maio de 1993

CAPÍTULO 3

— Mas se eu não fizer o Blue se sentar à mesa quando a mãe de Carter for comer com a gente — disse Patricia para o clube do livro —, Korey também vai querer parar de fazer isso. Ela já é enjoada com comida. Acho que é coisa da adolescência.

— Já? — perguntou Kitty.

— Ela tem catorze anos — falou Patricia.

— A adolescência não começa numa idade específica — disse Maryellen. — Começa quando você para de gostar deles.

— Você não gosta das suas filhas? — questionou Patricia.

— Ninguém gosta dos próprios filhos — respondeu Maryellen. — Nós os amamos até morrer, mas não gostamos deles.

— Meus filhos são uma bênção — comentou Slick.

— Se manca, Slick — replicou Kitty, dando uma mordida num biscoito de queijo e jogando os farelos no carpete de Grace.

Patricia notou que Grace estremeceu.

— Ninguém acha que você não adora os seus filhos, Slick — disse Grace. — Eu amo o Ben Jr., mas o dia em que ele for para a faculdade e nós pudermos enfim ter um pouco de paz nesta casa vai ser um alívio.

— Acho que eles não comem por causa das modelos que veem nas revistas — opinou Slick. — Chamam de "heroin chic", dá para acreditar? Eu arranco os anúncios antes de dar qualquer revista para Greer.

— Você está de brincadeira — comentou Maryellen.

— Como tem tempo para isso? — perguntou Kitty, partindo um biscoito de queijo no meio e mandando mais migalhas para o carpete de Grace, que não conseguiu mais se conter e deu um prato para ela. — Ah, não, obrigada — disse Kitty, afastando o prato. — Não precisa.

O não-exatamente-um-clube-do-livro sem nome se estabelecera na sala de estar de Grace, com os tapetes grossos e a luz suave. Havia um pôster de Audubon emoldurado acima da lareira, que refletia as pálidas cores coloniais do cômodo — pêssego e branco —, e o piano escuro no canto cintilava. Tudo na casa de Grace parecia perfeito. Cada cadeira Windsor, cada mesinha de madeira, cada abajur de porcelana chinesa — Patricia tinha a impressão de que tudo aquilo sempre estivera lá e a casa apenas foi crescendo ao redor.

— Adolescentes são chatos — disse Kitty. — E só piora. Café da manhã, roupas para lavar, casa para limpar, jantar, dever de casa, a mesma coisa todo dia, eternamente. Se qualquer detalhe mudar um pouquinho que seja, eles têm um faniquito. Sério, Patricia, relaxa. Escolha as suas batalhas. Ninguém vai morrer se eles não fizerem todas as refeições à mesa ou se não tiverem cuecas ou calcinhas limpas um dia.

— Mas e se nesse dia eles acabarem sendo atropelados? — questionou Grace.

— Se Ben Jr. for atropelado, acho que você vai ter preocupações maiores do que o estado da cueca dele — respondeu Maryellen.

— Não necessariamente — retrucou Grace.

— Eu congelo sanduíches — soltou Slick.

— Como é? — perguntou Kate.

— Para economizar tempo — acrescentou ela às pressas. — Faço todos os sanduíches para o almoço dos meus filhos, três por dia, cinco dias por semana. São sessenta sanduíches. Preparo tudo na primeira segunda-feira do mês, congelo, e toda manhã tiro três do congelador e coloco na mochila deles. Na hora do almoço, já descongelou.

— Vou tentar fazer isso — disse Patricia, porque pareceu uma ideia fantástica, mas o comentário se perdeu entre as risadas de Kitty e Maryellen.

— Economiza tempo! — garantiu Slick, se defendendo.

— Não dá para congelar sanduíches — afirmou Kitty. — Os condimentos não estragam?

— Os meninos não reclamam — respondeu Slick.

— Porque não comem — disse Maryellen. — Ou jogam no lixo, ou trocam com os mais bobinhos da escola. Aposto uma grana que nunca comeram nem um dos seus especiais congelados.

— Meus filhos adoram o almoço que eu faço para eles — replicou Slick. — Não mentiriam para mim.

— Esses brincos são novos, Patricia? — perguntou Grace, mudando de assunto.

— Sim — disse ela, virando o rosto para mostrá-los à luz.

— Quanto custaram? — indagou Slick, e Patricia viu todo mundo se encolher ligeiramente.

A única coisa mais brega do que falar de Deus era perguntar sobre dinheiro.

— Carter me deu de aniversário — respondeu Patricia.

— Parecem caros — insistiu Slick. — Adoraria saber onde ele comprou.

Em geral, Carter dava a Patricia presentes comprados na farmácia, mas, naquele ano, lhe dera brincos de pérola. Patricia quis usá-los na noite da reunião porque se sentia orgulhosa de ter ganhado um presente de verdade, mas acabou ficando com medo de parecer exibida, então mudou de assunto.

— Você está tendo problemas com ratos-d'água? — perguntou a Grace. — Apareceram dois no meu quintal essa semana.

— Bennett leva a arma de chumbinho quando vai se sentar lá fora, e eu não me meto — falou ela. — Precisamos começar a discutir o livro se quisermos sair daqui num horário decente. Slick, você queria começar, não?

A mulher se aprumou, pegou as suas anotações e deu um pigarro.

— *Helter Skelter*, de Vincent Bugliosi, foi o livro desse mês. E acho que é a indicação perfeita de que o suposto Verão do Amor foi a década em que os Estados Unidos saíram dos trilhos.

Naquele ano, o não-exatamente-um-clube-do-livro estava lendo os clássicos: *Helter Skelter*, *A sangue-frio*, *Zodíaco*, *Ted Bundy: Um estranho ao meu lado* e a nova edição de *Visão fatal* com outro epílogo que atualizava o leitor sobre a rivalidade entre o autor e o sujeito acusado em seu livro. Só Kitty lera tantos livros de crimes reais antes de 1988, então elas haviam perdido vários dos títulos essenciais e estavam determinadas a preencher essas lacunas.

— Bugliosi tratou o caso de forma totalmente errada — comentou Maryellen. Como Ed trabalhava na polícia de North Charleston, ela sempre tinha uma opinião sobre como deveriam ter lidado com o caso. — Se não tivessem sido tão descuidados com as provas, poderiam ter montado um caso com base em evidências físicas, e não empacado na estratégia Helter Skelter de Bugliosi. Tiveram sorte de o juiz ter julgado a favor dele.

— Mas de que outra forma Manson teria sido acusado? — questionou Slick. — Ele não esteve em nenhuma das cenas dos crimes quando as pessoas foram mortas. Não esfaqueou ninguém pessoalmente.

— Só nas de Gary Hinman e dos LaBianca — respondeu Maryellen.

— Manson nunca teria pegado prisão perpétua por isso — argumentou Slick. — A estratégia conspiratória funcionou. É ele quem quero ver fora das ruas. Cuidado com os falsos profetas.

— A Bíblia quase nunca é a melhor fonte de estratégias legais — comentou Maryellen.

Kitty se inclinou para a frente, pegou outro biscoito de queijo, deixou cair, então o resgatou e o mastigou, fazendo barulho. Grace desviou o olhar.

— Aquele primeiro capítulo, gente — disse Kitty, mastigando. — Esfaquearam Rosemary LaBianca quarenta e uma vezes. Como vocês acham que é? Quer dizer, deve dar para sentir cada facada, né?

— Vocês precisam de um sistema de alarme — comentou Maryellen. — O nosso tem conexão direta com a polícia, e a delegacia de Mt. Pleasant chega em três minutos.

— Acho que ainda dá para ser esfaqueada quarenta e uma vezes em três minutos — declarou Kitty.

— Eu é que não vou colocar aqueles adesivos feios nas minhas janelas — falou Grace.

— Prefere ser esfaqueada quarenta e uma vezes a enfeiar a fachada de casa? — indagou Maryellen.

— Prefiro — respondeu ela.

— Achei fascinante ver tantos estilos de vida diferentes — opinou Patricia, habilmente mudando de assunto outra vez. — Eu estava na escola de enfermagem, então sempre tive a sensação de ter perdido o movimento hippie.

— Era um monte de bobagem — retrucou Kitty. — Eu fiz faculdade em 1969, e, acredite, o Verão do Amor passou totalmente batido pela Carolina do Sul. Todo aquele amor livre estava na Califórnia.

— Passei o Verão do Amor trabalhando no laboratório de cobaias vivas em Princeton — disse Maryellen. — Algumas de nós tiveram que pagar pela faculdade, sabe?

— O que eu me lembro dos anos 1960 são as pessoas sendo bem maldosas com Doug Mitchell depois de ele voltar da guerra — afirmou Slick. — Doug tentou ir para Princeton com a ajuda do governo, mas todo mundo cuspia nele e perguntava quantos bebês ele tinha matado, então acabou voltando para Due West para trabalhar na loja de ferragens do pai. Ele queria ser engenheiro, mas os hippies não deixaram.

— Sempre achei os hippies tão glamourosos... — comentou Patricia. — Na sala das enfermeiras, eu via aquelas garotas na revista *Life* com vestidos compridos e, bem, achava que a vida estava passando e eu estava ficando para trás. Mas em *Helter Skelter* tudo parecia sórdido demais. Eles moravam num rancho cheio de moscas, passavam metade do tempo sem roupas e viviam *imundos*.

— De que vale o amor livre se ninguém toma banho? — indagou Maryellen.

— Como estamos velhas... dá pra acreditar? — falou Kitty.

— Todo mundo acha que o movimento hippie foi há um milhão de anos, mas a gente poderia ter sido hippie.

— Nem todas nós — comentou Grace.

— Eles ainda estão por aí — declarou Slick. — Você leu o jornal hoje? Sobre o negócio em Waco? Seguiam aquele líder de culto no Texas da mesma maneira que aquelas garotas seguiram Manson. Esses falsos profetas aparecem na cidade, controlam a sua mente e levam você para o mau caminho. Sem fé, as pessoas acreditam em qualquer um que fala bonito.

— Eu não cairia nessa — afirmou Maryellen. — Sempre que alguém novo se muda para a minha vizinhança, eu faço o que Grace me ensinou: asso uma torta e levo de presente. Quando volto, já sei de onde eles vêm, a profissão dos maridos e quantas pessoas moram na casa.

— Eu não te ensinei isso — disse Grace.

— Você foi um grande exemplo — respondeu Maryellen.

— Só quero que as pessoas se sintam bem-vindas — argumentou Grace. — E faço perguntas porque me interesso.

— Você dá uma investigada neles — afirmou Maryellen.

— É necessário — disse Kitty. — Tem muita gente nova se mudando para cá. Antigamente, só víamos adesivos do Gamecock, do Clemson ou da Citadel. Hoje, tem carros por aí com adesivos das universidades do Alabama e da Virgínia. Até onde sabemos, qualquer um deles pode ser um assassino em série.

— O que eu faço — explicou Grace — é anotar a placa de qualquer carro estranho que vejo na vizinhança.

— Por quê? — perguntou Patricia.

— Se algo acontecer depois — explicou ela —, tenho a placa, a data e a marca do veículo para usar como evidência.

— Então quem é o dono daquele furgão grande estacionado na frente da casa da sra. Savage? — questionou Kitty. — Está parado lá há três meses.

A velha sra. Savage morava a quase um quilômetro descendo a Middle Street, e, ainda que a mulher fosse extremamente desagradável, Patricia adorava a casa dela. O exterior de tábuas de madeira era pintado de amarelo com um acabamento branco, e havia um balanço na varanda. Sempre que passava de carro por lá, não importava o quanto sua sogra estivesse sendo horrível ou como se sentia distante de Korey conforme a filha crescia: Patricia sempre olhava para aquela casinha de proporções perfeitas e se imaginava sentada lá dentro, lendo uma pilha de livros de mistério. Mas não tinha notado furgão nenhum.

— Que furgão? — indagou ela.

— Um furgão branco com janelas escuras — contou Maryellen. — Parece o tipo de coisa que um sequestrador de crianças dirigiria.

— Eu notei por causa do Ragtag — disse Grace. — Ele adora.

— O quê? — perguntou Patricia, assolada pela sensação horrível de que um de seus defeitos estava prestes a ser exposto.

— Ele estava fazendo as necessidades no jardim da sra. Savage quando passei por lá de noite — contou Kitty, rindo.

— O cachorro até entrou nas latas de lixo dela — falou Grace. — Mais de uma vez.

— Eu já o vi fazendo xixi nos pneus do furgão também — informou Maryellen. — Isso quando não está dormindo debaixo dele.

Todas riram, e Patricia sentiu uma quentura subindo pelo pescoço.

— Gente, isso não tem graça — disse ela.

— Você precisa prender o Ragtag — opinou Slick.

— Mas nunca tivemos que fazer isso — argumentou ela. — Ninguém em Old Village põe coleira nos cachorros.

— Estamos nos anos 1990 — disse Maryellen. — Basta o seu cachorro latir para esse pessoal novo te processar. Os Van Dorsten tiveram que sacrificar Lady só porque ela latiu para aquele juiz.

— Old Village está mudando, Patricia — pontuou Grace. — Sei de pelo menos três animais que foram pegos pela carrocinha por causa de Ann Savage.

— Prender Ragtag parece… — Patricia buscou a palavra certa — … uma crueldade. Ele está acostumado a ficar solto.

— O furgão é do sobrinho dela — declarou Grace. — Aparentemente, Ann está tão doente que nem sai mais da cama, e a família mandou o sobrinho cuidar dela.

— Claro — disse Maryellen. — E o que você levou para eles? Torta de noz-pecã? De limão?

Grace nem respondeu.

— Será que eu deveria ir lá e falar alguma coisa sobre Ragtag? — perguntou Patricia.

Kitty pegou outro biscoito de queijo e o partiu na metade.

— Não se preocupe — respondeu. — Se Ann Savage estiver incomodada, ela vai te procurar.

CAPÍTULO 4

Duas horas depois, elas saíram da casa de Grace ainda falando sobre mensagens ocultas em discos dos Beatles, se o suicídio de Joel Pugh em Londres era na verdade um assassinato jamais resolvido da família Manson e sobre os padrões dos borrifos de sangue na cena do crime da casa de Tate. Conforme as outras seguiam pelo quintal até seus carros, Patricia parou nos degraus de entrada cobertos de musgo de Grace e inspirou o aroma dos arbustos de camélia, todos enfileiradinhos dos dois lados da porta.

— É tão difícil voltar para casa e preparar o almoço de amanhã depois de tanta emoção... — comentou Patricia.

Grace deu um passo para a varanda, deixando a porta entreaberta numa vã tentativa de não deixar o frio do ar-condicionado sair. O que funcionou como um lembrete para Patricia. Tinha que chamar o técnico do ar.

— Todo aquele caos e aquela bagunça — disse Grace, balançando a cabeça, triste. — Mal posso esperar para voltar a cuidar da casa.

— Mas você não queria que alguma coisa emocionante acontecesse por aqui? — indagou Patricia. — Só uma vez?

Grace ergueu as sobrancelhas.

— Você quer que uma gangue de hippies imundos invada a sua casa, mate a sua família e escreva *morte aos porcos* com sangue humano nas paredes só porque não quer mais preparar as merendeiras dos seus filhos?

— Bom, olhando por esse lado, não — respondeu Patricia. — Suas camélias estão lindas.

— Passei a semana plantando. Cultivei também aquelas pervincas ali, as calêndulas e umas azaleias do lado de lá que já estão florescendo. Se não estivesse escuro, mostraria para você as rosas de noisette que plantei lá atrás. Vão ficar com um cheiro magnífico no verão.

Elas se despediram, Patricia seguiu para a Pierates Cruze e a porta de Grace se fechou delicadamente. A Cruze era uma ruela de terra em forma de ferradura que saía da Middle Street em Old Village, e as catorze famílias que moravam lá prefeririam morrer a vê-la pavimentada. Pela sola fina do sapato, Patricia sentia os pedaços de terra dura da estrada se esfarelando sob seus passos. O ar noturno, quente e nebuloso, era sufocante, e os únicos sons que se ouviam eram o ranger da terra empedrada se transformando em pó e o canto nervoso dos grilos e das esperanças ao redor dela na escuridão.

A empolgação do clube do livro foi se evaporando das veias de Patricia conforme ela deixava o jardim perfeito de Grace e se aproximava de casa, logo atrás dos bambus que cresciam de forma desvairada e das árvores retorcidas cobertas de hera. Ao chegar, viu que as latas de lixo não estavam perto da calçada. Tirar o lixo era uma das tarefas de Blue, mas, depois do pôr do sol, o lado da casa onde deixavam as latas ficava um breu, e ele fazia todo o possível para não ir lá. A mãe sugerira que o filho levasse as latas para a calçada antes de escurecer. Dera uma lanterna para ele. Até se voluntariara para ficar na porta enquanto ele levasse o lixo. Mas Blue só esperava até o último momento para recolher o lixo, colocar todos os sacos na frente da casa e dizer à mãe que ia levar tudo lá para fora em cinco minutos, assim que terminasse de fazer as cruzadinhas ou o dever de matemática. E então desaparecia.

Se encontrasse o filho antes de ele ir para a cama, Patricia o obrigava a levar os sacos para a lixeira, mas naquele dia não foi isso que aconteceu. Ela só parou na soleira da porta do quarto escuro do filho, a luz do corredor iluminando o menino debaixo das cobertas, os olhos fechados e uma *National Geographic* subindo e descendo em cima da barriga.

Encostou a porta dele e parou do lado de fora do quarto de Korey, ouvindo os altos e baixos da voz da filha ao telefone. Sentiu uma pontada de inveja. Patricia não fora popular na escola, mas Korey liderava ou coliderava todas as equipes de que fazia parte, e meninas mais novas apareciam em jogos para torcer por ela. Inexplicavelmente, garotas boas nos esportes estavam na moda. Na época de Patricia, as únicas garotas que falavam com as meninas atletas eram outras meninas atletas, mas a lista de amizades de Korey parecia infinita, e eles enfim conseguiram uma segunda linha para que Carter pudesse telefonar sem que o sinal de chamada em espera tocasse de cinco em cinco segundos.

Patricia voltou para dar uma olhada na sogra lá embaixo. Desceu os três degraus que levavam à garagem convertida em quarto e deixou os olhos se ajustarem ao brilho alaranjado da luz noturna. Viu a idosa, magra e flácida, debaixo das cobertas na cama de hospital, os olhos brilhando na luz tênue, encarando o teto.

— Srta. Mary? — sussurrou Patricia para ela. — Quer alguma coisa?

— Tem uma coruja — resmungou a sogra.

— Não estou vendo coruja nenhuma. Você deveria descansar um pouco.

A srta. Mary encarava o teto, com lágrimas escorrendo pelas têmporas e caindo no cabelo ralo.

— Você gostando ou não — falou a idosa —, tem corujas na sua casa.

Ela piorava à noite, mas Patricia já notara que, mesmo durante o dia, a sogra com frequência não conseguia mais acompanhar uma conversa e mascarava a sua confusão com longas histórias sobre pessoas do seu passado que ninguém conhecia. Nem Carter conseguia identificar dois terços delas, embora sempre escutasse e nunca a interrompesse.

Patricia conferiu se o copo na mesa de cabeceira da srta. Mary estava com água e foi tirar o lixo. Levou a lanterna porque Blue tinha razão — aquele canto da casa era assustador.

O ar úmido da noite zumbia com insetos quando Patricia caminhou pelo trecho escuro onde a luz da varanda acabava. Ela avançou rápido pela escuridão completa da lateral da casa, se forçando a dar três passos antes de ligar a lanterna, só para provar que era corajosa. A primeira coisa que viu foi um dos absorventes geriátricos para incontinência da sogra no chão. Havia uma cerquinha ao lado da casa que impedia que as latas fossem vistas da rua, mas, mesmo de onde Patricia estava, conseguia ver que ambas as latas estavam caídas. O nervosismo que sentia desapareceu numa explosão de irritação. Era Blue quem deveria estar arrumando aquela bagunça.

Atrás da cerca, viu que dois enormes sacos brancos de lixo se derramavam das latas. O ar lá fora, quente como o de um fogão, estava tomado pelo cheiro desagradável e terroso de borra de café e das fraldas geriátricas da srta. Mary. Os mosquitos zumbiam nos seus ouvidos.

Patricia analisou o estrago com a lanterna: guardanapos, filtros de café, maçãs mordidas, embalagens de doces, papéis usados, absorventes geriátricos dobrados. Guaxinins ou ratos-d'água bem grandes tinham entrado no lixo e destruído tudo.

O maior saco de todos fora arrastado para o vão apertado entre a parede de tijolos da casa e os bambus que marcavam o limite do terreno dos Clark. Patricia ouviu um barulho aquoso que parecia alguém comendo gelatina e apontou o facho de luz para o saco.

Era um tecido, na verdade, e não era branco, mas rosa-claro, coberto de flores. Ao fim dele, viu pés sujos, e então um rosto se virou para a luz quando Patricia apontou a lanterna.

— Ah! — reagiu Patricia.

O facho luminoso mostrou cada detalhe com uma claridade imperdoável. A mulher velha agachada, usando uma camisola rosa, as bochechas sujas de geleia vermelha, os lábios cheios de pelos pretos e grossos, o queixo tremelicando com uma gosma transparente. Ela se debruçou sobre algo escuro no seu colo. Patricia viu a cabeça quase decepada de um guaxinim pendurada dos joelhos da idosa, a língua caída entre as presas à mostra. A velha enfiou a mão ensanguentada na barriga aberta do animal e tirou de lá um punhado de tripas translúcidas. Então levou a mão, que brilhava com a gordura animal, até a boca, mordendo os tubos cor de lavanda-claro dos intestinos enquanto semicerrava os olhos para a luz.

— Posso ajudar você? — perguntou Patricia, porque não sabia o que mais dizer.

A idosa diminuiu a avidez com que consumia as tripas e farejou o ar feito um animal. O cheiro intenso de fezes, o fedor sufocante do lixo aberto e o aroma ferroso do sangue do animal chegaram ao nariz de Patricia. Com ânsia de vômito, ela deu um passo para trás, e o salto do seu sapato esmagou algo mole. De repente, ela caiu sentada na pilha de sacos brancos sebosos, tentando desesperadamente se levantar, e ao mesmo tempo evitando ao máximo tirar a luz de cima da velha, porque continuaria a salvo contanto que conseguisse vê-la, mas a velha já vinha em sua direção, rastejando, rápida demais, abrindo caminho entre o lixo, arrastando o cadáver do guaxinim pela cabeça.

— Ah, não, não, não, não, não! — desesperou-se Patricia.

A idosa agarrou a sua canela, e Patricia sentiu a quentura mesmo através da calça. Com a outra mão, a velha soltou o animal e segurou o quadril de Patricia. Então, jogou todo o seu peso em cima dela, pressionando-a sobre algo que comprimiu o seu rim direito. Patricia tentou se mover para qualquer direção possível, mas não conseguia se desvencilhar e só se afundou ainda mais na pilha de sacos.

A velha parou em cima de Patricia, a boca aberta, rios de baba brilhante escorrendo, os olhos arregalados e vazios como os de um pássaro. Uma das mãos nojentas, pegajosas e sujas de sangue de guaxinim agarrou a lateral do pescoço de Patricia, e então, com o corpo morno e molenga como o de uma lesma, a senhora rastejou, subindo um pouco mais nela.

Algo no longo cabelo branco preso num rabo de cavalo, na papada mole e no relógio digital velho no pulso fez sentido de repente.

— Sra. Savage? — disse Patricia. — Sra. Savage!

Aquele rosto sobre o dela, babando com uma fome irracional, pertencia à mulher que, havia anos, era a pária da vizinhança. A boca escancarada com pelos de guaxinim entre os dentes brancos pertencia à moradora que cultivava lindas hortênsias no jardim e vigiava Old Village no calor do meio-dia com um chapéu mole de tecido, carregando um bastão com um prego na ponta para espetar papéis de bala.

Naquele momento, a única preocupação da sra. Savage era colocar a boca aberta na cara de Patricia. Ela estava por cima, então a gravidade a ajudava, e o mundo de Patricia se encheu de dentes brancos sujos de sangue e pelos de guaxinim. Ela sentiu cócegas no rosto e percebeu que eram pulgas pulando do corpo do animal.

Em pânico, Patricia agarrou os pulsos da sra. Savage e a rolou para o lado, arranhando dolorosamente as costas e fazendo a idosa perder o equilíbrio e desabar sobre a cerca, o rosto acertando a madeira com um baque seco. Patricia se contorceu no meio dos sacos de lixo e conseguiu ficar de pé. A lanterna estava no chão, diretamente apontada para o guaxinim estripado.

Patricia não soube o que fazer quando a sra. Savage se revirou no lixo, mas de repente a idosa se levantou e cambaleou na direção dela, que saiu correndo na escuridão absoluta da lateral da casa. Ela conseguia ver a frente da casa, iluminada pelas luzes da varanda, sempre serena e pacífica. Irrompeu na luz, a grama molhada sob um dos pés, notando que tinha perdido um sapato, e abriu a boca para gritar.

Era uma das coisas que Patricia sempre pensou que poderia fazer se estivesse em apuros, mas agora, às dez da noite de uma quinta-feira, pensando nas pessoas que já estavam na cama ou se preparavam para dormir, não conseguia nem dar um pio.

Apenas correu até a porta. Entraria, passaria a tranca e ligaria para a emergência. Foi aí que a sra. Savage agarrou a sua cintura e tentou subir nas costas dela, fazendo-a cair de joelhos, que doeram ao bater no chão. A idosa avançou por cima dela, forçando Patricia a se apoiar nas mãos, e uma saliva quente, úmida e íntima caiu na orelha de Patricia.

Eu levo meus filhos pra escola, a mente de Patricia disparou. *Estou num clube do livro. Quer dizer, não é bem um clube do livro, mas essencialmente é um clube do livro. Por que estou lutando contra uma velha no meu jardim?*

Aquilo não fazia sentido. Era completamente sem pé nem cabeça. Patricia tentou se desvencilhar da sra. Savage, mas uma dor lancinante irradiou da lateral da sua cabeça, e ela pensou: *A sra. Savage está mordendo a minha orelha. A sra. Savage, que ganhou o prêmio de melhor jardim dois anos atrás, está mordendo a minha orelha.*

Os dentinhos afiados da idosa fincaram com mais força, e a visão de Patricia ficou branca — e então uma luz ofuscante atingiu seu rosto conforme um carro embicava devagar, devagar, bem devagarzinho na entrada da garagem, iluminando-as com os faróis. Uma porta se abriu.

— Patty? — disse Carter por cima do som do motor.

Ela gemeu.

Carter correu para tirar a sra. Savage de cima da esposa, mas as coisas não saíram como planejado, porque, quando ele puxou a idosa, a cabeça de Patricia foi junto com um lampejo de dor lancinante, e Patricia percebeu que a sra. Savage não ia largar. Patricia ouviu um ruído no fundo do crânio, depois um estalo, e aí toda a lateral da cabeça dela parecia estar pressionada contra uma tábua quente e vermelha.

Foi nesse momento que Patricia gritou.

Foram necessários onze pontos para fechar o ferimento, e Patricia precisou tomar uma antitetânica, mas os médicos não conseguiram recolocar o lóbulo de sua orelha porque a sra. Savage o havia engolido. Por sorte, nem a sra. Savage, nem o guaxinim pareciam ter raiva, mas seria preciso fazer mais testes para confirmar, então Patricia teria que aguardar os resultados.

Na volta para casa, ela se sentia grogue por causa dos analgésicos e não queria dizer nada para Carter, mas, por fim, teve que falar.

— Carter?

— Não fale, Patty — disse ele, subindo a ponte do rio Cooper. — Você está bem desorientada.

— Alguém precisa monitorar as evacuações dela — disse Patricia, a cabeça rolando de lá pra cá no encosto do banco.

— De quem? — indagou Carter, acelerando na segunda subida da ponte.

— De Ann Savage — respondeu Patricia, arrasada. — Ela engoliu o lóbulo da minha orelha e... e o brinco que você me deu... ele vai sair, e imagino que dê para lavar...

Ela começou a chorar.

— Relaxe, Patty — disse Carter. — Você não vai mais usar esses brincos.

— Mas você comprou para mim — reclamou Patricia. — E eu perdi.

— Um dos meus pacientes vende bijuterias. Ele me deu os brincos. Jogue o outro no lixo. Vou comprar alguma coisa para você na farmácia da Pitt Street.

Provavelmente a culpa era dos analgésicos, mas aquilo fez Patricia chorar ainda mais.

CAPÍTULO 5

Patricia acordou na manhã seguinte com a lateral do rosto inchada e quente. Ficou parada diante do espelho do banheiro observando o enorme curativo branco que cobria o lado esquerdo da sua cabeça, preso debaixo do queixo e dando a volta até a testa. A tristeza invadiu o seu peito. Passara a vida toda com seu lóbulo esquerdo na orelha e, de repente, não tinha mais. Sentia como se um amigo tivesse morrido.

Mas então seu cérebro foi capturado pela mesma isca que sempre a colocava em ação: *Vai lá ver se as crianças estão bem*, dizia. *Você não pode deixar que fiquem assustadas.*

Então tentou cobrir bem a gaze com o cabelo, foi até a cozinha e preparou o café. Quando Blue desceu, seguido por Korey, e eles se sentaram nas banquetas do outro lado do balcão, ela abriu o seu melhor sorriso, mesmo que o rosto parecesse esticado, e perguntou:

— Querem ver?

— Posso? — indagou Korey.

Ela encontrou a ponta da gaze na nuca, arrancou o esparadrapo e deu início ao longo processo de soltar o curativo da testa, do queixo, do crânio, até chegar ao último pedaço de algodão e removê-lo com cuidado.

— Quer ver também? — perguntou a Blue.

Ele assentiu, e ela ergueu a gaze quadrada, sentindo o ar frio se espalhar pela pele suada e sensível.

Korey prendeu a respiração.

— Que nojento — falou. — Doeu?

— Não foi bom — respondeu Patricia.

Korey deu a volta no balcão e parou tão perto que o cabelo dela encostou no ombro de Patricia. A mãe inspirou o cheiro do xampu de essências herbais da filha e percebeu que já fazia muito tempo que as duas não ficavam tão próximas. Elas costumavam se sentar espremidas na mesma poltrona para ver filmes no jardim de inverno, mas agora Korey já era quase do tamanho de Patricia.

— Dá pra ver as marcas dos dentes. Olha, Blue — disse a filha, e o menino pegou a banqueta para subir, segurando no ombro da irmã, ambos analisando a orelha da mãe.

— Agora outra pessoa sabe qual é o seu sabor — comentou ele.

Patricia ainda não tinha pensado por esse lado, mas achou a ideia repulsiva. Depois Korey correu para a escola, e a carona de Blue buzinou lá fora.

— Blue — disse ela, levando o filho até a porta —, você sabe que a vovó Mary nunca faria uma coisa dessas, não é?

Pela maneira como ele parou e olhou para a mãe, Patricia percebeu que o menino estava pensando exatamente naquilo.

— Por quê? — perguntou.

— Porque aquela mulher tem uma doença que afeta a cabeça dela.

— Que nem a vovó Mary — disse Blue, e Patricia se deu conta de que fora assim que descrevera a senilidade da sogra para ele quando a mãe de Carter se mudou para lá.

— É uma doença diferente. Mas quero que saiba que eu não deixaria a vovó Mary morar com a gente se não fosse seguro para você e a sua irmã. Nunca faria nada que colocasse vocês dois em perigo.

Blue virou o rosto, a carona buzinou outra vez e ele correu para a porta. Patricia esperava que o menino tivesse entendido o recado. Era importante que os filhos guardassem boas lembranças de ao menos um dos avós.

— Patty — chamou Carter no topo da escada, segurando uma gravata estampada numa das mãos e uma de listras vermelhas na outra. — Qual eu uso? Essa aqui dá a entender que sou divertido e criativo, mas a vermelha transparece poder.

— Qual é a ocasião? — perguntou ela.

— Vou levar Haley para almoçar.

— A estampada — respondeu a esposa. — Por que está levando o dr. Haley para almoçar?

Enquanto descia, ele começou a colocar a gravata vermelha.

— Vou me candidatar ao emprego — disse Carter, passando a gravata ao redor do pescoço e fazendo o nó. — Estou cansado de esperar.

Ele parou diante do espelho do corredor.

— Achei que você tinha dito que não queria ser chefe da psiquiatria — comentou Patricia.

Ele apertou o nó no espelho.

— Precisamos de mais dinheiro.

— Você queria passar mais tempo com Blue nesse verão — alegou Patricia enquanto o marido lhe dava as costas.

— Vou ter que dar um jeito de fazer as duas coisas — disse ele. — Tenho que estar presente em todas as consultas de manhã, fazer mais plantões, começar a atrair mais doações... essa vaga me pertence, Patricia. Só quero o que é meu.

— Bem. Se é o que você quer...

— Só vai ser assim por uns meses — disse ele, e então parou e indicou a orelha esquerda da mulher com a cabeça. — Tirou o curativo?

— Para mostrar para Korey e Blue.

— Acho que não está tão ruim assim — disse ele, examinando a orelha, o dedão no queixo dela, inclinando sua cabeça. — Não precisa recolocar a gaze. Vai sarar bem.

Ele deu um beijo de despedida na esposa, e pareceu um beijo de verdade.

Bem, pensou Patricia, *se esse é o efeito da tentativa dele de se tornar chefe da psiquiatria, sou totalmente a favor.*

Patricia olhou para o espelho do corredor. Os pontos pretos da sutura pareciam patas de inseto na pele macia, mas ela achou que eram mais discretos do que o curativo. Decidiu ficar assim. Ragtag foi até o vestíbulo e ficou ao lado da porta, querendo sair. Por um instante, Patricia considerou deixá-lo preso, mas então lembrou que Ann Savage estava no hospital.

— Vai lá, garoto — disse ela, abrindo a porta. — Vira o lixo daquela velha malvada.

Ragtag foi até a entrada da garagem, e Patricia trancou a porta. Ela nunca fizera aquilo, mas também nunca tinha sido atacada por uma vizinha no próprio jardim.

Desceu os três degraus de tijolos até o quarto na garagem para baixar a proteção na lateral da cama de hospital.

— Dormiu bem, srta. Mary?

— Uma coruja me mordeu — respondeu a srta. Mary.

— Ah, meu Deus — disse Patricia, sentando a srta. Mary e puxando as pernas da sogra para fora da cama.

Patricia iniciou o longo e lento processo de colocar a idosa no roupão e depois na cadeira de balanço, para, por fim, dar a ela um copo de suco de laranja com uma pitada de Metamucil enquanto a sra. Greene chegava para preparar o café.

Como a maior parte das professoras de escola, a srta. Mary tinha bebido da fonte da meia-idade eterna. Patricia não tinha lembranças da sogra jovem, exatamente, mas se lembrava de uma época em que ela contava com força suficiente para morar sozinha, a cerca de duzentos e cinquenta quilômetros ao norte, perto de Kershaw. Ela se lembrava da horta de dois mil metros quadrados que a sogra cultivava nos fundos da casa. Lembrava-se das histórias de quando a srta. Mary trabalhava na fábrica de bombas durante a guerra e de como os produtos químicos deixaram o seu cabelo vermelho, e de como as pessoas vinham contar os seus sonhos para ela e a sogra dizia quais números deveriam escolher na loteria.

A srta. Mary sabia prever o tempo na borra de café, e os fazendeiros que plantavam algodão achavam que ela era tão certeira que sempre lhe pagavam uma xícara de café quando ela passava na loja de Husker Early para pegar a correspondência. Ela se recusava a deixar qualquer pessoa comer do pessegueiro no seu jardim, não importava quanto as frutas parecessem apetitosas, porque dizia que a árvore tinha sido plantada num momento de tristeza e que as frutas eram amargas. Certa vez, Patricia provara uma, e o sabor lhe pareceu suave e doce, mas quando contou a Carter ele ficou irado, então ela nunca mais fez aquilo.

A srta. Mary conseguia desenhar o mapa dos Estados Unidos de cabeça, sabia a tabela periódica inteira de cor, dera aulas numa escola com uma única sala, fazia chás curativos e vendeu o que chamava de "mistura da boa forma" a vida inteira. Centavo a centavo, dólar a dólar, ela mandou os filhos para a faculdade, e Carter para a universidade de medicina. Agora usava fraldas e não conseguia acompanhar nem uma matéria sobre jardinagem no jornal.

Patricia sentiu a orelha latejando e subiu para pegar um analgésico. Tinha acabado de engolir três quando o telefone tocou, exatamente às 9h02. Ninguém sonharia em ligar antes das nove, mas também não ia querer parecer ansioso demais.

— Patricia? — disse Grace. — Grace Cavanaugh. Como você está?

Por alguma razão, Grace sempre se apresentava no início de toda ligação.

— Triste — respondeu ela. — A sra. Savage arrancou e engoliu o lóbulo da minha orelha.

— Claro. Tristeza é um dos estágios do luto.

— Ela engoliu o meu brinco também. Os novos que usei ontem à noite.

— Que pena — comentou Grace.

— Acabei descobrindo que o Carter ganhou os brincos de um paciente — contou Patricia. — Ele nem tinha comprado.

— Então você não vai querer ficar com eles mesmo. Falei com o Ben hoje de manhã. Ele me contou que Ann Savage foi internada na unidade de tratamento intensivo do MUSC. Ligo se descobrir mais alguma coisa.

O telefone tocou a manhã inteira. O incidente não saíra no jornal matutino, mas não importava. CNN, NPR, CBS — nenhum grupo de mídia era páreo para as mulheres de Old Village.

— Já está faltando alarme no mercado — comentou Kitty. — O Horse disse que telefonou para algumas pessoas para tentar comprar, mas disseram que vão demorar três semanas só para virem aqui em casa dar uma olhada. Não sei como vou sobreviver por três semanas. Horse diz que estamos seguros com as armas, mas, confie em mim, já saí para caçar pombos com aquele homem. Ele mal consegue mirar no céu.

Slick ligou em seguida.

— Rezei por você a manhã inteira — disse ela.

— Obrigada, Slick.

— Ouvi dizer que o sobrinho da sra. Savage veio de algum lugar do norte para morar aqui.

Ela não precisava ser mais específica. Todo mundo sabia que qualquer lugar ao norte significava quase sempre a mesma coisa: um lugar sem lei, relativamente selvagem — apesar dos bons museus e da Estátua da Liberdade —, onde as pessoas se importavam tão pouco umas com as outras que deixavam você morrer na rua.

— Leland me falou que alguns corretores de imóveis passaram lá e tentaram convencer ele a colocar a casa à venda, mas ele não está interessado — continuou Slick. — Nenhum deles viu a sra. Savage enquanto estava lá. O sobrinho falou que ela não conseguia sair da cama, que estava muito mal. E a sua orelha, como está?

— A sra. Savage engoliu parte dela — respondeu Patricia.

— Eu sinto muito. Eram brincos tão bonitos…

À tarde, Grace ligou de novo, com notícias de última hora.

— Patricia. Grace Cavanaugh. Ben acabou de me contar: a sra. Savage faleceu uma hora atrás.

De repente, Patricia ficou triste. A saleta pareceu escura e soturna. O linóleo amarelo ganhou um aspecto gasto, e ela viu todas as marcas gordurosas de mãos na parede ao redor do interruptor.

— Como? — perguntou.

— Não era raiva, se é isso que a preocupa — respondeu Grace. — O sangue dela tinha algum tipo de veneno. A mulher sofria de desnutrição, desidratação, e o corpo estava cheio de cortes e feridas infectadas. Ben falou que os médicos ficaram surpresos de ela ter durado tanto. Chegou até a comentar — e, nesse momento, Grace baixou a voz — que ela tinha marcas na parte interna da coxa. Provavelmente injetava alguma coisa para a dor. Com certeza a família não quer que ninguém saiba disso.

— Estou me sentindo horrível — disse Patricia.

— Está se referindo ao brinco de novo? Mesmo que você recuperasse o que a mulher engoliu, ia mesmo conseguir usar outra vez? Sabendo por onde o brinco andou?

— Acho que deveria levar algo para ele.

— Para o sobrinho? — perguntou Grace, elevando a voz a ponto de *sobrinho* sair numa nota aguda e clara de descrença.

— A tia dele morreu — argumentou Patricia. — Eu deveria fazer alguma coisa.

— Por quê?

— Melhor levar flores ou comida? — perguntou Patricia.

Do outro lado da linha, Grace fez uma pausa longa, e então falou com a voz firme:

— Não sei bem qual é a etiqueta correta para tratar a família da mulher que arrancou um pedaço da sua orelha, mas, se você se sente na obrigação de fazer algo, eu certamente não levaria comida.

Maryellen ligou no sábado, e foi aí que Patricia se decidiu de vez.

— Cremamos Ann Savage ontem — contou ela. — Achei que você deveria saber.

Depois que a filha mais nova tinha entrado na primeira série, Maryellen arranjou um emprego como escrivã na funerária Stuhr. Ela sabia detalhes de todas as mortes de St. Pleasant.

— Sabe de algum velório ou de algum lugar para enviar doações? — indagou Patricia. — Queria mandar alguma coisa.

— O sobrinho fez uma cremação direta. Sem flores, sem velório, sem obituário. Acho que nem vai colocar ela numa urna, a não ser que tenha comprado em outro lugar. Da forma que pareceu se importar, vai jogar as cinzas da tia num buraco.

Aquilo consumiu Patricia, e não apenas porque a mulher suspeitava que não prender Ragtag tinha, de alguma maneira, causado a morte de Ann Savage. Um dia, ela teria a mesma idade de Ann Savage e da srta. Mary. Korey e Blue agiriam como os irmãos de Carter e ficariam mandando ela de lá para cá como um bolo de frutas que ninguém quer? Discutiriam sobre quem teria que ficar com a mãe? Se Carter morresse, venderiam a casa, os livros dela, os móveis e dividiriam o dinheiro entre si para, no final, Patricia não ter nada que fosse seu?

Toda vez que via a sogra parada na porta, vestida para sair, a bolsa a tiracolo, encarando-a em silêncio, sem parecer saber o que aconteceria a seguir, sentia que dali para se agachar no lado de casa e enfiar carne crua de guaxinim na boca eram apenas alguns passos.

Uma mulher havia morrido. Ela precisava levar algo para a família. Grace tinha razão: era estranho, mas, às vezes, as pessoas fazem o que precisa ser feito, não o que é sensato.

CAPÍTULO 6

Amigos e parentes passaram na casa a sexta-feira toda. Levaram para Patricia seis buquês de flores, dois exemplares de uma revista de decoração e um de uma revista feminina, três caçarolas (de milho, de taco e de espinafre), um pacote de café, uma garrafa de vinho e duas tortas (de creme Boston e de pêssego). Ela decidiu que, dada a situação, passar uma caçarola adiante seria apropriado, e deixou a de taco descongelando.

Carter fora cedo para o hospital, mesmo sendo fim de semana. Patricia encontrou a sra. Greene e a srta. Mary sentadas na varanda de trás. A manhã estava tranquila e quentinha, e a sra. Greene folheava uma revista feminina enquanto a srta. Mary encarava o comedouro dos pássaros, que, como sempre, estava cheio de esquilos.

— Está aproveitando o sol, srta. Mary? — perguntou Patricia.

A idosa virou os olhos lacrimejantes para a nora e franziu a testa.

— Hoyt Pickens veio aqui ontem à noite — disse ela.

— Sua orelha parece melhor — comentou a sra. Greene.

— Obrigada — respondeu Patricia.

Ragtag, deitado aos pés da srta. Mary, se levantou quando um rato-d'água gordo saiu dos arbustos e correu pela grama, fazendo Patricia dar um salto e três esquilos fugirem aterrorizados. O rato disparou pela cerca que separava a propriedade deles da dos Lang e sumiu tão rápido quanto surgiu. Ragtag voltou a se deitar.

— Você deveria colocar um pouco de veneno — aconselhou a sra. Greene.

Patricia pensou em ligar para o exterminador de pragas mais tarde e perguntar se eles tinham veneno de rato.

— Vou na rua entregar uma caçarola — informou Patricia.

— Daqui a pouco nós vamos almoçar — disse a sra. Greene.

— No que está pensando para o almoço, srta. Mary?

— Hoyt. Qual era o nome dele, daquele Hoyt?

Patricia escreveu um bilhetinho (*Sentimos muito pela sua perda. Ass: Família Campbell*) e o prendeu com fita adesiva no papel-alumínio sobre a caçarola de taco, depois foi andando pelas ruas quentes até o chalé de Ann Savage, com a travessa fria em mãos.

Começava a esquentar mais, então ela aproveitou um pouco do sol a caminho do jardim sujo da sra. Savage. O sobrinho devia estar em casa, porque o furgão branco estava estacionado na grama, à sombra. Não parecia se encaixar ali em Old Village — afinal, como Maryellen apontara, era o tipo de coisa que um sequestrador de crianças dirigiria.

Patricia subiu os degraus de madeira até a varanda e bateu com os nós dos dedos na porta de tela. Depois de um minuto, bateu de novo, mas não ouviu nada além do eco de suas batidas dentro da casa e cigarras cantando no lago que separava o jardim da sra. Savage dos seus vizinhos, os Johnson.

Patricia bateu outra vez e esperou, olhando para o outro lado da rua, onde pedreiros haviam demolido a casa dos Shortridge, que tinha um telhado de ardósia lindo. No lugar dela, alguém de fora da cidade construía uma ostentosa mansão em miniatura. Cada vez mais aquelas monstruosidades apareciam em Old Village, coisas enormes que iam até os limites do terreno e não deixavam nenhum espaço para canteiros.

Patricia queria deixar a comida, mas já tinha se dado ao trabalho de ir até lá, então esperava ao menos conseguir falar com o sobrinho. Decidiu ver se a porta estava trancada. Colocaria a caçarola no balcão da cozinha com um bilhete, disse a si mesma. Abriu a porta de tela e girou a maçaneta, que emperrou por um momento e depois abriu.

— Olá? — chamou Patricia, no interior sombrio.

Ninguém respondeu. Ela deu um passo para dentro. Todas as cortinas estavam fechadas. O ambiente, abafado e cheio de poeira.

— Oi? Sou a Patricia Campbell, da Pierates Cruze...

Nada de resposta. Ela nunca tinha entrado na casa de Ann Savage. Móveis antigos e pesados entulhavam a sala de estar. Embalagens de lojas de bebidas e sacos de papel lotados de correspondências cobriam o chão. Havia circulares, catálogos e exemplares velhos e enrolados de jornal caídos em cada cadeira. Quatro malas antigas da Samsonite encostadas na parede. Prateleiras embutidas ao redor da porta da frente cheias de livros úmidos. O cheiro lembrava um bazar de caridade.

Um portal à esquerda levava à cozinha escura, e outro, à direita, seguia para os fundos da casa. Um ventilador de teto girava de maneira letárgica no aposento. Patricia observou o corredor. Havia uma porta entreaberta no final, que levava ao que, para ela, só podia ser o quarto. De lá, Patricia ouviu o gemido de um ar-condicionado. O sobrinho certamente não teria saído sem desligar o ar.

Prendendo a respiração, Patricia atravessou com cuidado o corredor e escancarou a porta do quarto.

— Toc-toc? — disse ela.

O homem deitado na cama estava morto.

Estava sobre a colcha, ainda de coturnos. Usava calça jeans e uma camisa branca abotoada. As mãos repousavam ao lado do corpo. Era um sujeito enorme, com bem mais de um metro e oitenta, e os pés estavam dependurados na ponta da cama. Porém, apesar do tamanho, ele parecia desnutrido. Os ossos salientes sob a pele pálida, o rosto encovado e enrugado, o cabelo louro parecendo fino e quebradiço.

— Com licença? — perguntou Patricia, a voz trêmula e rouca.

Ela se forçou a entrar no quarto, colocar a caçarola na cama e verificar o pulso dele. A pele estava fria. Não havia pulso.

Patricia examinou o rosto do homem com atenção. Ele tinha lábios finos, uma boca larga e maçãs do rosto destacadas. Seus traços o deixavam em algum lugar entre bonito e lindo. Ela sacudiu o ombro dele, por precaução.

— Senhor — murmurou ela. — Senhor?

O corpo mal se moveu. Patricia colocou o indicador embaixo das narinas dele: nada. Seus instintos de enfermeira vieram à tona.

Ela usou uma das mãos para abaixar o queixo dele e a outra para levantar o lábio superior. Explorou a boca do homem com o dedo. A língua estava seca. Nada obstruía as vias aéreas. Patricia se debruçou nele e percebeu, com cócegas nas veias do lado interno dos cotovelos, que não ficava tão perto de um homem que não fosse o seu marido havia dezenove anos. Então seus lábios secos pressionaram os dele, rachados, e vedaram. Ela fechou o nariz do sujeito e deu três sopros na garganta. Então fez três compressões fortes no peito.

Nada. Ela se inclinou para tentar outra vez, selando a boca com os lábios e soprando uma, duas, três vezes, e aí a traqueia de Patricia vibrou com o ar voltando pela garganta. Ela se afastou, tossindo, e o homem se levantou bruscamente, batendo a testa no crânio de Patricia com um som oco, fazendo-a cambalear até a parede, sem ar. As pernas de Patricia cederam, e ela escorregou até o chão, caindo de bunda, enquanto o homem se levantava, os olhos arregalados, fazendo a caçarola cair com um estrondo.

— Cacete! — gritou ele.

Olhando loucamente ao redor, viu Patricia caída aos seus pés. Com o peito subindo e descendo, de queixo caído e olhos semicerrados contra a escuridão, o homem a observou.

— Como entrou aqui?! — gritou. — Quem é você?

Patricia conseguiu controlar a respiração o suficiente para guinchar:

— Patricia Campbell, da Pierates Cruze.

— Quê? — bradou ele.

— Achei que você estivesse morto — disse ela.
— Quê? — bradou ele de novo.
— Eu fiz respiração boca a boca. Você não estava respirando.
— Quê? — bradou ele pela terceira vez.
— Sou uma vizinha? — Patricia se encolheu. — Da Pierates Cruze?

Ele olhou pela porta do corredor. Depois para a cama. E voltou a encará-la.

— Cacete — repetiu, e os ombros relaxaram.
— Trouxe uma caçarola para você — comentou Patricia, apontando para a travessa de cabeça para baixo no chão.

O movimento do peito dele ficou mais devagar.

— Você veio aqui para me trazer uma caçarola?
— Sinto muito pela sua perda — falou Patricia. — Sou... A sua tia-avó foi encontrada no meu quintal? E as coisas ficaram um pouco violentas? Talvez você já tenha visto o meu cachorro? É mistura de cocker spaniel e, ele, bem... talvez seja melhor que não tenha visto? E... Bom, espero mesmo que não tenha sido nada na nossa casa que tenha feito a sua tia piorar.

— Você me trouxe uma caçarola porque a minha tia morreu — disse ele, como se explicando para si mesmo.

— Você não atendeu à porta — argumentou Patricia. — Mas vi o seu carro lá fora, então resolvi dar uma espiada pela porta.

— E pelo corredor — disse o homem. — E pelo meu quarto.

Ela se sentiu boba.

— Ninguém aqui vê problema nesse tipo de coisa — explicou Patricia. — É Old Village. Você não estava respirando.

Ele arregalou e fechou bem os olhos algumas vezes, balançando a cabeça.

— Estou cansado demais.

Patricia percebeu que ele não ia ajudá-la, então se levantou sozinha.

— Deixe eu limpar isso — disse ela, pegando a travessa. — Estou me sentindo uma tonta.

— Não. Você precisa ir embora. — Ele gesticulou, a cabeça meio tremendo, meio balançando.

— Só vai levar um minuto.

— Por favor — pediu ele. — Por favor, vá para casa. Preciso ficar sozinho.

O homem a conduziu para fora do quarto.

— Posso pegar um pano para garantir de que não vai manchar o piso — disse Patricia enquanto ele a levava pelo corredor.

— Me sinto péssima por entrar sem termos sido apresentados, mas vi que você não estava respirando, e já fui enfermeira... sou enfermeira... e tinha tanta certeza de que você estava passando mal, estou me sentindo uma idiota.

Enquanto falava, ele a levou pela sala de estar zoneada, abriu a porta e ficou parado atrás dela, os olhos marejados e espremidos, e Patricia teve certeza de que ele queria que ela fosse embora.

— Por favor — disse a mulher, com a mão na maçaneta da porta de tela. — Eu sinto muito. Não queria incomodar você assim.

— Preciso voltar para a cama — respondeu o homem, e logo a mão dele estava na lombar dela, e então Patricia estava na varanda, sob o sol quente, e a porta foi batida na sua cara.

Patricia torcia para que ninguém a tivesse visto entrando. Se outra pessoa ficasse sabendo daquela imbecilidade, ela morreria de vergonha.

Virou-se e deu um salto quando a dianteira de um grande sedã bege embicou no jardim, bem em cima dela. Atrás do para-brisa, que brilhava ao sol, ela viu Francine, a mulher que cuidava de Ann Savage, uma senhora cujo rosto parecia uma maçã podre, e que quase ninguém contratava em Old Village devido à sua natureza vingativa.

Através do vidro, ela e Francine trocaram olhares. Patricia ergueu a mão num gesto que mal lembrava um aceno, depois baixou a cabeça e subiu a rua o mais rápido possível, pensando em todas as pessoas a quem Francine poderia contar o que acabou de acontecer.

CAPÍTULO 7

Durante o caminho de volta para casa, Patricia sentiu o gosto do sobrinho de Ann Savage nos lábios: temperos em pó, couro, pele desconhecida. Aquilo fez o seu sangue borbulhar nas veias, e então, cheia de culpa, ela escovou os dentes duas vezes, encontrou uma garrafa de enxaguante bucal pela metade no armário e bochechou até os lábios ficarem com gosto artificial de menta.

Pelo restante do dia, ela temeu que alguém aparecesse e perguntasse o que andara fazendo na casa de Ann Savage. Ficou cheia de medo de encontrar a sra. Francine quando foi ao mercado. Tomava um susto sempre que o telefone tocava, pensando que poderia ser Grace dizendo que ouvira falar que Patricia tinha feito respiração boca a boca num homem adormecido.

Mas veio a noite e ninguém disse nada, e, mesmo sem conseguir olhar Carter nos olhos durante o jantar, na hora de ir para a cama já tinha se esquecido do sabor dos lábios do sobrinho. Na manhã seguinte, esqueceu-se de Francine em algum momento entre lembrar onde precisava levar e buscar Korey durante a semana e fazer com que Blue estudasse para a prova de história local, em vez de ler sobre Adolf Hitler.

Ela se certificou de que Korey e Blue estivessem matriculados em acampamentos de verão (de futebol para Korey, de ciências para Blue), e ligou pedindo a Grace o telefone de alguém que pudesse vir dar uma olhada no ar-condicionado, e fez compras, e preparou almoços, e devolveu livros na biblioteca, e assinou boletins (nada de recuperação esse ano, graças a Deus), e quase não via Carter de manhã quando ele disparava pela porta ("Prometo", dizia o marido, "que, quando isso acabar, vamos à praia"), e de repente uma semana tinha se passado, e ela estava sentada à mesa durante o jantar, entreouvindo Korey reclamar de alguma coisa que não a interessava nem um pouco.

— Você está me escutando? — perguntou a filha.

— O quê? — indagou Patricia, despertando do devaneio.

— Não entendo como o café pode estar acabando de novo — disse Carter da outra ponta da mesa. — As crianças estão comendo café?

— Hitler dizia que a cafeína é um veneno — comentou Blue.

— Eu falei que o quarto do Blue fica de frente para a água, então ele pode abrir a janela e deixar uma brisa entrar — repetiu Korey. — E ele tem um ventilador de teto. Não é justo. Por que não posso ter ventilador de teto no meu quarto? Ou ficar na casa da Laurie até consertarem o ar?

— Você não vai ficar na casa da Laurie — determinou Patricia.

— Que ideia é essa de querer morar com os Gibson? — indagou Carter.

Pelo menos quando os filhos diziam coisas completamente irracionais eles falavam a mesma língua.

— É porque o ar-condicionado está quebrado — respondeu Korey, empurrando o peito de frango pelo prato com o garfo.

— Não está quebrado — retrucou Patricia. — Só não está funcionando muito bem.

— Você ligou para o técnico? — perguntou Carter.

Patricia lhe lançou um olhar no idioma secreto dos pais que dizia: *Fique do meu lado na frente das crianças que a gente discute isso depois.*

— Não ligou, não é? — disse Carter. — Korey tem razão, está quente demais.

Era óbvio que Carter não falava o idioma secreto dos pais.

— Eu tenho um retrato — anunciou a srta. Mary.

— Como é, mãe? — perguntou Carter.

Carter achava importante que a mãe jantasse com a família sempre que possível, mesmo que fosse uma luta fazer Blue se sentar à mesa com a avó. A srta. Mary deixava cair tanta comida no colo quanto colocava na boca, e o copo d'água ficava sujo porque ela esquecia de engolir o que estava mastigando antes de dar um gole.

— No retrato, dá pra ver que o homem... — disse a srta. Mary — ... é um homem.

— Isso mesmo, mãe — falou Carter.

Foi nesse momento que uma barata caiu do teto bem no copo d'água da srta. Mary.

— Mãe! — gritou Korey, pulando para trás da cadeira.

— Barata! — berrou Blue de forma redundante, observando se cairiam outras.

— Peguei! — disse Carter, vendo uma segunda no candelabro e tentando acertá-la com um dos guardanapos de linho bons de Patricia.

O coração de Patricia deu um salto. Ela já podia ver aquilo se tornando uma anedota de família sobre como ela era péssima cuidando da casa. "Lembram?", perguntariam uns aos outros quando ficassem mais velhos. "Lembram como a casa da mamãe era tão suja que uma barata caiu do teto dentro do copo da vovó Mary? Lembram?"

— Mãe, que *nojo*! — disse Korey. — Mãe! Não deixa ela beber!

Patricia acordou do devaneio e viu a srta. Mary pegando o copo, prestes a dar um gole, enquanto a barata lutava para sobreviver na água suja. Voando do assento, Patricia arrancou o copo da mão da sogra e jogou o conteúdo na pia. Abriu a torneira, fazendo o inseto e os restos de comida irem pelo ralo, então ligou o triturador de lixo.

Foi nesse momento que a campainha tocou.

Ainda conseguia ouvir Korey fazendo um escândalo na sala de jantar, e queria ter certeza de que ia perder aquilo, então gritou:

— Eu atendo!

Atravessou a saleta até o vestíbulo calmo e sombrio. Mesmo de lá, conseguia ouvir Korey. Ao abrir a porta, a vergonha invadiu suas veias: sob a luz da varanda, estava o sobrinho de Ann Savage.

— Espero não estar interrompendo — disse ele. — Vim devolver a travessa da caçarola.

Ela não conseguia acreditar que era o mesmo homem. O sujeito continuava pálido, mas a pele estava sem marcas e parecia macia. Seu cabelo estava cheio, dividido na esquerda. Usava uma camisa de botão cáqui para dentro de uma calça jeans nova, as mangas enroladas até os cotovelos, exibindo antebraços grossos. Um sorriso leve brincava nos cantos da sua boca, como se os dois tivessem alguma piada interna. Patricia sentiu a boca formando um sorriso em resposta. Numa das mãos enormes, ele segurava a travessa. Estava limpíssima.

— Sinto muito mesmo por entrar na sua casa — disse ela, erguendo a mão para cobrir a boca.

— Patricia Campbell — falou o homem. — Eu me lembrei do seu nome e procurei na lista telefônica. Sei como as pessoas ficam quando dão comida de presente e nunca recebem a travessa de volta.

— Não precisava ter feito isso — garantiu ela, esticando a mão para pegar a travessa.

Ele continuou segurando-a.

— Gostaria de pedir desculpa pelo meu comportamento — declarou ele.

— Não, eu que peço desculpa — disse Patricia, pensando em quanta força teria que fazer para puxar a travessa das mãos dele sem parecer rude. — Você deve pensar que eu sou uma idiota. Interrompi o seu sono, eu... achei mesmo que estivesse... Já fui enfermeira. Não sei como pude cometer um erro tão bobo. Desculpe.

Ele franziu a testa, ergueu as sobrancelhas e pareceu sinceramente preocupado.

— Você pede desculpa demais.

— Desculpe — disse ela rápido. Percebeu na mesma hora o que tinha feito e congelou, confusa, sem saber o que fazer, então foi em frente, atrapalhada. — Só psicopatas não pedem desculpa.

Logo que essas palavras escaparam pela boca, Patricia desejou não ter falado nada. Ele a observou por um momento, depois respondeu:

— Sinto muito em ouvir isso.

Os dois ficaram frente a frente por um segundo, enquanto Patricia processava o que ele tinha dito, e então ela começou a rir. Depois de um instante, ele também riu, enfim largando a travessa, e ela a puxou, mantendo-a na frente da barriga como um escudo.

— Não vou nem pedir desculpa de novo — disse ela. — Podemos recomeçar?

Ele estendeu a mão grande.

— James Harris.

Ela a apertou. Era fria e forte.

— Patricia Campbell.

— Lamento muito mesmo por isso — disse ele, indicando a orelha esquerda.

Com a lembrança da orelha mutilada, Patricia se virou levemente e colocou o cabelo por cima dos pontos.

— Tudo bem. Acho que é por isso que tenho duas.

Dessa vez, a risada dele foi curta e repentina.

— Nem todo mundo seria tão generoso com as próprias orelhas.

— Não me lembro de ter tido escolha — disse Patricia, e então sorriu para deixar claro que estava brincando.

Ele sorriu também.

— Vocês eram próximos? — perguntou Patricia. — Você e a sra. Savage?

— Ninguém da minha família é próximo. Mas, quando alguém precisa, estamos lá.

Ela queria fechar a porta e ficar ali na varanda, tendo uma conversa de adulto com aquele homem. Sentira tanto medo dele, e no fim das contas o homem era caloroso, engraçado e olhava para Patricia de uma forma que a fazia se sentir vista. Então ouviu vozes estridentes dentro de casa. Sorriu, envergonhada, e percebeu que havia uma forma de mantê-lo ali.

— Gostaria de conhecer a minha família?

— Não quero interromper a refeição de vocês — respondeu James Harris.

— Vou considerar um favor pessoal se fizer isso.

Ele a encarou por um instante curto, inexpressivo, analisando-a, e então sorriu de novo.

— Só se for um convite de verdade.

— Considere-se convidado — disse ela, dando um passo para o lado.

Após um segundo, ele entrou no vestíbulo escuro.

— Sr. Harris? — chamou ela. — Não vai comentar nada sobre... — ela indicou a travessa que segurava com ambas as mãos — ... sobre isso, não é?

Ele ficou sério.

— Vai ser o nosso segredo.

— Obrigada.

Quando o levou até a sala de jantar iluminada, todo mundo ficou quieto.

— Carter — disse Patricia. — Este é James Harris, o sobrinho-neto de Ann Savage. James, este é o meu marido, o dr. Carter Campbell.

Carter se levantou e apertou a mão dele de maneira automática, como se todo dia fosse apresentado ao sobrinho da mulher que tinha arrancado a orelha da sua esposa. Blue e Korey, por outro lado, olharam com horror para a mãe e em seguida para aquele desconhecido enorme, se perguntando por que ela o deixara entrar em casa.

— Este é o nosso filho, Carter Jr., mas a gente chama ele de Blue, e a nossa filha, Korey — apresentou Patricia.

Conforme James apertava a mão de Blue e dava a volta na mesa para fazer o mesmo com Korey, Patricia viu a própria família do ponto de vista dele: Blue o fitando de forma rude; Korey atrás da cadeira, usando um moletom estampado e o short do uniforme de futebol, olhando para ele boquiaberta, como se o homem fosse um animal no zoológico. A srta. Mary mastigando sem parar, mesmo com a boca vazia.

— Esta é a srta. Mary Campbell, minha sogra, que mora com a gente.

James Harris estendeu a mão para a idosa, que continuou chupando os lábios enquanto encarava o saleiro e o pimenteiro.

— É um prazer conhecê-la, madame — disse ele.

A senhora ergueu os olhos lacrimosos e estudou o rosto do homem por um instante, o queixo tremendo, depois voltou a encarar o saleiro e o pimenteiro.

— Eu tenho um retrato — declarou ela.

— Não quero interromper a refeição de vocês — disse James Harris, recolhendo a mão. — Só vim devolver a travessa.

— Não quer ficar para a sobremesa? — indagou Patricia.

— Não quero atrapalhar... — respondeu ele.

— Blue, tire a mesa — pediu Patricia. — Korey, pegue as tigelas.

— Eu gosto mesmo de um doce — comentou James Harris conforme Blue passava ao seu lado carregando uma pilha de pratos sujos.

— Sente-se aqui.

Patricia indicou a cadeira vazia à sua esquerda, que rangeu de forma alarmante quando James Harris se acomodou nela. As tigelas chegaram e o pote de sorvete ocupou o seu lugar na frente de Carter. Com uma colher grande, ele começou a quebrar a superfície petrificada pelo congelador.

— O que faz da vida? — perguntou ele.

— Todo tipo de coisa — respondeu James enquanto Korey colocava uma pilha de tigelas de sorvete na frente do pai. — Mas, no momento, estou com um dinheiro para investir.

Patricia parou por um instante. Ele era rico?

— Em quê? — questionou Carter, colocando colheradas cheias do sorvete branco nas tigelas de todo mundo e passando-as pela mesa. — Ações e títulos? Pequenos negócios? Microchips?

— Estava pensando em algo mais aqui pela área — disse James Harris. — Talvez imóveis.

Carter colocou uma tigela de sorvete diante de James, então enfiou uma colher de cabo grosso na mão da mãe e deu uma tigela de sorvete de baunilha para ela.

— Não é a minha área — declarou ele, perdendo o interesse.

— Sabe a minha amiga Slick Paley, do clube do livro? — comentou Patricia. — Ela e o marido, Leland, investem em imóveis. Talvez possam te contar um pouco sobre o panorama aqui.

— Você faz parte de um clube do livro? — perguntou James. — Eu adoro ler.

— Que tipo de livros? — indagou Patricia enquanto Carter os ignorava e dava sorvete na boca da mãe, e Blue e Korey continuavam encarando o homem.

— Sou um grande fã de Ayn Rand — respondeu James Harris. — Kesey, Ginsburg, Kerouac. Já leu *Zen e a arte da manutenção de motocicletas*?

— Você é hippie? — perguntou Korey.

Patricia se sentiu pateticamente grata por James Harris ter ignorado a filha.

— Estão aceitando novos membros? — disse ele.

— Eca — soltou Korey. — São só um bando de velhas que se reúnem para beber vinho. Elas nem leem os livros.

Patricia não sabia de onde Korey tinha tirado aquilo. Só podia ser coisa da adolescência, mas Maryellen dissera que os filhos só viravam adolescentes quando os pais paravam de gostar deles, e ela ainda gostava de Korey.

— E vocês, costumam ler o quê? — indagou James, continuando a ignorar a menina.

— Todos os estilos — afirmou Patricia. — Acabamos de ler um livro maravilhoso sobre a vida numa cidadezinha guianense nos anos 1970.

Ela não mencionou que o livro era *Voraz: A história não contada do reverendo Jim Jones e seu povo*.

— Elas alugam os filmes — argumentou Korey. — E fingem ter lido os livros.

— Esse livro não foi adaptado para o cinema — disse Patricia, forçando um sorriso.

James Harris não estava escutando. Seus olhos repousaram em Korey.

— Tem algum motivo para você estar sendo mal-educada com a sua mãe? — questionou ele.

— Em geral, ela não é assim — garantiu Patricia. — Tudo bem.

— Algumas pessoas usam a literatura para compreender a própria vida — disse James Harris, ainda encarando Korey, que se contorceu com a intensidade do seu olhar. — O que você está lendo?

— *Hamlet* — respondeu ela. — De Shakespeare, sabe?

— Para a escola — replicou James Harris. — Quis dizer o que você está lendo que não tenha sido escolhido por outra pessoa.

— Não tenho muito tempo para ficar sentada lendo — disse Korey. — Vou para a escola e sou capitã dos times de futebol e de vôlei.

— Um leitor vive muitas vidas — declarou James Harris. — Quem não lê vive apenas uma. Mas se fica feliz em fazer apenas o que mandam você fazer e ler o que os outros acham que deveria ler, então quem sou eu para impedir. Só acho triste.

— Eu... — disse a garota, a boca se mexendo sem emitir som. Então ela parou. Ninguém nunca tinha chamado Korey de triste antes. — Deixa pra lá.

Ela voltou a se jogar na cadeira.

Patricia se perguntou se a filha tinha ficado chateada. Aquele era um território novo para ela.

— De que livro vocês estão falando? — perguntou Carter, enfiando mais sorvete na boca da mãe.

— Do clube do livro da sua esposa — respondeu James Harris. — Acho que tenho simpatia por leitores. Cresci em bases militares e, para onde quer que fosse, os livros eram meus amigos.

— Porque você não tem amigos de verdade — murmurou Korey.

A srta. Mary olhou para James Harris, e Patricia quase conseguiu ouvir os olhos da sogra dando zoom nele.

— Eu quero o meu dinheiro — disse a idosa, com raiva. — Você deve dinheiro ao meu pai.

O silêncio recaiu sobre a mesa.

— Como é, mãe? — perguntou Carter.

— Você chegou de mansinho — continuou a srta. Mary. — Mas estou de olho.

A srta. Mary encarava James Harris, as sobrancelhas grisalhas e grossas franzidas, a pele frouxa ao redor da boca formando um nó raivoso. Patricia se virou para James Harris e o viu pensando, tentando de verdade compreender alguma coisa.

— Minha mãe acha que você é alguém do passado dela — explicou Carter. — Ela tem dias bons e ruins.

A cadeira da srta. Mary foi para trás arranhando o chão com um guincho de perfurar os tímpanos.

— Mãe — disse Carter, pegando o braço dela. — Já acabou? Deixa eu te ajudar.

Ela se soltou da mão do filho e se levantou, os olhos fixos em James Harris.

— Você é o sétimo filho de uma mãe insípida — disse a srta. Mary, dando um passo na direção dele. Sua papada grande balançou de leve. — Quando os dias de cão chegarem, vamos enfiar pregos nos seus olhos.

Ela apoiou a mão na mesa, para se manter de pé, e oscilou sobre James Harris.

— Mãe — chamou Carter. — Fica calma.

— Achou que ninguém ia reconhecer você — disse a srta. Mary. — Mas eu tenho um retrato seu, Hoyt.

James Harris encarou a srta. Mary sem se mexer. Nem sequer piscava.

— Hoyt Pickens — falou a idosa.

E então cuspiu. Sua intenção era dar um tiro certeiro, um cuspe pontiagudo que atingiria o chão, mas, em vez disso, um bocado de saliva branca engrossada pelo sorvete de baunilha e pontilhada por pedaços de frango escorreu pelo queixo até cair no vestido dela.

— Mãe! — disse Carter.

Patricia viu Blue se engasgar e cobrir metade do rosto com um guardanapo. Korey se recostou na cadeira, bem longe da vó, e Carter foi na direção da mãe, um guardanapo estendido na mão.

— Desculpe por isso — disse Patricia a James Harris conforme se levantava.

— Eu sei quem você é! — gritou a srta. Mary para James Harris. — No seu terno de sorvete.

Naquele momento, Patricia odiou a srta. Mary. Alguém interessante havia visitado a casa deles para falar de livros, e nem isso a sogra a deixou aproveitar.

Ela guiou a idosa para fora da sala de jantar, puxando-a por debaixo das axilas, sem se importar se estava sendo um pouco rude demais. Atrás dela, notou James Harris se levantando enquanto Carter e Korey começaram a falar ao mesmo tempo, e torceu para que ele ainda estivesse lá quando voltasse. Levou a srta. Mary para o quarto, a colocou sentada na cadeira, com a tigela de plástico cheia de água e a escova de dentes, e voltou para a sala de jantar. A única pessoa ali era Carter, tomando o sorvete, curvado sobre a tigela.

— Ele ainda está aqui? — perguntou Patricia.

— Foi embora — respondeu Carter, com a boca cheia. — Minha mãe estava estranha hoje, não acha?

A colher do marido raspou o fundo da tigela, e ele se levantou, deixando a louça ali para a esposa recolher, sem esperar para ouvir a resposta dela. Naquele momento, Patricia odiou a própria família com todas as forças. E queria ver James Harris de novo, desesperadamente.

CAPÍTULO 8

Foi assim que Patricia se viu, no início da tarde do dia seguinte, na varanda do chalé amarelo e branco de Ann Savage.

Ela bateu na porta de tela e esperou. Na frente da nova mansão do outro lado da rua, uma betoneira jogava uma massa cinzenta numa moldura de madeira para formar a entrada da garagem. O furgão branco de James Harris jazia em silêncio na calçada, o sol refletindo no vidro escuro do para-brisa e fazendo os olhos de Patricia se fecharem.

Com um barulho alto, a porta da frente se abriu e James Harris apareceu, suado e com óculos escuros enormes.

— Espero não ter acordado você — disse Patricia. — Queria pedir desculpas pelo comportamento da minha sogra ontem à noite.

— Entre rápido — indicou ele, voltando para as sombras às suas costas.

Patricia imaginou olhos a observando de todas as janelas da rua. Não podia entrar na casa dele de novo. Onde Francine estava? Ela se sentiu exposta e constrangida. Não tinha pensado direito em como seria.

— Vamos conversar aqui fora — disse para o escuro. Tudo que conseguia ver era a mão grande e pálida dele no batente da porta. — O sol está tão gostoso!

— Por favor — insistiu ele, a voz tensa. — Eu tenho um problema.

Patricia reconheceu um tom genuíno de angústia, mas ainda assim não conseguia entrar.

— Vá ou fique — disse ele, a raiva aumentando em sua voz.

— Não posso me expor ao sol.

Patricia olhou para os dois lados da rua e passou rapidamente pela soleira.

Ele a afastou para poder bater a porta, forçando a mulher a entrar ainda mais na casa. Para a surpresa dela, estava vazia. A mobília fora colocada junto às paredes, assim como as malas e sacolas velhas e as caixas de papelão cheias de lixo. Atrás de Patricia, James Harris desabou sobre a porta depois de trancá-la.

— Este lugar está bem melhor do que ontem — comentou ela, jogando conversa fora. — A Francine fez um ótimo trabalho.

— Quem? — perguntou ele.

— Eu vi a Francine saindo daqui ontem. A faxineira.

James Harris a encarou através dos óculos escuros enormes, sem expressão alguma, e Patricia estava prestes a dizer que precisava ir quando os joelhos do homem se dobraram e ele deslizou até o chão.

— Me ajuda.

Seus calcanhares pressionavam inutilmente o piso, as mãos sem qualquer força. O instinto de enfermeira de Patricia entrou em ação: ela se aproximou de James Harris, afastou os pés, passou as mãos por baixo dos braços dele e o levantou. Ele era pesado e robusto e estava com a pele muito fria, e, quando o seu corpo imenso se ergueu diante dela, Patricia se sentiu arrebatada por aquela presença física. As mãos úmidas formigaram até os antebraços.

Ele caiu para a frente, jogando seu peso sobre os ombros dela, e o intenso contato físico deixou Patricia zonza. Ela o levou até uma cadeira de balanço encostada na parede, onde o homem desabou sobre o assento. O corpo de Patricia, livre daquele peso, pareceu de repente mais leve que o ar. Seus pés mal encostavam no chão.

— O que houve com você? — perguntou ela.

— Fui mordido por um lobo — respondeu o homem.

— Onde?

Ela viu os músculos da coxa dele tensionarem e relaxarem quando James Harris começou a se balançar para a frente e para trás na cadeira sem perceber.

— Quando eu era mais novo — respondeu, exibindo os dentes brancos num sorriso dolorido. — Talvez fosse um cachorro selvagem e eu o transformei num lobo na minha cabeça.

— Sinto muito. Machucou?

— Acharam que eu ia morrer. Tive uma febre que durou dias e, quando me recuperei, estava com algumas lesões cerebrais... coisas leves, mas que comprometeram a função motora dos meus olhos.

Patricia ficou aliviada por aquilo estar começando a fazer sentido.

— Deve ter sido difícil.

— Minhas íris não dilatam tão bem, daí a luz do dia é bem dolorosa para mim. Dá uma reviravolta no meu relógio interno.

Ele gesticulou sem forças para a sala, com tudo empilhado junto às paredes.

— Tem tanta coisa para fazer, e não sei por onde começar — disse ele. — Estou perdido.

Ela olhou para as caixas de bebidas e as bolsas cheias de roupas velhas, cadernos, pantufas, remédios, bastidores para bordado e guias de TV com as páginas amareladas. Sacolas plásticas de vestimentas, montes de cabides, fotos emolduradas e empoeiradas, pilhas de xales, selos danificados pela água, montes de cartões de bingo usados presos por um elástico e cinzeiros de vidro, vasilhas e esferas com bolachas-do-mar suspensas no meio.

— É bastante coisa para arrumar — disse Patricia. — Alguém pode vir ajudar você? Parentes? Um irmão? Primos? Sua esposa?

Ele balançou a cabeça.

— Quer que eu fique para falar com Francine? — perguntou ela.

— Ela pediu demissão.

— Isso não é muito do feitio dela.

— Vou ter que sair daqui — disse James Harris, secando o suor da testa. — Pensei em ficar, mas o meu problema dificulta tudo. Sinto como se tivesse um trem em movimento que nunca vou conseguir pegar, por mais rápido que eu corra.

Patricia sabia como era aquela sensação, mas também pensou em Grace, que ficaria ali até saber todo o possível sobre o vizinho bonitão e aparentemente normal que tinha ido parar em Old Village sem esposa nem filhos. Patricia nunca havia conhecido um único homem daquela idade que não tivesse algum tipo de história. Era bem provável que a dele fosse curta e anticlimática, mas a mulher estava tão sedenta por emoção que aceitaria qualquer mistério que aparecesse.

— Vamos ver se conseguimos resolver isso juntos — declarou ela. — O que te incomoda mais?

Ele pegou um maço de correspondências da mesa de café da manhã ao lado como se pesasse duzentos quilos.

— O que faço com isso? — perguntou.

Patricia folheou as cartas, o suor brotando nas costas e no lábio superior. O ar na casa era rançoso e parado.

— Essas são fáceis — disse ela. — Não entendi essa carta da Vara de Sucessões, mas vou telefonar para Buddy Barr. Ele está praticamente aposentado, mas é da nossa igreja e é advogado patrimonial. A Waterworks é logo aqui na rua, e você pode ir lá e mudar o nome da conta em cinco minutos. A empresa de energia tem um escritório na esquina e dá para colocar a conta de luz no seu nome lá.

— Tudo tem que ser feito pessoalmente — disse ele. — E as agências só ficam abertas durante o dia, quando não posso dirigir. Por causa dos meus olhos.

— Ah.

— Se alguém pudesse me levar...

Na mesma hora, Patricia percebeu o que James Harris queria, e se sentiu abocanhada por mais uma obrigação.

— Normalmente eu faria isso com prazer — disse ela. — Mas é a última semana da escola, e tenho tanta coisa para fazer...

— Você falou que só ia levar cinco minutos.

Por um instante, Patricia se ressentiu pelo tom bajulador, e então se sentiu uma covarde. Ela prometera ajudar. Queria saber mais sobre aquele homem. Com certeza não ia desistir diante do primeiro obstáculo.

— Tem razão. Vou só pegar o meu carro. E tentar chegar o mais perto possível da porta.

— Não podemos ir no meu furgão?

Patricia hesitou. Ela não podia dirigir o carro de um desconhecido. Além disso, nunca tinha dirigido um furgão na vida.

— Eu...

— As janelas são escurecidas — disse ele.

Claro. Ela assentiu, sem ver outra opção.

— E odeio ter que incomodar quando você já está fazendo tanto por mim, mas...

Patricia sentiu um peso no peito na mesma hora. Como estava sendo egoísta... Aquele homem tinha ido até a casa dela na noite anterior, enfrentado a petulância da sua filha e um cuspe da sua sogra. Era um ser humano pedindo ajuda. É claro que ela poderia dar o máximo de si.

— O que foi? — perguntou Patricia, modulando a voz para soar o mais acolhedora e genuína possível.

Ele parou de se balançar e explicou:

— Minha carteira foi roubada, e a minha certidão de nascimento e todos esses documentos ficaram num depósito lá em casa. Não sei quanto tempo eu levaria até conseguir alguém para procurar e mandar de volta para mim. Como posso fazer qualquer uma dessas coisas sem eles?

Uma imagem de Ted Bundy com gesso falso no braço pedindo a Brenda para ajudá-lo a levar livros até o carro surgiu na mente de Patricia. Ela ignorou porque aquilo não tinha cabimento.

— A carta da Vara de Sucessões vai resolver o problema de identificação. Você só vai precisar disso para a Waterworks. Enquanto estivermos lá, vamos pedir uma conta impressa com o seu nome e este endereço para mostrar para a companhia de luz. Me dê as chaves que vou pegar o carro.

As janelas escurecidas deixavam os bancos da frente do furgão sombrios e arroxeados, o que não era tão ruim, já que estavam todos manchados e rasgados. Mas o que Patricia odiou mesmo foi o fundo. James Harris tinha aparafusado painéis de madeira nas janelas traseiras para deixar o veículo na escuridão completa, e Patricia ficou nervosa ao dirigir com todo aquele vazio atrás dela.

Na Waterworks, perceberam que James Harris esquecera a carteira em casa. Ele pediu desculpas várias vezes, mas Patricia não se importou em fazer um cheque de cem dólares para o depósito. O homem prometeu pagar assim que voltassem para casa. Já na empresa de energia, pediram um depósito de duzentos e cinquenta dólares, ao que ela hesitou.

— Não deveria ter pedido para você fazer isso — disse James Harris.

Patricia olhou para ele, o rosto já avermelhando por causa do sol, as bochechas molhadas por conta dos olhos, que lacrimejavam mesmo com os óculos. Ela colocou na balança sua empatia e o que Carter diria quando conferisse o talão de cheques. Mas o dinheiro era dela também, não? Era o que o marido sempre respondia quando Patricia pedia uma conta-corrente própria: aquele dinheiro pertencia aos dois. Ela era adulta e podia usar o dinheiro como bem entendesse, mesmo que fosse para ajudar outro homem.

Ela completou o segundo cheque e o arrancou do talão com um golpe rápido do pulso antes que pudesse mudar de ideia. Sentiu-se eficiente. Como se estivesse resolvendo problemas e concluindo tarefas. Sentiu-se como Grace.

De volta à casa dele, Patricia queria esperar na varanda enquanto ele pegava a carteira, mas James Harris a levou para dentro. Àquela altura, já passava das duas da tarde e o sol estava bem forte.

— Volto já — disse ele, deixando-a sozinha na cozinha escura. Ela pensou em abrir a geladeira para ver o que tinha lá dentro. Ou olhar nos armários. Continuava sem saber nada sobre ele.

O piso estalou e o homem voltou para a cozinha.

— Trezentos e cinquenta dólares — anunciou, contando as notas amassadas de vinte e de dez na mesa. Sorriu para ela, mesmo que parecesse doloroso mexer o rosto queimado de sol. — Não tenho palavras para dizer o quanto isso significou para mim.

— Fico feliz em ajudar.

— Sabe... — disse ele, mas a voz foi desaparecendo. James Harris olhou para outro lado e então balançou a cabeça rápido. — Esquece.

— O que foi?

— Já abusei demais. Você foi maravilhosa. Não sei como posso recompensá-la.

— O que foi?

— Esquece — repetiu ele. — É injusto.

— O quê?

Ele ficou parado.

— Quer ver uma coisa muito legal? Só entre nós?

Um alarme soou dentro da cabeça de Patricia. Ela já tinha lido o suficiente para saber que qualquer pessoa que falasse aquilo, sobretudo um desconhecido, estava prestes a pedir que você levasse um pacote para o outro lado da fronteira ou estacionasse na frente de uma joalheria e deixasse o motor ligado. Mas qual tinha sido a última vez que alguém dissera a palavra *legal* para ela?

— Claro — respondeu, com a boca seca.

Ele saiu da cozinha e voltou com uma bolsa azul de ginástica encardida, jogou-a na mesa e abriu o zíper.

Quando sentiu o cheiro úmido de compostagem vindo de dentro da bolsa, Patricia se inclinou para a frente e olhou lá dentro. Estava cheia de dinheiro: notas de cinco, vinte, dez, um. A dor na orelha esquerda desapareceu. Sua respiração ficou mais rápida. O sangue acelerou nas veias. A boca encheu d'água.

— Posso tocar? — perguntou ela.

— Vá em frente.

Esticou a mão para pegar uma nota de vinte, mas achou que fosse parecer gananciosa e pegou uma de cinco. Ficou decepcionada, pois parecia com qualquer outra nota de cinco dólares. Então mergulhou a mão de novo e, dessa vez, pegou um maço grosso de dinheiro. Aquilo pareceu mais substancial. James Harris instantaneamente deixara de ser um homem vagamente interessante para se tornar um mistério completo.

— Encontrei debaixo do piso — disse ele. — Oitenta e cinco mil dólares. Acho que eram as economias da minha tia.

Aquilo parecia perigoso. Aquilo parecia ilegal. Ela quis pedir a ele que tirasse aquela bolsa dali. Ela quis continuar acariciando as notas.

— O que vai fazer com isso?

— Ia perguntar para você — disse ele.

— Coloque no banco.

— Imagina só eu chegando no banco federal sem identidade e com uma bolsa cheia de dinheiro. Ligariam para a polícia antes mesmo de eu me sentar.

— Você não pode deixar isso aqui.

— Eu sei. Não consigo dormir com esse dinheiro na casa. Desde a semana passada estou apavorado com a possibilidade de alguém entrar aqui.

As soluções para aqueles mistérios todos começaram a se revelar para Patricia. O problema dele não era apenas o sol, mas também estresse. Ann Savage era tão hostil porque queria manter as pessoas longe da casa em que escondera suas economias de uma vida inteira. É claro que ela não confiava em bancos.

— Temos que abrir uma conta para você — declarou Patricia.
— Como?
— Deixa comigo — disse ela, um plano já se formando na mente. — E coloque uma camisa limpa.

Meia hora depois, os dois estavam diante do balcão do banco da Coleman Boulevard, a camiseta nova de James Harris já suada.
— Eu poderia falar com Doug Mackey? — perguntou Patricia à garota do balcão.
Achou que fosse a filha de Sarah Shandy, mas não tinha certeza, então não mencionou nada.
— Patricia — chamou uma voz do outro lado. Ao se virar, ela viu Doug, com o pescoço grosso e o rosto vermelho, a barriga forçando os últimos três botões da camisa, vindo na direção deles de braços abertos. — Dizem que todo mundo tem um dia de sorte. Hoje é o meu.
— Estou tentando ajudar o meu vizinho, James Harris — explicou ela, apertando a mão dele e apresentando os dois. — Este é Doug Mackey, meu amigo de infância.
— Bem-vindo, novato — disse Doug Mackey. — Você nunca encontrará uma guia melhor de Mt. Pleasant do que Patricia Campbell.
— Estamos numa situação um pouco complicada — confessou ela, baixando a voz.
— É para isso que eu tenho uma porta no meu escritório — disse Doug.
Ele os levou até a sala dele, com uma decoração bem "vida ao ar livre na Carolina do Sul". As janelas davam para o riacho, as poltronas eram de couro bordô. As imagens emolduradas eram todas de animais que podiam ser comidos: pássaros, peixes, veados.
— James precisa abrir uma conta-corrente, mas a identidade dele foi roubada — contou Patricia. — Que opções ele tem? James gostaria de abrir a conta ainda hoje.

Doug se inclinou para a frente, pressionando a barriga na mesa, e sorriu.

— Querida, não é problema nenhum. Você pode ser a cossignatária. Ficaria responsável por qualquer saldo negativo e teria acesso completo, mas é uma boa maneira de começar enquanto ele aguarda a carteira nova ficar pronta. Esse pessoal do departamento de trânsito trabalha como se recebesse por hora.

— Isso vai aparecer no meu extrato? — perguntou Patricia, pensando em como explicaria para Carter.

— Não — respondeu Doug. — Quer dizer, a não ser que ele comece a passar cheques sem fundo por aí.

Por um instante, todos trocaram olhares e riram de nervoso.

— Deixa eu pegar os formulários — disse Doug, saindo do escritório.

Patricia não conseguia acreditar que resolvera o problema com tanta facilidade. Ela se sentiu relaxada e em paz, como se tivesse acabado de fazer uma grande refeição. Doug voltou e se debruçou sobre a papelada.

— De onde você é? — perguntou ele, sem tirar os olhos dos documentos.

— Vermont — respondeu James Harris.

— E que tipo de depósito inicial pretende fazer?

Patricia hesitou e então disse:

— Isto aqui.

Ela desdobrou um cheque de dois mil dólares e o empurrou para Doug na mesa. Eles haviam percebido que fazer um depósito em espécie naquele momento seria uma péssima ideia, sobretudo considerando a aparência esfarrapada de James Harris naquele dia. Ele já a reembolsara em dinheiro, que queimava dentro da sua bolsa. O rosto de Patricia também queimava. Os lábios estavam dormentes. Nunca tinha feito um cheque de valor tão alto.

— Excelente — acatou Doug, sem hesitar por um segundo.

— Com licença — disse James. — O que vocês acham de depósitos em dinheiro?

— Achamos bom — respondeu Doug, sem olhar para cima enquanto assoprava um carimbo de tabelião e o pressionava no fim dos formulários.

— Faço muitos trabalhos de jardinagem — contou James Harris, e Patricia quase se engasgou. O homem não conseguia nem sair de casa. — E vários dos meus clientes gostam de pagar em dinheiro.

— Se for abaixo de dez mil dólares, nem pestanejamos — disse Doug. — Gostamos de dinheiro físico por aqui. Não é como você está acostumado, lá no norte, onde te obrigam a pular por bambolês enquanto canta o hino nacional para decidir o que fazer com o que é seu.

— Que ótimo — respondeu James Harris, sorrindo.

Patricia observou aqueles dentes firmes e brancos, brilhantes e úmidos. A facilidade que teve para contar uma mentira a fez duvidar de tudo que tinha ouvido dele naquela manhã. E, por um instante, sentiu que tinha se envolvido em algo maior do que poderia lidar. Na volta para casa, a gratidão e os elogios de James Harris vieram em uma torrente sem fim, embora ele ficasse cada vez mais fraco e, no final, estivesse tendo que se apoiar nela para caminhar do furgão até a porta. Patricia o ajudou a se deitar e a tirar as botas, e então ele pegou a mão dela.

— Ninguém nunca me ajudou assim — disse James Harris. — Você é a pessoa mais gentil que conheci na vida. É um anjo enviado para mim no meu momento de necessidade.

Ele a fez se lembrar de Carter no início do casamento, na época em que qualquer esforcinho da parte dela — fazer café de manhã, assar uma torta de noz-pecã de sobremesa — suscitava cânticos de louvor intermináveis. Aquele entusiasmo a desarmou tanto que, quando ele perguntou o que estavam lendo naquele mês no clube do livro, bem... ela não conseguiu se segurar e teve que convidá-lo para participar.

AS PONTES DE MADISON

Junho de 1993

CAPÍTULO 9

Maio foi passando bem rápido, correndo até a linha de chegada do fim da escola, e últimas provas, e boletins, e Korey estava sempre estudando na casa de alguém, precisando que a levassem, buscassem ou dormindo lá, e Patricia encarregada de fazer os lanches para a festa de fim de ano da turma de Blue, e terminar a avaliação dos professores, e havia também as multas da biblioteca para pagar antes de os boletins serem emitidos, e então, no dia 28 de maio, tudo acabou. As crianças receberam listas de livros para lerem nas férias, o colégio fechou as portas e junho se instalou sobre Old Village.

Os dias amanheciam com o calor do meio-dia, e bastava levantar o capô para os tanques de gasolina chiarem. Cada raio de sol era um golpe afiado na pele, e os insetos gritavam nos arbustos, fazendo um intervalo apenas entre três e quatro da manhã. Janelas e portas foram fechadas. Toda casa se transformou numa estação espacial hermeticamente selada, com o ar-condicionado central pairando em torno de frescos vinte graus, a máquina de gelo trabalhando o dia inteiro até mais ou menos as sete da noite, quando começava a fazer um barulho de trituração e só cuspia algumas lascas de gelo nos copos, e exercícios físicos pareciam cansativos demais — na verdade, o simples fato de pensar um pouco mais já era muito exaustivo.

Patricia realmente teve a intenção de contar ao clube do livro que havia convidado James Harris para a próxima reunião, mas o calor sugou a determinação dos seus ossos, e, quando o sol caía, ela mal tinha energia para fazer o jantar, então acabou adiando e adiando, até enfim chegar o dia da reunião, e aí ela pensou: *Bem, talvez seja melhor assim.*

Todo mundo se acomodou na sala de Patricia com taças de vinho e copos de água e chá gelado, secando a nuca com lenços de papel, abanando o rosto, ressuscitando devagar no ar geladinho, e Patricia achou que aquele seria o momento perfeito para dizer algo.

— Tudo bem? — perguntou Grace. — Parece que você está a ponto de morrer de ansiedade.

— Acabei de me lembrar da travessa de queijos — respondeu ela, voltando para a cozinha.

A sra. Greene lavava a louça do jantar da srta. Mary.

— Vou dar um banho na srta. Mary antes de colocá-la na cama — informou a mulher. — Só para ela se refrescar um pouco.

— Claro — disse Patricia, tirando a travessa de queijos da geladeira e arrancando o plástico-filme que cobria o prato.

Começou a formar uma bola com ele, mas parou, imaginando se poderia reutilizá-lo. Concluiu que sim e o deixou ao lado da pia.

Levou a travessa para a sala e tinha acabado de colocá-la no caixote de madeira que usavam como mesa de centro quando a campainha tocou.

— Ah — disse Patricia, com um tom de alguém que se esquecera de comprar leite. — Esqueci de comentar, James Harris demostrou interesse em participar da reunião com a gente. Espero que ninguém se importe.

— Quem? — perguntou Grace, se empertigando, o pescoço duro.

— Ele está aqui? — indagou Kitty, se apressando para se sentar mais reta.

— Ótimo — reclamou Maryellen. — Mais um homem com suas opiniões.

Slick olhou ao redor freneticamente, tentando entender como deveria se sentir enquanto Patricia saía às pressas da sala.

— Que bom que você veio — disse ela a James Harris, abrindo a porta.

Ele usava uma camisa xadrez para dentro da calça jeans, tênis brancos e um cinto de couro trançado. Patricia preferia que ele não estivesse de tênis. Aquilo incomodaria Grace.

— Agradeço muito pelo convite — disse ele, passando pelo batente e parando. O homem baixou tanto a voz que ela mal o escutou, com os insetos gritando lá fora. — Mais da metade já está no banco. Um pouquinho toda semana. Obrigado.

Cochichar sobre o segredo deles bem ao lado da sala, onde havia outras pessoas, já era demais para Patricia. Ela sentiu uma tonteira e seus braços se arrepiaram. Não tinha depositado aqueles dois mil trezentos e cinquenta dólares na conta conjunta com Carter. Sabia que já deveria ter feito isso, mas deixou o dinheiro no armário, dentro de um par de luvas brancas. Gostava tanto de ter as notas à mão que não queria se livrar delas.

— Não deixa o ar frio escapar — falou ela.

Levou James Harris para a sala e, ao ver a expressão das amigas, percebeu que deveria, sim, ter ligado antes para prepará-las.

— Gente, esse é James Harris — apresentou ela, com um sorriso no rosto. — Espero que não se incomodem se o nosso novo vizinho participar da reunião de hoje.

O cômodo ficou em silêncio.

— Muito obrigado mesmo por me convidarem — disse James Harris.

Grace deu uma tossidinha num lenço de papel.

— Bem — começou Kitty. — Ter um homem entre nós com certeza vai animar as coisas. Bem-vindo, novo vizinho.

James Harris se sentou no sofá ao lado de Maryellen, de frente para Kitty e Grace, e todas elas cruzaram as pernas, enfiaram as pontas da saia embaixo das coxas e endireitaram a coluna. Kitty se esticou para pegar uma fatia de queijo, mas parou no meio do movimento e colocou a mão se volta no colo. James Harris pigarreou.

— Você leu o livro do mês, James? — perguntou Slick. Ela mostrou a capa do seu exemplar de *As pontes de Madison*. — Lemos *Helter Skelter* no mês passado, e vamos ler *Ted Bundy: Um estranho ao meu lado* no mês que vem, então pareceu uma boa forma de dar um tempo.

— As senhoras leem livros estranhos — comentou James Harris.

— Somos mulheres estranhas — respondeu Kitty. — Patricia disse que você decidiu ficar aqui mesmo depois do que a sua tia fez com ela.

Patricia cobriu a orelha esquerda com o cabelo e abriu a boca para dizer algo agradável.

— Tia-avó — corrigiu James Harris antes que Patricia pudesse falar.

— É quase a mesma coisa — respondeu Maryellen.

— Fico surpresa de não se incomodar com a curiosidade da vizinhança — opinou Kitty.

— Já faz um bom tempo que procuro uma comunidade como esta — disse James com um sorriso. — Não uma vizinhança, mas uma comunidade mesmo, longe do caos e das mudanças do mundo, onde as pessoas ainda seguem valores tradicionais, e as crianças podem passar o dia brincando na rua até a hora de entrarem para o jantar. E justamente quando havia desistido de algo assim, precisei vir para cá cuidar da minha tia-avó e encontrei o que buscava esse tempo todo. Sou muito sortudo.

— Já entrou para alguma igreja? — indagou Slick.

— E não tem nenhuma sra. Harris para ficar com você? — perguntou Kitty em cima dela.

— Não — disse James Harris, respondendo a Kitty. — Nem filhos. Nenhuma família além da minha tia-avó.

— Isso é peculiar — comentou Maryellen.

— Que igreja você frequenta? — perguntou Slick de novo.

— De que autores gosta? — questionou Kitty.

— Camus, Ayn Rand, Herman Hesse — disse James Harris.

— Sou estudante de filosofia. — Ele sorriu para Slick. — Sinto muito, mas não faço parte de nenhuma religião organizada.

— Então não pensou nisso direito ainda — falou Slick.

— Herman Hesse — disse Kitty. — Pony leu *O lobo da estepe* na aula de inglês. Parece o tipo de coisa de que meninos gostam.

James Harris direcionou toda a força do seu sorriso para ela.

— E Pony é...? — perguntou ele.

— Meu menino mais velho — respondeu Kitty. — Todo mundo chama o pai de Horse, então o apelido dele é Pony. Temos também Honey, que é um ano mais velha, e Parish, que faz treze esse ano e está nos enlouquecendo. E Lacy e Merit, que não podem ficar nem no mesmo cômodo.

— O que Horse faz? — perguntou James.

— Faz? — disse Kitty, rindo. — Olha, ele não *faz* nada. Moramos em Seewee, então ele precisa cortar o matagal e fazer queimadas, e sempre tem alguma coisa para consertar. Morando num lugar como aquele, impedir o teto de cair já é um trabalho em tempo integral.

— Gerenciei algumas propriedades em Montana no passado — comentou James. — Imagino que ele possa me ensinar algumas coisas.

Montana?, pensou Patricia.

— Horse? Ensinando algo a alguém? — Kitty gargalhou e se voltou para as amigas. — Eu contei para vocês sobre o tesouro de pirata dele? Um sujeito apareceu procurando investidores para buscar tesouros piratas debaixo d'água, ou artefatos da época dos confederados, ou qualquer coisa doida do tipo. Bem, o homem tinha uma apresentação chique e folhetos bem bonitos, e isso foi o suficiente para Horse dar um cheque a ele.

— Leland poderia ter dito a Horse que era um golpe — comentou Slick.

— Leland? — perguntou James.

— Meu marido — explicou Slick, e James Harris se voltou para ela. — Ele é empreiteiro.

— Tenho pensado em investir em imóveis, se encontrar o projeto certo — disse James Harris.

O rosto de Grace parecia lapidado em pedra, e Patricia queria muito que falassem de outra coisa que não fosse dinheiro.

— No momento, estamos trabalhando num projeto chamado Gracious Cay — contou Slick, sorrindo. — É um condomínio fechado que estamos construindo na altura de Six Mile. Vai dar uma boa valorizada na região. Em condomínios fechados dá para escolher os vizinhos, então as pessoas ao redor são do tipo de gente que você quer perto dos seus filhos. Acho que até o fim do século todo mundo vai estar morando em condomínios fechados.

— Gostaria de saber mais a respeito — disse James, o que fez Slick procurar um cartão na bolsa e entregar para ele.

— De onde é, sr. Harris? — indagou Grace.

Patricia começou a dizer que o pai dele era militar e que James Harris tinha passado por vários lugares durante a infância quando ele falou:

— Cresci na Dakota do Sul.

— Achei que o seu pai fosse do Exército — comentou Patricia.

— Ele era — respondeu James Harris, assentindo. — Mas, no final da carreira, ficou na Dakota do Sul. Meus pais se separaram quando eu tinha dez anos, e fui criado pela minha mãe.

— Se vocês já acabaram com o interrogatório — interveio Maryellen —, gostaria de começar a discutir o livro do mês.

— O marido dela é policial — disse Slick para James. — É por isso que ela é tão direta. Aliás, será que não gostaria de ir conosco à St. Joseph's no domingo?

Antes que James Harris pudesse responder, Maryellen disse:

— Será que podemos acabar logo com esse livro?

Slick lançou um sorriso de *conversamos sobre isso depois* para James Harris.

— *As pontes de Madison* não é incrível? — perguntou Slick.
— Acho que foi um grande respiro depois do mês passado. Apenas uma história de amor tradicional entre uma mulher e um homem.
— Que claramente é um assassino em série — disse Kitty, sem tirar os olhos de James Harris.
— Acho que o mundo está mudando tão rápido que as pessoas precisam de histórias esperançosas assim — comentou Slick.
— Sobre um louco que vai de cidade em cidade seduzindo mulheres para depois matá-las — opinou Kitty.
— Bem... — disse Slick. Vencida, olhou para as suas anotações e pigarreou outra vez. — Escolhemos esse livro porque ele fala sobre a atração poderosa que pode haver entre dois desconhecidos.
— Escolhemos esse livro para você parar de insistir nele — retrucou Maryellen.
— Acho que não existe nenhum indício de que Robert Kincaid seja um assassino em série — disse Slick.
Kitty balançou o seu exemplar, cheio de post-its rosa-choque.
— Ele não tem família, raízes ou passado — argumentou ela.
— Nem faz parte de nenhuma congregação. Muito suspeito nos dias de hoje. Você já viu as novas carteiras de motorista? Elas vêm com um holograma agora. Eu me lembro de quando eram só um pedaço de papelão. Não somos mais uma sociedade que deixa pessoas saírem por aí sem endereço fixo. Não mais.
— Ele tem endereço fixo — protestou Slick, mas isso não parou Kitty.
— E aí o cara aparece na cidade do nada, e você notou que ele não conversa com ninguém? Mas fala com Francesca, que está completamente sozinha, porque é isso que eles fazem. Esses homens encontram uma mulher vulnerável e causam um encontro "acidental", e são tão tranquilos e sedutores que a mulher acaba convidando eles para a própria casa. Mas, quando vão até lá, eles tomam *muito* cuidado para que ninguém veja onde o carro está

estacionado. E então levam a mulher para o quarto no segundo andar e passam dias *fazendo coisas* com ela.

— É uma história de amor — argumentou Slick.

— Acho que ele tem miolo mole — opinou Kitty. — Robert Kincaid usa as suas câmeras como pesos, toca música folk no violão e, quando era criança, cantava canções de cabaré francês e cobria as paredes do quarto com palavras e frases que achasse "agradáveis aos ouvidos". Coitados dos pais.

— E você, James Harris? — perguntou Maryellen. — Nunca encontrei um homem que não tivesse uma opinião: Robert Kincaid é um ícone romântico ou um vagabundo que mata mulheres?

James Harris deu um sorriso acanhado.

— Com certeza li um livro bem diferente do que as senhoras. Mas estou aprendendo bastante. Continuem.

Pelo menos ele está tentando, pensou Patricia. Suas amigas pareciam determinadas a agir da forma mais desagradável possível.

— A lição de *Pontes* — disse Maryellen — é que os homens monopolizam todas as conversas. Francesca tem menos de uma página para resumir a sua vida inteira. Ela teve filhos e sobreviveu à Segunda Guerra Mundial na Itália, e tudo que Robert fez foi se divorciar... e talvez matar pessoas, de acordo com Kitty... e, ainda assim, ele não para de falar sobre a própria vida, um capítulo atrás do outro.

— Bem, ele é o personagem principal — ponderou Slick.

— Por que o homem é sempre o personagem principal? — perguntou Maryellen. — A vida de Francesca é no mínimo tão interessante quanto a dele.

— Se as mulheres têm algo a dizer, que digam logo — argumentou Slick. — Não têm que esperar um convite. Robert Kincaid é de uma profundidade oculta.

— Depois de lavar as cuecas de um homem, você descobre a triste verdade sobre as profundidades ocultas dele — comentou Kitty.

— Ele... — Slick buscou as palavras. — Ele é vegetariano. Acho que nunca nem conheci um vegetariano.

Graças a Blue, Patricia sabia exatamente o que Kitty ia dizer.

— Hitler era vegetariano — rebateu a mulher, provando que Patricia tinha razão. — Patricia, você trairia Carter com um desconhecido que aparecesse na sua porta, sozinho, e falasse que era vegetariano? Ia querer pelo menos dar uma olhada na carteira de motorista dele antes, não?

Patricia viu Grace a encarando do lado oposto da sala, dura feito pedra. Então notou Slick olhando também, e percebeu que o olhar de Grace mirava a porta do vestíbulo, atrás dela. Apavorada, ela se virou.

— Encontrei o seu retrato, Hoyt — disse a srta. Mary, parada na porta, pingando água e completamente pelada.

A princípio, Patricia achou que a sogra estava coberta por um lençol drapejado da mesma cor da sua pele, mas então os olhos focaram nas varizes nas coxas da idosa, as veias azuladas nos seios flácidos, a barriga molenga e caída, e os pelos púbicos esparsos e grisalhos. Ela parecia um cadáver encontrado na praia.

Ninguém se mexeu por cinco longos e terríveis segundos.

— Cadê o dinheiro do meu pai?! — gritou a srta. Mary, a voz falhando, encarando James Harris furiosa. — E onde estão aquelas crianças, Hoyt?

A voz dela ecoou pela sala, uma bruxa histérica saída de um pesadelo, balançando um quadradinho branco de cartolina.

— Achou que ninguém ia te reconhecer, Hoyt Pickens! — urrou a srta. Mary. — Mas eu tenho um retrato!

Patricia pulou da cadeira e pegou o xale azul e felpudo do encosto, enrolando-o na sogra, que continuava balançando a fotografia.

— Olha! — insistiu a idosa. — Olha só pra ele. — E, no momento em que o xale se fechou à sua volta, a srta. Mary olhou para a foto e o seu rosto perdeu o vigor. — Não. Não, não está certo. Não é essa.

A sra. Greene surgiu correndo da saleta, horrorizada.

— Desculpe — disse ela.

— Tudo bem — respondeu Patricia, escondendo a nudez da sogra do restante da sala.

— Fui atender ao telefone — explicou a sra. Greene, guiando a srta. Mary pelos ombros. — Deixei ela sozinha por um segundo.

— Não tem problema — afirmou Patricia, alto o suficiente para todos ouvirem conforme ela e a sra. Greene tiravam a idosa dali.

— Não é essa — disse a mãe de Carter, se permitindo ser levada, sem oferecer mais resistência. — Não é essa.

A sra. Greene foi pedindo mil desculpas até chegarem ao quarto na garagem. A srta. Mary segurava a fotografia junto ao peito enquanto as duas mulheres enxugavam seu corpo e a cuidadora a colocava na cama. Assim que Patricia voltou para a sala, encontrou todo mundo já no vestíbulo. James Harris fazia planos de visitar Seewee Farms para conhecer Horse e de ir na missa da St. Joseph's para conhecer Leland, e Patricia queria perguntar a Grace por que ela ficara tão quieta durante a reunião, mas a outra escapou enquanto Patricia se desculpava pela sogra, e de repente todo mundo tinha ido embora, deixando-a sozinha ali.

— O que aconteceu? — gritou Korey do segundo andar. Patricia viu a filha no alto da escada. — Por que a vovó Mary estava gritando?

— Não foi nada — respondeu a mãe. — Ela só estava confusa.

Patricia se encaminhou até a varanda e viu os faróis de Kitty dando ré na entrada da garagem. Decidiu que ligaria no dia seguinte para pedir desculpas a todos, e então voltou para o quarto na garagem.

A srta. Mary estava deitada na cama de hospital, agarrada à foto. A sra. Greene, sentada ao seu lado, compensava o lapso recente com vigilância extra.

— É ele — disse a srta. Mary. — É ele. Eu sei que está aqui em algum lugar.

Patricia deu uma olhada no retrato entre os dedos da srta. Mary. Era uma foto em preto e branco de um pastor da igreja da srta. Mary em Kershaw cercado por crianças sorridentes segurando cestas cheias de ovos de Páscoa.

— Eu vou encontrar — disse a srta. Mary. — Vou encontrar. Sei que vou.

CAPÍTULO 10

Patricia ficou ali sentada com a sra. Greene, assegurando-a de que não era culpa dela, enquanto esperavam a srta. Mary dormir. Quando a respiração da idosa tomou um ritmo profundo e regular, a nora ficou parada na entrada da garagem, observando a sra. Greene dar ré com o carro e se perguntando como aquela noite tinha dado tão errado. Em parte, era culpa dela. Patricia encurralara as amigas com James Harris, e elas o encurralaram de volta. Em parte, era culpa do livro. Todas ficaram irritadas por ter que ler aquilo, mas às vezes elas davam uma colher de chá a Slick porque sentiam um pouco de pena dela. Mas a maior culpada era a srta. Mary. Talvez a sogra estivesse se tornando uma responsabilidade grande demais para eles. Se Carter chegasse do hospital antes das onze, ela teria uma conversa com o marido.

Um vento intoleravelmente quente soprava do píer, e o chiado das folhas de bambu preencheu o ar pesado e grosso. Patricia se perguntou se era aquilo que estava deixando todo mundo inquieto. Os galhos dos carvalhos balançavam em círculos no alto. O único poste de luz em frente a sua garagem formava um fino cone prateado que deixava a noite ao redor mais escura, e Patricia se sentiu exposta. Farejou o aroma fantasma de fraldas geriátricas e borra de café, e visualizou a sra. Savage de camisola, agachada no chão, enfiando carne crua na boca, e a srta. Mary nua na porta, um esquilo sem pele, o cabelo pingando, empunhando uma fotografia inútil, então correu para a porta e a bateu com força contra o vento, girando o trinco.

Algo minúsculo gritou na cozinha e depois pela casa. Ela percebeu que era o telefone.

— Patricia? — disse alguém. Patricia não conseguiu reconhecer quem era por causa da interferência. — Grace Cavanaugh. Desculpe por ligar tão tarde.

A linha telefônica estalou. O coração de Patricia ainda batia forte.

— Grace, não está nada tarde — afirmou ela, tentando se acalmar. — Sinto muito pelo que aconteceu.

— Liguei para saber como está a srta. Mary — disse Grace.

— Dormindo.

— E quero que saiba que nós entendemos. Essas coisas acontecem com os mais velhos.

— Peço desculpas sobre James Harris. Eu ia contar para vocês, mas sempre acabava adiando.

— Foi uma pena que ele estivesse presente — disse Grace. — Os homens não sabem como é cuidar de um familiar de idade.

— Você ficou chateada comigo? — perguntou Patricia.

Nos cinco anos de amizade entre elas, aquela era a pergunta mais direta que tinha feito.

— Por que estaria chateada com você?

— Por eu ter convidado James Harris.

— Não somos garotinhas, Patricia. Se a reunião foi ruim assim, é culpa do livro. Boa noite.

E com isso Grace desligou.

Patricia permaneceu na cozinha segurando o telefone por um instante, e então desligou. Por que Carter não estava em casa? A mãe era dele. Carter precisava vê-la naquele estado, aí talvez entendesse que precisavam de mais ajuda. O vento balançou as janelas da cozinha, e Patricia não queria mais ficar sozinha no primeiro andar.

Subiu e deu uma batidinha na porta de Korey enquanto a abria. As luzes estavam apagadas, deixando o quarto no escuro, o que Patricia estranhou. Por que Korey fora dormir tão cedo? A luz do corredor iluminou a cama. Estava vazia.

— Korey? — chamou Patricia para a escuridão.

— Mãe — respondeu ela das sombras do armário, a voz baixa.

— Tem alguém no telhado.

Patricia sentiu o corpo gelar. Ela entrou no quarto, parando do lado da porta.

— Onde? — sussurrou.

— Em cima da garagem — respondeu a filha, também sussurrando.

As duas ficaram na mesma posição por um bom tempo até Patricia lembrar que era a única adulta em casa, o que significava que precisava fazer alguma coisa. Obrigou as pernas a levarem-na até a janela.

— Não deixa ele ver você — avisou Korey.

Patricia se obrigou a ficar bem em frente à janela, esperando ver a silhueta escura de um homem contra o céu noturno, mas enxergou apenas a beirada do telhado, com os bambus se debatendo logo atrás. Deu um pulo ao ouvir a voz de Korey às suas costas.

— Eu vi ele — disse a filha. — Juro.

— Não tem ninguém lá agora.

Patricia foi até a porta para ligar a luz, e as duas ficaram atordoadas por um momento, com os olhos se acostumando à claridade. A primeira coisa que a mãe viu foi uma tigela meio vazia de cereal no parapeito da janela, os flocos duros feito concreto após absorver o leite. Ela sempre pedia a Korey para não deixar comida no quarto, mas a filha parecia tão assustada e vulnerável que Patricia decidiu não falar nada.

— Vai cair um temporal — disse a mãe. — Mas vou deixar a sua porta aberta e a luz do corredor acesa para que o seu pai se lembre de desejar boa-noite quando chegar em casa.

Ela puxou o cobertor de Korey.

— Quer ler o seu livro?

Em cima do engradado azul de plástico que Korey usava como mesa de cabeceira, Patricia viu um exemplar de *Salem*, de Stephen King, sobre a pilha de revistas de adolescente. De repente, tudo fez sentido.

Korey percebeu que a mãe olhava o livro.

— Eu não inventei — insistiu ela.

— Não acho que inventou.

Sem ação com a recusa de Patricia em discutir, Korey foi para a cama. A mãe deixou o abajur aceso, desligou a luz do quarto e saiu sem fechar a porta. No outro quarto, Blue já estava deitado sob as cobertas.

— Boa noite, Blue — disse Patricia do outro lado do cômodo escuro.

— Tem um homem no quintal — declarou o filho.

— É o vento — respondeu ela, andando com cuidado entre as roupas sujas e os bonecos no chão. — Faz com que a casa pareça assustadora. Quer que eu deixe a luz ligada?

— Ele subiu no telhado — afirmou o menino, e, naquele exato momento, Patricia ouviu um passo bem acima da sua cabeça.

Não era um galho caindo ou raspando nas telhas. Não era o vento fazendo ruídos na casa. A poucos centímetros da cabeça dela, Patricia ouviu um *tum* deliberado e silencioso.

O sangue gelou nas suas veias. Ela inclinou a cabeça tão rápido que chegou a doer. O silêncio zumbia. E então outro *tum* calmo, dessa vez entre ela e Blue. Tinha alguém andando acima do teto.

— Blue — disse Patricia. — Vem cá.

Ele pulou da cama e agarrou a cintura da mãe, que caminhou em linha reta, pisando nos livros e nos bonecos. Homens de plástico estalavam sob os seus pés enquanto os dois corriam para a porta do quarto.

— Korey — chamou ela do corredor, em tom baixo e urgente. — Vem.

A filha saiu da cama e correu para o outro lado da mãe, e Patricia desceu com os dois, deixando-os sentados no primeiro degrau da escada.

— Preciso que fiquem aqui um instante — sussurrou ela. — Vou ver se as portas estão trancadas.

Ela atravessou rapidamente a saleta mergulhada na escuridão, rumo à porta dos fundos, e girou a tranca, esperando ver a silhueta sombria de um homem no exato momento em que ele golpeava o vidro e a puxava para a noite selvagem. Conferiu se a porta do jardim de inverno estava trancada também — eram portas demais —, e então foi para o quarto da srta. Mary e ligou a luz ao entrar.

Na cama, a idosa acordou, se contorcendo e reclamando, mas Patricia seguiu até a despensa para se certificar de que a porta que dava para as latas de lixo estava trancada também.

Então correu até o vestíbulo e acendeu as luzes da varanda, depois foi até o jardim de inverno e ligou as lâmpadas do quintal.

— Korey — chamou Patricia da porta do jardim de inverno, os olhos grudados no clarão branco impiedoso do quintal, as luzes iluminando cada filete de grama amarelada. — Pegue o telefone sem fio.

Ela ouviu passos às pressas no vestíbulo e na sala, e então os filhos estavam ao seu lado. Korey colocou o aparelho na mão dela. Patricia tinha a vantagem agora. As portas estavam trancadas, dava para ver tudo ao redor e estavam em segurança. Podia ligar para a delegacia de Mt. Pleasant num instante. Maryellen dissera que o tempo de resposta deles era de três minutos.

Patricia manteve o dedão no botão de discagem, e mãe e filhos ficaram parados, de olho nas janelas. As lâmpadas do quintal anulavam qualquer sombra: a estranha depressão que havia no meio do gramado, os troncos dos carvalhos — amarelados por causa da água rica em ferro de Mt. Pleasant —, os arbustos de gerânio na cerca entre a propriedade deles e a dos Lang, os canteiros do outro lado, antes do quintal dos Mitchell.

Além do alcance das luzes, no entanto, a noite era uma parede preta. Patricia sentiu olhos lá fora observando o interior da casa, encarando ela e as crianças através do vidro. A cicatriz na orelha esquerda começou a formigar. O vento revirava os arbustos e as árvores. A casa rangia baixinho. Todos estavam em alerta, buscando qualquer coisa estranha.

— Mãe — chamou Blue, a voz baixa.

Ela percebeu que o filho olhava fixamente para a parte superior das janelas do jardim de inverno. Aquele cômodo ficava abaixo das janelas do quarto dela, e, na beirada, Patricia viu algo se movendo lenta e cuidadosamente, e soube no mesmo instante o que era: a mão de alguém, largando a beira do telhado e indo para cima, onde não seria vista.

Um segundo depois, o telefone estava na orelha dela. Ruídos agudos de estática a fizeram afastar o aparelho.

— Emergência? Alô? Meu nome é Patricia Campbell. — A resposta da linha foi *ZZZrrrrkkKKK*. — Meus filhos e eu moramos na Pierates Cruze, 22. — Uma série de barulhos ocos cobriu o som fraco de uma voz falando do outro lado. — Alguém entrou na nossa casa e estou sozinha com os meus filhos.

Foi aí que ela se lembrou de que a janela do seu banheiro ficara aberta.

— Continua tentando — disse Patricia, passando o telefone para Korey, sem parar um momento para pensar. — Fica aqui e tenta de novo.

A mãe correu pela sala escura e ouviu a filha falando "Por favor" para a outra pessoa na linha quando virou no corredor e subiu a escada às pressas.

Bastava uma simples escalada do telhado do jardim de inverno para chegar ao telhado principal, então subir um lado, descer o outro e ir até o telhado da varanda, bem do lado do banheiro de Patricia, e entrar pela janela. Ela a deixara aberta para o cheiro do laquê sair.

A mulher sentiu algo sombrio e pesado acima, no telhado, correndo para chegar à janela aberta. As pernas se esforçaram para levar o seu peso para cima, o peito ofegante, a respiração queimando a garganta, o coração pulsando nos ouvidos. Com a ajuda do corrimão, ela se lançou no quarto.

À esquerda, Patricia viu o píer pela janela; à direita, sentiu o vento quente que vinha da janela do banheiro, e disparou naquela direção, atravessando o túnel de escuridão que era o seu quarto e entrando no banheiro, com os armários de um lado, batendo a barriga na ponta da pia, esticando a mão para alcançar a janela, fechando-a com força, girando a tranca. Alguma coisa escura passou rápido lá fora, rompendo as sombras da noite. Patricia retirou as mãos da janela como se o vidro estivesse pegando fogo.

Precisavam sair da casa. Então, se lembrou da srta. Mary. A idosa não tinha condições de correr e provavelmente nem de sair da casa e atravessar o quintal àquela hora. Alguém precisava ficar com ela. Patricia passou pelo quarto, desceu e voltou para a sala.

— O telefone não está funcionando — anunciou Korey, entregando-o para a mãe.

— Temos que sair daqui — disse Patricia.

Pegou a mão deles e foi para a sala de jantar e depois para a cozinha, na direção da porta dos fundos.

Alguém queria entrar na casa. Ela não fazia ideia de quando Carter voltaria. Não havia como ligar para ninguém. Patricia precisava arranjar um telefone e afastar os filhos de quem quer que fosse o invasor.

— Quero que vocês dois vão até o quarto na garagem e fiquem com a avó de vocês — ordenou. — E tranquem a porta assim que entrarem. Não deixem ninguém entrar.

— Mas e você? — perguntou Korey.

— Eu vou correr até a casa dos Lang e chamar a polícia — respondeu, olhando para fora, encarando o quintal iluminado. — Só vai levar um minuto.

Blue começou a chorar. Patricia destrancou a porta dos fundos.

— Prontos? — questionou ela.
— Mãe?
— Sem perguntas — disse Patricia. — Fiquem trancados com a sua avó.

Então girou a maçaneta e abriu a porta, e um homem entrou na casa.

Patricia gritou. O homem a agarrou pelos ombros.

— Opa! — disse James Harris.

Patricia perdeu o equilíbrio e desabou. Os braços fortes de James Harris a seguraram no instante em que os joelhos dela cederam.

— Vi as luzes acesas aqui atrás. O que está acontecendo?

— Tem um homem no telhado — respondeu Patricia, aliviada por ter chegado alguma ajuda, falando mais alto do que o martelar do seu coração. Tentamos ligar para a polícia. O telefone não está funcionando.

— Certo — disse James Harris, acalmando-a. — Estou aqui. Não precisa ligar para a polícia. Alguém se machucou?

— Não, estamos bem.

— Acho melhor dar uma olhada na srta. Mary — comentou James Harris, apoiando delicadamente Patricia no balcão e passando por ela e as crianças, entrando cada vez mais na saleta.

— Tenho que ligar para a polícia — disse Patricia.

— Não precisa — garantiu James Harris, no meio da saleta.

— Eles vão chegar em três minutos.

— Deixa eu dar uma olhada na srta. Mary que depois vejo o telhado — declarou James Harris, já no outro lado do cômodo.

De repente, Patricia não queria que James Harris ficasse sozinho no quarto com a sogra.

— Não! — disse ela, alto demais.

Ele parou, a mão na porta da garagem, e se virou devagar.

— Patricia. Calma.

— E a polícia? — tentou ela, dando um passo na direção do telefone da cozinha.

— Não — disse ele, e Patricia se perguntou por que James Harris não queria que a polícia fosse acionada. — Não faça nada, não ligue para ninguém.

E foi nesse momento que uma luz azul piscou pelas paredes e fortes luzes brancas iluminaram as janelas da saleta.

Carter chegou quarenta e cinco minutos depois. Os policiais ainda estavam inspecionando os arbustos com as lanternas. Um deles usava o holofote da viatura para iluminar o telhado para outros dois oficiais. Gee Mitchell e o marido dela, Beau, estavam na entrada de garagem vizinha, observando tudo.

— Patty? — chamou Carter do vestíbulo.

— Estamos aqui! — gritou ela, e, um segundo depois, ele desceu os degraus que levavam à garagem.

Patricia havia decidido que deveriam ficar todos juntos no quarto da srta. Mary. James Harris já tinha ido embora depois de falar com a polícia. Ele resolvera voltar lá para ver se Patricia estava bem depois de a sogra ter interrompido a reunião do clube do livro e deu a volta pelos fundos da casa ao perceber as luzes do quintal acesas.

— Está todo mundo bem? — perguntou Carter.

— Sim — respondeu Patricia. — Não é, gente? Só assustados.

Korey e Blue abraçaram o pai.

— Aquele cara salvou a gente — disse Korey.

— Alguém subiu no telhado e teria pegado a gente se ele não tivesse aparecido — acrescentou Blue.

— Então que bom que ele estava aqui — afirmou Carter, e se virou para Patricia. — Precisava mesmo ter chamado a guarda nacional? Jesus, Patty, os vizinhos vão pensar que eu bato em você ou algo assim.

— Hoyt — disse a srta. Mary da cama.

— Tá bom, mãe — respondeu Carter. — Foi uma noite longa. Acho que precisamos todos nos acalmar.

Patricia não sabia se algum dia voltaria a ficar calma.

CAPÍTULO 11

Depois de colocarem Blue e Korey na cama, Patricia contou tudo a Carter.

— Não estou insinuando que foi imaginação sua — disse ele quando a esposa terminou. — Mas você sempre fica exaltada depois das reuniões do seu clube. Porque ficam lendo esses livros mórbidos.

— Quero instalar alarmes.

— E de que adiantaria? Escuta, prometo que nos próximos dias vou voltar antes de escurecer.

— Quero instalar alarmes — repetiu ela.

— Antes que a gente gaste tempo e dinheiro, vamos ver como você vai se sentir nas próximas semanas.

Ela se levantou.

— Vou dar uma olhada na sua mãe — disse para o marido, saindo do quarto.

Patricia verificou atentamente cada uma das trancas — das portas da frente, dos fundos e do jardim de inverno —, deixando todas as luzes ligadas por onde passava, e então foi para o quarto da srta. Mary. O cômodo era iluminado pela luz noturna alaranjada. Patricia tentou não fazer barulho, para o caso de a sogra estar dormindo, mas viu o reflexo cor de laranja nos olhos abertos da idosa.

— Srta. Mary? — O olhar dela se voltou para Patricia. — Está acordada?

O lençol se moveu, e, com esforço, a srta. Mary levantou a mão fraca, mas ficou cansada e deixou-a cair sobre o peito, sem conseguir chegar até onde queria.

— Estou. — A srta. Mary umedeceu os lábios. — Estou.

Patricia foi até a proteção da cama.

— Está tudo bem — disse a nora.

As duas ficaram assim por um bom tempo, em silêncio, escutando o vento quente que batia nas janelas atrás das cortinas fechadas.

— Quem é Hoyt Pickens? — perguntou Patricia, sem esperar uma resposta.

— Ele matou o meu pai — disse a sogra.

Patricia perdeu o fôlego. Ela nunca tinha ouvido aquele nome. Além disso, a srta. Mary costumava esquecer as pessoas que lhe vinham à mente segundos depois de citar o nome delas. Patricia tampouco já tinha ouvido a idosa ligar uma pessoa a algum contexto.

— Por que a senhora diz isso? — indagou ela, delicadamente.

— Tenho um retrato de Hoyt Pickens — murmurou a srta. Mary. — Usando o terno de sorvete dele.

A voz rouca fez a cicatriz na orelha de Patricia coçar. O vento tentou abrir as janelas, sacudindo o vidro, procurando uma brecha. A mão da srta. Mary encontrou alguma energia e deslizou pelo lençol até a nora, que pegou na pele fria e suave.

— Como ele conhecia o seu pai? — perguntou.

— Antes do jantar, os homens ficavam sentados com meu pai no alpendre dos fundos da casa, dividindo uma garrafa — disse a srta. Mary. — Nós, que éramos crianças, tínhamos jantado cedo e ficamos brincando no quintal da frente, até que vimos um homem em um terno cor de sorvete de baunilha na rua. Quando ele entrou na nossa casa, os homens esconderam a garrafa, porque beber era contra a lei. O homem foi até o meu pai, se apresentou como Hoyt Pickens e perguntou se o meu pai sabia onde encontrar cuspe de coelho. Era assim que chamavam o uísque de milho do meu pai, porque a bebida podia fazer um coelho cuspir na cara de um buldogue. Ele disse que tinha vindo no trem de Cincinnati, que a garganta estava seca e que pagaria vinte e cinco centavos por um gole. O sr. Lukens pegou a garrafa, e Hoyt Pickens bebeu. Então falou que já tinha ido de Chicago a Miami e que nunca tinha provado um uísque tão bom.

Patricia nem respirou. Fazia anos que a srta. Mary não juntava tantas palavras numa frase.

— Naquela noite, a minha mãe e o meu pai discutiram. Hoyt Pickens queria comprar um pouco de cuspe de coelho e vender em Colúmbia, mas a mãe falou que não. Na época, tudo estava pela hora da morte, e mesmo se matando de trabalhar as pessoas passavam por maus bocados. O reverendo Buck nos disse que a praga nos algodoeiros tinha começado porque havia muitas piscinas públicas. O governo taxava qualquer coisa em que colocasse as mãos, mas o cuspe de coelho do meu pai garantia o melaço no nosso pão.

A sogra continuou:

— Mamãe falou para ele que cobra que metia a cara por aí geralmente ficava sem cabeça, mas papai estava cansado de catar moedas, então ignorou a minha mãe e vendeu doze garrafas de cuspe de coelho para Hoyt Pickens, e Hoyt foi para Colúmbia e vendeu tudo rapidinho e voltou para mais doze. Ele vendeu essas também, e logo o meu pai montou um segundo alambique, e não parava em casa do pôr do sol até a aurora, depois dormia o dia inteiro.

A história seguia:

— Hoyt Pickens jantava com a gente todo domingo, e algumas quartas e sextas também. Dizia tudo que papai queria ouvir. Falou que ele poderia ganhar mais se deixasse o cuspe de coelho descansar em barris até ficar marrom. Para isso, papai ia ter que investir uma bufunfa e só veria a cor do dinheiro seis meses depois, quando Hoyt levasse o cuspe de coelho para Colúmbia e vendesse. Mas nós todos ficamos bem animados quando o homem colocou um maço grosso de notas na mesa.

Algo afiado arranhou a palma de Patricia. Era a srta. Mary passando a unha, indo e voltando, indo e voltando, como insetos caminhando na sua mão.

— Em pouco tempo, só se falava de cuspe de coelho. Assim que o xerife ficou sabendo o que o meu pai estava fazendo, veio atrás do dinheiro também. Papai precisava de pessoas para trabalhar no alambique e pagava os homens em notas promissórias enquanto esperava o cuspe de coelho ficar marrom. Os bancos faliam antes mesmo que a gente soubesse o nome deles, então cada um guardava bem seu próprio dinheiro, mas papai comprou uma enciclopédia completa, e um espremedor de roupas, e todos os homens fumavam cigarros de marca quando iam se sentar no nosso quintal.

Patricia se lembrou de Kershaw. Eles já tinham atravessado os quase duzentos e cinquenta quilômetros pelo norte do estado muitas vezes para visitar os primos de Carter e a srta. Mary quando ela morava sozinha. Fazia um bom tempo que não iam, mas Patricia se lembrava de uma terra seca habitada por pessoas secas, muita poeira, postos de gasolina em qualquer cruzamento vendendo leite condensado e cigarros sem marca. Ela se lembrou de descampados e fazendas abandonadas. Entendia o apelo que um pouco de frescor, limpeza e verde teriam para quem morava num lugar pequeno e quente como aquele.

— Foi mais ou menos nessa época que o filho dos Beckham desapareceu — continuou a srta. Mary, a voz agora rouca. — Era uma coisinha pálida e ruiva, seis anos, que ia com qualquer um. Um dia ele não voltou para o jantar, e todo mundo saiu atrás do garoto, esperando encontrá-lo encolhido embaixo de uma nogueira-pecã, mas nada. Alguns disseram que os homens do governo que aplicavam as vacinas levaram ele, outros, que tinha uma moça de cor na floresta que fazia ensopado de crianças brancas e vendia como poção do amor por um centavo. E também teve gente falando que ele caiu no rio e foi levado, mas nenhuma teoria importava. Ele tinha desaparecido.

A sogra prosseguiu:

— O próximo menino a sumir foi Avery Dubose. Ele trabalhava carregando baldes de lata, e Hoyt falou para todo mundo que ele devia ter caído numa das máquinas do moinho e que o chefe escondeu. Isso causou uma briga entre o moinho e os trabalhadores do campo, e, com tanto cuspe de coelho correndo por aí, as pessoas se exaltavam. Os homens começaram a aparecer na igreja com o braço enfaixado e o olho roxo. O sr. Beckham se matou com um tiro. Mas, naquele ano, tivemos presentes debaixo da nossa árvore de Natal, e papai convenceu a mamãe de que as coisas tinham melhorado. Em janeiro, a barriga dela cresceu. Eu era a única sobrevivente de três bebês deles, mas agora outro tinha vingado.

Ela continuou:

— Nunca teriam encontrado Charlie Beckham se aquele caixeiro-viajante não tivesse parado na antiga casa dos Moore e visto a água da bomba cheia de larvas. Tiveram que deixar o corpo do menino no depósito de gelo por três dias para que a água saísse e ele coubesse no caixão. Mesmo assim, fizeram um caixão maior do que o normal.

A saliva formou bolhas brancas nos cantos da boca da srta. Mary, mas Patricia não se mexeu, com medo de que qualquer gesto pudesse quebrar o feitiço que mantinha aquela história em curso e a sogra nunca mais falasse sobre aquilo novamente.

— Naquela primavera, ninguém conseguiu plantar nada. Nada crescia, então o meu pai e Hoyt tiveram que gastar muito dinheiro para trazer milho lá de Rock Hill, e tudo que tinham estava investido nos barris de cuspe de coelho. Os bancos não estavam nem aí para notas promissórias e começaram a tomar equipamento das pessoas, cavalos, mulas, e ninguém podia fazer nada. Todo mundo estava esperando aqueles barris.

"O terceiro garotinho a sumir foi o bebê do reverendo Buck. Os homens se reuniram no alpendre dos fundos da minha casa, e pela minha janela eu os ouvi especulando sobre uma pessoa ou outra, a garrafa passando de mão em mão, e aí Hoyt Pickens falou que tinha visto Leon Simms perto da fazenda dos Moore certa noite, e eu quis rir, porque só uma pessoa de fora diria aquilo. Leon era um homem escuro que tinha arrumado alguma coisa na cabeça durante a guerra. Ele ficava sentado no sol, do lado de fora da loja do sr. Early, e, em troca de doces, tocava alguma música com colheres e cantava. Era a mãe que tomava conta dele e ele recebia uma pensão do governo. Às vezes, ajudava as pessoas a carregar compras, e sempre recebia em doces.

"Mas Hoyt Pickens falou que Leon gostava de perambular por aí de noite e de entrar em lugares que não deveria. Disse que era o que acontecia quando as pessoas vinham do norte para espalhar ideias em lugares que não estão prontos para elas. Disse que Leon Simms ficava sentado na porta da loja do sr. Early e lambia os beiços quando via criancinhas, e levava elas para lugares escondidos para saciar o seu apetite anormal.

"Quanto mais Hoyt Pickens falava, mais os homens achavam que ele tinha razão. Acho que caí no sono, porque, quando abri os olhos, estava escuro e não tinha mais ninguém no quintal. Ouvi o trem passando e uma coruja na floresta, e estava voltando a dormir quando a terra se acendeu.

"Uma multidão de homens surgiu atrás de uma carroça com lanternas e lampiões. Não faziam barulho, mas ouvi uma voz firme falando alto, dando ordens. Era o meu pai. Ao lado dele, estava Hoyt Pickens, com o seu terno de sorvete se destacando contra a escuridão. Eles tiraram alguma coisa de trás da carroça, um saco grande de juta que usávamos para colher algodão, levantaram um lado e uma coisa preta e molhada caiu no chão. Era Leon, todo amarrado.

"Os homens pegaram pás e cavaram um buraco fundo debaixo do pessegueiro, e arrastaram Leon até lá, e ele não devia estar morto ainda, porque ouvi ele chamando o meu pai de 'patrão' e dizendo: 'Por favor, patrão, eu toco alguma coisa para você, patrão.' Jogaram ele no buraco e encheram de terra até as súplicas dele ficarem abafadas, e, depois de um tempo, não dava mais para ouvir nada, mas eu continuava ouvindo.

"Quando acordei cedo, havia uma neblina, e fui lá atrás para conferir se tinha sido um pesadelo. Mas vi a terra revirada, e então ouvi um barulho e vi meu pai sentado bem quietinho, no canto da varanda, com uma garrafa de cuspe de coelho entre as pernas. Seus olhos estavam inchados e vermelhos, e, quando ele me viu, deu um sorriso que veio direto do inferno."

Patricia se deu conta de que era por causa daquilo que a srta. Mary deixava os pêssegos apodrecerem. A lembrança do suco doce escorrendo pelo seu queixo, da fruta enchendo o seu estômago, havia ganhado um gosto amargo com o sangue de Leon Simms.

— Hoyt Pickens se mandou antes que o cuspe de coelho ficasse marrom — continuou a srta. Mary. — Meu pai foi até Colúmbia, mas não conseguiu encontrar a pessoa que comprava de Hoyt. Todo o nosso dinheiro estava investido naqueles barris, mas ninguém em Kershaw podia comprar o cuspe de coelho pelo preço que o meu pai precisava, e ele mesmo acabou bebendo quase tudo nos anos seguintes. Minha mãe perdeu o meu irmão que estava na barriga, e o meu pai vendeu os alambiques para comprar comida. Ele nunca mais trabalhou, só ficava sentado no alpendre dos fundos, bebendo sozinho aquele cuspe de coelho marrom, porque ninguém mais ia na nossa casa por conta do que estava enterrado ali. Quando ele enfim se enforcou no celeiro, foi uma redenção. Os tempos difíceis chegaram, anos depois, e algumas pessoas disseram que Leon Simms tinha envenenado a terra, mas eu sempre saberei que foi Hoyt.

No longo silêncio, as lágrimas transbordaram das pálpebras inquietas da srta. Mary e escorreram pelo rosto. Ela umedeceu os lábios, e Patricia viu uma camada branca sobre a língua. A pele era fina como papel, as mãos, frias como gelo. A respiração soava como um tecido sendo rasgado. Patricia viu os olhos injetados da sogra perdendo o foco aos poucos e notou que contar aquela história tinha desorientado a srta. Mary. Começou a puxar a mão, mas a idosa apertou os dedos e segurou firme.

— Andarilhos da noite estão sempre famintos — murmurou ela. — Pegam tudo que veem pela frente e não conhecem limites. Venderam a própria alma e agora devoram tudo, sem saber como parar.

Patricia esperou a srta. Mary falar mais alguma coisa, mas a sogra ficou imóvel. Depois de um tempo, Patricia puxou a mão dos dedos gelados e observou a idosa cair no sono com os olhos ainda abertos.

Um vento sombrio açoitava sua casa.

UM ESTRANHO AO MEU LADO

Julho de 1993

CAPÍTULO 12

O verão sufocava Old Village. Fazia um mês que não chovia. O sol fritava os gramados, deixando as folhas secas e amareladas, cozinhava calçadas até fumegarem, derretia as telhas e esquentava tanto os postes de telefone que as ruas cheiravam a creosoto quente. Todo mundo ficava dentro de casa, tirando uma ou outra criança que ia brincar no meio da tarde nas ruas de asfalto esponjoso. Ninguém cuidava do jardim depois das dez da manhã e os moradores só saíam para resolver alguma coisa na rua depois das seis da noite. Do nascer ao pôr do sol, o mundo inteiro parecia mergulhado em mel fervente.

Mas Patricia não podia esperar o entardecer para resolver suas pendências. Quando precisava ir a uma loja ou ao banco, corria até o Volvo debaixo do sol, ligava o ar-condicionado no máximo e ficava sentada no banco escaldante, sofrendo, até que o volante pegando fogo esfriasse. Ela também insistia que Blue levasse as lixeiras para a rua antes de escurecer, mesmo que ele reclamasse sem parar de arrastá-las até a calçada naquele clima ardente e implacável.

Após o pôr do sol, Patricia ficava perto de casa. Quando o responsável de alguém vinha buscar Korey ou Blue para dormir na casa de um amigo, ela parava na varanda e ficava de olho nos filhos, até eles entrarem no carro, fecharem a porta e saírem em segurança. Mesmo quando o ar-condicionado central enfim quebrou e o técnico disse que eles deveriam ter avisado antes porque ia demorar duas semanas para conseguir as peças, Patricia insistia em trancar todas as janelas e portas antes de irem dormir. Não importava quantos ventiladores ligassem, toda noite os moradores da casa suavam em bicas nos lençóis, e toda manhã Patricia trocava a roupa de cama. A secadora não parava um segundo.

Por fim, James Harris salvou a vida deles.

A campainha tocou durante o jantar, e Patricia foi atender, pois não queria que Korey ou Blue abrissem a porta após o cair da noite. James Harris estava na varanda.

— Só queria ver como todos estão, passado o susto — disse ele.

Patricia achava que nunca mais o veria, depois de ter surtado e gritado com ele na noite em que alguém subiu no telhado, como se o perigo em questão fosse James Harris, e não o invasor. Ela se sentira envergonhada por ter pensado o pior de alguém sem motivo, então vê-lo na sua porta como se nada tivesse acontecido a encheu com uma profunda sensação de alívio.

— Ainda me culpo por não ter estado aqui — declarou Carter, levantando-se da mesa e apertando a mão de James quando a esposa o levou até a sala de jantar. — Graças a Deus, você apareceu. Meus filhos falaram que você foi um herói. Sempre será bem-vindo na nossa casa.

James Harris levou aquilo ao pé da letra, e Patricia logo passou a ouvir sua batida na porta no momento em que Korey comia o último bolinho ou Blue reclamava que não conseguiria comer abobrinha naquele calor. Noite após noite, ela encontrava James Harris na sua porta e eles conversavam sobre o livro do mês do clube, ou ele perguntava em que pé estava o conserto do ar-condicionado, ou como andava a srta. Mary, ou contava que tinha ido à igreja com Slick e Leland. Então, Patricia o convidava para entrar e tomar sorvete.

— Como ele sabe exatamente a hora da sobremesa? — reclamou Carter depois da quarta visita de James, pulando num pé só no quarto enquanto tirava as meias molhadas de suor. — Parece que consegue ouvir a porta do congelador abrindo do outro lado da rua.

Mas Patricia gostava das visitas, porque Carter só manteve a promessa de voltar para casa antes de escurecer por dois dias e logo começou a fazer hora extra de novo. Na maioria das noites, Patricia comia sozinha com as crianças, e como Korey ia para o acampamento de futebol de duas semanas no fim do mês e pelo visto precisava passar as noites com cada uma das amigas antes de viajar, quase sempre eram só ela e Blue à mesa.

Mais ou menos na quinta visita de James Harris, Patricia começou a deixar as janelas abertas até mais tarde; em seguida, passou a deixar as janelas de cima abertas durante a noite; depois, as janelas de baixo; e, em pouco tempo, só as portas de tela eram trancadas, e a casa zumbia de leve com os ventiladores que ficavam no batente das janelas abertas dia e noite.

Outra razão para gostar da presença de James Harris era que Patricia não sabia mais conversar com Blue. O filho só queria falar de nazistas. Ela o ajudou a arrumar um cartão de adulto da biblioteca e agora o menino pegava livros históricos cheios de fotos da Segunda Guerra Mundial. A mãe encontrou os cadernos antigos de Blue com um monte de desenhos de suásticas, símbolos da SS, tanques Panzer e caveiras. Sempre que tentava falar com ele sobre o curso de verão ou sugerir que fosse até a piscina de Creekside, ele respondia com nazistas.

James Harris falava nazismo fluentemente.

— Sabe — disse ele para Blue —, todo o programa espacial americano foi feito por Wernher von Braun e um bando de outros nazistas que receberam asilo dos americanos porque os caras sabiam construir foguetes.

Ou:

— Nós gostamos de pensar que derrotamos Hitler, mas na verdade foram os russos que viraram o jogo.

Ou:

— Você sabia que os nazistas falsificaram dinheiro britânico e tentaram desestabilizar a economia deles?

Patricia gostava de ver Blue se garantindo numa conversa com um adulto, embora desejasse que os dois conversassem sobre algo que não fosse o Terceiro Reich. Mas a mãe lhe ensinara a aproveitar o que tinha, não a reclamar do que não tinha, então deixava os dois preencherem o espaço deixado por Carter e Korey.

Aquelas noites regadas a sorvete na sala de jantar com as janelas abertas e uma brisa morna e salgada passando pela casa, com Blue e James falando da Segunda Guerra Mundial, foram os últimos momentos em que Patricia se sentiu feliz de verdade. Mesmo depois do que aconteceu, quando tudo na sua vida passou a ser dor, a memória daquelas noites a embalava num cobertor suave e macio que muitas vezes era o que lhe permitia dormir.

Após quase três semanas, Patricia percebeu que estava bastante animada para a festa de aniversário de Grace. Finalmente se sentia segura o bastante para sair de casa à noite, mesmo que ficasse no mesmo quarteirão, e Carter tinha prometido chegar em casa cedo, e ela achava que enfim conseguiram voltar ao normal.

No instante em que Patricia e Carter saíram, a sra. Greene tirou os sapatos e as meias e guardou na bolsa. Estava calor demais para ficar com qualquer coisa no pé. Blue e Korey não iam passar a noite lá, então não havia ninguém para reclamar se ela andasse descalça.

O carpete estava quente. Todas as portas e janelas da casa estavam abertas, mas a brisa fraca que soprava do quintal era viscosa e tinha cheiro de pântano.

— Quer comer alguma coisa, srta. Mary? — perguntou ela.

A srta. Mary cantarolava alegremente. A sra. Campbell dissera que ela passara a semana inteira olhando antigos álbuns de fotos, e se a idosa não tivesse emagrecido tanto, a sra. Greene pensaria que ela havia quase voltado a ser como antes.

— Eu encontrei — disse a srta. Mary, sorrindo. Ela focou os olhos opacos na sra. Greene. — Quer ver?

Em seu colo estava uma fotografia antiga, o verso voltado para cima, que a srta. Mary acariciava com os dedos trêmulos.

— É foto de quem? — perguntou a sra. Greene, estendendo a mão para pegá-la.

A srta. Mary cobriu a imagem com a mão.

— A Patricia primeiro.

— Quer que eu penteie o seu cabelo? — indagou a sra. Greene.

A srta. Mary pareceu confusa com a mudança de assunto, pensou um pouco e abaixou o queixo em concordância.

A sra. Greene encontrou a escova com cabo de madeira e foi para trás da srta. Mary. Enquanto a idosa via TV e acariciava a fotografia, a sra. Greene escovou o cabelo grisalho e ralo, embalada pelo barulho dos ventiladores.

As festas de Grace eram tudo que Patricia imaginava quando pequena. Na sala, Arthur Rivers tirara o blazer e se sentara ao piano, tocando diversos hinos de faculdade, que eram recebidos com vaias, aplausos e cantorias estridentes, dependendo de qual fosse. E ele seguiria assim enquanto continuassem lhe servindo bourbon.

A festa se espalhava da sala de estar até a de jantar — onde havia um círculo em volta da mesa cheia de sanduichinhos de presunto, biscoitos de queijo, canapés de queijo com pimentão e uma travessa de *crudités* que iria parar no lixo na manhã seguinte, ainda intocada —, depois seguia pela cozinha até alcançar o jardim de inverno, com sua vista panorâmica para o píer. O bar, coberto por uma toalha branca, ficava nos fundos do cômodo, onde a multidão era maior, e dois homens negros com blazers brancos preparavam um fluxo contínuo de drinques.

Todo médico, advogado e piloto de barco de Old Village estava lá, de blazer de anarruga e gravata-borboleta, cada um com um copo na mão, discutindo qual era o problema de Ken Hatfield naquela temporada, ou se algumas das lojas que o furacão fechara em Shem Creek anos antes voltariam a abrir, e quando a ponte para Isle of Palms ficaria pronta, e de onde estavam vindo todos aqueles malditos ratos-d'água. As esposas seguravam taças de vinho branco e usavam uma verdadeira selva de estampas conflitantes — oncinhas, florais, geométricas e abstratas —, falando sobre os planos dos filhos para o verão, seus projetos de reforma da cozinha e a orelha de Patricia. Aquele era o primeiro evento social a que comparecia desde o incidente, e Patricia sentia que todo mundo estava olhando para ela.

— Não dá para notar, a não ser que eu fique bem de frente para você e veja as duas orelhas ao mesmo tempo — assegurou Kitty.

— É tão óbvio assim? — perguntou Patricia, levantando a mão e cobrindo a cicatriz com o cabelo.

— Só deixa o seu rosto um pouco de nada desarranjado — disse Kitty, pegando o cotovelo de Loretta Jones quando a mulher passou por elas. — Loretta, dá uma olhada na Patricia e me diz se você nota algo estranho.

— Bem, a avó daquele homem arrancou a orelha dela — respondeu Loretta, inclinando a cabeça. — Mas por quê? Aconteceu mais alguma coisa?

Patricia queria sair de fininho, mas Kitty segurou o pulso dela.

— Era a tia-avó — corrigiu Kitty. — E só levou um lóbulo.

Loretta inclinou a cabeça para o outro lado e disse:

— Está precisando de um bom cirurgião plástico? Posso te indicar. Você parece assimétrica. Ah, olha a Sadie Funche ali. Com licença.

— Loretta sempre foi um porre — comentou Kitty conforme a mulher se perdia na multidão.

* * *

O grande circulador de ar ficava na porta da saleta, onde deveria sugar ar quente e soprar ar frio no quarto da garagem, porém mal fazia diferença. O calor estava insuportável. Ragtag se encontrava deitado debaixo da cama da srta. Mary, ofegando num estado deprimente.

Talvez devesse dar um banho refrescante na srta. Mary, pensou a sra. Greene. A água faria bem para as duas. Estava se levantando quando sentiu um olhar vivo. Ao virar para a porta da saleta, viu um rato-d'água preto, enorme e molhado, parado do lado do circulador, encarando-a. O ar acima das costas manchadas do animal praticamente tremeluzia de doenças. A sra. Greene sentiu suas tripas gelarem. Já tinha visto muitos ratos na vida, mas nunca um tão grande quanto aquele, e muito menos tão tranquilo e sossegado, como se fosse o dono do lugar.

— Xô! — fez a mulher, sacudindo as mãos na direção do bicho e batendo o pé. Ragtag levantou a cabeça como se ela pesasse duzentos quilos e olhou para a sra. Greene, checando se aquele "xô" era para ele. A sra. Greene, reconhecendo um aliado natural, disse: — Vai, Ragtag! Pega aquele rato malvado. Pega ele!

O cachorro seguiu os gestos dela e viu o rato. Sem mover um músculo, começou a rosnar do fundo da garganta. O rato deslizou o corpo comprido e desceu o primeiro degrau. A sra. Greene notou que ele era tão grande quanto um sapato masculino. O rosnado de Ragtag aumentou, mas não parecia incomodar o rato. Começando a se arrastar de seu esconderijo, o cão encarou o rato, o rosnado cada vez mais forte, quase um latido, mas se transformou num ganido quando três ratos menores e igualmente imundos desceram os degraus ao lado do maior e dispararam pelo carpete, na direção da sra. Greene.

Sem hesitar, Ragtag foi para cima deles e abocanhou um, balançando a cabeça duas vezes: na primeira, quebrou o pescoço do bicho, e na segunda jogou o cadáver na parede. O segundo e o terceiro ratos desapareceram embaixo da cama da srta. Mary.

A sra. Greene tinha colocado os pés para cima da cadeira, mas começava a perceber que precisaria entrar na briga. Devia ter uma vassoura ou um esfregão na despensa logo atrás, e ela tinha que tirar aqueles ratos da casa antes que mordessem alguém.

— Uns ratos entraram aqui, srta. Mary — informou a sra. Greene, ficando de pé. — Mas Ragtag e eu vamos nos livrar deles.

Ela foi até a despensa, mas parou quando viu o cadeado que colocaram na porta depois da noite em que a sra. Campbell achou que um homem tentara entrar na casa. Ninguém lhe dera uma chave.

BUM!

Algo caiu atrás dela, e, ao se virar, a sra. Greene viu Ragtag recuar de medo, afastando-se do circulador de ar, que foi deslizando pelos degraus até cair virado para o chão. Vários ratos tinham se juntado ao enorme, que esperava na escada, e todos pareciam nojentos, com falhas nos pelos, cheios de sarnas, os narizes tremelicando. O ventilador reclamou com um som abafado, incapaz de sugar ar do carpete, e mais ratos surgiram na porta. Ragtag correu na direção deles, latindo, mas os bichos nem se incomodaram.

— Pega eles, Ragtag! — disse a sra. Greene. — Pega eles!

A sra. Greene sabia o que fazer. Ela trancaria a srta. Mary no banheirinho na frente da despensa, então pegaria um lençol e expulsaria aquelas coisas com a ajuda de Ragtag. Contanto que tivesse o cachorro ao seu lado, conseguiria dar um jeito.

— Srta. Mary, vou levar você até o lavabo um minutinho.

Ela se inclinou, passou as mãos por baixo dos braços da idosa, cujas axilas estavam úmidas, e começou a levantá-la. A srta. Mary deu um gemido triste, e a sra. Greene sentiu um cheiro podre. Olhou ao redor.

Havia ratos por toda a saleta, se alastrando pela porta e caindo, destrambelhados, no degrau de cima — molhados e enlameados, com três ou quatro pernas, rabos longos ou sem rabo algum, e perversos. Seus olhos pretos brilhavam, os bigodes tremelicavam, os rabos se contorciam, os corpos quentes agrupados na porta. Nenhum deles fazia qualquer barulho. Era um carpete tão espesso de ratos cobrindo o chão da saleta que a sra. Greene não conseguia ver o linóleo amarelo, e mais vinham da sala de jantar, da porta dos fundos, do vestíbulo, se aglomerando na saleta, cobrindo-a como uma piscina borbulhante de pelos ressecados, uns se arrastando por cima dos outros, formando uma massa que não parava de se contorcer.

Como eles entraram aqui tão rápido? De onde esses bichos vieram?

Quando algo encostou na perna dela, a sra. Greene olhou para baixo e viu Ragtag, o corpo tenso, encarando a porta, dentes à mostra, a boca aberta, a língua enrolada, fazendo um som grave e pavoroso. O fedor dos ratos invadiu o cômodo, paralisando a sra. Greene de medo. Ela ainda se lembrava de uma noite, quando era nova, em que acordou com alguma coisa rastejando debaixo dos lençóis, uma coisa carnuda e fria passando por suas canelas, e da irmã dando um grito agudo, longo e alto, como se não fosse parar nunca mais, até a mãe delas chegar correndo, puxar as cobertas e encontrar um rato peludo grudado no umbigo da irmã, abrindo caminho a mordidas.

Aquele pesadelo de criança voltou como um grito à sua mente conforme o enorme rato preto, que até então parecia apenas uma pedra, parado, se transformava num borrão escuro, saltando sobre os degraus e correndo na direção da srta. Mary pelo carpete, tão rápido que a sra. Greene gritou.

Mas Ragtag estava lá. E pegou o rato com os dentes, e balançou a cabeça feito louco. A sra. Greene ouviu um estalo e um guincho abafado dentro de um pescoço peludo, e logo o rato enorme estava no chão, o corpo se contraindo, se arrastando com esforço. No entanto, conforme o animal estrebuchava, a multidão de ratos passou pela porta, se espremendo e se jogando pelos degraus, como se não tivessem ossos, contornando o ventilador e indo direto até os três.

A sra. Greene foi até a poltrona da srta. Mary, mas congelou quando os roedores passaram por cima dos seus pés, sentindo na pele as unhas afiadas e os rabos gelados sem pelo. Alguns enfiaram as garras na sua calça e começaram a subir, e a sra. Greene começou uma dança frenética, batendo os pés no chão para se livrar deles.

Os dedos dos seus pés estavam sendo retalhados. Ela se abaixou para tirar um rato cinza de dentro da perna da calça, mas ele mordeu o seu dedo, os dentes afiados chegando até o osso. A sra. Greene sentiu fisgadas geladas de náusea nas entranhas.

Ragtag latia e rosnava, se afogando num carpete vivo de ratos. Um subiu nas suas costas, outros três se penduraram nas suas orelhas. A sra. Greene viu o pelo bege ficando escuro com sangue. Ela jogou o rato cinza na cortina, e com ele se foi um pedaço da pele de seu dedo. Então, se virou para a srta. Mary.

— Ahhh! Ahhh! — gritou a idosa quando um rio peludo subiu por suas pernas e se juntou no seu colo.

Ratos subiam pelo encosto da cadeira, escorregavam pelos seus ombros, se enrolavam no seu cabelo. Ela ergueu o braço que segurava a fotografia, mas os ratos subiam pela manga da roupa, desciam pelo colarinho aberto da camisola, escalaram seu pescoço e cobriram o rosto.

Havia roedores por todo o carpete, no sofá, subindo nas cortinas, atravessando os lençóis brancos da cama da srta. Mary, correndo pelo parapeito da janela, enchendo o cômodo. Mas a porta do banheiro ainda estava fechada. Se pudesse ir para lá com a idosa, as duas conseguiriam se salvar.

A sra. Greene sentiu picadas quentes no umbigo, olhou para baixo e viu um rato pendurado na sua cintura, o focinho dentro da camisa, e algo dentro dela se quebrou. No lugar da srta. Mary e de Ragtag, só via um monte de roedores se retorcendo, e ela correu para o banheiro, arrancando o rato de sua barriga, mesmo com o animal afundando os dentes no seu umbigo, fazendo um som de rasgo que ela nunca ia esquecer.

A mulher se jogou na porta do banheiro, girou a maçaneta e caiu lá dentro, então bateu a porta, deixando os ratos do lado de fora, e manteve-a fechada com o próprio corpo enquanto ouvia as garras arranhando o outro lado. Coberta de pelo de rato, que a fazia espirrar e lhe dava ânsia de vômito, a sra. Greene deslizou até o chão.

Então, ouviu um barulho na água do vaso sanitário — o som inconfundível de algo se deslocando na porcelana, escorregando e caindo na água. Ela pegou o chuveirinho e colocou a água na temperatura mais quente possível. No momento em que dezenas de ratos começaram a tentar sair, a mulher subiu na tampa fechada e jogou água fervendo nas garras debaixo do vão da porta, nos ratos que tentavam se enfiar por ali, e o guincho agudo deles fez seus tímpanos latejarem.

Sentindo a água do sanitário fervilhar com roedores enquanto o vapor enchia o cubículo, ela se equilibrou sobre a tampa do vaso no banheiro quente e minúsculo — e, depois de um tempo, não conseguiu mais ouvir os gritos da srta. Mary do outro lado da porta.

O "Parabéns pra você" foi cantado por volta das dez e meia da noite, e os convidados começaram a se dispersar. Patricia sugeriu que voltassem para casa a pé e passassem no Alhambra Hall, só para pegar um pouco de ar fresco, mas Carter disse que precisava trabalhar cedo no dia seguinte, então foram direto para casa.

— Que cheiro é esse? — perguntou ele assim que abriram a porta.

A casa tinha um fedor tão forte de animais selvagens e urina que os olhos de Patricia ficaram marejados. Havia deixado o abajur do vestíbulo aceso, mas, ainda assim, o cômodo estava escuro. Ao ligar o interruptor, viu o abajur quebrado no chão.

O cheiro ficava mais forte na saleta, amontoados de pelo marrom e poças de xixi em diversos pontos do chão. O sofá estava destruído; as cortinas, em farrapos. A primeira coisa que passou pela cabeça de Patricia é que a casa havia sido invadida por vândalos. Ela e Carter foram rápido para a garagem e pararam na porta.

Parecia que um gigante pegara o quarto e o chacoalhara: as cadeiras tinham caído, as mesas estavam tombadas, frascos de remédio caídos entre ratos mortos, os corpos espalhados pelo carpete. E, no meio de toda aquela bagunça, encontrava-se a sra. Greene, ajoelhada sobre a srta. Mary, coberta de sangue, as roupas rasgadas. Ela levantou a cabeça, afastando-se dos lábios da idosa, e pressionou o peito dela com força, fazendo compressões perfeitas de massagem cardíaca, então os viu e gritou, com a voz assustada e rouca:

— A ambulância está vindo!

CAPÍTULO 13

Três dedos da srta. Mary foram roídos até o osso. Ela precisaria de cirurgia reconstrutiva nos lábios. Os médicos ainda não tinham certeza sobre o nariz. E achavam que poderiam salvar o olho esquerdo.
— Sim, sim — disse Carter, assentindo rápido. — Mas a minha mãe vai ficar bem?
— Depois que ela for estabilizada, serão necessárias várias cirurgias — informou o médico. — Mas, na idade dela, talvez queira considerar se isso é mesmo a escolha certa. Depois, com muita reabilitação e fisioterapia, ela pode voltar a ter uma vida normal, ainda que limitada.
— Bom, bom — disse Carter, ainda assentindo. — Bom.
O médico se retirou, e Patricia tentou pegar a mão do marido para trazê-lo de volta à realidade.
— Carter. Quer se sentar um pouco?
— Estou bem — respondeu ele, afastando a mão da dela e passando-a no rosto. — Você deveria descansar um pouco. Foi uma noite longa.
— Carter.
— Eu estou bem. Acho que vou até o escritório trabalhar um pouco. Vejo a minha mãe depois que ela sair da cirurgia.
Patricia desistiu e voltou para casa algumas horas antes do amanhecer. Quando embicou na entrada da garagem, os faróis iluminaram o quintal e sombras se agitaram e fugiram, correndo para os arbustos escuros: centenas e centenas de ratos. Ela

ficou sentada no carro por um minuto, as luzes ligadas, então saiu e correu até a porta.

A saleta estava lotada de ratos mortos, e o quarto da garagem, mais ainda. Ela não sabia o que fazer. Enterrá-los? Jogá-los no lixo? Chamar o Controle de Animais? Ela sabia o que fazer se aparecesse mais gente do que o previsto para um jantar, ou se alguém chegasse cedo demais para uma festa, mas qual era o protocolo quando ratos atacavam sua sogra? Quem ensinava a lidar com aquilo?

Decidiu começar pela garagem. Seu coração se contraiu dolorosamente quando viu o corpo fraco de Ragtag esticado no meio do carpete. *Pobrezinho*, pensou enquanto se abaixava para pegá-lo.

O cachorro abriu um olho e bateu o rabo sem força no carpete.

Patricia o enrolou numa toalha de praia velha e foi até a clínica veterinária a quarenta quilômetros por hora. Já estava lá esperando quando o próprio veterinário apareceu para abrir o estabelecimento.

— Ele vai sobreviver — disse o dr. Grouse. — Mas não vai ser barato.

— Não importa. Ele é um bom cachorro. Você é um bom cachorro, Ragtag.

Não conseguia encontrar uma parte que não estivesse dilacerada no corpo dele para fazer carinho, então se contentou em pensar no máximo de coisas boas possíveis sobre Ragtag na volta para casa. Quando saiu do carro, ouviu o telefone tocando. Atendeu na cozinha.

— Mamãe morreu — anunciou o marido, engolindo em seco a cada palavra.

— Carter, eu sinto muito. O que eu posso fazer?

— Não sei, Patty — disse ele. — O que as pessoas fazem? Eu tinha dez anos quando o meu pai morreu.

— Vou ligar para a Stuhr. Como está a sra. Greene?

— Quem?

— A sra. Greene — repetiu, sem saber bem outra forma de se referir à mulher que tentou salvar a vida da mãe dele.

— Ah. Ela levou alguns pontos e vai ter que tomar uma vacina antirrábica, mas já voltou para casa.

— Carter. Eu sinto muito.

— Tá bom — disse ele, atordoado. — Você também.

E desligou. Patricia ficou na cozinha, sem saber como prosseguir. Para quem ligar? Por onde começar? Sobrecarregada, discou o número de Grace.

— Que estranho — comentou ela, depois de Patricia explicar o ocorrido. — Sob o risco de parecer insensível, acho melhor a gente começar.

Grace assumiu as rédeas da situação, e o alívio tomou conta de Patricia. A amiga ligou para Maryellen, que combinou que a Stuhr pegaria o corpo da srta. Mary no hospital, e disse para Patricia o que fazer com as crianças.

— Korey vai ter que ir para o acampamento de futebol alguns dias depois. Vou ligar para a Delta e mudar a data da passagem dela. Quanto ao Blue, ele vai ter que ficar com amigos. Você não quer que ele veja a casa nesse estado.

Grace e Maryellen procuraram alguém para limpar a casa, que agora estava infestada de pulgas e fedia a rato, mas não encontraram ninguém que quisesse encarar o serviço.

— Que falta de profissionalismo — disse Grace. — Telefonei para Kitty e Slick, e vamos todas para aí amanhã. Vai levar alguns dias, mas garanto que vamos deixar tudo impecável.

— Não quero incomodar — falou Patricia.

— Bobagem. O mais importante agora é limpar a casa até que ela fique segura. Vou fazer uma lista de móveis, cortinas e carpetes e tudo o mais que vocês vão precisar trocar. E, claro, você vai ficar na casa de praia com Carter e as crianças até acabarmos.

Em paralelo, Maryellen organizou o velório, ajudou com a assistência funeral da srta. Mary, escreveu o obituário dela e o publicou no jornal de Charleston e no de Kershaw. A única coisa que não conseguiu fazer foi garantir um caixão aberto.

— Sinto muito — disse ela a Patricia no escritório de Johnny Stuhr. — O Kenny, que faz a nossa maquiagem, acha que não sobrou muito com que trabalhar.

O velório da sogra seguiu as regras do norte do estado: sem piadas, sem risadas e com todas as leituras tiradas da Bíblia do Rei James. O caixão ficou na frente da igreja, sem flores, a tampa aparafusada. Tiveram que procurar em três hinários para encontrar o hino que Carter disse ser o favorito da mãe, "Ó vinde a mim".

Carter sentou-se ao lado de Patricia, curvado e inconsolável no banco da igreja presbiteriana de Mt. Pleasant. Ela segurou e apertou a mão do marido, que reagiu com um aperto fraco. Por anos, a mãe tinha dito que ele era o menino mais inteligente e especial do mundo, e Carter acreditara. Vê-la morrer assim, na casa dele, de uma maneira difícil até de explicar para as pessoas, era um tipo de fracasso que Carter nunca encarara.

A reação de Korey estava sendo pior do que Patricia esperava: ela não parou de chorar durante todo o velório. Blue ia toda hora ver o caixão, mas ao menos levara *Uma ponte longe demais* para ler, e não um livro com uma suástica na capa.

Depois do enterro, Grace abriu a própria casa e pegou as quiches, os canapés de presunto, as caçarolas de Kitty, a salada de frutas de Slick e os pratos de frios que as pessoas haviam levado e espalhou tudo na mesa de jantar. Não havia bar porque não fazia sentido em um funeral, e mandaram as crianças brincarem no parque, porque parecia errado elas ficarem correndo pelo gramado.

Conforme cada velho amigo de Carter chegava apresentando os filhos, contando histórias sobre o passado, fazendo Carter sorrir, Patricia viu o marido ir recuperando a cor, assumindo seu lugar natural como centro das atenções. Afinal, ele era um garoto de cidade pequena que batalhara muito para se tornar um médico famoso em Charleston — esse era o verdadeiro Carter, e não um menininho que perdeu a mãe na própria garagem de uma forma que deixava as pessoas de olhos arregalados.

Na segunda de manhã, Patricia levou Korey ao aeroporto e ficou emocionada com o abraço forte que a filha lhe deu um segundo antes de sair do carro, com a bolsa grande e vermelha, branca e azul batendo nas pernas. Então Patricia foi até a casa de praia, colocou as malas no carro e voltou para Pierates Cruze. A casa cheirava a alvejante, e o primeiro andar parecia vazio, com um eco. Qualquer coisa estofada havia ido para o lixo e teria que ser substituída. Mas estavam em casa. E o ar-condicionado enfim funcionava.

Chegara a hora de Patricia fazer algo que vinha evitando: ver como andava a sra. Greene. Ela se machucara bastante e não fora ao enterro, e Patricia se sentia culpada por não ter ido vê-la antes.

O problema era arranjar alguém para acompanhá-la.

— Impossível! — declarou Grace. — Tenho que arrumar as coisas do velório e levar Ben até Colúmbia para uma reunião. Estou cheia de coisa pra fazer.

Depois, ela tentou Slick.

— Nós todas amamos a sra. Greene — disse Slick. — Uma cozinheira maravilhosa e uma senhora de muita fé, mas, Patricia, você não imagina como estamos ocupados com o novo negócio de Leland. Comentei com você? O Gracious Cay? Ele está conversando com investidores, um monte de gente endinheirada, e as coisas estão uma bagunça. Comentei com você sobre…

Por fim, ela tentou Kitty.

— Estou tão ocupada…

— Mas não vamos ficar muito tempo — argumentou Patricia.

— O aniversário de Parish é na semana que vem — disse Kitty. — Estou exausta.

Patricia apelou para a chantagem emocional.

— Depois do que aconteceu com Ann Savage e agora com a srta. Mary, não me sinto confortável em dirigir para tão longe sozinha.

No fim das contas, a chantagem funcionou. No dia seguinte, Patricia cruzava a Rifle Range Road a caminho de Six Mile com Kitty no banco do carona, levando uma torta de noz-pecã no colo.

— Tenho certeza de que muita gente boa mora por aqui — disse Kitty. — Mas já ouviu falar nos superpredadores? São gangues que dirigem bem devagar à noite, piscando os faróis, e, se você piscar de volta, eles te seguem até sua casa e te dão um tiro na cabeça.

— A Marjorie Fretwell não mora por aqui? — perguntou Patricia.

— Marjorie Fretwell uma vez sugou uma cobra com o aspirador de pó porque não sabia o que fazer com o bicho, e então teve que jogar o aparelho fora. Nem me fale em Marjorie Fretwell.

Elas saíram da Rifle Range Road e pegaram a rodovia estadual que fazia um retorno para Six Mile passando pela floresta. As casas foram ficando menores, e os quintais, maiores — com terrenos cheios de ervas daninhas mortas e grama alta e amarelada, trailers sobre blocos de concreto e casas quadradas de tijolos com caixas de correio empenadas na frente, fios elétricos caídos diante de terrenos com carros demais e pneus de menos.

Da beira da estrada, surgiam ruas apertadas, tão estreitas quanto entradas de garagem — com cercas de arame cravadas sobre terrenos gastos —, que terminavam em bosques de carvalhos pequenos e palmeiras curtas a perder de vista. Patricia viu a placa verde e branca que indica a Grill Flame Road na ponta de uma das ruelas e virou a esquina.

— Vamos trancar as portas, pelo menos — disse Kitty, e Patricia apertou o botão, que fez um *clunc* reconfortante.

Ela dirigiu devagar. A rua era cheia de buracos, e o asfalto se desfazia em areia dos dois lados. Passaram por várias casas apertadas, em ângulos estranhos. Muitas tinham sido destruídas pelo furacão Hugo e reconstruídas por empreiteiros oportunistas que sumiram antes de terminar o serviço. Algumas tinham plástico grampeado na janela em vez de vidros, outras, cômodos inacabados, expostos às intempéries.

Nenhum gramado era decorado. Todas as árvores estavam cheias de vinhas. Um homem negro magricela de short, mas sem camisa, estava sentado na escada do seu trailer bebendo água de uma caneca enorme de plástico. Algumas criancinhas ainda de fraldas pararam de correr com uma mangueira e foram até a cerca de arame para observar o carro passando.

— Procure a casa dezesseis — disse Patricia, se concentrando na via esburacada.

Elas passaram por baixo de um carvalho cujos galhos rasparam no teto do carro e deram numa grande clareira arenosa. A rua dava a volta numa igrejinha quadrada toda construída em blocos de concreto sem pintura. Uma placa na frente indicava que era a Mt. Zion, Metodista Episcopal Africana. Casas pequenas brancas e azuis a cercavam. Do outro lado, alguns garotos perambulavam pela quadra de basquete sob a sombra das árvores, mas ali, em frente às casas, não havia como se abrigar do sol.

— Dezesseis — anunciou Kitty, e Patricia viu uma casa branca e limpa com cortinas pretas e colunas de ladrilhos estampados na varanda. Havia um recorte do rosto do Papai Noel desbotado pelo sol dentro de uma guirlanda na porta da frente. Patricia estacionou diante da entrada da garagem.

— Vou esperar no carro — disse a amiga.

— Vou levar as chaves para você não poder ligar o ar-condicionado — replicou Patricia.

Kitty reuniu coragem por um instante, então se levantou e seguiu a amiga. Na mesma hora, o sol quente acertou o topo da cabeça de Patricia como um prego e refletiu na carroceria do Volvo, cegando-a.

No quintal de terra ao lado, três garotinhas pulavam corda. Patricia ficou ali por um minuto, ouvindo a cantiga delas:

Papai Pavor, Papai Pavor
Ele mora na floresta
E pegou um garotinho
Porque gosta do sabor
Papai Pavor, Papai Pavor
Ele vai na sua casa
Suga todo o seu sangue
Porque gosta do sabor

Patricia se perguntou onde tinham aprendido uma coisa daquelas. Deu a volta no carro e seguiu para a casa da sra. Greene, Kitty quase desmaiando ao seu lado, e então sentiu um movimento às costas. Ao se virar, viu algumas pessoas vindo até elas, saindo rápido da quadra de basquete, e, antes que ela ou Kitty pudessem dar mais um passo sequer, havia garotos na frente delas, garotos atrás delas, garotos debruçados no capô do carro, garotos por todos os lados, as posturas relaxadas, cercando-as.

— O que vocês duas estão fazendo por aqui? — perguntou um deles.

Usava uma camiseta branca com listras azuis aleatórias e tinha um afro baixo com duas linhas retas na lateral.

— Não vão dizer nada? — questionou ele. — Eu fiz uma pergunta. Que porra estão fazendo aqui? Porque duvido que morem aqui. Duvido que foram convidadas para cá. Então, o que estão fazendo aqui, cacete?

Ele estava se exibindo para os garotos ao redor, que fecharam a cara e deram um passo à frente, obrigando Kitty e Patricia a ficarem grudadas.

— Por favor — disse Kitty. — Nós vamos embora agora mesmo.

Alguns deles sorriram, e Patricia sentiu uma onda de raiva. Como Kitty podia ser tão covarde?

— Tarde demais — rebateu o menino do afro.

— Vamos visitar uma amiga — respondeu Patricia, segurando a bolsa com mais força.

— Você não tem amigas aqui, sua vaca! — gritou o garoto, aproximando o rosto do dela.

Patricia viu o próprio rosto pálido e assustado refletido nos óculos escuros dele. Ela parecia fraca. Kitty tinha razão. Nunca deveriam ter ido até lá. Cometera um erro horrível. Encolheu os ombros e se preparou para ser esfaqueada, empurrada ou o que quer que estivesse prestes a acontecer.

— Edwin Miles! — berrou uma mulher pelo ar escaldante.

Todo mundo se virou com exceção do garoto do afro, que manteve o rosto tão colado ao de Patricia que ela poderia contar os fios do seu bigodinho ralo.

— Edwin Miles — repetiu a voz. Dessa vez, ele se virou. — O que você está arrumando?

Patricia avistou a sra. Greene na porta de casa. Ela usava uma camiseta vermelha e calça jeans, os braços cobertos de gaze branca.

— Quem são essas vadias? — perguntou o garoto, Edwin Miles, para a sra. Greene.

— Não use esse linguajar comigo — avisou a sra. Greene. — Vou ter uma conversinha com a sua mãe no domingo.

— Ela não tá nem aí — retrucou Edwin Miles.

— É o que você vai descobrir depois que eu falar com ela — insistiu a sra. Greene, indo até eles.

Os garotos foram dispersando, retrocedendo diante da fúria da mulher. O último foi Edwin Miles.

— Tá bom, tá bom — disse ele, dando um passo para trás. — Não sabia que elas estavam com você, sra. G. Sabe como é, a gente gosta de ficar de olho em quem fica dando voltas por aqui.

— Eu é que vou te dar umas voltas, garoto — ralhou a sra. Greene. Chegou na calçada e abriu um sorriso repentino para Patricia e Kitty. — Está mais fresco lá dentro.

Ela se virou sem olhar para trás, e Patricia e Kitty a seguiram, às pressas. Às suas costas, ouviram a voz de Edwin Miles sumindo enquanto ele ia atrás dos amigos.

— Vou deixar elas com você, sra. G. — disse ele. — Tá tudo bem. Só não sabia que elas te conheciam, só isso.

As menininhas voltaram a pular corda quando as mulheres passaram.

Papai Pavor, Papai Pavor
Ele entra na janela
E me pega, pega, pega
Porque gosta do sabor

A sra. Greene fechou a porta, e Patricia precisou de um instante para se acostumar com a escuridão.

— Fico muito agradecida, sra. Greene — disse Kitty. — Achei que a gente ia morrer. Como vamos voltar para o carro, Patricia? Será que é melhor ligar para alguém?

— Para quem, por exemplo? — perguntou a sra. Greene.

— A polícia? — sugeriu Kitty.

— A polícia? — repetiu a sra. Greene. — O que eles iam fazer? Jesse! — gritou ela. Um garoto magro de rosto sério apareceu na porta do vestíbulo. — Traga chá para as nossas visitas.

— Ah — disse Patricia, quase esquecendo. — Trouxe uma coisa para você.

Ela lhe entregou a torta de noz-pecã.

— Jesse, coloque isso no congelador — ordenou a sra. Greene.

A mulher passou a torta para o menino, que desapareceu pelo corredor. Então, ela indicou o sofá. Daquela distância, Patricia pôde ver que havia pontos nos seus nós dos dedos.

A sra. Greene foi mancando até uma poltrona reclinável que praticamente já estava no formato do seu corpo. Os olhos de Patricia enfim se acostumaram ao cômodo escuro, e ela percebeu que havia coisas de Natal por todo o lugar. Pisca-piscas vermelhos, verdes e amarelos brilhavam no teto. Uma árvore grande de plástico dominava um canto. As luminárias eram de quebra-nozes gigantes ou de árvore de Natal de cerâmica, e cada abajur exibia um Papai Noel sorridente ou um boneco de neve. Na parede ao lado de Patricia, havia um bordado em ponto-cruz emoldurado do Papai Noel segurando o menino Jesus.

Patricia sentou na ponta do sofá, perto da sra. Greene. Os curativos brancos nos braços dela brilhavam na sala sombria.

— Perdoem esses meninos — pediu a sra. Greene, se ajeitando na poltrona. — Ninguém aqui gosta de desconhecidos.

— Por causa dos superpredadores — concluiu Kitty, sentando-se com cuidado na outra ponta do sofá.

— Não, madame — respondeu a sra. Greene. — Por causa das crianças.

— Elas usam drogas? — perguntou Kitty.

— Até onde sei, ninguém aqui usa drogas — disse a sra. Greene. — A não ser que esteja falando de bebida ou de um pouco de tabaco de coelho.

Patricia achou que era hora de mudar de assunto.

— Como está se sentindo? — perguntou.

— Me deram uns remédios, mas não gostei nem um pouco dos efeitos, então estou tomando Tylenol.

— Ficamos muito gratos por você ter ficado lá, e eu sei, assim como o dr. Campbell, que ninguém teria feito mais por ela — disse Patricia. — Nós nos sentimos responsáveis por deixar as janelas abertas, então queríamos dar isso à senhora.

Ela colocou um cheque dobrado no braço da poltrona, que a sra. Greene pegou e abriu. Patricia estava orgulhosa da quantia. Era quase o dobro do que Carter queria dar. Mas ficou decepcionada quando a expressão da sra. Greene não mudou em nada. Em vez disso, ela dobrou o cheque de novo e o enfiou no bolso.

— Sra. Campbell — disse ela —, não preciso da sua caridade. Preciso de trabalho.

Patricia logo compreendeu a situação. Incapaz de fazer qualquer esforço físico, ela provavelmente tinha perdido os outros clientes também. De repente, o valor do cheque pareceu irrisório.

— Mas você ainda vai trabalhar lá em casa — garantiu Patricia.

— Assim que estiver se sentindo melhor.

— Vou passar mais de uma semana sem poder fazer muita coisa.

— É para isso que serve o cheque — explicou Patricia, feliz por ter um plano repentino. — Mas, depois, vou precisar da sua ajuda para ajeitar a casa de novo e talvez fazer o jantar também.

A sra. Greene assentiu uma vez e fechou os olhos, a cabeça apoiada no encosto da poltrona.

— Deus ajuda aqueles que n'Ele creem — disse ela.

— Verdade — concordou Patricia.

As mulheres ficaram em silêncio sob o brilho dos pisca-piscas, as cores mudando nas paredes até Jesse aparecer na sala, caminhando devagar com uma bandeja de metal da NFL com dois copos de chá gelado. O gelo batia no vidro com o movimento, até o menino colocar a bandeja na mesa de centro.

— Pode ir, inútil — disse a sra. Greene, e o garoto olhou para ela.

Ela sorriu, o filho sorriu de volta e saiu da sala.

A sra. Greene observou Patricia e Kitty bebericando o chá gelado. Quando voltou a falar, foi em voz baixa:

— Preciso ganhar algum dinheiro rápido — confessou ela.

— Vou mandar os meus garotos para Irmo durante o verão, para ficarem com a minha irmã.

— De férias? — perguntou Patricia.

— Para continuarem vivos — respondeu a sra. Greene. — Você ouviu as meninas dos Nancy cantando lá fora. Tem alguma coisa na floresta pegando os nossos filhos.

CAPÍTULO 14

— Acho melhor nós irmos — afirmou Kitty, colocando o chá gelado de volta na mesa de centro.

— Só um instante — disse Patricia. — O que está acontecendo com as crianças?

Kitty se virou no sofá e abriu uma fresta nas cortinas, deixando entrar um facho claro de luz na sala.

— O garoto ainda está perto do seu carro — informou ela, soltando o tecido.

— Não precisa se preocupar com isso — respondeu a sra. Greene. — Eu só ficaria bem mais tranquila com os meus filhos longe.

Por dois meses, desde que a sua orelha havia sido mordida, Patricia se sentira inútil e assustada. A Old Village em que morara por seis anos sempre fora um lugar seguro, onde as crianças deixavam as bicicletas no quintal, pouquíssimas pessoas trancavam a porta da frente e nenhuma a dos fundos. Não parecia mais seguro. Ela precisava de uma explicação, algo que pudesse resolver para que tudo voltasse a ser como era.

O cheque tinha sido uma ideia precipitada, nem de perto o suficiente. Patricia fora até lá para ajudar, acabou se metendo em uma confusão com aqueles garotos e, no final, foi a sra. Greene quem teve que ajudá-la. Mas se havia algum problema envolvendo os filhos dela, talvez Patricia pudesse fazer alguma coisa. Era viável. Ela sentia a vitória na ponta dos dedos.

— Sra. Greene — disse Patricia. — O que há de errado com Jesse e Aaron? Quero ajudar.

— Não há nada de errado com eles — respondeu a sra. Greene, indo para a ponta da poltrona, o mais perto possível de Patricia, para que pudesse sussurrar. — Mas não quero que aconteça com eles o que aconteceu com o garoto dos Reed ou os outros.

— O que aconteceu com eles? — perguntou Patricia.

— Desde maio — contou a sra. Greene —, dois menininhos apareceram mortos e Francine desapareceu.

A sala recaiu num silêncio sob as luzes piscantes no teto.

— Não vi nada disso no jornal — comentou Kitty.

— Está me chamando de mentirosa? — indagou a sra. Greene, e Patricia viu os olhos dela ficarem sérios.

— Ninguém falou isso — assegurou Patricia.

— Ela acabou de dizer — afirmou a sra. Greene. — Na caradura.

— Eu leio o jornal todos os dias. — Kitty deu de ombros. — E não vi nada sobre crianças desaparecidas ou assassinadas.

— Então devo ter inventado essa história — disse a sra. Greene. — Acho que as meninas que vocês ouviram cantando lá fora fizeram aquelas rimas por coincidência. Elas chamam ele de Papai Pavor porque é assim que o povo chama a coisa que vive na floresta. É por isso que aqueles garotos ficam tão nervosos com desconhecidos por perto. Todo mundo sabe que tem alguém por aí atrás das crianças.

— E Francine? — perguntou Patricia.

— Ela sumiu. Ninguém vê o carro dela desde 15 de maio, mais ou menos. A polícia acha que Francine fugiu com um homem, mas sei que ela nunca deixaria o gato para trás.

— Ela abandonou o gato? — questionou Patricia.

— Tive que pedir para uma pessoa da igreja abrir a janela e pegar o bicho antes que morresse de fome — contou a sra. Greene.

Ao seu lado, Patricia notou que Kitty se virou e deu mais uma olhada por trás da cortina. Queria mandar a amiga ficar quieta, mas também não queria interromper o raciocínio da sra. Greene.

— E as crianças? — perguntou Patricia.

— O menininho dos Reed se matou — disse a sra. Greene. — Oito anos.

Kitty parou de se mexer.

— Impossível. Crianças de oito anos não se suicidam.

— Essa sim — afirmou a sra. Greene. — O garoto foi atropelado por um reboque enquanto esperava o ônibus da escola. A polícia disse que ele estava brincando e acabou tropeçando na rua, mas as crianças que estavam por perto falaram outra coisa. Falaram que Orville Reed claramente se jogou de propósito na frente do caminhão, que o lançou a mais de quinze metros de distância. No funeral, parecia que ele estava só dormindo no caixão. A única diferença era o pequeno hematoma na lateral do rosto.

— Mas se a polícia acha que foi um acidente... — disse Patricia.

— A polícia acha um monte de coisas — replicou a sra. Greene. — Que não necessariamente são verdade.

— Não vi nada disso no jornal — argumentou Kitty.

— O jornal não fala do que acontece em Six Mile. Não somos que nem Mt. Pleasant, ou como Awendaw, ou como qualquer outro lugar. Muito menos como Old Village. Além disso, um garotinho sofre um acidente, uma velha foge com um homem, e a polícia acha que são apenas pretos sendo pretos. Seria como investigar por que peixes são molhados. A única coisa que parece bem estranha foi o que aconteceu com o outro menino, o primo de Orville Reed, Sean.

Patricia sentia que havia embarcado numa história de ninar macabra e incessante e que chegara seu momento de dar a deixa para a narradora.

— O que aconteceu com Sean? — perguntou.

— A mãe e a tia de Orville disseram que, antes de morrer, o menino andava muito mal-humorado. Falaram que estava sempre irritado e com sono. A mãe disse que ele vinha dando longos passeios na floresta todo dia depois do pôr do sol e voltava risonho, mas, no dia seguinte, ficava abatido e infeliz de novo. Não queria comer e mal bebia água, só passava o dia em frente à TV, não importava se estivesse passando desenho ou comercial, e era como se estivesse dormindo acordado. Ele andava mancando e chorava quando a mãe perguntava qual era o problema. E ela não conseguia impedir o filho de ir para a floresta.

— O que ele estava fazendo lá? — indagou Kitty, se inclinando para a frente.

— O primo dele tentou descobrir — disse a sra. Greene. — Tanya Reed não gostava daquele rapaz, o Sean. Ela colocou um cadeado na geladeira porque Sean não parava de roubar sua comida. Ele costumava ir lá quando Tanya estava trabalhando e fumava e via desenho com Orville. Ela tolerava isso porque achava que o filho precisava de uma figura masculina por perto, mesmo que fosse negativa. Tanya disse que Sean ficou preocupado com essa história de Orville ir para a floresta o tempo todo. Ele falou que achava que tinha alguém lá fazendo alguma coisa com Orville. Foi só Tanya ouvir aquilo que colocou Sean para seguir o filho na hora.

A sra. Greene continuou:

— Um dos homens que passam um tempo na quadra de basquete tem algumas armas e aluga elas. Ele disse que Sean não tinha dinheiro para um revólver, então alugou um martelo por três dólares. Sean contou para esse cara que planejava seguir o primo pela floresta e dar um susto em quem quer que estivesse incomodando o garoto. Mas logo depois Sean apareceu morto. O homem disse que o cadáver ainda estava com o martelo na mão, que não serviu para nada. Sean foi encontrado perto de um carvalho grande bem lá no meio do mato. Alguém agarrou a cabeça dele e bateu no tronco até o crânio ficar à mostra. Não puderam nem fazer um enterro com caixão aberto para ele.

Patricia percebeu que não estava respirando. Aos poucos, deixou os pulmões liberarem o ar.

— Mas uma coisa dessas com certeza teria que sair no jornal — disse ela.

— E saiu — confirmou a sra. Greene. — A polícia disse que foi um crime "relacionado a drogas", porque Sean já se envolveu com esse tipo de coisa no passado. Mas ninguém aqui acredita nessa versão, e é por isso que todo mundo fica desconfiado quando surge qualquer desconhecido. Antes de se jogar na frente do caminhão, Orville Reed disse para a mãe que estava conversando com um homem branco na floresta, mas ela pensou que talvez ele estivesse falando de algum desenho. Ninguém mais acha isso depois do que aconteceu com Sean. Às vezes, outras crianças falam de um homem branco na beira da floresta, acenando para elas. Já houve pessoas que acordaram dizendo que viram um homem pálido espiando pelas telas da janela, mas isso não pode ser verdade, porque a última pessoa que falou isso foi Becky Washington, e ela mora no segundo andar. Como um homem subiria lá?

Patricia pensou na mão desaparecendo sobre a beira do telhado do jardim de inverno, nos passos acima do quarto de Blue, e sentiu o estômago se contrair.

— O que você acha que é? — perguntou ela.

A sra. Greene voltou a se acomodar na poltrona.

— Na minha opinião, é um homem. Um homem com um furgão que morava no Texas. Até tenho a placa anotada.

Kitty e Patricia trocaram olhares e depois voltaram a encarar a sra. Greene.

— Você tem a placa anotada? — indagou Kitty.

— Deixo um caderninho perto da janela. Se vejo um carro que não conheço passando por aqui, anoto a placa caso alguma coisa aconteça e isso possa servir de prova para a polícia. Bom, na semana passada, ouvi um motor de madrugada. Levantei e vi o carro indo embora, voltando para a rodovia estadual, mas era um furgão branco, e, antes de fazer a curva, consegui anotar a maior parte da placa.

Ela apoiou as mãos nos braços da poltrona, ficou de pé e foi mancando até uma mesinha ao lado da porta. Pegou um caderno em espiral e o abriu, observando as páginas, então voltou mancando até Patricia e mostrou a folha para ela.

Texas, dizia. - - *X 13S.*

— Foi tudo que consegui anotar. O carro já estava fazendo a curva quando o vi. Mas sei que era uma placa do Texas.

— Você chamou a polícia? — questionou Patricia.

— Chamei, madame — respondeu a sra. Greene. — E eles disseram *muito obrigado, vamos ligar se tivermos outras perguntas*, mas acho que não tiveram, porque nunca ligaram. Enfim, entenderam por que as pessoas daqui não têm muita paciência com forasteiros? Ainda mais brancos. E ainda mais agora, com Destiny Taylor.

— Quem é Destiny Taylor? — perguntou Kitty se antecipando a Patricia.

— A mãe dela ia na minha igreja — explicou a sra. Greene. — Me procurou depois da missa e pediu para eu dar uma olhada na filhinha.

— Por quê? — indagou Patricia.

— As pessoas sabem que sou da área da saúde. Estão sempre me pedindo conselhos de graça. Agora, Wanda Taylor não trabalha, só recebe seguro-desemprego, e eu não suporto gente preguiçosa, mas ela é irmã da melhor amiga da minha prima, então falei que daria uma olhada na menina. Ela tem nove anos e passa o dia dormindo. Não come, está letárgica, mal bebe água nesse tempo quente. Perguntei a Wanda se Destiny estava indo para a floresta, e ela falou que não sabia, mas que, às vezes, encontrava galhos pequenos e folhas nos sapatos da filha à noite, então talvez sim.

— Há quanto tempo isso vem acontecendo? — perguntou Patricia.

— Há umas duas semanas, segundo Wanda.

— O que você respondeu?

— Que ela precisava tirar a filha da cidade. Mandar ela para outro lugar, por qualquer que fosse o meio. Six Mile não é mais segura para crianças.

CAPÍTULO 15

Patricia só conhecia uma pessoa com um furgão branco. Deixou Kitty em Seewee Farms e, com um sentimento de profundo pavor, foi até Old Village, entrou na Middle Street e desacelerou para dar uma olhada na casa de James Harris. Em vez do furgão branco parado no jardim, viu um Chevy Corsica vermelho estacionado na grama, reluzente feito uma poça de sangue fresco sob o sol intenso do fim da tarde. Ela passou a dez por hora, semicerrando os olhos para o Corsica, desejando que o veículo se transformasse de volta num furgão branco.

É claro que Grace sabia o lugar exato onde o seu caderninho estava.

— Provavelmente não é nada — disse Patricia, entrando na casa de Grace e fechando a porta. — Não queria nem incomodar você com isso, mas estou com um pressentimento horrível e preciso ter certeza.

Grace retirou as luvas amarelas de borracha, abriu a gaveta da mesinha do vestíbulo e pegou um caderno em espiral.

— Quer um café? — perguntou ela.

— Sim, por favor — respondeu Patricia, pegando o caderno e seguindo a amiga até a cozinha.

— Deixa só eu abrir um espaço — pediu Grace.

A mesa estava coberta de jornal e, no meio, havia duas bacias de plástico com toalhas, uma cheia de água com sabão, a outra com água limpa. Havia fileiras bem retinhas de porcelana antiga na mesa, cercadas por panos de algodão e rolos de papel-toalha.

— Estou lavando o conjunto de porcelana da minha avó hoje — explicou Grace, coletando com cuidado as xícaras frágeis de modo a dar espaço para Patricia. — Leva um bom tempo para limpar como antigamente, mas, se é para fazer, tem que fazer direito.

Patricia se sentou com o caderno de Grace à sua frente e o abriu. A amiga colocou a caneca de café na mesa, e o vapor da bebida mordiscou as narinas de Patricia.

— Leite e açúcar? — perguntou Grace.

— Os dois, por favor — respondeu Patricia, sem olhar para cima.

Grace deixou o leite e o açúcar ao lado de Patricia e voltou a limpar a porcelana. O único som era o das ondas suaves que se formavam quando ela mergulhava cada peça na água com sabão e a enxaguava na água limpa.

Patricia folheou o caderno. As páginas estavam cobertas pela meticulosa letra cursiva de Grace, cada anotação separada por uma linha em branco. Todas começavam com a data, depois vinha a descrição do veículo — *Carro quadrado preto*, *Veículo esporte alto e vermelho*, *Automóvel estranho estilo caminhão* —, seguida pela placa.

O café de Patricia esfriava enquanto ela lia — *Carro verde desconhecido com rodas enormes, Talvez um jipe, Imundo* —, e aí seu coração parou e o sangue foi drenado do cérebro.

A data era *8 de abril de 1993. Casa de Ann Savage — estacionado na grama — furgão branco da marca Dodge com janelas de traficante, Texas, TNX 13S.*

Um som agudo invadiu os ouvidos de Patricia.

— Grace — disse ela. — Pode ler isso para mim, por favor?

Ela mostrou o caderno para a amiga.

— Ele acabou com a grama estacionando daquela maneira — criticou Grace, depois de ler o que estava escrito. — O gramado nunca mais vai se recuperar.

Patricia tirou um papel adesivo do bolso e o colocou ao lado do caderno. Ele dizia: *Sra. Greene — furgão branco, placa do Texas, – – X 13S*.

— A sra. Greene anotou esses números da placa de um carro que viu em Six Mile na semana passada — disse Patricia. — Kitty foi comigo até lá para levar uma torta para ela, e a sra. Greene encheu nossa cabeça com uma história. Um garoto de Six Mile cometeu suicídio depois de ficar doente por um bom tempo.

— Que coisa trágica — comentou Grace.

— E o primo dele foi assassinado. Na mesma época, viram um furgão branco com essa placa rondando o lugar. Fiquei com isso na cabeça, tentando lembrar onde tinha visto um carro assim, e então me lembrei do furgão de James Harris. Ele está com um carro vermelho agora, mas essa é a placa do furgão.

— O que você está sugerindo?

— Nem eu sei — respondeu Patricia.

James Harris lhe dissera que os seus documentos haviam sido enviados pelo correio. Patricia se perguntou se já tinham chegado, mas imaginava que sim, pois de que outra forma ele poderia ter comprado um carro? Estava dirigindo sem carteira? Ou mentira ao dizer que não estava com os documentos? Por que alguém ia querer abrir uma conta-corrente ou mudar a titularidade da conta de luz ou água sem a própria identidade? Então, ela pensou na bolsa cheia de dinheiro. A única prova de que aquilo pertencia a Ann Savage tinha sido a palavra dele.

Elas já haviam lido tantos livros sobre matadores de aluguel da máfia perambulando pelos subúrbios com nomes falsos ou traficantes vivendo tranquilamente entre vizinhos desavisados que seria impossível para Patricia não começar a ligar os pontos. Manter o nome longe dos registros públicos era coisa de gente procurada pelas autoridades. E ter uma bolsa cheia de dinheiro era coisa de quem era pago em espécie, e ser pago em espécie era coisa de matador de aluguel, traficante ou assaltante de banco... ou garçom, imaginou. Mas James Harris não parecia garçom.

Só que ele era amigo e vizinho delas. Falava sobre nazistas com Blue e ajudava o menino a se soltar mais. Jantava com eles quando Carter não estava em casa e a fazia se sentir segura. Voltara à casa dela para ver se estava tudo bem na noite em que uma pessoa subiu no telhado.

— Não sei o que pensar — disse Patricia para Grace, que mergulhava uma travessa na água com sabão e a inclinava de um lado para outro. — A sra. Greene nos contou que um homem caucasiano está indo para Six Mile e fazendo alguma coisa que deixa as crianças doentes. Ela acha que ele tem um furgão branco. E isso só começou a acontecer em maio. Logo depois de James Harris se mudar para cá.

— Você ficou impressionada com o livro desse mês — comentou Grace, erguendo a travessa e mergulhando-a na água limpa. — James Harris é nosso vizinho. É sobrinho-neto de Ann Savage. Ele não vai para Six Mile e não está fazendo nada com as crianças de lá.

— Claro que não. Mas, depois de ler sobre traficantes que viviam entre pessoas normais ou estupradores que mexiam com crianças e escaparam da lei por tanto tempo, é natural nos perguntarmos o que realmente sabemos sobre as pessoas. Quer dizer, James Harris diz que cresceu em diversos lugares, mas depois fala que foi criado na Dakota do Sul. Afirma que morava em Vermont, mas o carro dele tem placa do Texas.

— Você sofreu dois baques terríveis neste verão — disse Grace, levantando a travessa e a secando delicadamente. — Sua orelha mal cicatrizou. E ainda está de luto pela srta. Mary. Não pode afirmar que o homem é um criminoso só por causa da época em que se mudou para cá e da placa de um carro.

— Não é assim que todos os assassinos em série se safam por tanto tempo? — indagou Patricia. — As pessoas ignoram os detalhes, e Ted Bundy continua matando mulheres até que alguém finalmente faz o que deveria ter sido feito logo de cara e liga os pontos. Mas aí já é tarde.

Grace colocou a travessa lustrosa na mesa. Era de um branco leitoso, com desenhos de borboletas coloridas e um par de pássaros num galho, todos feitos com pinceladas delicadas, praticamente invisíveis.

— Isto aqui é real — disse Grace, passando o dedo pela borda da travessa. — De qualidade, e está intacta, e a minha vó ganhou de presente de casamento, deu para a minha mãe, que passou para mim, e, quando a hora chegar, vou repassar para a mulher com quem Ben se casar, se eu julgar que ela está à altura. Concentre-se nas coisas reais da sua vida e garanto que vai se sentir melhor.

— Não contei para você, mas quando conheci James Harris ele me mostrou uma bolsa cheia de dinheiro. Grace, tinha mais de oitenta mil dólares lá. Em dinheiro. Quem tem uma quantia dessa em casa?

— O que ele falou? — perguntou Grace, colocando a tampa de uma sopeira na água com sabão.

— Só me disse que tinha encontrado debaixo das tábuas. Que era a poupança de Ann Savage.

— Ela não me parecia mesmo o tipo de mulher que confia em banco — comentou Grace, mergulhando a tampa da sopeira na água limpa.

— Grace, não faz sentido! Pare de lavar a louça e me escute. Em que momento devemos ficar preocupadas?

— Nunca — respondeu ela, secando a tampa da sopeira. — Porque você está criando uma fantasia baseada em coincidências para se distrair da realidade. Entendo que, às vezes, a realidade pode ser esmagadora, mas é preciso encará-la.

— Mas eu estou encarando a realidade — disse Patricia.

— Não. Dois meses atrás, você estava parada na minha varanda depois de uma reunião do clube do livro dizendo que queria que um crime ou algo instigante acontecesse por aqui, porque não aguentava mais a sua rotina. E agora se convenceu de que algo perigoso está acontecendo para poder bancar a detetive.

Grace pegou uma pilha de pires e começou a colocá-los na água com sabão.

— Pode parar de lavar a porcelana por um segundo e admitir que talvez eu tenha razão? — insistiu Patricia.

— Não. Não posso. Porque preciso terminar às cinco e meia, para tirar tudo da mesa e arrumá-la para o jantar. Bennett chega às seis.

— Existem coisas mais importantes do que lavar louça.

Grace parou, segurando os dois últimos pires, e se virou para Patricia, os olhos pegando fogo.

— Por que você finge que nós não fazemos nada? Todos os dias, o caos e a bagunça da vida acontecem, e todos os dias nós arrumamos tudo. Sem a gente, eles ficariam chafurdando na sujeira e na desordem, e nada importante jamais seria feito. Quem ensinou você a zombar disso? Vou dizer quem. Alguém que nunca na vida deu valor à mãe.

Grace ficou encarando Patricia, as narinas infladas.

— Desculpe — disse Patricia. — Minha intenção não foi ofender você. Só estou preocupada com James Harris.

Grace colocou os últimos dois pires na bacia de água com sabão e falou:

— Vou dizer tudo que você precisa saber sobre James Harris. Ele mora em Old Village. Com a gente. Não há nada de errado com ele, porque pessoas problemáticas não moram aqui.

Patricia odiava não ser capaz de colocar em palavras o sentimento que corroía suas entranhas. Sentiu-se boba por não conseguir abalar a certeza de Grace nem por um segundo.

— Obrigada por me aguentar — disse ela. — Preciso começar a fazer o jantar.

— Passe aspirador de pó nas suas cortinas — respondeu Grace. — Nunca é demais passar aspirador nas cortinas. Prometo que vai se sentir melhor depois.

Patricia queria muito que aquilo fosse verdade.

* * *

— Mãe — disse Blue, da porta da sala. — O que tem para o jantar?

— Comida — respondeu Patricia, do sofá.

— É frango de novo? — perguntou o filho.

— Frango é comida? — replicou Patricia, sem tirar os olhos do livro.

— Comemos frango ontem. E anteontem também. E antes de anteontem.

— Talvez essa noite seja diferente — disse Patricia.

A mãe ouviu o filho ir até o vestíbulo, entrar na saleta e, por fim, na cozinha. Dez segundos depois, ele reapareceu na sala, dizendo, em tom acusatório:

— Tem um frango descongelando na pia.

— O quê? — perguntou Patricia, desviando o olhar do livro.

— Vamos comer frango de novo.

Patricia sentiu uma pontada de culpa. Ele tinha razão — ela não havia feito nada além de frango a semana inteira. Pediriam uma pizza. Eram só eles dois e era sexta-feira.

— Prometo que não vamos comer frango.

Ele olhou de esguelha para a mãe, então subiu e bateu a porta do quarto. Patricia voltou para seu livro: *Ted Bundy: Um estranho ao meu lado*. Quanto mais lia, mais dúvidas tinha em relação a tudo na vida, mas não conseguia parar.

O não-exatamente-um-clube-do-livro adorava Ann Rule, claro, e o seu *Pequenos sacrifícios* era um dos livros favoritos delas já fazia um tempo, mas nunca tinham lido a obra que deixou a autora famosa, e Kitty ficou chocada ao descobrir isso.

"Gente", dissera a amiga. "Ela era só uma dona de casa que escrevia sobre assassinatos para revistas de detetives baratas, e aí conseguiu um contrato para escrever sobre todos esses homicídios de universitárias que estavam acontecendo em Seattle. E aí acaba descobrindo que o principal suspeito é Ted Bundy, seu melhor amigo da central de atendimento de prevenção ao suicídio em que ela trabalha."

Melhor amigo não, apenas um bom amigo, conforme Patricia descobriu lendo o livro, mas todo o resto que Kitty contara era verdade.

"Isso só mostra", comentara Grace, "que é impossível saber quem está do outro lado da linha quando você telefona para uma dessas tais centrais de atendimento. Pode ser qualquer um."

Porém, enquanto avançava na leitura, o maior questionamento de Patricia não era como Ann Rule não conseguira ver os indícios de todos os crimes que seu amigo cometera, mas o quanto a própria Patricia conhecia os homens que a cercavam. Slick tinha ligado toda esbaforida para Patricia na semana anterior, contando que Kitty lhe vendera um conjunto de prataria da avó pedindo apenas que a amiga não comentasse com ninguém. Eram peças sofisticadas, e Slick não conseguiu se conter: precisava contar para alguém que havia descolado o conjunto a preço de banana. E Patricia foi a escolhida.

"Kitty me disse que precisava de um dinheiro extra para mandar os filhos para o acampamento de verão", explicara Slick ao telefone. "Você acha que eles estão com problemas? Seewee Farms é cara, e não é como se Horse trabalhasse, né?"

Horse parecia honesto e confiável, mas aparentemente gastava todo o seu dinheiro em expedições de caça ao tesouro enquanto Kitty ficava por aí vendendo as relíquias da família para pagar o acampamento dos filhos. Blue cresceria, iria para a faculdade, praticaria esportes e conheceria uma garota legal que nunca saberia que ele era obcecado por nazistas a ponto de não conseguir falar de outra coisa.

Ela sabia que Carter passava todo aquele tempo no hospital porque queria ser chefe da psiquiatria, mas se perguntou o que mais ele fazia lá. Patricia tinha quase certeza absoluta de que o marido não estava tendo um caso, mas também sabia que, desde a morte da mãe, ele passava cada vez menos tempo em casa. Será mesmo que Carter estava sempre no hospital como dizia? Patricia ficou chocada ao perceber como sabia pouco sobre o que o marido fazia desde que saía de casa de manhã até voltar à noite.

E Bennett, e Leland, e Ed, que pareciam todos tão normais? Começou a pensar se alguém de fato sabia como eram as pessoas por dentro.

Ela pediu uma pizza e deixou Blue ver *A Noviça Rebelde* depois de comer. Ele só gostava das cenas com os nazistas e sabia exatamente quando e quanto avançar, então o filme de três horas acabava em cinquenta e cinco minutos. Depois, o garoto voltou para o quarto, fechou a porta e fez o que quer que fizesse naqueles dias, e, enquanto Patricia lavava a louça, sua mente começou a ficar anuviada. Era tarde para ligar o aspirador de pó e passar nas cortinas, de modo que decidiu dar um passeio rápido. Sem que tivesse a intenção, seus pés a levaram para a casa de James Harris. O carro não estava ali. Será que ele tinha ido para Six Mile? Estava com Destiny Taylor naquele instante?

Ela se sentiu zonza. Não gostava de pensar naquelas coisas. Tentou se lembrar do que Grace dissera. James Harris fora para Old Village para cuidar da tia-avó doente. Decidira ficar. Não era traficante, abusador de crianças, matador de aluguel da máfia ou um assassino em série. Ela sabia disso. Mas, quando voltou para casa, foi até o segundo andar, pegou o calendário e contou os dias. Tinha levado a caçarola para a casa de James Harris e visto Francine em 15 de maio, no mesmo dia que a sra. Greene falou que ela havia desaparecido.

Tudo parecia errado. Carter nunca estava em casa. A sra. Savage arrancara um pedaço da orelha de Patricia. A srta. Mary morrera de forma terrível. Francine fugira com um homem. Um menino de oito anos cometera suicídio. Uma menina poderia acabar fazendo a mesma coisa. Não era nada da conta dela. Mas quem cuidava das crianças? Mesmo as dos outros?

Patricia telefonou para a sra. Greene, e parte de si torcia para a mulher não atender. Mas a cuidadora atendeu.

— Desculpe por ligar depois das nove — disse Patricia. — Mas a senhora conhece bem a mãe de Destiny Taylor?

— Não passo muito tempo do meu dia pensando em Wanda Taylor — respondeu a sra. Greene.

— Acha que poderíamos falar com ela sobre a menina? A placa que você viu pode pertencer a um homem que mora aqui. James Harris. Francine trabalhava para ele, e acho que a vi na casa dele no dia 15 de maio. É um homem com um comportamento meio curioso. Queria saber se poderíamos falar com Destiny, talvez ela pudesse nos dizer se viu James Harris em Six Mile.

— As pessoas não gostam de estranhos fazendo perguntas sobre os filhos delas — comentou a sra. Greene.

— Somos todas mães. Se algo acontecesse com um dos seus filhos e alguém achasse que sabia de alguma coisa, você não gostaria que a pessoa falasse? E se não der em nada, o máximo que teremos feito vai haver sido incomodar Wanda numa sexta à noite. Não são nem dez horas.

Após uma longa pausa, a sra. Greene respondeu:

— A luz dela ainda está acesa. Venha para cá rápido e resolvemos isso logo.

Patricia foi até o quarto do filho, onde ele lia *Ascensão e queda do Terceiro Reich* sentado no seu pufe.

— Vou ter que sair, mas já volto — anunciou ela. — Vou dar um pulo na igreja. Esqueci que tinha uma reunião. Tudo bem?

— O papai já chegou? — perguntou Blue.

— Ele está a caminho — garantiu Patricia, mesmo sem ter certeza. — Pode atender o telefone? Vou trancar a porta da frente. Seu pai tem a chave.

— Tá legal — respondeu Blue, quase sem tirar os olhos do livro.

— Te amo — disse a mãe, mas aparentemente o garoto não ouviu.

Patricia hesitou no quarto por um segundo. Nunca tinha dito que ia para um lugar quando na verdade ia para outro, e aquilo a deixou nervosa. Decidiu deixar um bilhete para Carter na cômoda, informando para onde tinha ido e dando o número de telefone da sra. Greene. Escreveu: *Preciso entregar um cheque para a sra. Greene*. Então, entrou no Volvo e torceu para que Grace estivesse certa e que tudo aquilo fosse apenas fruto da sua imaginação hiperativa de dona de casa idiota com muito tempo livre. Se fosse, Patricia prometeu a si mesma que, no dia seguinte, passaria aspirador de pó nas cortinas.

CAPÍTULO 16

Não havia outros carros na Rifle Range Road, e Patricia se sentiu sozinha. A rodovia estadual não tinha postes de iluminação, e a pequena via que serpenteava pelas árvores e as cercas de arame parecia estreita demais. Os faróis de Patricia iluminaram trailers e galpões, e ela ficou preocupada com a possibilidade de estar acordando as pessoas. Deu uma olhada no relógio do painel — 21h35 —, mas a escuridão absoluta da estrada secundária dava a sensação de ser bem mais tarde.

Estacionou na frente da casa da sra. Greene e, depois de se certificar de que não havia ninguém na quadra de basquete, saiu do Volvo para enfrentar a noite pesada e tomada pelo zumbido dos insetos. A luz laranja de um poste ou outro pintava as casas de cimento e os trailers, mas eles eram tão esparsos que deixavam a escuridão ainda mais vasta e solitária. Quando a sra. Greene abriu a porta, Patricia ficou aliviada de ver um rosto conhecido.

— Aceita alguma coisa para beber? — perguntou a dona da casa.

— Acho que é melhor falarmos com a sra. Taylor antes que fique muito tarde — respondeu Patricia.

— Jesse? — chamou a sra. Greene. — Fica de olho no seu irmão. Vou ali no outro lado da rua.

Ela fechou a porta e a trancou, a guirlanda de plástico balançando e arranhando a porta de alumínio.

— Por aqui — indicou a sra. Greene, passando pelo caminho arenoso em frente à casa.

Elas caminharam pela estrada de terra que dava a volta na igrejinha e passaram por cima do anteparo na altura do tornozelo em frente à Mt. Zion, cortando caminho pelo meio de Six Mile. No solo arenoso, à noite, seus passos pareciam amplificados. Não havia pessoas sentadas nas varandas, ninguém chamando os amigos, ninguém passando por elas a caminho de casa. As ruas de terra de Six Mile estavam desertas. Patricia viu que as cortinas da maioria das janelas se encontravam fechadas. Outras eram cobertas por papelão ou lençóis. E dentro de todas as casas piscava a luz azulada e fria da televisão.

— Ninguém mais aqui sai depois de escurecer — explicou a sra. Greene.

— O que devemos dizer à sra. Taylor para não deixá-la irritada? — perguntou Patricia.

— Wanda Taylor já acorda irritada.

Patricia se perguntou como reagiria se alguém aparecesse à sua porta e dissesse que Blue estava usando drogas.

— Você acha que ela vai ficar nervosa?

— Provavelmente.

— Talvez tenha sido uma má ideia.

— É uma má ideia — disse a sra. Greene, virando-se para ela. — Mas você me falou que estava preocupada com a garota, e agora não consigo parar de pensar nisso. Ela pode não estender um tapete de boas-vindas, mas você me convenceu de que estamos fazendo a coisa certa. Então agora não me convença a desistir no meio e voltar para casa.

Uma lâmpada amarela ardia acima da porta do trailer de Wanda Taylor, e, antes que Patricia pudesse pedir um instante para se preparar, elas subiram no alpendre de madeira apodrecida e a sra. Greene bateu na porta de metal barulhenta. O piso bambo balançava. Mariposas se chocavam contra a lâmpada. Patricia sentia o calor que irradiava da luz, fazendo o couro cabeludo e a testa coçarem. Bem quando concluiu que não conseguia aguentar mais aquela quentura, a porta se abriu e Wanda Taylor encarou as duas. Usava uma camiseta de uma companhia farmacêutica e uma calça jeans desbotada, o cabelo despenteado. Patricia ouviu o som da TV lá dentro.

— Boa noite, Wanda — cumprimentou a sra. Greene.

— Está tarde — replicou Wanda, e então olhou para Patricia.

— Quem é essa?

Ela falava com a sra. Greene como se Patricia não estivesse ali.

— Podemos entrar? — perguntou a sra. Greene.

— Não. São quase dez da noite. Tem gente que precisa acordar cedo amanhã.

— Você me procurou para falar de Destiny e achei que teria alguns minutos para discutir sobre a saúde da sua filha — rebateu a sra. Greene, a voz ácida.

Wanda olhou para ela sem acreditar.

— Quando fui falar de Destiny, você me mandou procurar um médico, já que estava tão preocupada. E é o que vou fazer. Vamos na clínica de saúde logo de manhãzinha.

— Sra. Taylor — interveio Patricia. — Sou enfermeira da clínica. Achei que a condição de Destiny poderia ser grave, então resolvi vir vê-la hoje mesmo. Qual é a idade dela?

Wanda e a sra. Greene olharam para Patricia, cada uma por um motivo diferente.

— Nove — respondeu Wanda por fim. — Tem alguma identidade?

— Ela trabalha na clínica — disse a sra. Greene. — Não é da polícia. Não é do serviço social. Não tem distintivo.

Wanda analisou Patricia, o rosto obscurecido pela luz amarela.

— Tá bom — disse ela por fim, acostumada a obedecer às ordens das autoridades. A mulher deu um passo para trás. — Mas ela está dormindo agora, então falem baixo.

As duas seguiram Wanda para dentro. O lugar era apinhado de coisas e cheirava a hambúrguer. Havia um sofá de vinil preto em frente a uma televisão com videocassete em cima de uma caixa de papelão. Um ar-condicionado de janela bufava ar gelado por baixo das persianas. Wanda indicou uma mesa bamba no vão que era a cozinha, e Patricia e a sra. Greene se sentaram nas cadeiras acolchoadas de segunda mão.

— Querem suco? — ofereceu ela. — Cerveja?

— Não, obrigada — respondeu Patricia.

Wanda se virou para os armários, pegou dois pacotes de salgadinhos, abriu ambos e jogou o conteúdo em uma tigela de isopor.

— Sirvam-se — falou, colocando a tigela na frente das mulheres.

— Deveríamos ver a Destiny um minuto — declarou Patricia. — Gostaria de fazer algumas perguntas sobre a condição dela.

— Precisa ser agora? — perguntou Wanda.

— Wanda — disse a sra. Greene —, você tem que fazer o que a enfermeira está mandando.

Wanda deu três passos pelo corredor e bateu de leve numa porta sanfonada de plástico bege.

— Dessy — sussurrou ela, como numa canção de ninar.

O ar-condicionado de janela deixava o ar congelante. A pele de Patricia formigava, arrepiada. O tampo da mesa estava grudento. Ela manteve as mãos no colo.

— Dessy, hora de acordar — cantarolou Wanda, abrindo a divisória.

A mulher ligou o interruptor do quarto.

— Dessy? — disse Wanda.

Ela voltou para o corredor e abriu outra porta, dessa vez do banheiro.

— Dessy? Cadê você? — chamou Wanda, a voz um pouco exaltada.

Patricia e a sra. Greene foram para o corredor e pararam diante da porta do quarto da menina.

— Ela estava aqui não faz nem meia hora — disse Wanda, se ajoelhando no chão.

O quarto era tão pequeno que suas pernas ficaram para fora, no corredor, enquanto a mulher se inclinava para olhar debaixo da cama, uma plataforma com um colchão de espuma coberto por um lençol do *Meu Querido Pônei* e uma manta xadrez dobrada. Os brinquedos e as roupas da menina ficavam em caixas de plástico empilhadas num canto. A janela sobre a cama era um retângulo preto sem cortina emoldurando a noite.

— Cadê a Dessy? — questionou Wanda, a voz começando a falhar. — O que vocês fizeram com ela?

— Nós acabamos de chegar — disse a sra. Greene.

Wanda empurrou Patricia e correu para a sala como se fosse encontrar a filha invisível à porta.

— Dessy? — chamou ela.

— O que você acha? — sussurrou a sra. Greene para Patricia.

Na cozinha, Wanda escancarou a porta de todos os armários e mexeu em cada caixa e saco.

Patricia puxou a janela sobre a cama de Destiny, que se abriu facilmente. Não havia tela. Uma onda de ar quente e o zumbido dos insetos encheram o cubículo. Patricia e a sra. Greene olharam pela janela aberta para a floresta a poucos metros dali. Patricia subiu na cama, aproximou o rosto da janela e olhou para baixo. Do lado de fora, havia um rolo de madeira enorme, daqueles usados para transportar fio de telefone. Se alguém subisse ali, conseguiria enfiar as mãos pela janela.

Elas voltaram para a sala.

— Precisamos chamar a polícia — declarou a sra. Greene.

— Quê? — disse Wanda Taylor. — Por quê?

— Sra. Taylor — interveio Patricia. — Tem um homem chamado James Harris que está dando drogas para crianças. Precisamos ligar para a polícia e dizer que a sua filha sumiu e que a senhora acha que ele está com ela.

— Ai, Senhor Jesus — soltou Wanda, e arrotou alto, enchendo a sala com o mau cheiro do seu ácido estomacal.

— Ele está com Destiny na floresta — disse a sra. Greene. — Ainda deve estar por perto.

Ela fez Wanda se sentar no sofá e a ajudou a acender um cigarro mentolado para acalmar os nervos. Sem forças, Wanda procurou por um cinzeiro e, por fim, bateu as cinzas no carpete mesmo. Patricia levou o telefone da cozinha até a sala, discou o número de emergência e passou para Wanda.

— Alô? — disse Wanda Taylor, a fumaça saindo da boca no ritmo das palavras. — Meu nome é Wanda Taylor e moro na Grill Flame Road, 32. Minha filha não está na cama. — Ela fez uma pausa. — Não, ela não está escondida em algum canto. — Pausa. — Porque procurei em todos os lugares e a casa não tem tantos cantos assim para se esconder. Por favor, mande alguém, por favor. Por favor.

Ela não sabia mais o que dizer, então repetiu "Por favor" até a sra. Greene tirar o fone das suas mãos. Wanda olhava de Patricia para a sra. Greene impotente, como se fosse a primeira vez que via as duas.

— Vocês querem suco ou cerveja? — perguntou. — Eu só tenho isso. A água aqui tem cheiro de podre.

— Estamos bem, obrigada — disse Patricia com gentileza.

— Precisamos esperar a polícia — afirmou a sra. Greene, dando tapinhas no joelho de Wanda. — Vão chegar daqui a pouco.

— Se vocês não tivessem vindo aqui, eu não ia saber que ela tinha sumido. A polícia vai chegar rápido?

— Logo, logo — respondeu a sra. Greene, pegando a mão dela.

— Acho melhor dar outra olhada no quarto — falou Wanda.

Elas a deixaram ir. Patricia pensou no tempo de resposta de três minutos em Mt. Pleasant.

— Quanto tempo até a polícia chegar? — perguntou ela.

— Pode demorar um pouco — respondeu a sra. Greene. — Estamos longe da cidade.

Wanda retornou e parou na cozinha.

— Ela não voltou — disse, e então notou as duas pela primeira vez de novo. — Querem alguma coisa para beber? Tenho suco e cerveja.

— Wanda — chamou a sra. Greene —, é melhor se sentar e esperar a polícia.

Wanda puxou uma cadeira da mesa grudenta e tentou dar uma tragada no cigarro, mas o filtro já estava queimando. Procurou o maço. Patricia pensou em James Harris, em algum lugar no mato com uma garotinha nas mãos, fazendo coisas indizíveis com ela. Não conseguia visualizar aquela parte com clareza, mas imaginava Korey no lugar dela. Imaginava Blue. E imaginava que a polícia ainda ia demorar um bocado.

— Você tem uma lanterna? — perguntou para Wanda.

CAPÍTULO 17

Patricia desceu os degraus instáveis com uma lanterna prateada dos escoteiros em mãos. A sra. Greene ficou lá dentro.

— Só vou dar uma olhada atrás do trailer — disse Patricia, mas a sra. Greene já tinha fechado e trancado a porta. Ouviu a correntinha sendo colocada na tranca.

Por toda a Six Mile, ela escutou o ruído dos aparelhos de ar-condicionado. A floresta ao redor era um tornado de insetos que zumbiam sem parar. Cada inspiração parecia passar por uma toalha encharcada de água quente. Patricia obrigou suas pernas a se moverem e darem a volta no canto escuro da moradia.

Ligou a lanterna e iluminou o grande rolo de madeira, como se fosse encontrar pegadas incriminadoras marcadas em nanquim no topo. Jogou o facho de luz sobre o solo arenoso e viu reentrâncias, sombras e montinhos, mas não sabia o que nada daquilo significava. Aprumou a coluna e lançou a luz na floresta.

O feixe amarelo-claro passou pelos pinheiros. Havia um bom espaço entre eles, e Patricia se deu conta de que poderia ir até lá e continuar de olho no trailer. Antes que pudesse mudar de ideia, seguiu até o primeiro pinheiro, depois ao segundo, a lanterna lançando um círculo de luz no chão à frente, guiando-a para dentro da mata a cada passo conforme era engolida pelo zumbido dos insetos.

Algo agarrou e puxou seu pé, e Patricia sentiu o coração gelar antes que pudesse ver que tinha ficado presa num fio enferrujado. Olhou para trás, sentindo-se confiante, mas a luz das janelas estava mais distante do que esperava. Ela se perguntou se a polícia já havia chegado, mas sabia que veria as luzes azuis das viaturas se tivesse.

O aroma de seiva quente a cercou, e o chão estava repleto de agulhas de pinheiro. Patricia sabia que a partir dali não teria mais como voltar. Se continuasse, não conseguiria mais ver a luz das janelas e estaria sozinha ali com James Harris.

Aguente firme, Destiny, pensou quando deu mais um passo para dentro da mata. *Estou indo.*

Com o feixe da lanterna tremendo à sua frente, ela se concentrou em cada tronco de árvore, e não na floresta escura que a engolia. Seguiu com cautela, tomando cuidado para não pisar em algum buraco, consciente dos barulhos altos que o seu corpo produzia ao passar por galhos, arbustos e vinhas.

Algo que não era Patricia farfalhou à direita. Ela congelou e desligou a lanterna para não denunciar sua posição. A noite avançava ao seu redor. Ela se esforçou para ouvir algo além do som das batidas do seu coração, que reverberavam nos ouvidos, nos pulsos. A respiração saía áspera pelo nariz. Então, Patricia se deu conta de que os insetos tinham parado de fazer barulho.

Manchas escuras surgiram na sua visão. Ela ouviu alguma coisa correndo entre as árvores, e de repente a ideia de ficar ali parada a encheu de pânico, e ela precisou se mexer, mas sem a lanterna não conseguia ver um palmo à frente, então acendeu a luz mais uma vez e as árvores e as agulhas de pinheiro no chão voltaram a se materializar.

Patricia se moveu rápido, a luz apontada para baixo, procurando uma perninha de criança de calça jeans aparecendo por trás de um pinheiro. Junto ao som de sua respiração e de seu pulso, Patricia escutava coisas rosnando em todas as árvores à sua volta; a qualquer instante, uma mão enorme agarraria a sua nuca. O coração galopante a impulsionava para a frente.

Deveria dar meia-volta e ir para casa. Não era nada além de um pontinho na floresta. Tinha sido uma tola ao pensar que, de alguma forma, encontraria Destiny Taylor dessa maneira. E o que ia dizer quando visse James Harris? Ia nocauteá-lo com a lanterna? Ela precisava voltar.

Então, as árvores acabaram, e Patricia encontrou uma estrada de terra. Não era muito larga, mas o solo estava fofo, e ela notou que alguém devia estar construindo algo por perto, levando em conta as marcas de pneus largos na terra. Lançou a luz numa direção e viu que a estrada seguia até desaparecer num túnel escuro de árvores. Ao iluminar a direção contrária, viu a grade cromada do radiador do furgão branco de James Harris.

Patricia desligou a lanterna e voltou de costas para os pinheiros, mas tropeçou num tronco. Talvez ele a tivesse visto. Desligara a lanterna a tempo, mas percebeu que James Harris poderia ter visto a luz passando entre as árvores conforme se aproximava, e depois ela ficou parada feito uma idiota olhando para o outro lado antes de iluminar o carro dele. Queria correr, mas se forçou a ficar parada. O furgão não se moveu.

Não estava nem a quinze metros de distância. Poderia ir até lá andando e encostar no veículo. Precisava saber se ele estava dentro.

Foi na direção do carro, os sapatos se afundando na terra sem fazer barulho, o estômago se revirando. Esperou que os faróis ligassem de repente na sua cara, que o motor rugisse e o carro a atropelasse. A grade do radiador e o para-brisa iam de um lado para outro em seu campo de visão, para cima e para baixo, se aproximando, até que Patricia enfim chegou. Ela notou que a parte de dentro estava mais escura que a de fora, então se agachou, os joelhos estalando, para que James Harris não visse a cabeça dela pelo para-brisa contra o céu noturno.

Ela esticou a mão para se equilibrar. O capô estava frio. Se perguntou se a polícia já tinha chegado à casa de Wanda. Queria voltar. Traficantes não andavam com pistolas, facas e todo tipo de arma? Imaginou Blue no fundo do furgão e sabia que precisava dar uma olhada. Destiny Taylor podia não ser filha dela, mas ainda era uma criança.

Ela se levantou devagar, os joelhos estalando outra vez, e se inclinou até as mãos encostarem no para-brisa frio, curvando-as ao redor dos olhos para enxergar lá dentro. Além da circunferência fina que era o volante, tudo estava um breu. Ela semicerrou os olhos até os músculos doerem, mas não conseguiu ver nada.

Chegou à conclusão de que James Harris não estava no veículo. Ele continuava na floresta com Destiny, ou tinha acabado com ela e estava voltando naquele instante. Antes que ele chegasse, ela poderia dar uma olhada rápida no furgão, ver se havia alguma pista, roupas da outra criança, qualquer coisa que pertencesse a Francine. Patricia tinha segundos.

Foi até a parte de trás do furgão, segurou a maçaneta e puxou. Então pegou a lanterna e ligou.

Um homem estava curvado sobre algo no piso do veículo, suas costas e as solas das botas viradas para Patricia, e então a coluna se esticou, o homem se virou direto para o facho de luz, e ela viu James Harris. Mas havia algo de errado com a parte inferior do seu rosto. Uma coisa preta, brilhante e quitinosa, feito a perna de uma barata, mas com vários centímetros, parecia pender de sua boca. Ele estava literalmente de queixo caído, atordoado, piscando os olhos ofuscados pela luz. No entanto, o restante do corpo não se moveu enquanto o longo apêndice com aparência de inseto voltava devagar para dentro da boca. Depois de enfiar tudo de volta, ele fechou a boca, e ela viu que o queixo, as bochechas e a ponta do nariz estavam cobertas de sangue pegajoso.

Abaixo dele, uma menina negra estava esparramada no chão, a camiseta laranja comprida erguida acima da barriga, as pernas abertas, uma marca escura e horrenda na parte interna de uma das coxas, coberta de fluidos gosmentos.

James Harris espalmou a mão na lateral de metal do furgão, e o veículo estremeceu enquanto ele se apoiava para ficar de pé. O homem semicerrou os olhos, e Patricia percebeu que a lanterna o cegara. Ele deu um passo trôpego na direção dela, que congelou, sem saber o que fazer, e então James Harris deu outro passo, balançando ainda mais o carro, e ela notou que havia menos de meio metro de distância entre os dois. A menininha gemeu e se contorceu como se estivesse dormindo, choramingando como Ragtag quando sonhava.

O furgão tremeu com outra pisada de James Harris. Havia talvez dois passos entre eles agora, e Patricia precisava fazer alguma coisa para tirar aquela menina de lá, e ele ainda semicerrava os olhos para o facho de luz. O homem esticou a mão para ela devagar, os dedos a centímetros do rosto dela. Patricia correu.

No segundo em que o facho deixou o rosto dele, Patricia ouviu James Harris dando mais um passo no furgão e então pisando na terra atrás dela. A mulher correu para a floresta, a lanterna ligada, a luz dançando loucamente sobre tocos, troncos, folhas e arbustos, e ela abriu caminho por galhos que batiam no seu rosto, árvores que arranhavam seus ombros e vinhas que prendiam seus tornozelos. Não o ouviu vindo atrás, mas correu mesmo assim. Não sabia por quanto tempo, mas foi o suficiente para as pilhas da lanterna começarem a enfraquecer. Achou que a floresta não acabaria nunca, mas aí as árvores a cuspiram ao lado de uma cerca de arame, e ela soube que estava numa das vias que levavam a Six Mile.

Iluminou o espaço ao redor, mas aquilo só deixou as sombras mais profundas e bruxuleantes. Procurou por algo familiar, e então tudo explodiu numa luz branca ofuscante, e ela viu um carro vindo devagar na sua direção, indo para cima e para baixo por causa da estrada esburacada. Patricia se encolheu ao lado da cerca e o carro parou.

— A senhora sabe quem ligou para a polícia? — indagou um policial.

Ela entrou na traseira da viatura e nunca se sentiu tão grata por ouvir uma porta de carro se fechando. O ar-condicionado secou seu suor na mesma hora, deixando a pele pegajosa. Viu que o policial ao volante tinha uma arma na cintura, e o parceiro dele, no banco do carona, se virou e perguntou:

— Pode nos mostrar qual é a casa com a criança desaparecida?

Havia uma espingarda num suporte entre os dois, e aquilo fez Patricia se sentir segura.

— Ele está com ela agora mesmo. Está fazendo alguma coisa com ela. Eu o vi na floresta.

O parceiro falou alguma coisa no rádio, e eles ligaram as luzes, mas não a sirene. O carro avançou pela rua estreita. Patricia viu a igreja Mt. Zion à frente.

— Onde eles estavam? — perguntou o policial.

— Tem uma estrada — explicou Patricia conforme a viatura entrava aos trancos e barrancos em Six Mile. — Uma via secundária na floresta lá atrás.

— Ali — disse o policial no banco do carona, baixando o rádio e apontando para o outro lado.

O motorista fez uma curva brusca para a esquerda, e a viatura avançou entre duas casas pequenas, deixando Six Mile para trás. As árvores os cercaram, o policial ao volante o virou para a direita, e Patricia sentiu os pneus deslizarem no terreno, pesados e lentos, e aí chegaram na estrada que ela havia encontrado.

— É aqui — indicou Patricia. — Ele está num furgão branco mais adiante.

O veículo seguiu mais devagar, e o policial no banco do passageiro usou uma alavanca para direcionar um holofote do lado de fora da viatura, iluminando a floresta dos dois lados da estrada, fazendo movimentos panorâmicos pelas árvores. Era milhares de vezes mais forte do que a lanterna de Patricia. Eles abaixaram os vidros para tentar ouvir algum choro de criança.

Logo chegaram ao fim da estrada, onde ela dava na rodovia estadual.

— Será que perdemos ele? — indagou um dos policiais.

Patricia não olhou o relógio porque tinha a impressão de que haviam dirigido para cima e para baixo por aquela via de terra fofa por uma hora.

— Vamos tentar a casa — falou o motorista.

Ela deu as direções para voltarem a Six Mile e estacionaram na frente do trailer de Wanda. O parceiro abriu a porta traseira para Patricia, e a mulher correu pela varanda bamba e bateu na porta. Wanda praticamente se jogou para o lado de fora.

— Destiny ainda não voltou — disse ela. — Ainda está perdida.

— Temos que dar uma olhada no quarto da criança — anunciou um dos policiais. — Precisamos analisar o último lugar em que ela foi vista.

— Não, não precisam — disse Patricia. — O nome dele é James Harris. A casa dele é perto da minha. Ele pode ter levado ela para lá. Posso mostrar para vocês.

Um policial ficou na sala anotando num bloco de papel o que Patricia tinha a dizer enquanto o outro seguiu Wanda pelo corredor curto até o quarto de Destiny. Nesse momento, um grito alto preencheu o trailer. O policial baixou o bloco e disparou pelo corredor. Patricia não conseguiria passar pelos dois agentes, então ficou com a sra. Greene até Wanda Taylor surgir entre eles com Destiny nos braços.

A garotinha parecia com sono e nem um pouco perturbada por toda aquela confusão. Wanda se sentou no sofá com Destiny no colo, o corpo molenga seguro nos braços da mãe. Os policiais não falaram nada, e os rostos não demonstravam nenhuma emoção.

— Eu vi ele — disse Patricia aos homens. — O nome dele é James Harris, mora em Middle Street, tem um furgão branco com janelas escuras. Tem alguma coisa errada com a boca, com a cara dele.

— Isso acontece com frequência, senhora — replicou um dos policiais. — A criança se esconde debaixo da cama ou dorme dentro do armário, e os pais ligam para a gente falando que foi raptada. Deixa todo mundo preocupado.

O que eles estavam dizendo era um absurdo sem tamanho. Tudo que Patricia conseguiu responder foi:

— Ela nem tem armário.

Então, se lembrou de algo que poderia fazer:

— Deem uma olhada na perna dela. Debaixo da calcinha, na parte interna da coxa, deve ter uma marca, um corte.

Todo mundo trocou olhares, mas ninguém se moveu.

— Eu olho — disse a sra. Greene.

— Não, senhora — replicou o policial. — Se quiserem que a criança seja analisada, precisamos chamar a ambulância e levá-la ao hospital para que alguém qualificado faça isso. De outra forma, não vamos poder usar como prova.

— Prova? — perguntou Patricia.

— Se quiser prestar queixa desse homem, tem que fazer do jeito certo — respondeu o policial.

— Se está alegando que viu alguém molestar essa criança, um profissional médico treinado deve examiná-la — explicou o outro.

— Eu sou enfermeira — informou Patricia.

— Ninguém vai levar a minha filhinha para lugar nenhum — disse Wanda, apertando Destiny nos braços, a cabeça molenga caindo no ombro da mãe, os olhos semiabertos, os braços sem força. — Ela vai ficar aqui comigo. Não tiro mais os olhos dela.

— É importante — insistiu Patricia.

— Ela já tem consulta no médico amanhã. E, até lá, não vai a lugar nenhum.

Batidas foram ouvidas na porta, e todos se entreolharam, parados. A porta de alumínio sacudiu no batente até a sra. Greene passar por todo mundo e escancará-la. Era Carter.

— Meu Deus, Patty. O que está acontecendo aqui?

— Se a minha mulher falou que viu um homem fazendo isso, foi o que aconteceu — disse Carter para os policiais, no meio do trailer.

Para Patricia, ele parecia deslocado, mas então ela lembrou que o marido tinha crescido pobre, e se já existissem trailers em 1948, ele quase com certeza teria sido criado em um.

— Procuramos em todos os lugares que ela nos indicou, senhor — repetiu o policial, com uma ênfase pesada no *senhor*. — Isso não significa que não acreditamos nela. Se encontrarem algo de errado com a menina amanhã, vamos incluir o que a sua esposa disse no relatório.

— Tô com sono — sussurrou Destiny, meio aérea, e Wanda começou o processo de tirar todo mundo de casa.

Lá fora, Carter se certificou de passar seus dados para os policiais enquanto a sra. Greene foi até Patricia.

— Não tem por que ficar aqui fora nesse calor — disse ela, e as duas foram em direção à casa dela. Então, acrescentou: — Vão levar aquela menina embora.

— Não se estiver tudo bem com ela — afirmou Patricia.

— Você viu como os policiais olharam para Wanda — disse a sra. Greene. — Viu como olharam para a casa dela. Eles acham que ela não vale nada, e não vale mesmo, mas vale mais do que pensam.

— Ela precisa ir ao médico — insistiu Patricia. — Não importa o que aconteça.

— O que a senhora viu aquele homem fazendo com a menina? De verdade?

Elas passaram pelo anteparo baixo ao redor da Mt. Zion e já chegavam aos degraus de entrada quando Patricia conseguiu falar:

— Não era uma coisa natural.

Ela demorou dois passos para perceber que a sra. Greene tinha parado de andar. Patricia se virou. Sob a luz do alpendre da igreja, a mulher parecia muito pequena.

— Todos têm fome pelas nossas crianças — disse ela, a voz falhando. — O mundo inteiro quer devorar crianças negras, e não interessa quantas conseguem pegar, eles ainda lambem os beiços e querem mais. Me ajude, sra. Campbell. Me ajude a manter aquela menina junto da mãe. Me ajude a deter aquele homem.

— É claro. Vou...

— Não quero ouvir é claro — respondeu a sra. Greene. — Quando digo a alguém o que está acontecendo aqui, veem uma velha do interior, sem estudo. Quando a senhora diz, veem a esposa de um médico de Old Village, e aí prestam atenção. Não gosto de pedir nada a ninguém, mas preciso que a senhora chame atenção para o que está acontecendo aqui. Sabe que fiz todo o possível para salvar a srta. Mary. Dei o meu sangue por ela. Quando me ligou hoje, a senhora disse que todas somos mães. Sim, senhora, todas somos mães. Agora me dê o *seu* sangue. *Me* ajude.

Patricia quase respondeu é claro por reflexo, mas apagou as palavras da cabeça e não abriu a boca. Ficou de frente para a sra. Greene e, com a voz suave e firme, disse:

— Vamos salvar as crianças. Não vamos deixar Destiny ser levada e não vamos deixar aquele homem pegar nenhuma outra. Farei tudo o que puder para impedir James Harris. Prometo.

A sra. Greene não respondeu, e as duas ficaram paradas por um instante.

— Bem, é isso — anunciou Carter, surgindo atrás da esposa.

— Vão levá-la ao médico amanhã e, se houver algo de errado com a menina, meus contatos estão no relatório.

O clima se quebrou, e o trio caminhou até a casa da sra. Greene.

— Carter. Você acha que o serviço social vai fazer alguma coisa com aquela garotinha?

— Como o quê? — perguntou ele. — Tirá-la da mãe?

— Isso — disse Patricia.

— Não. O médico que for vê-la é obrigado a relatar sinais de abuso, mas não tiramos bebês aos prantos dos braços das mães. Tem um processo enorme. Se estiver preocupada, posso procurar saber e descobrir quem é o médico que vai atender ela amanhã.

— Obrigada. Só estou nervosa.

— Não se preocupe. Vou cuidar disso.

A sra. Greene entrou em casa, e Patricia a ouviu trancando a porta. Carter abriu a porta do carro para a esposa. Ela afivelou o cinto de segurança e baixou o vidro.

— Obrigada por vir — disse a ele.

— Vi o seu recado. Você passou por muita coisa ultimamente, não deveria ficar dirigindo por essa área sozinha no meio da noite. Por que não me segue até em casa para descansarmos um pouco, e conversamos de manhã?

Ela assentiu, grata por Carter não ter tentado fazê-la se sentir idiota, e então seguiu as luzes traseiras vermelhas do carro dele por Six Mile, passando pela Rifle Range Road e enfim de volta a Old Village. Quando passaram pela casa de James Harris, ela percebeu as luzes de freio de Carter brilharem por um instante, talvez por ele também ter notado o Chevy Corsica estacionado em frente à casa.

Naquela noite, pela primeira vez em meses, Carter dormiu abraçado com Patricia. Ela sabia disso porque não parava de acordar de pesadelos com uma boca vermelha e sangrenta perseguindo-a pela floresta, e toda vez sentia os braços do marido ao seu redor e voltava a adormecer, tranquila.

CAPÍTULO 18

Patricia acordou sentindo como se tivesse rolado escada abaixo. Suas juntas estalaram ao se levantar da cama, e os ombros rangeram como se estivessem cheios de cacos de vidro quando esticou o braço para pegar o filtro de café. Ao tirar a roupa para tomar banho, notou hematomas nos quadris, de ficar sacolejando no banco traseiro da viatura de polícia.

Carter teve que ir ao hospital, mesmo sendo sábado, e Patricia deixou Blue fazer o que quisesse, porque ainda era dia.

— Mas volte antes de começar a escurecer — disse ela. — Vamos jantar cedo.

Não era seguro que Blue sumisse de vista durante a noite. Ela podia não saber o que James Harris era, não se importava, não conseguia pensar direito, mas tinha certeza de que ele não podia sair no sol. Patricia queria ligar para Grace, contar a ela o que tinha visto, mas, quando não entendia algo, Grace se recusava a acreditar que aquilo existia. Então Patricia obrigou a si mesma a segurar a língua.

Não conseguiu reunir ânimo para passar o aspirador de pó nas cortinas, então colocou roupa para lavar. Passou camisas e calças. Meias. Não parava de ver James Harris com aquela coisa na cara, a barba de sangue, a garotinha no chão do furgão, e continuava tentando entender como poderia explicar aquilo a alguém. Lavou os banheiros. Observou o sol atravessando o céu. Ficou grata por Korey ainda estar no acampamento de futebol.

O telefone tocou enquanto ela jogava fora temperos vencidos.

— Casa dos Campbell — atendeu Patricia.

— Levaram a filha dela — disse a sra. Greene.

— O quê? Quem fez isso? — perguntou Patricia, tentando entender.

— Hoje de manhã, quando Wanda Taylor levou Destiny no médico, ele encontrou uma marca na perna da menina, como você disse que encontraria, e fez Wanda esperar do lado de fora do consultório enquanto conversava com a garota.

— O que ela falou?

— Wanda não sabe, mas o serviço social apareceu e colocaram um policial na porta — respondeu a sra. Greene. — Disseram que Destiny estava drogada e que havia marcas de agulha nela. Perguntaram quem era o homem a quem Destiny chamava de "Papai Pavor". Wanda disse que não estava saindo com ninguém, mas não acreditaram nela.

— Vou ligar para os policiais de ontem à noite — afirmou Patricia, acelerada. — Vou ligar para eles, e aí eles podem falar com o serviço social. E Carter pode ligar para o médico. Qual é o nome dele?

— Você me prometeu que isso não ia acontecer — disse a sra. Greene. — Vocês dois prometeram.

— Carter vai ligar. Vai resolver tudo. Quer que eu vá conversar com Wanda?

— Acho melhor você não encontrar Wanda agora. Ela não está no estado de espírito mais receptivo.

Patricia desligou, mas continuou segurando o fone conforme a cozinha girava ao seu redor. Ela vira Destiny. Estivera no quarto dela. Sentara-se com a sua mãe. Vira o seu corpinho fraco debaixo de James Harris, o homem curvado sobre ela, com o rosto coberto do sangue da menina.

— Estou entediado — disse Blue, entrando na saleta.

— Só pessoas entediantes ficam entediadas — respondeu Patricia de forma automática.

— Todo mundo está em algum acampamento. Não tem ninguém aqui para brincar.

Como aquilo tinha acontecido? O que ela havia feito?

— Leia um livro — aconselhou a mãe.

Ela pegou o telefone e ligou para o consultório de Carter.

— Já li todos os meus livros — respondeu ele.

— Podemos ir para a biblioteca depois.

A ligação tocou do outro lado. Carter atendeu e ela disse ao marido o que tinha acontecido.

— Estou resolvendo um milhão de coisas agora — disse ele.

— Prometemos a ela, Carter. Fizemos uma promessa. A mulher está cheia de pontos por ter tentado ajudar a sua mãe.

— Tá bom, tá bom, Patty. Vou fazer umas ligações.

— Todo mundo acha que Hitler era mau — disse Blue, à mesa de jantar. — Mas Himmler era pior.

— Sei — respondeu Carter, tentando desestimular aquela conversa. — Pode me passar o sal, Patty?

Patricia pegou o saleiro, mas não o passou de imediato.

— Você ligou para o médico para conversar sobre Destiny Taylor hoje? — perguntou ela.

Carter estava desviando do assunto desde que tinha chegado em casa.

— Pode me passar o sal antes do interrogatório? — retrucou ele.

Ela se obrigou a sorrir e passou o saleiro para o filho.

— Ele era chefe da SS — continuou o garoto. — Que significa *Schutzstaffel*. Era a polícia secreta da Alemanha.

— Isso parece bem sinistro, rapazinho — disse Carter, tirando o saleiro da mão dele.

— Não sei se essa conversa é apropriada para o jantar — opinou Patricia.

— O Holocausto foi ideia dele — comentou Blue.

Patricia esperou o marido salgar tudo que havia no prato pelo que pareceu tempo demais.

— Carter? — perguntou ela no instante em que o saleiro encostou na mesa. — Você ligou? — Ele baixou o garfo e tentou pensar antes de olhar para ela, e Patricia sabia que aquele era um mau sinal. — Nós *prometemos*, Carter.

— No momento que começarem a formar um comitê de seleção, qualquer chance que eu tenha de me tornar chefe do departamento acaba — disse ele. — E estão tão perto de tomar uma decisão que qualquer coisa que eu faça passa pelo maior escrutínio. Como você acha que reagiriam se o candidato a chefe da psicologia, que é um funcionário do estado, começasse a ligar para outros funcionários do estado e dissesse a eles como deveriam fazer o próprio trabalho? Sabe como isso seria ruim para mim? A Universidade de Medicina é uma instituição estadual. As coisas têm que ser feitas de uma certa maneira. Não posso sair por aí questionando pessoas e levantando dúvidas.

— Nós prometemos — insistiu Patricia, percebendo que sua mão tremia.

Ela colocou o garfo na mesa.

— Faziam experimentos médicos nos campos — contou Blue. — Torturavam um gêmeo para ver se o outro sentia alguma coisa.

— Se o médico tomou a decisão de retirar a garota da guarda da mãe, teve uma boa razão e não vou questionar isso — declarou Carter, pegando o garfo. — E, para ser franco, depois de ver aquele trailer, ele provavelmente tomou a decisão certa.

E foi nesse momento que a campainha tocou, e Patricia pulou da cadeira, o coração batendo com o triplo da velocidade. Estava com um pressentimento ruim de quem seria. Queria dizer algo a Carter, mostrar ao marido o quanto estava sendo injusto, mas a campainha tocou de novo. Carter olhou da garfada cheia de frango para a esposa.

— Não vai ver quem é? — perguntou ele.

— Eu atendo — disse Blue, saindo da cadeira.

Patricia se levantou e ficou na frente do filho.

— Termine de comer — falou, e foi até a porta como um condenado rumo à cadeira elétrica.

Abriu-a e, pela tela, viu James Harris. Ele sorria. O primeiro encontro seria o mais difícil, mas com a família para protegê-la e a casa ao redor, estando na sua própria propriedade, Patricia abriu seu melhor sorriso falso de anfitriã. Tinha anos de experiência naquilo.

— Que surpresa boa — disse pela porta de tela.

— Interrompi a refeição de vocês de novo? — perguntou ele. — Me desculpe.

— Não tem problema.

— Sabe, também interromperam uma refeição minha recentemente. É bastante desagradável.

Por um segundo, ela não conseguiu respirar. *Não*, disse a si mesma. *Foi um comentário inocente*. Ele não estava testando Patricia.

— Sinto muito — disse ela.

— Me fez pensar em você. Me fez notar que interrompo as refeições da sua família com muita frequência.

— Ah, não. Gostamos de receber você.

Ela examinou o rosto dele com cuidado pela tela. Em resposta, James Harris examinou o rosto de Patricia.

— É bom ouvir isso — afirmou ele. — Desde que me convidou para entrar na sua casa, não consigo ficar longe. Quase sinto que é minha casa também.

— Que ótimo.

— Então, quando percebi que estava lidando com uma situação ruim hoje, me lembrei de você. Você me ajudou tanto da última vez...

— É? — perguntou Patricia.

— A mulher que limpava a casa para a minha tia-avó desapareceu. E ouvi dizer que alguém espalhou rumores de que ela foi vista pela última vez na minha casa, insinuando que tive algo a ver com isso.

Então Patricia soube. A polícia tinha ido vê-lo. Não mencionaram o nome dela. Ele não a vira na noite anterior. Mas estava desconfiado e tinha ido até lá para testá-la, ver se conseguia arrancar alguma informação dela. Ele claramente nunca tinha posto os pés num coquetel em Old Village antes.

— Quem diria uma coisa dessas? — indagou Patricia.

— Achei que você poderia saber.

— Não dou ouvido a fofocas.

— Bem — disse ele —, até onde sei, ela fugiu com um homem.

— Então está resolvido.

— Mas fico chateado de pensar que você ou os seus filhos podem ouvir falar que fiz algo com ela — comentou James Harris. — A última coisa que quero é que alguém tenha medo de mim.

— Não se preocupe com isso nem por um segundo — respondeu Patricia, se forçando a fitá-lo nos olhos. — Ninguém nesta casa tem medo de você.

Eles se entreolharam por um segundo, e pareceu um desafio. Ela desviou o olhar primeiro.

— É que você está falando comigo de um jeito... Não quer abrir a porta. Parece distante. Em geral, me convida sempre que apareço. Sinto que alguma coisa mudou.

— Nem um pouco — disse Patricia, percebendo o que precisaria fazer. — Já íamos para a sobremesa. Quer comer com a gente?

Ela manteve a respiração sob controle e um sorriso agradável no rosto.

— Isso seria ótimo — respondeu ele. — Obrigado.

Patricia se deu conta de que teria que deixá-lo entrar. Forçou o braço a chegar até a porta, sentindo os ossos no ombro protestarem enquanto agarrava a maçaneta e a girava. A porta de tela rangeu ao abrir.

— Entre. Você é sempre bem-vindo.

Patricia deu um passo para o lado enquanto James Harris passava pela soleira, e viu o queixo dele coberto de sangue e aquela coisa se retraindo em sua boca, mas era só uma sombra, e então ela fechou a porta.

— Obrigado — disse James Harris.

Ele entrara como se tivesse colocado uma arma na cabeça dela. Patricia precisava manter a calma. Ela não estava indefesa. Quantas vezes, numa festa ou no supermercado, tinha falado sobre como uma criança era lerda ou um bebê era feio, e aí o pai ou a mãe dessa criança aparecia de repente? Ela sorria na cara deles e dizia *Estava pensando mesmo em você e no seu filhinho lindo*, e nunca suspeitavam de nada.

Ela ia conseguir.

— … tiravam todo o sangue da pessoa e aí davam para alguém do tipo sanguíneo errado — contava Blue enquanto Patricia levava James Harris até a sala de jantar.

— Aham — disse Carter, ignorando o filho.

— Está falando de Himmler e dos campos? — perguntou James Harris.

Blue e Carter se calaram e olharam para cima. Patricia viu todos os detalhes do cômodo de uma só vez. Tudo parecia carregado de importância.

— Olha quem apareceu. — Ela sorriu. — Bem a tempo da sobremesa.

Ela pegou o guardanapo e se sentou, indicando a cadeira à esquerda para James Harris.

— Obrigado por convidar um solteirão para a sobremesa — disse ele.

— Blue — chamou Patricia. — Por que não limpa a mesa e pega uns biscoitos? Gostaria de um café, James?

— Vai acabar tirando meu sono, e ele já não anda muito em ordem.

— Qual biscoito? — perguntou o filho.

— Todos — respondeu Patricia, e Blue foi depressa buscar, praticamente saltitando.

— O que está achando do verão? — perguntou Carter. — Onde morava antes de vir para cá?

— Nevada — respondeu James Harris.

Nevada?, pensou Patricia.

— Lá é seco no calor — comentou Carter. — Hoje chegamos a oitenta e cinco por cento de umidade.

— Com certeza não é algo a que estou acostumado — disse James. — Na verdade, acaba com o meu apetite.

Patricia se perguntou o que ele estava fazendo com Destiny Taylor na floresta. Ele achava que sugava o seu sangue? A mulher se lembrou de Richard Chase, o Vampiro de Sacramento, que matou e comeu partes de seis pessoas nos anos 1970 e que acreditava ser um vampiro de verdade. Então viu aquela coisa rígida e cheia de pontas se retraindo na boca de James Harris como a perna de uma barata, e não sabia explicar aquilo. Seu pulso acelerou quando ela percebeu que aquilo ficava na sua garganta, atrás de uma camada fina de pele, tão perto que Patricia poderia esticar a mão e tocar. Pertíssimo de Blue. Ela respirou fundo e se obrigou a ficar calma.

— Eu tenho uma receita de gaspacho — disse ela. — Já comeu gaspacho, James?

— Não tenho certeza.

— É uma sopa fria — explicou Patricia. — Da Itália.

— É um nojo — opinou Blue, aparecendo com quatro pacotes de biscoito apertados ao peito.

— É perfeita para o calor. — Patricia sorriu. — Vou copiar a receita para você antes de ir.

— Olha — disse Carter, em seu tom profissional, e Patricia encarou o marido, tentando transmitir na linguagem secreta dos casais que precisavam agir de forma completamente normal, pois corriam mais risco do que ele imaginava.

Carter fez contato visual com Patricia, que olhou do marido para James Harris e colocou tudo que havia no coração, tudo que compartilhavam no casamento, no seu olhar, de uma maneira que apenas ele poderia entender, e ele entendeu. *Tome cuidado*, disseram os seus olhos. *Se faça de burro.*

Carter desviou o olhar e se virou para James Harris.

— Precisamos colocar as coisas em pratos limpos — continuou ele. — Você tem que entender que Patty se sente terrível por ter dito aquelas coisas para a polícia.

Patricia sentia como se Carter tivesse aberto o peito dela e jogado cubos de gelo dentro. Qualquer coisa que poderia falar congelou na sua garganta.

— O que a mamãe fez? — perguntou Blue.

— Acho que é melhor ouvirmos isso da sua mãe — disse James Harris.

Patricia viu James Harris e Carter olhando para ela. James Harris tinha colocado uma máscara de sinceridade, mas Patricia sabia que, por trás, ele ria da cara dela. Carter estava com sua expressão de Homem Sério.

— Pensei que o sr. Harris tinha feito uma coisa ruim — contou ela a Blue, empurrando as palavras pela garganta fechada. — Mas me confundi.

— Não foi legal quando a polícia bateu na minha casa hoje — disse James Harris.

— Você mandou a polícia ir atrás dele? — perguntou Blue, impressionado.

— Eu me sinto péssimo em relação a isso — comentou Carter. — Patty?

— Desculpe — disse Patricia, com a voz baixa.

— Nós esclarecemos tudo — disse James Harris. — Só foi mesmo constrangedor ficar com uma viatura policial estacionada na frente da minha casa, já que sou novo aqui. Vocês sabem como essas vizinhanças pequenas são.

— O que você fez? — perguntou Blue.

— Bem, é uma coisa um pouco adulta — afirmou ele. — Sua mãe é quem deveria contar para você.

Patricia se sentiu encurralada por Carter e James Harris, e a injustiça daquilo tudo a tirou do sério. Era a casa dela, a família dela, ela não tinha feito nada de errado. Poderia pedir a qualquer pessoa para sair na hora que quisesse. Mas tinha, sim, feito algo errado, não é? Porque, naquele instante, Destiny Taylor estava indo dormir chorando, longe da mãe.

— Eu... — disse Patricia, mas a voz morreu no ar.

— Sua mãe pensou que ele tinha feito algo inapropriado com uma criança — explicou Carter. — Mas ela com toda a certeza estava cem por cento enganada. Quero que saiba, filho, que nunca convidaríamos para esta casa alguém que pudesse machucar você ou a sua irmã. A intenção da sua mãe foi boa, ela só não teve muito discernimento.

James Harris continuava a encarar Patricia.

— Isso — disse ela. — Eu fiquei confusa.

O silêncio se prolongou, e Patricia entendeu o que estavam esperando. Ela não tirou os olhos do prato.

— Desculpe — repetiu, tão baixo que quase não conseguiu ouvir a si mesma.

James Harris deu uma mordida barulhenta num biscoito de chocolate com menta e mastigou. No silêncio, Patricia pôde ouvir os dentes dele macerando o biscoito, e então engolindo; escutou os pedaços mastigados de biscoito escorregando pela garganta, passando por aquela coisa.

— Bem — disse James Harris —, preciso ir, mas não se preocupe... não consigo ficar bravo com a sua mãe. Somos vizinhos, afinal de contas. E você foi tão gentil comigo desde que me mudei para cá...

— Vou acompanhá-lo até a porta — falou Patricia, porque não sabia mais o que dizer.

Ela atravessou o vestíbulo escuro na frente de James Harris e o sentiu se inclinando para lhe dizer alguma coisa. Não conseguia aguentar mais. Não conseguia aguentar nem mais uma palavra. Ele era presunçoso demais.

— Patricia... — sussurrou James Harris.

Ela ligou a luz de repente. Ele se contraiu, piscando e apertando os olhos. Uma lágrima escapou de um olho. Era uma infantilidade, mas aquilo a fez se sentir melhor.

Enquanto se preparavam para dormir, Carter tentou conversar com a esposa.

— Patty — disse ele. — Não fique chateada. Foi melhor deixar tudo às claras.

— Não estou chateada.

— Independentemente do que acha que viu, ele parece um bom sujeito.

— Carter, eu vi — replicou ela. — Ele estava fazendo alguma coisa com aquela criança. E tiraram a menina da mãe porque encontraram uma marca na parte interna da coxa dela.

— Não vou discutir isso de novo. Em algum momento, você vai ter que aceitar que os profissionais sabem o que estão fazendo.

— Eu vi — insistiu Patricia.

— Mesmo que tenha visto o furgão que ninguém conseguiu achar, relatos de testemunhas oculares nem sempre são confiáveis. Estava escuro, a luz vinha de uma lanterna, aconteceu muito rápido.

— Eu sei o que eu vi — rebateu Patricia.

— Posso mostrar estudos para você.

Mas Patricia sabia o que tinha visto e sabia também que não era algo natural. Com o ataque que sofrera de Ann Savage, a morte da srta. Mary por conta dos ratos, o homem no telhado naquela noite, James Harris e todas as suas insinuações sobre ter sido interrompido durante uma refeição, a sensação de perigo que rodeava Old Village ultimamente... havia algo errado. Ela já tinha retirado a chave extra do esconderijo na pedra falsa e passara a trancar as portas sempre que saía de casa, mesmo que fosse para resolver as tarefas mais triviais. As coisas estavam mudando rápido, e James Harris estava no meio de tudo aquilo.

E algo que ele dissera a consumia por dentro. Patricia se levantou e desceu as escadas.

— Patty! — gritou Carter para ela. — Não faz isso.

— Não estou fazendo nada — respondeu ela, virando o rosto para trás ao falar, mas, na verdade, não se importava se ele tinha ouvido ou não.

Patricia encontrou seu exemplar de *Drácula* na prateleira da saleta. Elas tinham lido a obra no clube do livro em outubro, dois anos antes.

Folheou as páginas até a passagem que estava procurando saltar aos olhos:

"Ele pode não entrar em lugar algum a princípio", disse Van Helsing, com o seu inglês carregado de sotaque holandês, *"a não ser que alguém da residência permita a sua entrada; depois, entretanto, pode entrar a contento."*

Ela o convidara a entrar na sua casa meses antes. Pensou de novo em Richard Chase, o Vampiro de Sacramento, e naquela coisa na boca dele. Então, no dia seguinte, depois da igreja, foi até a livraria do shopping. Certificou-se de que não havia nenhum conhecido lá antes de ir até o caixa.

— Com licença. Pode me informar onde ficam os livros de terror?

— Atrás dos de fantasia e ficção científica — grunhiu o atendente, sem nem olhar para ela.

— Obrigada — disse Patricia.

Ela escolheu os livros pelas capas e começou a empilhá-los ao lado da caixa registradora.

Quando estava pronta para pagar, o garoto do caixa registrou cada livro, uma sequência de capas com jovens bonitões, barbeados e de cabelo arrepiado: *A ronda do vampiro*, *Um pouco do seu sangue*, *Dependência delicada*, *Salem*, *Conexão vampírica*, *Garotas ao vivo*, *Noite sangrenta*, *Nem uma gota de sangue derramado*, *O aprendiz de vampiro*, *Entrevista com o vampiro*, *O vampiro Lestat*, *Tapeçaria vampírica*, *Hotel Transilvânia*. Se tinha dentes compridos e afiados ou lábios sangrentos na capa, Patricia adquiriu. O total da compra: 149,96 dólares.

— Você deve gostar mesmo de vampiros — disse o atendente.

— Vocês aceitam cheque? — perguntou ela.

Patricia escondeu os livros no fundo do armário, e, conforme foi lendo todos, trancada no quarto, percebeu que não poderia fazer aquilo sozinha. Precisava de ajuda.

CAPÍTULO 19

Na noite da reunião do clube do livro, Grace levou salada de frutas congelada, Kitty levou duas garrafas de vinho branco, todas se sentaram na sala entulhada de Slick — cercadas pela sua coleção de estatuetas de pássaros, bichos de pelúcia, placas com frases motivacionais e tudo que ela comprava no canal de vendas da televisão — e Patricia se preparou para mentir para as amigas.

— Então, concluindo — disse Maryellen, finalizando o seu ataque contra a autora de *Ted Bundy: Um estranho ao meu lado* —, Ann Rule é uma completa idiota. Conhecia Ted Bundy, trabalhava com Ted Bundy, sabia que a polícia estava procurando um jovem bonitão chamado Ted que dirigia um fusca e sabia que o seu amigo Ted Bundy era um jovem bonito que dirigia um fusca, mas, quando o prendem, ela diz que vai "aguardar o julgamento". Do que mais ela precisa? Que ele toque a campainha dela e diga "Ann, eu sou um assassino em série"?

— É pior quando é alguém próximo — comentou Slick. — Queremos que os nossos entes queridos sejam quem pensamos que são e queremos preservar a imagem que temos deles. Mas Tiger tem um amiguinho chamado Eddie Baxley, que mora aqui pertinho na rua, e nós amamos Eddie, mas quando descobrimos que os pais deixam ele ver filmes de terror para maiores de dezoito anos, tivemos que dizer para Tiger que ele não tinha mais permissão de ir brincar na casa dele. Foi difícil.

— Isso não tem absolutamente nada a ver — replicou Maryellen. — A questão é: se as provas dizem que o seu melhor amigo Ted fala que nem pato, anda que nem pato e dirige o mesmo carro que um pato, é porque provavelmente ele é um pato.

Patricia decidiu que não teria oportunidade melhor. Parou de brincar com a salada de frutas congelada, pousou o garfo no prato, respirou fundo e mentiu:

— James Harris é traficante.

Refletira muito sobre o que dizer às amigas, porque, se revelasse o que de fato pensava, iria parar no manicômio. Mas se havia um crime que com certeza mobilizaria as mulheres de Old Village e a delegacia de Mt. Pleasant, esse crime era tráfico. Havia uma guerra contra as drogas, afinal, e ela não se importava com qual estratégia usaria para chegar a esse resultado, só queria fazer a polícia meter o nariz na vida de James Harris. Só queria que ele fosse para longe dali. Então, proferiu a segunda parte da mentira:

— Ele está vendendo drogas para crianças.

Ninguém falou nada por pelo menos vinte segundos.

Kitty bebeu a taça inteira de vinho num gole só. Slick ficou completamente parada, os olhos arregalados. Maryellen parecia confusa, como se não soubesse se Patricia estava tirando sarro dela ou não, e Grace balançava a cabeça devagar.

— Ah, Patricia... — disse ela, com um tom de desaprovação.

— Eu vi ele com uma garotinha — continuou Patricia, seguindo em frente. — Na traseira do furgão na floresta de Six Mile. A menina foi tirada da mãe pelo serviço social, por causa da marca que encontraram na parte interna da coxa, um hematoma com uma punção sobre a artéria femoral, como as marcas causadas por injeções de heroína. Grace, Bennett falou que a sra. Savage tinha o mesmo tipo de marca no mesmo lugar quando foi internada.

— Essa informação era confidencial — disse Grace.

— Mas você me contou — argumentou Patricia.

— Porque ela tinha mordido sua orelha — retrucou Grace.
— Achei que deveria saber que ela era usuária de drogas injetáveis. Não queria que espalhasse isso para a cidade inteira.

Aquilo não estava correndo como o planejado. Patricia passara horas montando a história, consultando todos os livros de crimes reais que tinham lido, praticando como apresentaria os fatos. Ela precisava parar de discutir com Grace e se ater ao roteiro.

— Quando James Harris chegou aqui, havia uma bolsa na casa dele com oitenta e cinco mil dólares — informou Patricia, falando rápido. — Na tarde em que o conheci, o ajudei a abrir uma conta bancária, porque ele não estava com a identidade. Mas devia ter uma carteira de motorista, então por que não queria mostrá-la no banco? Talvez porque seja procurado por alguma coisa. Talvez porque já tenha feito isso em outro lugar. Além disso, a sra. Greene anotou parte de uma placa de um furgão em Six Mile em atividade suspeita, e era a placa do carro dele. E acho que fui a última pessoa a ver Francine antes de ela desaparecer, e a mulher estava entrando na casa dele.

Nenhum rosto mudou de expressão, e Patricia já tinha usado todos os seus argumentos.

— Ele cada hora diz que veio de um lugar — insistiu ela. — Nada na história dele faz sentido.

Patricia viu a amizade delas morrer bem ali à sua frente. Viu de forma bem nítida. Elas diriam que acreditavam em tudo e finalizariam a reunião do clube do livro meio sem jeito. Então viriam os telefonemas sem resposta, as desculpas para irem falar com outra pessoa quando se encontrassem em festas, os convites cancelados para Korey ou Blue passarem a noite na casa delas. Uma a uma, elas lhe dariam as costas.

— Patricia — disse Grace. — Eu avisei quando você me procurou. Implorei que não fizesse papel de boba.

— Eu sei o que vi, Grace — respondeu Patricia, embora tivesse cada vez menos certeza.

Patricia sentiu que estava perdendo o controle da conversa. Tentou encontrar um lugar para colocar o prato de salada de frutas congelada, mas a mesa de centro estava ocupada por uma vasilha de bolas de gude cor-de-rosa, pirâmides de vidro de diversos tamanhos, dois galos de bronze congelados numa briga e uma pilha de livros enormes com títulos como *Bênçãos*. Decidiu continuar segurando o prato e se concentrar na pessoa que teria mais chances de convencer. Se uma acreditasse nela, o restante acreditaria também.

— Maryellen — disse Patricia. — Você acabou de chamar Ann Rule de idiota porque se as provas dizem que o seu melhor amigo fala como um pato, anda como um pato e dirige o mesmo carro que um pato, é porque provavelmente ele é um pato.

— Há uma diferença entre uma série de provas convincentes e acusar uma pessoa de um crime com base num monte de coincidências — respondeu a amiga. — Então, me deixe entender direito as suas provas. A sra. Greene diz que pode ser que tenha um homem na floresta molestando as crianças de Six Mile.

— Drogando as crianças — corrigiu Patricia.

— Tá bom, drogando as crianças. A sra. Greene pode ter visto um furgão com a placa, ainda que nem tenha visto a placa inteira, do furgão de James Harris, que não pertence mais a James Harris, porque ele o vendeu.

— Não sei o que aconteceu com o carro — afirmou Patricia.

— Deixando o furgão de lado — continuou Maryellen —, você quer que a gente acredite que o simples fato de ele ter ido até Six Mile, embora ele não estivesse lá no momento em que alguém morreu ou algo aconteceu, significa que, de alguma forma, ele está envolvido em alguma coisa?

— Eu vi ele lá — afirmou Patricia. — Vi ele fazendo uma coisa com uma garotinha na traseira do furgão. Eu. Vi. Ele.

Ninguém falou nada.

— O que você o viu fazer? — perguntou Slick.

— Fui a Six Mile visitar uma das crianças que parecia doente — respondeu Patricia. — A sra. Greene me acompanhou. A menina tinha desaparecido do quarto. Fomos procurar por ela na floresta, e vi o furgão branco. Ele estava na traseira, com a garota. Estava... — Ela hesitou, mas só por um instante. — ... injetando alguma coisa nela. O médico falou que a menina tinha marca de injeção na perna.

— Então por que não conta isso à polícia? — indagou Slick.

— Eu contei! — declarou Patricia, mais alto do que pretendia. — Não encontraram o furgão, não encontraram James Harris, e acham que foi a mãe que drogou a filha. Ou o namorado da mãe.

— Então por que não estão procurando esse namorado? — questionou Maryellen.

— Porque ela não tem namorado — respondeu Patricia, tentando manter a calma.

Maryellen deu de ombros.

— Isso só mostra que a polícia de North Charleston e a polícia de Mt. Pleasant têm padrões bem diferentes.

— Isso não é brincadeira! — berrou Patricia.

A voz severa ecoou pela sala cheia. Slick teve um sobressalto, Grace aprumou a coluna, Maryellen estremeceu.

— Sobrou vinho? — perguntou Kitty.

— Perdão — respondeu Slick. — Acho que acabou.

— Estão machucando uma criança — insistiu Patricia. — Nenhuma de vocês se importa?

— É claro que a gente se importa — afirmou Kitty. — Mas somos um clube do livro, não a polícia. O que deveríamos fazer?

— Somos as únicas que notaram que pode haver algo errado — disse Patricia.

— Você, não nós — corrigiu Grace. — Não me envolve nessa estupidez.

— Ed riria disso no tribunal — opinou Maryellen.

— A polícia não me escutou — insistiu Patricia. — Preciso da ajuda de vocês para falar com eles de novo. Preciso que todas pensem comigo, que me ajudem a montar esse quebra-cabeça. Maryellen, você sabe como a polícia funciona. Kitty, você esteve em Six Mile. Você viu como estavam as coisas. Conte a elas.

— Bem — disse Kitty, tentando ajudar —, havia algo estranho lá. Todo mundo estava nervoso. Quase fomos atacadas por uma gangue de rua. Mas acusar um dos nossos vizinhos de ser traficante de drogas...

— Eu vejo da seguinte maneira — continuou Patricia. — Em Six Mile, acham que alguém está fazendo algum mal às crianças, dando algo a elas que as deixa malucas ou com vontade de se machucar. Agora, aqui, em Old Village, a sra. Savage enlouqueceu e me atacou. E tem a Francine. Eu a vi entrando na casa dele, e a mulher desapareceu. Talvez tenha encontrado as drogas, o dinheiro ou qualquer outra coisa, e ele teve que se livrar dela. Mas tudo está conectado a James Harris. Tudo está acontecendo ao redor dele. De quantas coincidências vocês precisam para acordar?

— Patricia — interveio Grace, bem devagar. — Se pudesse se ouvir agora, ficaria extremamente envergonhada.

— E se eu estiver certa? — retrucou Patricia. — E ele estiver mesmo distribuindo drogas por aí para crianças e nós não fizermos nada apenas por medo de passar vergonha? Poderiam ser os nossos filhos. Pensem em quantas jovens estariam vivas hoje se as pessoas tivessem desconfiado de Ted Bundy e começado a se fazer perguntas mais cedo. E se Ann Rule tivesse juntado as peças antes? Quantas vidas poderia ter salvado? Quer dizer, vocês têm que concordar que tem algo estranho acontecendo.

— Não temos, não — disse Grace.

— Tem algo estranho acontecendo — garantiu Patricia. — Crianças do primeiro ano do fundamental estão cometendo suicídio. Eu fui atacada no meu próprio quintal. A sra. Savage tinha a mesma marca no corpo que Destiny Taylor. Francine desapareceu. Em todos os livros que lemos, ninguém acha que nada de ruim está acontecendo até ser tarde demais. Nós moramos aqui, nossos filhos moram aqui, essa é a nossa casa. Não querem fazer tudo que for possível para manter este lugar em segurança?

Houve outro silêncio prolongado, até que Kitty falou:

— E se ela tiver razão?

— Como é que é? — perguntou Grace.

— Nós conhecemos Patricia desde sempre — argumentou Kitty. — Se ela diz que viu aquele homem na traseira do furgão fazendo alguma coisa com uma criança, eu acredito. Quer dizer, convenhamos, se tem uma coisa que aprendi com todos esses livros é que ser paranoica sempre compensa.

Grace se levantou e disse:

— Valorizo a nossa amizade, Patricia. E estou pronta para ser sua amiga de novo quando você recuperar a razão. Mas qualquer um que alimentar esses delírios não está ajudando você.

Slick se levantou, foi até a prateleira cheia de livros com títulos como *Satanás, tire a mão dos meus filhos* e puxou uma Bíblia. Folheou até uma passagem e leu em voz alta:

— "Há pessoas cujos dentes são espadas e cujas mandíbulas são facas, para consumirem os necessitados desta terra e os pobres dentre os homens. A sanguessuga tem duas filhas: Dá e Dá. Estas três coisas nunca se fartam; e com a quarta, nunca dizem: 'Basta!'" Provérbios 30,14-15.

Ela virou mais páginas e leu:

— Efésios 6,12: "Porque não temos que lutar contra a carne e o sangue, mas, sim, contra governantes e autoridades do mundo invisível, contra os príncipes das trevas deste século, contra espíritos malignos nas esferas celestiais."

Então, ela encarou as amigas com um sorriso enorme no rosto.

— Sabia que o meu teste viria. Sabia que um dia o meu Deus me colocaria contra Satanás e testaria a minha fé numa batalha contra os seus ardis. E estou muito empolgada, Patricia.

— Você está de sacanagem com a gente? — perguntou Maryellen.

— Satanás quer nossos filhos — declarou Slick. — Temos que acreditar nos justos para esmagar os ímpios. Patricia é justa, porque é minha amiga. Se ela diz que James Harris está entre os ímpios, então é nosso dever cristão esmagá-lo.

— A única coisa esmagada aqui é o seu cérebro — replicou Maryellen, e se virou para Grace. — Mas ela não está errada.

— Perdão? — disse Grace.

— Nova Jersey é o tipo de lugar em que ninguém cuida de ninguém — continuou Maryellen. — Nossos vizinhos eram legais, mas nunca anotariam a placa de um carro desconhecido. Nunca diriam a você que uma pessoa estranha estava observando a sua casa. Tem um monte de coisas diferentes aqui, mas nem por um instante me arrependo de morar numa comunidade onde cuidamos uns dos outros. Vamos ver se conseguimos recolher mais provas do que Patricia. Se tudo der certo, falo com Ed. Se ele achar que o caso se sustenta, talvez tenhamos feito uma coisa boa.

Patricia sentiu uma onda de gratidão por ela.

— Não vou fazer parte de nenhuma turba de linchadores — disse Grace.

— Não somos uma turba de linchadores, somos um clube do livro — retrucou Kitty. — Sempre apoiamos umas às outras. É isso que Patricia está enfrentando agora? É um pouco estranho, mas tudo bem. Faríamos o mesmo por você.

— Se a situação ocorrer um dia — falou Grace —, por favor, não façam.

E foi embora da casa de Slick.

Na manhã seguinte, Patricia tinha acabado de decidir limpar o armário da saleta antes de pesquisar mais sobre vampiros quando o telefone tocou. Ela atendeu.

— Patricia. É Grace Cavanaugh.

— Sinto muito pelo que aconteceu no clube do livro — disse Patricia, que até então não tinha percebido como estava desesperada para ouvir a voz de Grace. — Não vou mais mencionar o assunto, se você preferir.

— Encontrei o furgão — declarou Grace.

A mudança de página foi tão rápida que Patricia não entendeu.

— Que furgão? — perguntou.

— O furgão de James Harris. Veja bem, eu lembrei que, em *O silêncio dos inocentes*, aquele homem leva uma cabeça no carro até um depósito de armazenagem. E lembrei também que conheço você há quase sete anos e que deveria lhe dar o benefício da dúvida.

— Obrigada.

— O único estabelecimento do tipo em Mt. Pleasant é o Stocke, na Highway 17. Eles soletram *estoque* errado porque acham engraçadinho. Não é. Bennett conhece Carl, o gerente do lugar. Então liguei para a esposa dele, Zenia, ontem à noite, não sei se você a conhece, mas nós duas fazemos parte do coral de sinos. Falei para Zenia o que estava procurando, e ela muito gentilmente fez uns telefonemas para ver o que conseguia descobrir, e pelo visto tem um James Harris que aluga um espaço. O atendente falou que já o viu entrando e saindo algumas vezes com um furgão branco. Ele o viu na semana passada. Então James Harris ainda é o dono do carro.

— Grace, que ótima notícia.

— Não se ele estiver machucando crianças.

— Não, claro que não — respondeu Patricia, sentindo-se repreendida e triunfante ao mesmo tempo.

— Se acha mesmo que esse homem está fazendo coisas horríveis, vai precisar de mais do que isso antes de falar com Ed. Não queremos ir com o trabalho pela metade.

— Não se preocupe, Grace. Quando formos, o trabalho vai estar completo.

PSICOSE

Agosto de 1993

CAPÍTULO 20

— Mas eu falei que você podia dormir na casa da Laurie — disse Patricia a Korey.

— Bom, agora eu mudei de ideia — respondeu Korey.

A filha estava na porta do banheiro de Patricia enquanto a mãe terminava de se maquiar. Korey voltara do acampamento de futebol e aumentara muito o estresse da mãe. Já era bem difícil se certificar de que Blue estivesse sempre em algum lugar seguro depois de escurecer, mas Korey ficava em casa sem fazer nada, vendo TV por horas, até que recebia uma ligação e de repente precisava pegar o carro emprestado para encontrar as amigas no meio da noite. Exceto naquela noite, quando Patricia queria que ela saísse de casa.

— O clube do livro vai ser aqui — declarou a mãe. — Você não vê a Laurie desde que voltou do acampamento.

Uma das razões para a reunião ser na casa de Patricia era que ela havia feito uma pressãozinha em Carter para ele levar Blue para jantar numa churrascaria e depois ao cinema (os dois decidiram ver um filme chamado *Uma Noiva e Tanto*). Korey iria passar a noite no centro.

— Ela desmarcou — disse a filha. — Os pais dela estão se separando, e o pai quer passar mais tempo com ela. Essa saia é apertada demais.

— Ainda não decidi o que vou vestir — replicou Patricia, embora a saia certamente não fosse apertada demais. — Se não vai sair de casa, precisa ficar no seu quarto.

— E se eu quiser ir no banheiro? Posso sair do quarto nesse caso, mãe? A maioria dos pais ia adorar que a filha quisesse passar um tempo com eles.

— Só estou pedindo para ficar aqui em cima.

— Mas e se eu quiser ver TV? — indagou Korey.

— Então vá para a casa de Laurie Gibson.

Korey saiu, cabisbaixa, e Patricia mudou a saia, sentindo que ela estava apertada, então finalizou a maquiagem e passou laquê no cabelo. Não ia servir nada para comer, mas tinha enchido a garrafa térmica de café, caso os policiais quisessem um pouco. E se eles quisessem descafeinado? Ela não tinha café descafeinado e ficou preocupada que aquilo pudesse afetar o humor deles.

Patricia estava tensa. Antes daquele verão, nunca tinha interagido com a polícia, e agora parecia que não fazia outra coisa. Policiais a deixavam nervosa, mas, se conseguisse passar por aquela noite, James Harris não seria mais problema seu. Tudo que precisava fazer era convencer a polícia de que ele era traficante, então os detetives começariam a bisbilhotar e todos os segredos dele viriam à tona. E Patricia não estava sozinha nessa: tinha o clube do livro ao seu lado.

O que as amigas pensariam se Patricia contasse que achava que James Harris era um vampiro ou coisa parecida? Ela não tinha certeza sobre a terminologia correta, mas "vampiro" serviria até uma palavra melhor aparecer. De que outra maneira explicaria aquela coisa saindo da cara dele? Como explicar a sua aversão à luz do dia, sua insistência em ser convidado para entrar, as marcas nas crianças e na sra. Savage, que pareciam mordidas?

Quando tentou fazer a massagem cardiorrespiratória nele, James Harris parecia fraco, abatido e pelo menos dez anos mais velho. Na semana seguinte, já estava com um brilho saudável no rosto. O que havia acontecido naquele ínterim? Francine tinha desaparecido. Ele a consumira? Sugara o seu sangue? O homem com certeza havia feito alguma coisa.

Quando Patricia se livrou de seus preconceitos e encarou os fatos, o vampirismo era a teoria que melhor se encaixava. Por sorte, nunca seria necessário revelar os seus pensamentos em voz alta para ninguém, pois aquilo estava prestes a acabar. Ela não se importava em como o expulsariam da cidade, só queria James Harris longe dali.

Ela desceu e tomou um susto quando viu Kitty acenando pelo vidro da porta, com Slick logo atrás.

— Sei que estamos meia hora adiantadas — disse Kitty quando Patricia as deixou entrar. — Mas não consegui ficar parada em casa sem fazer nada.

Slick escolhera um visual bem conservador, com uma saia azul-marinho que ia até os joelhos e uma blusa branca coberta por um colete azul com estampa batique. Kitty, por outro lado, aparentemente tinha enlouquecido na hora de se vestir. Colocara uma blusa vermelha incrustada de lantejoulas também vermelhas e uma enorme saia floral. Doía os olhos só de olhar.

Patricia as deixou na saleta, então subiu para se certificar de que a porta do quarto de Korey estava fechada. Em seguida, deu uma olhada na entrada da garagem e estava voltando para a saleta no momento em que Maryellen abria a porta da frente.

— Oi? Cheguei cedo demais? — perguntou a recém-chegada.

— Estamos na cozinha! — gritou Patricia.

— Ed foi buscar os detetives — explicou Maryellen, entrando e colocando a bolsa na mesa da saleta. Tirou dois cartões da agenda. — Detetive Claude D. Cannon e detetive Gene Bussell. Falou que Gene é da Geórgia, mas Claude é daqui, e que ambos são bons. Eles vão nos escutar. Ed não pode prometer qual será a reação deles, mas escutar eles vão.

Como não tinham nada para fazer, cada uma delas examinou os cartões.

Grace apareceu na saleta.

— A porta estava aberta — disse ela. — Espero que não se importe.

— Quer um café? — ofereceu Patricia.

— Não, obrigada — respondeu Grace. — Bennett está num jantar da associação de cardiologistas. Vai voltar tarde.

— Horse está no iate clube com Leland — comentou Kitty.

— De novo.

Conforme julho foi esquentando ainda mais, Leland convencera Horse a investir no Gracious Cay qualquer dinheiro que conseguisse juntar. Então, a bolsa de valores subiu, e Carter vendeu algumas ações da AT&T que o pai de Patricia dera a eles como presente de casamento e investiu no Gracious Cay também. Os três começaram a sair juntos para jantar ou beber alguma coisa no bar do iate clube. Patricia não sabia onde Carter arranjava tempo, mas amizades masculinas pareciam estar na moda.

— Patricia — disse Grace, retirando uma folha de papel da bolsa. — Escrevi tudo que deve ser discutido em tópicos, para o caso de precisar refrescar a memória.

Patricia observou a lista escrita à mão, com os números e as letras na caligrafia cuidadosa de Grace.

— Obrigada.

— Quer repassar a lista?

— Quantas vezes vamos ter que escutar isso? — indagou Kitty.

— Até acertarmos tudo — replicou Grace. — Essa é a coisa mais séria que já fizemos na vida.

— Não aguento mais ouvir sobre aquelas crianças — reclamou Kitty. — É horrível.

— Deixa eu ver — disse Maryellen, esticando a mão para Patricia.

Patricia entregou a folha para a amiga, que a analisou.

— Deus nos ajude. Eles vão achar que somos um bando de loucas.

Todas se sentaram à mesa da cozinha. Havia flores frescas na sala, a mobília era nova e as luzes estavam na medida certa. Elas não queriam entrar no palco até chegar a hora. Ninguém tinha nada a dizer. Patricia repassou a lista na cabeça.

— São oito horas — anunciou Grace. — Vamos para a sala?

Elas arrastaram as cadeiras, mas Patricia achava que precisava dizer algo, fazer algum tipo de discurso motivacional, antes de elas darem início àquilo.

— Quero que todas saibam — começou, e as amigas pararam para ouvir — que, assim que a polícia chegar aqui, não há mais volta. Espero que estejam preparadas para isso.

— Só quero voltar a conversar sobre livros — afirmou Kitty. — Quero que isso acabe.

— O que quer que ele tenha feito — disse Grace —, não acho que James Harris vá querer chamar atenção para si depois desta noite. Quando a polícia começar a lhe fazer perguntas, tenho certeza de que ele vai sair de Old Village sem muito alarde.

— Vamos torcer para que você tenha razão — comentou Slick.

— Só queria que tivesse outra maneira — opinou Kitty, os ombros curvados.

— Todas nós — disse Patricia. — Mas não tem.

— A polícia vai ser discreta — afirmou Maryellen. — E tudo vai acabar rápido.

— Vamos fazer um momento de oração? — sugeriu Slick.

Todas elas baixaram a cabeça e deram as mãos, até Maryellen.

— Pai Todo-Poderoso — enunciou Slick. — Conceda-nos força na nossa missão e justiça na nossa causa. Em Seu nome rogamos, amém.

Em fila única, elas foram da sala de jantar para a de estar, onde se instalaram, e Patricia se deu conta de algo.

— Precisamos de água — declarou. — Esqueci de pegar água gelada.

— Eu pego — disse Grace, desaparecendo na cozinha.

Ela trouxe a água às 20h05. Todas ajeitaram as saias, os colares, os cordões e os brincos. Slick retirou os três anéis, colocou-os de volta, tirou-os de novo e tornou a colocá-los mais uma vez. Eram 20h10 e depois 20h15.

— Cadê eles? — murmurou Maryellen para si mesma.

Grace deu uma olhada na parte interna do pulso.

— O carro de Ed não tem telefone? — perguntou Patricia. — Se tiver, podemos ligar para ver onde ele está.

— Vamos esperar mais um pouco — sugeriu Maryellen.

Às oito e meia, elas ouviram um carro parar na entrada da garagem, seguido por outro.

— São Ed e os detetives — disse Maryellen.

Todas elas despertaram, se empertigaram e mexeram no cabelo para garantir que tudo estivesse no lugar. Patricia foi até a janela.

— São eles? — perguntou Kitty.

— Não — respondeu Patricia enquanto ouvia as portas dos carros batendo. — É o Carter.

CAPÍTULO 21

— Será que ele esqueceu alguma coisa? — perguntou Maryellen por trás dela.

Patricia olhou pela janela e sentiu tudo ruindo ao seu redor. Viu Carter e Blue saindo do Buick, e o BMW de Leland estacionando atrás deles. Viu a pequena picape Mitsubishi de Bennett passar pela rua e parar na casa dele, e depois o próprio Bennett vindo se juntar a Carter e Blue na entrada da garagem dela. Ed saiu do banco traseiro do BMW dourado de Leland, usando uma camisa de manga curta para dentro da calça jeans e uma gravata de tricô. Horse saiu com um aspecto amarrotado do banco do carona do carro de Leland e levantou a calça. Leland saltou pelo lado do motorista e colocou seu blazer de poliéster de verão.

— Quem é? — indagou Kitty, do sofá.

Maryellen se levantou e parou ao lado de Patricia, que sentiu o corpo da amiga ficar rígido.

— Patricia? — perguntou Grace. — Maryellen? Quem está aí fora?

Os homens trocaram apertos de mãos, e Carter notou Patricia observando-os, falou algo para os amigos, e todos eles seguiram até a varanda em fila única.

— Todos eles — anunciou Patricia.

A porta se abriu, e Carter entrou no vestíbulo, com Blue no seu encalço. Então veio Ed, que viu Maryellen de pé na base da escada e parou. O restante dos homens ficou atrás dele, o ar quente da noite ondulando em volta de todos.

— Ed — disse Maryellen. — Cadê os detetives Cannon e Bussell?

— Eles não vêm — respondeu Ed, mexendo na gravata.

Ele foi até a esposa, para pegar o ombro dela ou acariciar a sua bochecha, mas ela foi para trás, parando no corrimão e segurando-o com as duas mãos.

— Você chegou a chamá-los? — perguntou ela.

Mantendo contato visual, ele balançou a cabeça. Patricia pousou a mão no ombro de Maryellen, que tremia como um cabo de alta tensão. As duas saíram do caminho quando Carter mandou Blue subir, e os homens passaram por elas em direção à sala. Carter esperou que entrassem, então gesticulou para Patricia como um garçom a chamando para uma mesa.

— Patty — disse ele. — Maryellen. Podem se juntar a nós?

Elas se permitiram ser guiadas até a sala. Kitty secava lágrimas das bochechas, o rosto vermelho. Slick olhava para o chão entre ela e Leland, e o marido a encarava, os dois completamente parados. Grace fez questão de analisar a foto da família de Patricia sobre a lareira. Bennett fitava um espaço além de todos eles, pelas janelas do jardim de inverno, para o brejo.

— Senhoras — disse Carter. Ficou claro que os outros o elegeram como porta-voz. — Precisamos ter uma conversa séria.

Patricia tentou acalmar a respiração, que ficou rápida e superficial, e sua garganta parecia estar se fechando. Ela olhou de soslaio para Carter e viu quanta raiva havia nos olhos do marido.

— Não tem cadeiras para todos — afirmou ela. — É melhor pegar algumas da sala de jantar.

— Eu pego — anunciou Horse, indo para o outro cômodo.

Bennett foi com ele, e ambos trouxeram cadeiras para a sala. Ouviu-se apenas o ruído da mobília conforme todo mundo se arrumava. Horse se sentou ao lado de Kitty no sofá, segurando a mão dela, e Leland se apoiou na porta do vestíbulo. Ed se sentou com o encosto da cadeira no peito, como alguém interpretando um policial na TV. Carter se acomodou em frente a Patricia, ajustando o vinco das calças, as mangas do casaco, colocando a máscara profissional.

Maryellen tentou recuperar a iniciativa.

— Se os detetives não vêm, não sei o que vocês estão fazendo aqui.

— Ed nos procurou — explicou Carter. — Porque ouviu algumas coisas preocupantes e, em vez de deixar vocês passarem vergonha na frente da polícia e causarem sérios danos tanto a si mesmas quanto às suas famílias, ele tomou uma decisão responsável e nos avisou.

— O que estão dizendo sobre James Harris é calunioso e difamatório — declarou Leland, cortando Carter. — Poderiam ter dado motivo para eu ser processado pelo resto da vida. No que estava pensando, Slick? Poderia ter arruinado tudo. Quem vai querer trabalhar com um empreiteiro que acusa seus investidores de vender drogas para crianças?

Slick baixou a cabeça.

— Desculpe, Leland — disse ela para o próprio colo. — Mas crianças...

— "Mas eu vos digo" — citou Leland — "no dia do juízo, as pessoas haverão de prestar contas de toda palavra ociosa que tiverem falado." Mateus 12, 36.

— Vocês ao menos querem saber o que temos a dizer? — perguntou Patricia.

— Nós fazemos alguma ideia — informou Carter.

— Não — replicou ela. — Se não ouviram o que temos a dizer, não têm o direito de nos proibir de falar com ninguém. Não somos como as nossas mães. Não estamos em 1920. Não somos senhorinhas bobas que passam o dia inteiro costurando e fofocando. Passamos mais tempo em Old Village do que qualquer um de vocês, e tem alguma coisa muito errada aqui. Se tivessem o mínimo de respeito pela gente, nos ouviriam.

— Se estão com tanto tempo livre assim, corram atrás dos ladrões na Casa Branca — argumentou Leland. — Não criem um na própria rua.

— Que tal respirarmos fundo? — disse Carter, com um sorriso gentil no rosto. — Vamos escutar. Não vai fazer mal nenhum, e, quem sabe, talvez a gente até aprenda alguma coisa.

Patricia ignorou o tom calmo e profissional de médico na voz dele. Se era assim que ele agiria, ela entraria no jogo.

— Obrigada, Carter. Eu gostaria de falar.

— Está falando por todas? — perguntou ele.

— Foi ideia da Patricia — declarou Kitty, protegida ao lado de Horse.

— Sim — respondeu Grace.

— Então nos diga — pediu Carter. — Por que acreditam que James Harris é uma espécie de mestre do crime?

Levou um segundo para os batimentos cardíacos dela se acalmarem e pararem de reverberar nos seus ouvidos. Ela respirou fundo e olhou ao redor. Viu Leland a encarando, o rosto fechado, praticamente reluzindo de raiva, as mãos enfiadas nos bolsos. Ed a observava do mesmo jeito que os policiais da TV analisavam depoimentos de criminosos. Bennett olhava para as janelas atrás dela, para o brejo, o rosto impassível. Carter a olhava com seu sorriso mais tolerante, e Patricia se sentiu encolhendo na cadeira. Apenas Horse a fitava com algo que se aproximava de gentileza.

Patricia soltou o ar e olhou para as anotações de Grace, as mãos trêmulas.

— James Harris, como todos sabemos, se mudou para cá em abril. Sua tia-avó, Ann Savage, estava mal de saúde, e ele cuidou dela. Acreditamos que, quando ela me atacou, estava sob efeito das drogas que ele comercializa. E que atualmente ele anda vendendo essas drogas em Six Mile.

— Com base em quê? — perguntou Ed. — Que provas? Quais prisões? Você o viu vendendo drogas?

— Deixa ela terminar — disse Maryellen.

Carter ergueu a mão, e Ed se calou.

— Patricia. — Carter sorriu. Ela levantou o rosto. — Coloque o papel na mesa. Nos conte nas suas próprias palavras. Relaxe, estamos interessados no que você tem a dizer.

Ele esticou a mão. Patricia não resistiu e entregou a ele as anotações de Grace. O marido dobrou o papel várias vezes e o enfiou no bolso do casaco.

— Achamos que ele deu essa droga — disse Patricia, se forçando a visualizar as anotações de Grace na mente — para Orville Reed e Destiny Taylor. Orville Reed cometeu suicídio. Destiny Taylor, por enquanto, está viva. Mas ambos disseram ter encontrado um homem branco na floresta que deu a eles uma coisa que os deixou doentes. Teve também Sean Brown, primo de Orville, que tinha envolvimento com drogas, segundo a polícia. Ele foi encontrado morto na mesma floresta que as crianças frequentavam, no mesmo período. Além disso, a sra. Greene viu um furgão branco com a mesma placa do veículo de James Harris em Six Mile na época em que tudo isso aconteceu.

— Com exatamente a mesma placa? — perguntou Ed.

— A sra. Greene só anotou a última parte, X 13S, mas a placa do carro de James Harris é TNX 13S — declarou Patricia. — James Harris diz que se livrou do furgão, mas ele mantém o automóvel no Stocke, na Highway 17, e saiu com ele algumas vezes, sobretudo à noite.

— Inacreditável — comentou Leland.

— Sean Brown estava envolvido com tráfico, e achamos que James Harris o matou de uma forma horrível para mandar um recado para outros traficantes — continuou Patricia. — Ann Savage morreu com marcas de agulha na parte interna da coxa. Destiny Taylor tinha marcas parecidas. James Harris deve ter injetado alguma substância nelas. Acreditamos que, se examinarem o corpo de Orville Reed, vão encontrar as mesmas marcas.

— Muito interessante — afirmou Carter, e Patricia sentiu que diminuía a cada palavra do marido. — Mas não sei se quer dizer muita coisa.

— As marcas de agulha conectam Destiny Taylor e Ann Savage — disse Patricia, se lembrando do conselho de Maryellen durante um dos ensaios. — O furgão de James Harris foi visto em Six Mile, embora ele afirme que nunca esteve lá. O veículo não está mais na casa dele, mas está guardado no Stocke e ainda pertence a ele. O primo de Orville Reed foi morto em razão de tudo que está acontecendo. Destiny Taylor sofre dos mesmos sintomas que Orville Reed sofria antes de se matar. Pensamos que não deveríamos esperar acontecer com Destiny Taylor o mesmo que ocorreu com o menino. Acreditamos que, mesmo que essas evidências sejam circunstanciais, há uma preponderância delas.

Maryellen, Kitty e Slick olharam de Patricia para os homens, esperando a reação deles. Não houve nenhuma. Patricia tomou um gole de água, então decidiu tentar uma coisa que não tinham ensaiado.

— Francine era a faxineira de Ann Savage. Ela desapareceu em maio desse ano. No dia em que isso aconteceu, eu a vi estacionando na frente da casa de James Harris.

— Você viu ela entrando? — perguntou Ed.

— Não — admitiu Patricia. — Ela foi dada como desaparecida, e a polícia acha que fugiu com um homem, mas, bem, vocês precisavam ter conhecido Francine para saber que…

Leland falou em tom alto e claro:

— Vou parar você por aí. Mais alguém precisa continuar escutando essa baboseira?

— Mas, Leland… — disse Slick.

— Não, Slick! — berrou ele.

— Vocês, senhoras, estariam dispostas a ouvir outro ponto de vista? — questionou Carter.

Patricia odiava a voz de psiquiatra e as perguntas retóricas do marido, mas assentiu por hábito.

— Claro.

— Ed? — falou Carter.

— Dei uma pesquisada no número da placa que você me passou — disse Ed a Maryellen. — O carro pertence a James Harris, com endereço do Texas, sem ficha criminal, apenas algumas multas. Você me falou que pertencia a um homem que estava namorando a filha de Horse e Kitty.

— Honey está namorando esse cara? — perguntou Horse, em choque.

— Não, Horse — explicou Maryellen. — Inventei isso para que Ed verificasse a placa.

Kitty acariciou as costas do marido enquanto ele balançava a cabeça, atônito.

— Vou te dizer — continuou Ed. — Sempre fico feliz em ajudar um amigo, mas senti muita vergonha quando fui encontrar James Harris achando que ele era um papa-anjo. Foi uma conversa doida até eu perceber que tinha sido feito de bobo.

— Você se encontrou com ele? — indagou Patricia.

— Tivemos uma conversa — respondeu Ed.

— E discutiram esse assunto? — indagou Patricia, a traição enfraquecendo sua voz.

— Estamos falando com ele há semanas — contou Leland. — James Harris é um dos maiores investidores do Gracious Clay. Nos últimos meses, ele colocou... bem, não vou dizer quanto dinheiro ele colocou no projeto, mas é uma soma substancial, e, nesse meio-tempo, demonstrou ser um homem de caráter.

— Você não me falou isso — disse Slick.

— Porque não é da sua conta — replicou ele.

— Não fique chateada com ele — pediu Carter. — Horse, Leland, James Harris e eu formamos uma espécie de consórcio para investir no Gracious Clay. Fizemos diversas reuniões de negócios, e o homem que conhecemos é bem diferente desse traficante assassino violento que descrevem. Acho seguro afirmar que, a essa altura, o conhecemos melhor do que vocês.

Patricia pensou que havia tecido um suéter, mas tudo que tinha nas mãos era um monte de lã, e todo mundo estava rindo dela, afagando sua cabeça, zombando de sua infantilidade. Queria entrar em pânico. Em vez disso, se virou para Carter.

— Somos as esposas de vocês. As mães dos seus filhos, e achamos que existe um perigo real aqui. Isso não significa nada?

— Ninguém falou isso... — disse Carter.

— Não estamos pedindo muito — comentou Maryellen. — Só para darem uma olhada no depósito. Se o furgão estiver lá, podem conseguir um mandado de busca e ver se há alguma ligação com essas crianças.

— Ninguém vai fazer nada disso — replicou Leland.

— Perguntei a ele sobre o carro — informou Ed. — Ele me disse que guardou o veículo lá porque achava que as senhoras de Old Village não gostavam que o furgão ficasse estacionado no quintal, poluindo a vista da vizinhança. Grace, segundo ele, você comentou que o furgão estava acabando com a grama. Então ele comprou o Corsica e colocou o furgão no depósito, porque não conseguia nem pensar em se livrar dele. O homem está gastando oitenta e cinco dólares por mês porque quer se adaptar melhor ao bairro.

— E, por causa disso — acrescentou Leland —, vocês querem jogar o nome dele na lama e acusá-lo de tráfico de drogas.

— Somos homens respeitados nesta comunidade — disse Bennett, cuja voz tinha mais peso, pois ele ainda não havia falado. — Nossos filhos estudam nas escolas daqui, passamos a vida construindo a nossa reputação, e vocês vão nos tornar motivo de chacota porque são um bando de donas de casa com tempo demais à toa.

— Só estamos pedindo para darem uma olhada no depósito — argumentou Grace, surpreendendo Patricia. — Só isso. Não é porque vocês beberam juntos no iate clube que ele tem um coração de ouro.

Bennett cravou o olhar nela. Seu rosto, em geral amigável, ficou vermelho.

— Está discutindo comigo? — perguntou ele. — Está discutindo comigo em público?

A raiva na voz dele chocou a todos na sala.

— Acho que precisamos nos acalmar — interveio Horse, inseguro. — Elas estão apenas preocupadas, sabe? Patricia passou por bastante coisa.

— Estamos preocupadas com as crianças — disse Slick.

— É verdade, o emocional da Patricia levou alguns golpes recentemente — comentou Carter. — Eu não tinha percebido o quanto ela estava abalada. Talvez não saibam, mas, algumas semanas atrás, ela acusou James Harris de ser pedófilo. Vocês, senhoras, têm mentes ótimas, e sei como é difícil encontrar estímulos intelectuais num lugar como esse. Mas essas obras mórbidas que leem nesse clube do livro de vocês são a receita perfeita para uma espécie de histeria coletiva.

— Clube do livro? — questionou Leland. — É um grupo de estudo bíblico.

O cômodo ficou em silêncio, e então Carter deu uma risadinha.

— Estudo bíblico? — indagou ele. — É assim que chamam? Não, uma vez por mês elas têm reunião do clube do livro e leem essas obras sobre crimes reais escabrosos com fotos sangrentas que você vê vendendo em banca de jornal.

O sangue se esvaiu do rosto das mulheres. As mãos de Slick se retorceram no colo, os nós dos dedos brancos. Leland a encarou do outro lado do cômodo. Horse apertou a mão de Kitty.

— Uma aliança se quebrou — declarou Leland. — Entre marido e mulher.

— O que está acontecendo? — perguntou Korey da porta da sala de jantar.

— Eu mandei você ficar lá em cima! — berrou Patricia, descarregando na filha toda a humilhação que sentia.

— Calma, Patty — disse Carter, e se virou para Korey, bancando a figura paterna gentil. — Estamos só tendo uma conversa de adultos.

— Por que a mamãe está chorando? — insistiu Korey.

Patricia notou Blue espiando pela porta.

— Não estou chorando. Só estou chateada — disse ela.

— Espere lá em cima, querida — pediu Carter. — Blue? Vá com a sua irmã. Explico tudo depois para vocês, tá bom?

Korey e Blue recuaram para o vestíbulo. Patricia ouviu os dois subindo, batendo o pé, e contou os degraus na cabeça. As crianças pararam antes de chegarem ao topo, e ela sabia que tinham ficado sentadas no meio do caminho, ouvindo.

— Acho que todos já dissemos tudo que havia para ser dito — anunciou Carter.

— Você não pode me impedir de ir à polícia — disse Patricia.

— Não posso, Patty. Mas posso informá-los de que acho que a minha mulher não está em pleno domínio de sua razão. Porque a primeira pessoa para quem vão ligar não é um juiz para conseguir um mandado, e sim para o marido. Ed se certificou disso.

— Não dá para ficar mandando policiais para buscas inúteis — afirmou Ed.

Carter olhou o relógio de pulso.

— Acho que a única coisa que resta são as desculpas.

Os nervos de Patricia viraram pedra. E nesse ponto ela parou, segurou as estribeiras, dali ela não passaria.

— Se acha que vou até a casa daquele homem para lhe pedir desculpas, está redondamente enganado — disse ela, ficando de pé, tentando reproduzir o jeito como Grace falava.

Patricia tentou fazer contato visual com a amiga, que apenas olhava, triste, para a lareira apagada, sem encarar ninguém.

— Não precisa ir a lugar nenhum — anunciou Carter no momento em que a campainha tocou. — Ele concordou em vir até aqui.

Naquele instante, Leland foi até o hall e voltou com James Harris. Por mais difícil que fosse de acreditar, ele sorria. Usava uma camisa abotoada elegante para dentro da calça cáqui novinha em folha e um par de sapatos loafers marrons. Ele parecia um dono de barco. Parecia alguém de Charleston.

— Sinto muito por tudo isso, Jim — declarou Ed, se levantando e apertando a mão dele.

Todos os homens trocaram apertos de mão, e Patricia percebeu os ombros deles relaxando, a tensão nos rostos se dissolvendo. Ela notou que os maridos já o consideravam parte do grupo. James Harris se virou para as mulheres, analisando o rosto de cada uma delas e parando em Patricia.

— Pelo que entendi, tenho sido motivo de muita confusão e preocupação — disse ele.

— Acho que elas querem dizer algo a você — anunciou Leland.

— Me sinto péssimo por ter causado tanta confusão — afirmou James.

— Patricia? — chamou Carter.

Patricia sabia que o marido queria que ela fosse a primeira, para servir de exemplo para as outras, mas ela não precisava obedecer a ninguém, não era obrigada a fazer nada que não quisesse. Ele já a havia forçado a pedir desculpas uma vez. Não aconteceria de novo.

— Não tenho nada a dizer para o sr. Harris. Acho que ele não é quem diz ser e acredito que o mínimo necessário para verem que estou certa é darem uma olhada na vaga de depósito dele.

— Patricia... — insistiu Carter.

— Estou disposto a deixar tudo isso para trás, se Patricia concordar — disse James, dando um passo na direção dela com a mão esticada. — Vamos perdoar as coisas e esquecer tudo?

Patricia olhou para a mão dele, e o cômodo inteiro ficou desfocado enquanto ela sentia os olhares de todos sobre si.

— Sr. Harris, se não retirar a mão da minha frente agora mesmo, vou cuspir nela.

— Patty! — berrou Carter.

James deu um sorriso acanhado e recuou.

— Achei que éramos amigos — disse ele. — Sinto muito por ter feito qualquer coisa que a ofendeu.

— Aperte a mão dele agora mesmo como uma adulta — ordenou Carter.

— De jeito nenhum — respondeu ela.

— Você está envergonhando a si mesma e aos seus filhos — replicou Carter. — Estou pedindo para se desculpar.

Então Grace salvou o dia:

— Sr. Harris — disse ela, se levantando e indo até ele. — Por favor, aceite as minhas desculpas. Aparentemente, deixamos a nossa imaginação correr solta.

Ele apertou a mão dela, e depois, uma após a outra, as mulheres ficaram de pé e se desculparam, apertando a mão dele, e sorrindo, e se curvando, e beijando o anel dele, enquanto Patricia ficou lá, a princípio fervendo de raiva, e depois gélida.

— Gostaria de fazer um pedido, se for possível — disse James Harris.

— A essa altura, acho que estamos todos dispostos a fazer de tudo para deixar essa história morrer — afirmou Carter.

— Quanto mais me conhecerem — continuou James Harris —, mais vão perceber que não sou nenhum criminoso. Sou apenas um homem comum que se apaixonou por esta vizinhança e quer fazer parte dela. Só tememos aquilo que não conhecemos. Tenho causado muita ansiedade em Patricia, e com certeza não é apenas nela. Não quero que ninguém tenha medo de mim. Quero ser vizinho e amigo de vocês. Então, se concordarem, gostaria de me tornar um membro oficial do clube do livro. Vocês me receberam como convidado certa vez, e acho que será um bom lugar para conhecerem o meu verdadeiro eu.

Patricia não conseguia acreditar no que estava ouvindo.

— É uma sugestão generosa e inteligente — anunciou Carter. — Patty? Moças? O que acham?

Patricia não respondeu. Sabia que a sua opinião não importava mais.

— Acho que isso é um sim — disse Carter.

CAPÍTULO 22

Patricia não queria conversar naquela noite, e Carter teve o bom senso de não insistir. Ela foi se deitar cedo. Seu marido achava que não havia nada de errado? Então *ele* que se preocupasse com Korey e Blue. *Ele* que os alimentasse e os mantivesse em segurança. Lá embaixo, ela ouviu Carter sair e voltar com comida chinesa para os filhos, o começo, meio e fim de uma "Conversa Séria" vindo da sala de jantar. Depois que Korey e Blue foram para a cama, Carter dormiu no sofá.

Na manhã seguinte, Patricia viu o retrato de Destiny Taylor no jornal e leu a notícia com uma anuência atordoada. A menina de nove anos esperara sua vez de usar o banheiro do orfanato, pegou fio dental, deu várias voltas no pescoço e se enforcou no gancho de toalha. A polícia estava investigando se havia ocorrido abuso.

— Gostaria de conversar com você na sala de jantar — anunciou Carter da porta da saleta.

Patricia tirou os olhos do jornal. Carter estava com a barba por fazer.

— Aquela menina se matou — disse ela. — A menina sobre a qual falamos, Destiny Taylor, ela se matou, exatamente como dissemos que ia fazer.

— Patty, do meu ponto de vista, nós impedimos que um homem inocente fosse linchado.

— Era a filha da mulher daquele trailer em Six Mile. Você foi lá, viu a garota. Nove anos. Por que uma criança de nove anos se mataria? O que a levaria a fazer isso?

— Nossos filhos precisam de você. Você entende o que o seu clube do livro fez com o Blue?

— Meu clube do livro? — perguntou ela, atônita.

— As coisas mórbidas que vocês leem. Viu as fitas em cima da TV? Ele pegou *Noite e Neblina* na biblioteca. Tem imagens do Holocausto. Isso não é normal para um garoto de dez anos.

— Uma menina de nove anos se enforca com fio dental e você nem se questiona o porquê — disse Patricia. — Imagine se essa fosse a sua última lembrança de Blue... pendurado no gancho da toalha, o fio cortando o pescoço...

— Meu Deus, Patty, onde você aprendeu a falar desse jeito?

Ele foi para a sala de jantar. Patricia pensou em continuar no mesmo lugar, mas percebeu que aquilo não acabaria até que tivessem seguido todo o plano de Carter. Ela se levantou e foi atrás. O sol da manhã fazia as paredes amarelas do cômodo brilharem. Parado do outro lado da mesa, as mãos às costas, um dos pires do dia a dia diante de si, Carter a encarou.

— Percebi que tenho certa responsabilidade por ter deixado esta situação chegar aonde chegou — disse ele. — Você esteve sob grande estresse desde o que aconteceu com a minha mãe e nunca processou o trauma do ataque como deveria. Por ser seu marido, deixei a proximidade turvar o meu julgamento e não vi os sintomas.

— Por que está me tratando assim? — perguntou ela.

Ele a ignorou e continuou o seu discurso:

— Você leva uma vida solitária. Seus hábitos de leitura são mórbidos. Seus dois filhos estão passando por fases difíceis. Eu tenho um emprego estressante que exige muitas horas extras. Não percebi que você estava no limite.

Ele pegou o pires, levou-o até a ponta de Patricia na mesa e o pousou com um clique. Um comprimido verde e branco rolava no meio da louça.

— Já vi isso transformar a vida das pessoas — disse Carter.

— Não quero — replicou ela.

— Vai te ajudar a recuperar o equilíbrio — insistiu ele.

Ela pegou a cápsula com o dedão e o indicador. Na lateral, estava escrito: *Dista Prozac*.

— E tenho que tomar, senão você vai me largar? — perguntou ela.

— Não seja dramática. Estou te oferecendo ajuda.

Ele enfiou a mão no bolso e tirou de lá um frasco branco, que fez barulho quando Carter o colocou na mesa.

— Uma pílula, duas vezes ao dia, com o estômago cheio. Não vou contar os remédios. Não vou conferir se você tomou ou não. Pode jogar tudo no vaso, se quiser. Não estou tentando te controlar. Estou tentando ajudar. Você é a minha mulher e acredito que pode melhorar.

Ao menos ele teve a sensatez de não tentar beijá-la antes de se retirar.

Quando ficou a sós, Patricia pegou o telefone e ligou para Grace. A ligação acabou caindo na secretária eletrônica, então telefonou para Kitty.

— Não posso falar — disse Kitty.

— Viu o jornal? — perguntou Patricia. — Destiny Taylor está na página B-6.

— Não quero mais ouvir sobre essas coisas.

— Ele sabe que procuramos a polícia. Pense no que vai fazer com a gente.

— Ele está vindo para cá — informou Kitty.

— Você precisa sair daí — disse Patricia.

— Para jantar. Para conhecer a minha família. Horse quer mostrar pra ele que não temos ressentimentos.

— Mas por quê? — indagou Patricia.

— Porque Horse é assim — respondeu Kitty.

— Não podemos desistir só porque os homens de repente acham que ele é amigo deles.

— Você sabe o que podemos perder? — indagou Kitty. — O trabalho de Slick e Leland. O trabalho de Ed. Nossos casamentos, nossas famílias. Horse colocou todo o nosso dinheiro nesse projeto que está fazendo com Leland.

— Aquela menina morreu — insistiu Patricia. — Você não a viu, mas ela mal tinha completado nove anos.

— Não tem nada que a gente possa fazer agora. Precisamos cuidar das nossas famílias e deixar que cada um cuide da sua. Se tem alguém machucando crianças, a polícia vai encontrar quem é.

Mais uma vez, Grace não atendeu, então Patricia tentou Maryellen.

— Não posso falar — afirmou a outra. — Estou ocupada.

— Me liga depois, então — disse Patricia.

— Vou ficar ocupada o dia inteiro.

— Aquela menininha se matou. Destiny Taylor.

— Tenho que ir — insistiu Maryellen.

— Está na página B-6. Vai ter outra depois dela, e depois outra, e outra, e outra.

Maryellen falou com a voz baixa e firme:

— Patricia. Pare.

— Não precisa ser o Ed. Quais eram os nomes daqueles dois detetives? Cannon e Bussell?

— Não! — replicou Maryellen, alto demais. Patricia a ouviu ofegar do outro lado da linha e percebeu que a amiga chorava. — Espera — disse ela, e assoou forte o nariz.

Patricia a ouviu colocando o fone na mesa. Depois de um instante, Maryellen o pegou de volta.

— Tive que fechar a porta do quarto. Patricia, me escute. Quando morávamos em Nova Jersey, voltamos do aniversário de quatro anos de Alexa e a nossa porta estava escancarada. Alguém tinha invadido a casa e feito xixi no carpete da sala, derrubado todas as estantes, colocado as fotos do nosso casamento na banheira do andar de cima e ligado a torneira, para entupir o ralo e ela transbordar, inundando tudo. Nossas roupas foram picotadas.

Nossos colchões e todas as peças estofadas da mobília foram destroçados. E, na parede do quarto do bebê, escreveram *Morram porcos*. Com fezes.

Patricia ouviu o ruído da linha enquanto Maryellen recuperava o fôlego.

— Ed era policial e não conseguiu proteger a própria família — continuou Maryellen. — Aquilo o consumiu. Em vez de ir pro trabalho, ele ficava parado com o carro do outro lado da rua, observando a nossa casa. Perdeu turnos. Queriam dar algumas semanas de licença para ele, mas Ed precisava do dinheiro, então continuou indo. Não foi culpa dele, Patty, mas mandaram Ed pegar um ladrãozinho no shopping, o garoto tentou escapar, e Ed acabou batendo nele. Ele não teve a intenção, não chegou nem a bater tão forte, mas o garoto perdeu parte da audição do ouvido esquerdo. Foi uma dessas situações assustadoras. Não viemos para cá porque Ed estava procurando um lugar mais tranquilo. Viemos para cá porque foi o único lugar que encontramos. Ed pediu favores a meio mundo para ser transferido.

Ela assoou o nariz. Patricia esperou.

— Se alguém falar com a polícia — disse Maryellen —, vão acabar chegando a Ed. O garoto tinha onze anos. Ed nunca mais vai achar outro emprego. Quero que você prometa, Patricia. Já chega disso.

— Não posso — respondeu ela.

— Patricia, por favor... — insistiu Maryellen.

Patricia desligou.

Ela tentou Grace de novo. Mais uma vez, caiu na secretária eletrônica, então telefonou para Slick.

— Eu vi no jornal — disse a amiga. — Coitada dessa mãe.

O coração de Patricia relaxou.

— Kitty está com medo demais para fazer qualquer coisa — contou Patricia. — Ela fechou os olhos para isso. E a posição de Maryellen não é favorável, por causa do Ed.

— Aquele homem é do mal — disse Slick. — Veja como ele nos enrolou que nem pretzels e nos fez parecer bobas. Ele sabia exatamente como conseguir a confiança do Leland.

— Ele falou que o dinheiro que investiu no Gracious Cay era da Ann Savage — comentou Patricia. — Mas sem dúvida alguma era dinheiro sujo.

— Eu sei, mas agora ele é sócio do Leland. E se eu acusá-lo desse tipo de coisa, vou estar empurrando minha família pro buraco. Já estivemos na pior antes, Patricia. Não vou voltar a viver daquele jeito. Não vou fazer isso com os meus filhos.

— Mas estamos fazendo isso pela vida de crianças. É mais importante do que dinheiro.

— Você nunca perdeu a sua casa — replicou Slick. — Nunca teve que explicar para os seus filhos por que eles teriam que morar com a avó ou por que teriam que devolver o cachorro para o canil por não ter dinheiro para comprar ração.

— Se você tivesse conhecido Destiny Taylor, não conseguiria manter o seu coração duro assim — argumentou Patricia.

— Minha família é a minha vida — disse Slick. — Você nunca perdeu tudo. Eu já. Deixe que a mãe de Destiny se preocupe com ela. Sei que acha que isso me torna uma pessoa ruim, mas preciso olhar para minha casa e cuidar da minha família neste momento. Desculpe.

Mais uma vez, ninguém atendeu na casa de Grace, então Patricia pegou a bolsa e foi até a casa dela, saindo para a fornalha que estava o dia lá fora. Quando tocou a campainha, o suor já ensopava sua blusa. Esperou o toque agudo ecoar até morrer dentro da casa e apertou de novo. O som ficou mais alto quando a sra. Greene abriu a porta.

— Não sabia que você estava ajudando a Grace hoje — disse Patricia.

— Sim, madame — respondeu a sra. Greene, olhando feio para Patricia. — Ela não está se sentindo bem.

— Sinto muito — disse Patricia, tentando entrar.

A sra. Greene não se moveu. Patricia parou com um pé na soleira.

— Só quero dar um oi rápido.

A sra. Greene respirou fundo.

— Acho que ela não quer ver ninguém.

— Só vai levar um minuto. Ela te contou o que aconteceu ontem?

Algo confuso e conflitante passou pelos olhos da sra. Greene, que por fim respondeu:

— Contou.

— Tenho que dizer a ela que não podemos parar.

— Destiny Taylor morreu — informou a sra. Greene.

— Eu sei. Sinto muito.

— A senhora prometeu que a levaria de volta para a mãe, e agora a menina está morta — insistiu a sra. Greene.

Então virou de costas e se enfiou dentro da casa.

Patricia entrou também, sua pele se arrepiando no ambiente escuro e fresco. Nunca tinha sentido o ar-condicionado a uma temperatura tão baixa antes.

Passou pelo vestíbulo e chegou à sala de jantar. O lustre estava ligado, mas somente parecia deixar o cômodo mais escuro. Grace se encontrava sentada a uma ponta da mesa, usando calça de moletom e uma camisa de gola alta sob um suéter cinza. A mesa estava coberta de lixo.

— Patricia — disse ela. — Não estou com ânimo para visitas.

Havia geleia de morango no canto de sua boca. Porém, conforme se aproximava, Patricia viu que na verdade era a casca de um machucado em torno do lábio rachado.

— O que aconteceu? — perguntou, apontando para o mesmo lugar na própria boca.

— Ah — respondeu Grace, se forçando a parecer feliz. — Foi uma coisa boba. Acidente de carro.

— O quê? — perguntou Patricia. — Você está bem?

Ela vira Grace na noite anterior. Como a amiga tivera tempo de se envolver num acidente de carro?

— Fui ao mercado hoje de manhã — contou Grace, sorrindo. Aquilo reabriu a ferida, e Patricia viu o sangue brotar. — Estava saindo da minha vaga quando bati num homem em um jipe.

— Quem era? Você pegou os dados do seguro dele?

Grace respondeu antes mesmo de Patricia terminar a pergunta.

— Não houve necessidade. Não foi nada. Ele ficou mais abalado do que eu.

Grace lançou outro sorriso entusiasmado para a amiga. Patricia ficou enjoada, então olhou para a mesa, no intuito de se concentrar. Havia uma caixa de papelão numa das pontas, e a madeira escura estava coberta de cacos brancos de porcelana. Uma asa delicada surgia de uma curva de cerâmica, e Patricia reconheceu uma borboleta amarela e laranja, então a sua visão se expandiu e ela viu a mesa toda.

— A porcelana da sua avó — disse ela.

Não conseguiu evitar. As palavras simplesmente escapuliram de sua boca. O conjunto inteiro tinha sido destruído. Estilhaços estavam espalhados na mesa como ossos quebrados. Ela ficou horrorizada, como se estivesse vendo um cadáver mutilado.

— Foi um acidente — comentou Grace.

— James Harris fez isso? — perguntou Patricia. — Ele tentou intimidar você? Veio aqui e te ameaçou?

Ela desviou o olhar daquela carnificina e viu o rosto de Grace, que estava enfurecida.

— Nunca mais repita esse nome — disse Grace. — Nem para mim, nem para ninguém. Não se quiser que a nossa relação continue cordial.

— Foi ele.

— Não! — berrou Grace. — Você não está me escutando. Apertei a mão dele e pedi desculpa porque você nos fez de bobas. Você nos humilhou na frente dos nossos maridos, na frente de um estranho, na frente dos seus filhos. Tentei avisar, e você não quis ouvir, mas estou avisando agora. Assim que eu limpar essa... bagunça — a voz dela falhou —, vou telefonar para todo mundo do clube do livro e dizer que, sem sombra de dúvida, esse assunto está encerrado e que nunca mais ninguém deverá fazer qualquer menção a ele. E vamos aceitar esse homem no clube do livro e fazer o necessário para esquecer que tudo isso aconteceu.

— O que ele fez com você? — indagou Patricia.

— Você fez isso comigo — rebateu Grace. — Me fez confiar em você. E eu fiz papel de idiota. Você me humilhou na frente do meu marido.

— Não...

— Você me envolveu nessa sua brincadeira. Criou aquele teatrinho amador na sua sala de estar e, de alguma forma, me convenceu a participar... eu só podia estar louca.

Os acontecimentos daquela manhã invadiram os membros de Patricia feito lodo, preenchendo-a enquanto Grace falava.

— Essa novela sórdida que criou entre você e James Harris — disse Grace —, eu quase poderia suspeitar que você estava... sexualmente frustrada.

Patricia não conseguiu se conter. Aquela raiva não era dela. Ela era apenas um canal. A raiva vinha de outro lugar, não havia como ser dela, tanta raiva assim.

— O que você faz o dia inteiro, Grace? — questionou, ouvindo a própria voz ecoando pelas paredes da sala de jantar. — Ben está na faculdade. Bennett trabalha. Tudo que você faz é desprezar o restante de nós, se esconder nessa casa e fazer faxina.

— Já parou para pensar na sorte que tem? Seu marido se mata de trabalhar para dar casa e comida para você e os seus filhos. Ele é gentil e não levanta a voz quando fica com raiva. Todas as suas necessidades são atendidas e, ainda assim, você se rende a essas fantasias sórdidas por tédio.

— Eu sou a única pessoa que enxerga a realidade — retrucou Patricia. — Tem alguma coisa errada acontecendo, uma coisa maior do que a porcelana da sua avó, ou o seu polidor de prata, ou a sua educação, ou o livro do mês que vem, e você está morta de medo de encarar isso. Então, simplesmente fica enfiada em casa, limpando tudo feito uma boa esposinha.

— Você fala como se isso não fosse nada — reclamou Grace. — Eu *sou* uma boa pessoa, e *sou* uma boa esposa, e *sou* uma boa mãe. E, sim, limpo a minha casa, porque é meu papel. É a minha função no mundo. É o que estou aqui para fazer. E fico satisfeita com isso. E não preciso sonhar que sou... que sou a Nancy Drew para ser feliz. Posso ser feliz com o que faço e com quem eu sou.

— Limpe à vontade — disse Patricia. — Mas sempre que Bennett beber, ele vai arrebentar a sua boca.

Grace ficou em choque. Patricia não conseguia acreditar que tinha falado aquilo. Elas ficaram assim por um bom tempo, paralisadas na sala de jantar congelante, e Patricia soube que aquela amizade jamais se recuperaria. Deu meia-volta e se retirou.

Ela se virou para a sra. Greene, que tirava o pó do corrimão do vestíbulo.

— Você não acredita, não é? — indagou Patricia. — Você sabe quem ele é.

A sra. Greene estava com o rosto totalmente calmo.

— Conversei com a sra. Cavanaugh, e ela me explicou que vocês não vão mais poder me ajudar — informou a sra. Greene. — Ela me falou que todo mundo em Six Mile está por conta própria. Explicou tudo para mim com todos os detalhes.

— Não é verdade.

— Está tudo bem — disse a sra. Greene, com um sorriso fraco. — Eu entendo. Daqui para a frente, não espero nada de nenhuma de vocês.

— Eu estou do *seu* lado. Só preciso de um tempo para a poeira baixar.

— Você está do *seu* lado — respondeu a sra. Greene. — Não se engane quanto a isso.

Então, ela deu as costas a Patricia e continuou a espanar a casa de Grace.

Algo explodiu no cérebro de Patricia, e, quando deu por si, ela estava entrando abruptamente na própria casa, de pé no jardim de inverno, vendo Korey esticada na poltrona diante da TV.

— Quer, por favor, abaixar isso e ir para a cidade, ou para a praia, ou para qualquer lugar? — gritou Patricia. — É uma hora da tarde.

— O papai falou que não preciso mais obedecer às suas ordens — respondeu Korey. — Ele disse que você está passando por uma fase.

Aquilo provocou um incêndio dentro dela, mas Patricia teve a clareza de ver como era cuidadosa a armadilha que Carter montara ao seu redor. Qualquer coisa que ela fizesse provaria que ele tinha razão. Patricia conseguia ouvi-lo falando, com o seu tom calmo de psiquiatra: *Este é um sinal do quanto você está doente, não conseguir ver o quanto está doente.*

Ela respirou fundo. Não reagiria. Não se envolveria mais naquilo. Foi até a sala de jantar e viu o Prozac no pires e o frasco de comprimidos ao lado. Ela os pegou e levou tudo para a cozinha.

Diante da pia, ligou a água e jogou a pílula no ralo. Abriu o frasco e olhou para ele por um momento. Então pegou um copo, encheu-o de água e começou a tomar todos os comprimidos, um a um.

CAPÍTULO 23

O fedor doce de ketchup queimado subiu pelas narinas de Patricia, escorregou pelos sinos nasais e grudou na garganta. Ela passou a língua pelo interior da boca e sentiu o gosto amargo de algo cobrindo os dentes. O crânio deu um solavanco quando o corpo foi para a frente, e ela abriu os olhos no momento em que uma enfermeira levantava sua cama hospitalar de lençóis brancos e com uma grade de proteção bege. Carter estava ali do lado.

— Isso não é necessário — disse ele à enfermeira.

Patricia viu uma bandeja vermelha de plástico num carrinho em frente a ela e um prato coberto que fedia a ketchup queimado. A enfermeira ergueu a tampa, e Patricia viu três almôndegas cinzentas sobre um monte molenga de espaguete amarelo coberto de ketchup.

— Preciso deixar a refeição — respondeu a mulher.

— Então coloque ali — indicou Carter, e a enfermeira deixou a bandeja em cima de uma cadeira ao lado da porta e saiu. — Diga para mim que você errou a dosagem. Que você cometeu um erro.

Ela não queria falar sobre isso naquele momento. Patricia virou o rosto e, pela janela, viu os raios de sol do fim da tarde iluminando os últimos andares do prédio de Ciências Básicas. Notou que estava na unidade psiquiátrica.

— Fiquei com algum dano cerebral? — perguntou ela.

— Sabe quem te encontrou? — questionou Carter, colocando as mãos na grade da cama. — Blue. Ele tem dez anos e viu a mãe tendo uma convulsão no chão da cozinha. Você provavelmente teria, sim, sofrido um dano cerebral, se ele não tivesse a esperteza de ligar para a emergência. No que estava pensando, Patty? Você ao menos *estava* pensando?

Lágrimas quentes escaparam dos olhos dela, uma de cada vez, caindo no nariz e escorrendo pelos lábios.

— Blue está aqui? — indagou ela.

— Não sei o que há de errado com você, Patty, mas juro que vamos descobrir.

Ela se sentiu como uma das questões discursivas nas provas dos filhos, mas não tinha o direito de protestar. Blue devia ter ficado horrorizado quando a encontrou tendo espasmos no chão da cozinha. Aquilo o assombraria pelo resto da vida. O odor quente e fibroso das almôndegas fez seu estômago se revirar.

— Eu não estava tentando me matar — disse ela, a mandíbula tensa.

— Ninguém mais vai acreditar em você. Foi uma grave tentativa de suicídio, não importa como tente explicar isso. Vai ter que ficar em observação aqui por vinte e quatro horas, mas a primeira coisa que vou fazer amanhã de manhã é te dar alta. Não existe nada de errado com você que não possa ser resolvido em casa. Mas antes que qualquer coisa aconteça, preciso saber: foi por causa de James Harris?

— O quê? — indagou ela, se virando para encarar o marido.

A expressão dele era magoada, franca e bruta. Seus dedos balançavam com força a grade de proteção da cama.

— Você é a minha vida — declarou ele. — Você e as crianças. Nós dois crescemos juntos. E, de repente, você fica obcecada por Jim, não consegue parar de pensar nele, não consegue parar de falar dele, e aí faz isso. A mulher com quem eu casei nunca tentaria se matar. Não seria do seu feitio.

— Eu não estava… — começou ela, tentando se explicar. — Não queria morrer. Só estava com muita raiva. Você queria tanto que eu tomasse aqueles comprimidos, então tomei.

Carter fechou a cara de imediato, como uma porta de aço.

— Não se atreva a colocar a culpa em mim — disse ele.

— Não estou fazendo isso. Por favor.

— Por que essa fixação por Jim? O que existe entre vocês dois?

— Ele é perigoso — respondeu ela, e os ombros do marido se encurvaram e ele deu as costas para a cama. — Sei que você acha James Harris indispensável para o funcionamento do universo, mas ele é um homem perigoso, mais do que você imagina.

E, por um instante, Patricia pensou em contar a Carter o que havia lido tantas semanas antes. Depois daquela passagem de *Drácula* sobre a necessidade de ser convidado para entrar em qualquer casa, ela sentou e releu o livro inteirinho, e, no meio, passou por uma frase que lhe fez parar e deixou suas mãos geladas.

"*Ele comanda todas as coisas cruéis*", disse Van Helsing aos Harker, explicando os poderes de Drácula. "*O rato, a coruja e o morcego...*"

O rato.

Naquele momento, ela soube quem fora o responsável pela morte da srta. Mary. Quase nunca tivera tanta certeza sobre alguma coisa. Patricia pensou no que Carter diria se soubesse que o seu amigo havia mandado sua mãe para o hospital, com uma das mãos carcomidas e o rosto em carne viva. Mas também sabia com absoluta certeza que, se falasse aquilo para o marido, ele nunca mais a deixaria sair daquele quarto.

— Eu preferia que você estivesse tendo um caso com ele — disse Carter. — Tornaria essa fixação mais fácil de entender. Mas isso é doentio.

— Ele não é quem você pensa.

— Sabe o que está em risco aqui? — perguntou Carter. — Sabe o quanto essa obsessão está custando para a sua família? Se continuar nesse caminho, vai perder tudo que construímos juntos. *Tudo*.

Ela pensou em Blue entrando na cozinha para fazer um lanche e encontrando a mãe se revirando no chão, e tudo o que queria fazer era abraçar o filho e dizer que estava bem. Que tudo ficaria bem. Mas não estava tudo bem, não enquanto James Harris fosse vizinho deles.

Carter foi até a porta. Parou ao chegar lá e, num ato muito dramático, falou com ela sem olhar para trás:

— Não sei se você se importa. Mas formaram um comitê de seleção para substituir Haley.

— Ah, Carter... — murmurou ela, triste de verdade pelo marido.

— Todo mundo ficou sabendo da sua internação na psiquiatria. Haley me procurou de manhã para me dizer que preciso focar na minha família agora, e não na minha carreira. Suas ações afetam os outros, Patricia. O mundo não gira ao seu redor.

Ele a deixou sozinha no quarto, e ela ficou observando o sol se enfiar lentamente atrás do prédio de Ciências Básicas, tentando imaginar se a vida voltaria ao normal em algum momento. Tinha estragado tudo. Tudo que qualquer pessoa sabia a seu respeito havia sido destruído por suas próprias ações. Dali em diante, ela seria *instável*, não importava o que fizesse. Como os filhos conseguiriam confiar nela de novo? O cheiro das almôndegas a deixou enjoada.

Ela ouviu um barulho na porta e viu Carter entrando com os filhos. Korey tropeçou, o cabelo sobre o rosto, vestindo uma camiseta tie-dye e calça jeans branca rasgada no joelho. Blue usava um short azul-marinho e uma camiseta vermelha escrito *Iraq-na--phobia*. Tinha em mãos um livro grosso da biblioteca chamado *Auschwitz: O relato de um médico*. Korey arrastou a única cadeira pelo chão e a largou o mais longe possível de Patricia. Blue se encostou na parede ao lado da irmã.

Patricia queria tanto abraçar os filhos que esticou as mãos, mas algo prendeu seus pulsos. Ela olhou para baixo, confusa, e viu que as mãos estavam presas à cama com grossas tiras pretas de velcro.

— Carter?

— Não sabiam se você ia tentar fugir — disse ele. — Quando eu falar com o médico, vou pedir para tirarem.

Mas Patricia sabia que ele tinha feito aquilo de propósito. Enquanto ela estava inconsciente, Carter devia ter dito que a esposa poderia tentar fugir, porque era assim que queria que os filhos a vissem. Tá bom, ele podia fazer seus joguinhos, mas Patricia ainda era a mãe daquelas crianças.

— Blue — chamou ela. — Gostaria de um abraço, se você concordar.

Ele abriu o livro e fingiu ler, encostado na parede.

— Sinto muito por você ter me visto daquela maneira — disse Patricia baixinho para o filho, com a voz calma. — Fiz uma coisa idiota, tomei comprimidos demais e acabei passando mal. Eu poderia ter ficado com sequelas graves se você não fosse corajoso o bastante para ligar para a emergência. Obrigada por isso, Blue. Amo você.

Ele abriu cada vez mais o livro, até juntar a capa com a contracapa. Do outro lado do quarto, Patricia ouviu a lombada rachando.

— Blue — chamou de novo. — Sei que está com raiva de mim, mas não se faz isso com um livro.

Ele largou o livro no chão com um *tum* e, quando se abaixou para pegá-lo, o segurou pelas páginas, que rasgaram na sua mão.

— Você está com raiva de mim, filho — disse Patricia. — Não do livro.

Então Blue começou a gritar, o rosto vermelho, balançando o livro pelas folhas, a capa indo para cima e para baixo.

— Cala a boca! — berrou ele, e Korey se inclinou e tapou os ouvidos. — Eu te odeio! Eu te odeio! Você tentou se matar porque é maluca, e agora está presa numa cama de hospital, e vão te mandar para o hospício. Você não ama a gente! Só se importa com os seus livros idiotas!

Ele agarrou as páginas do livro e as rasgou freneticamente, deixando os pedaços de papel caírem no chão. Eles se espalharam pelo quarto, indo parar debaixo da cama e da cadeira. Então jogou a capa, agora só um pedaço de papel grosso, em Patricia, acertando-a na perna.

— *Cala a boca!* — rugiu Carter, e Blue parou, sem conseguir dar nem mais um pio, o rosto retorcido de raiva, as bochechas manchadas de lágrimas, o nariz escorrendo, os punhos cerrados, o corpo tremendo.

Patricia precisava ir até ele, abraçar o filho e expulsar aquela raiva do menino, mas estava presa na cama. Carter continuou perto da porta, sem se mexer, os braços cruzados, analisando a cena que tinha criado, sem confortar o filho nem libertar os braços da esposa para que ela pudesse fazer isso, e Patricia pensou: *Nunca vou te perdoar por isso. Nunca. Nunca. Nunca.*

— Pode me dar dinheiro para eu ir na máquina de vendas? — murmurou Korey.

— Filha — chamou Patricia. — Você sente o mesmo que o seu irmão?

— Pai? — insistiu Korey, ignorando Patricia. — Pode me dar dinheiro?

Carter desviou o olhar da esposa e assentiu, enfiando a mão no bolso traseiro e pegando a carteira. O único som no quarto era o de Blue chorando.

— Korey? — tentou mais uma vez Patricia.

— Aqui — disse Carter, entregando algumas notas a ela. — Leve o seu irmão. Encontro vocês lá num minuto.

A garota ficou de pé e saiu, guiando Blue pelo ombro. Ela não olhou para a mãe uma vez sequer.

— Pronto, Patty — disse Carter, depois que as crianças saíram. — É isso que você está fazendo com os seus filhos. Então como vai ser? Vai continuar com essa obsessão com alguém que nem conhece direito? O que ele fez exatamente? Ah, lembrei: nada. Ele não fez absolutamente nada. Não foi acusado de nada. A única pessoa que acha que ele fez algo de errado é você, e você não tem evidências, provas, nada além de *pressentimentos*. Pode continuar com essa fixação por ele ou voltar a sua atenção para onde ela pertence: sua família. A escolha é sua. Já perdi a minha promoção, mas os nossos filhos ainda têm salvação. Isso ainda pode ser corrigido, mas preciso de uma parceira, não de alguém que só vai continuar piorando as coisas. Essa é a decisão que você precisa tomar. Jim ou a gente? O que vai ser, Patty?

TRÊS ANOS DEPOIS...

PERIGO REAL E IMEDIATO

Outubro de 1996

CAPÍTULO 24

Patricia ficava nervosa quando Carter usava o telefone celular enquanto dirigia, mas ele era um motorista melhor do que ela, e, além disso, os dois já estavam atrasados para o clube do livro, sinal de que seria difícil encontrar uma vaga.

— E você vai fazer um upgrade digno de um rei para mim — disse ele, largando completamente o volante para ligar a seta.

O BMW vermelho-escuro fez uma curva suave para a Creekside. Patricia não gostava quando Carter dirigia assim, mas, por outro lado, aquele era um dos poucos momentos em que o marido não estava escutando Rush Limbaugh e sua ladainha conservadora no rádio. Não dava para ganhar todas.

— Pode mandar a conta para a Consultoria Clínica Campbell — disse Carter. — O endereço está na nota fiscal que enviei por fax.

Ele fechou o celular e começou a cantarolar.

— É a sexta palestra — falou. — A agenda está bem agitada para o outono. Não tem problema mesmo eu ficar fora de casa por tanto tempo?

— Vou sentir saudade — respondeu ela. — Mas a faculdade não é de graça.

Ele dirigiu pelos túneis frescos formados pelas árvores da Creekside, a luz do fim de tarde piscando entre as folhas, formando um degradê sobre o para-brisa e o capô.

— Ainda podemos fazer a obra na cozinha, se quiser — disse Carter. — Temos dinheiro para isso.

Mais adiante, Patricia viu a parte de trás do Chevy Blazer de Horse parado no final de uma longa fila de Saabs, Audis e Infinitis. Estavam a um quarteirão da casa de Slick e Leland, mas os carros estacionados chegavam até ali.

— Tem certeza? — perguntou Patricia. — Ainda não sabemos para onde Korey está pensando em ir.

— Ou se ela está pensando — disse Carter, parando atrás do Chevy de Horse, mas deixando um bom espaço entre os carros. Naqueles dias, não era bom arriscar estacionar muito perto de Horse.

— E se ela escolher um lugar como a NYU ou a Wellesley? — indagou Patricia, desafivelando o cinto de segurança.

— As chances de Korey entrar na NYU ou na Wellesley são as mesmas de um porco nascer com asas — opinou Carter, dando um beijo na bochecha dela. — Pare de se preocupar com isso. Vai acabar ficando doente.

Eles saíram do carro. Patricia odiava sair de carros. De acordo com a balança do banheiro, ela ganhara cinco quilos, e notava a presença deles nos quadris e na barriga, além de mexerem um pouco com seu equilíbrio. Ela não achava que ficava mal com o rosto mais redondo, contanto que armasse mais o cabelo com laquê, mas se sentia deselegante toda vez que precisava desembarcar de um carro.

Ela gingou... *caminhou* pela rua com Carter, o friozinho de outubro fazendo seus braços se arrepiarem. Segurou o livro do mês com mais força — por que Tom Clancy precisava de mais páginas do que a Bíblia para contar uma história? —, e Carter abriu o portão na cerca branca de comercial de margarina em torno do quintal de Slick e Leland. Juntos, seguiram até a casa grande e vermelha feito um celeiro, cujos detalhes — até as pedras que decoravam o jardim — faziam parecer que ficava na Nova Inglaterra.

Carter tocou a campainha, e Slick abriu a porta na mesma hora. Usava gel e mousse, e a boca era pequena demais para o batom, mas ela pareceu feliz de verdade em vê-los.

— Carter! Patricia! — gritou ela, radiante. — Vocês estão fabulosos.

Nos últimos tempos, Patricia ficara surpresa ao perceber que a razão principal para continuar frequentando o clube do livro era ver Slick.

— Você também — disse Patricia, com um sorriso genuíno.

— Esse colete não é lindo? — Slick abriu os braços. — Leland comprou para mim na Kerrison's por uma pechincha.

Não importava quantas placas da Imobiliária Paley se viam por Mt. Pleasant, ou quanto Slick falava de dinheiro, ou exibia coisas que Leland tinha comprado para ela, ou tentava fofocar sobre o Colégio Albemarle agora que Tiger tinha enfim sido aceito lá — para Patricia, ela era uma pessoa com profundidade.

— Vamos lá para trás! — disse Slick, levando-os para o falatório claustrofóbico e exagerado do clube do livro.

A sala de jantar de Slick estava cheia de convidados, e Patricia virava os quadris de um lado a outro para evitar encostar em alguém conforme a anfitriã os guiava pela escada, passando por todas as prateleiras de suas coleções — bibelôs de pássaros, pequeninos chalés de cerâmica e móveis de prata em miniatura —, as novas placas com frases ainda mais motivacionais e os relógios de pulso colecionáveis em quadros com fundo de veludo.

— Oi, oi! — Patricia cumprimentou Louise Gibbes quando a encontrou. Em seguida, elogiou Loretta Jones: — Você está fabulosa, Loretta.

— Seu Gamecocks levou uma surra no sábado, hein — disse Carter a Arthur Rivers, dando tapinhas no ombro dele sem nunca parar.

Eles saíram do vestíbulo e se encaminharam para a nova área nos fundos da casa. De repente, o pé-direito estava mais alto, revelando uma série de clarabóias. Aquele novo cômodo chegava quase ao limite do terreno dos Paley e era um espaço enorme para entretenimento, com cada centímetro lotado de gente. O clube devia contar com quarenta membros agora, e Slick era a única pessoa com uma casa grande o suficiente para receber todos.

— Sirvam-se — disse ela em meio ao burburinho das conversas ecoando no teto alto e nas paredes distantes, decoradas com ferramentas de fazenda pitorescas. — Tenho que encontrar Leland. Viram isso? Ele me deu um relógio do Mickey. Não é uma graça?

Ela balançou o pulso na cara de Patricia, toda animada, então se embrenhou por uma floresta de colunas, braços e mãos portando taças e pratos trazidos pelo serviço de bufê. Todo mundo tinha um exemplar de *Perigo real e imediato* embaixo do braço ou apoiado nas costas das cadeiras.

Patricia procurou por alguém conhecido e viu Marjorie Fretwell perto da mesa de comida. Elas trocaram dois beijinhos, como as pessoas costumavam fazer naquela época.

— Você está maravilhosa — disse Marjorie.

— Você perdeu peso? — indagou Patricia.

— Fez alguma coisa diferente no cabelo? — perguntou Marjorie de volta. — Adorei.

Às vezes, Patricia ficava incomodada com a quantidade de tempo que elas perdiam dizendo como estavam lindas, como pareciam incríveis, como eram fantásticas. Três anos antes, teria suspeitado de que Carter havia telefonado para as pessoas e pedido que animassem Patricia quando a vissem, mas agora percebia que todo mundo fazia isso o tempo inteiro.

No entanto, qual era o problema de aproveitar aquelas bênçãos? Havia tantas coisas boas na vida deles. Por que não celebrá-las?

— Ei, cara! — gritou alguém, e Patricia viu o rosto vermelho de Horse aparecendo atrás de Marjorie. — Aquele seu marido tá por aí?

Ele se inclinou, de um jeito meio desequilibrado, e deu um beijo na bochecha de Patricia. Não tinha feito a barba, e um cheiro fermentado de cerveja rodeava sua cabeça feito uma nuvem.

— Não perderia essa por nada — disse Carter, surgindo atrás de Patricia.

— Você não vai acreditar, mas ficamos ricos de novo — afirmou Horse, colocando a mão no ombro de Carter para se equilibrar. — Na próxima ida ao clube, a bebida fica por minha conta.

— Não se esqueça de que temos outros quatro que querem ir para a faculdade — interveio Kitty, entrando no círculo e enroscando o braço em Patricia.

— Não seja mesquinha, mulher! — berrou Horse.

— Assinamos os contratos hoje — explicou Kitty.

— Quando eu encontrar Jimmy H., vou dar um beijo nele — disse Horse. — Na boca!

Patricia sorriu. James Harris tinha transformado por completo a vida de Kitty e Horse. Ele resolvera a questão do gerenciamento de Seewee Farms, contratara um jovem para resolver os pormenores do lugar e convencera Horse a vender quarenta e cinco hectares para um empreiteiro. A venda enfim tinha se concretizado.

E aquilo não havia acontecido só com Kitty e Horse. Todos eles, incluindo Patricia e Carter, tinham investido cada vez mais dinheiro no Gracious Cay, e como investidores de fora continuavam a aparecer, eles criaram linhas de crédito com as suas partes. Parecia que não parava de cair dinheiro do céu.

— Você precisa ir comigo no sábado — disse Horse para Carter. — Para comprar um barco.

— Como estão as crianças? — perguntou Patricia a Kitty, porque era o tipo de coisa que se dizia.

— Finalmente convencemos Pony a dar uma olhada na Citadel — respondeu Kitty. — Não quero que ele vá para a Carolina ou para Wake Forest. Ficaria longe demais.

— É melhor quando ficam por perto — concordou Marjorie.

— E Horse quer outro homem da Citadel na família — comentou Kitty.

— É um diploma que abre portas — opinou Marjorie. — De verdade.

Enquanto Marjorie e Kitty conversavam, Patricia começou a se sentir cada vez mais confinada. Não sabia por que a voz de todo mundo estava tão alta, ou por que a lombar estava fria e ensopada de suor, ou por que suas axilas coçavam. Então sentiu o cheiro de almôndegas fervendo no *rechaud* de metal na mesa de bufê ao seu lado.

Carter e Horse riram alto de algo, e Horse colocou a cerveja na mesa de bufê, e logo já tinha outra na mão, e Kitty falou alguma coisa sobre Korey, e o fedor familiar de ketchup encheu o crânio de Patricia e impregnou a sua garganta.

Ela se forçou a parar de pensar naquilo. Era melhor não pensar. A vida havia voltado ao normal. A vida estava melhor do que o normal.

— Vocês viram as notícias sobre aquela escola em Nova York? — perguntou Kitty. — Os alunos precisam chegar às cinco da manhã porque leva duas horas e meia para passarem pelo detector de metais.

— Mas o importante é que estarão seguras — disse Marjorie.

— Com licença — pediu Patricia.

Ela esbarrou em alguns ombros e costas para passar, virando os quadris para o lado, morrendo de medo de derrubar a bebida de alguém, abrindo caminho por retalhos de conversa, pois precisava se afastar daquele cheiro.

— ... estou levando ele para conhecer a universidade...

— ... você perdeu peso...

— ... melhor vender as ações da Netscape...

— ... o presidente é um idiota, é a mulher dele que...

Kitty não fora visitá-la no hospital.

Patricia não queria guardar rancor, mas o pensamento surgira na sua cabeça pela primeira vez em anos.

"Você recebeu alta tão rápido", dissera para Patricia ao telefone. "Eu ia te visitar assim que conseguisse me organizar, mas, quando isso aconteceu, você já tinha voltado para casa."

Patricia se lembrava de Kitty implorando para que ela a tranquilizasse: "Com todos aqueles comprimidos, você só errou a quantidade, não foi?"

Foi isso que aconteceu, concordara Patricia, e Kitty ficou muito grata que a conversa não precisaria ir além nem acabar ainda mais confusa, e Patricia por sua vez ficou muito grata por todo mundo ter deixado o assunto pra lá e nunca mais voltado a mencioná-lo, tão grata, na verdade, que não havia percebido como estava magoada por não ter recebido a visita de nenhuma delas no hospital. Na época, ficou apenas grata. Grata por ninguém chamá-la de suicida ou tratá-la de forma diferente. Grata pela facilidade que foi voltar à sua antiga vida. Grata pelo novo píer, pela viagem a Londres, pela cirurgia para corrigir a orelha, pelos churrascos no quintal e pelo carro novo. Ficara grata por muitas coisas.

— Água gelada, por favor — disse ela ao homem negro com luvas brancas atrás do bar.

A única que a visitara no hospital foi Slick. Ela apareceu às sete da manhã, bateu suavemente na porta aberta, entrou e se sentou ao lado de Patricia. Não falou muito. Não ofereceu nenhum conselho ou sabedoria, nenhuma ideia ou opinião. Ela não precisava que a convencessem de que fora um acidente. Apenas ficou lá, segurando a mão de Patricia numa espécie de oração silenciosa, e, mais ou menos às 7h45, falou: "Todas nós precisamos melhorar." E foi embora.

Era a única delas com quem Patricia ainda se importava. Não guardava muito rancor de Kitty e Maryellen, e todas se encontravam socialmente, mas agora só via Grace no clube do livro. Quando isso acontecia, Patricia pensava nas coisas que havia falado e que gostaria de esquecer.

Com o copo gelado na mão, ela se virou, feliz por não sentir mais o cheiro das almôndegas, e viu Grace e Bennett ao seu lado.

— Olá, Grace — cumprimentou. — Bennett.

Grace não se moveu; Bennett permaneceu parado. Ninguém se inclinou para um abraço. Bennett segurava um copo de chá gelado em vez de uma cerveja. Grace tinha perdido peso.

— Veio bastante gente — comentou Grace, olhando ao redor.
— Gostou do livro deste mês? — indagou Patricia.
— Com certeza aprendi muito sobre a guerra às drogas.

Eu odiei, Patricia queria dizer. Todo mundo falava da mesma maneira rápida e máscula que se esperaria de um vendedor de seguros fantasiando sobre a guerra. Cada frase tinha DDOs, DDIs, LPIs, E-2s, F-15s, MH-53Js e C-141s. Patricia não entendia metade do que lia, as únicas mulheres na trama eram bobas ou prostitutas, não havia nada sobre a vida delas e mais parecia uma propaganda do Exército.

— Foi esclarecedor — concordou Patricia.

James Harris transformara o clube do livro delas naquilo. Convenceu os maridos a participarem e então começaram a ler cada vez mais livros de Pat Conroy ("É um autor da área") e Michael Crichton ("Tem conceitos fascinantes"), e *O encantador de cavalos*, e *Todos os belos cavalos*, e *Bravo Two Zero*, e às vezes Patricia se desesperava ao pensar no que leriam a seguir — *A profecia celestina*? *Canja de galinha para a alma*? —, mas, na maior parte do tempo, se impressionava com a quantidade de pessoas que ia às reuniões.

Era melhor não pensar naquilo. Tudo muda, e era realmente tão ruim assim que mais pessoas quisessem discutir sobre livros?

— Precisamos encontrar lugares para nos sentar — declarou Grace. — Com licença.

O casal voltou para a multidão. Os spots de luz ficaram mais fortes conforme o céu lá fora escurecia, e ela voltou para seu grupo. Ao chegar mais perto, sentiu cheiro de sândalo e couro. As pessoas abriam caminho, e ela viu Carter todo animado conversando com alguém. Ao passar pelo último indivíduo que bloqueava sua visão, percebeu que era James Harris, usando uma camisa azul com as mangas dobradas à perfeição, a calça cáqui sem nenhum vinco, o cabelo milimetricamente despenteado e a pele iluminada, exalando saúde.

— Você nem acredita em como vou estar ocupado neste outono — dizia Carter. — Seis palestras antes de janeiro. Vai ter que ficar de olho na minha casa.

— Ah, você sabe que no fundo está doido para isso — replicou James Harris, e os dois riram.

Os passos de Patricia vacilaram e ela ralhou consigo mesma por não querer ver James Harris, que fizera tanto por eles. Se forçou a ir até lá com um grande sorriso no rosto. Àquela altura, James Harris era o conselheiro de negócios de Leland. Ele se dizia consultor. Como não podia sair de dia, compensava trabalhando durante a noite. Analisou com muito cuidado os planos para Gracious Cay, cortejava investidores externos em jantares que dava em casa e, às vezes, quando Patricia passava lá em frente, caminhando pela Middle Street de manhã bem cedo, ainda conseguia sentir o cheiro de fumaça de charuto. Ele era o homem dos telefonemas, encorajava as pessoas a sair da zona de conforto, até convenceu Leland a deixar o cabelo crescer. O sujeito estava sempre de olho no futuro.

— Vamos ter que te arrumar uma esposa para você saber como é ter cabresto curto — comentou Carter.

— Ainda não encontrei ninguém que valesse a minha liberdade — respondeu James.

Ele e Carter agora eram quase como irmãos. Havia sido James Harris quem convencera Carter a abandonar o serviço público. Havia sido James Harris quem convencera Carter a entrar no circuito de palestras, em que exaltava as virtudes do Prozac e da Ritalina para médicos em congressos em hotéis chiques, bancados pela indústria farmacêutica. James Harris era o responsável por todo o dinheiro que se acumulava na conta bancária deles, que garantiria a faculdade de Korey, a reforma da cozinha e a quitação do BMW. E, sim, de vez em quando, o telefone tocava depois de Carter voltar de uma das suas viagens, e uma moça jovem perguntava pelo dr. Campbell, ou, de vez em quando, o chamava de Carter mesmo, mas Patricia sempre dava o número do escritório, e quando ela perguntava para o marido quem eram, ele sempre respondia "Malditas secretárias" ou "A bosta da garota da agência de viagens", e ficava tão nervoso com aquilo que Patricia enfim parou de perguntar. Só continuou a dar o número do escritório quando elas ligavam, e tentava não pensar no assunto, porque sabia que as ideias podiam entrar na sua cabeça e tomar caminhos tortuosos com muita facilidade.

— Patricia! — disse James Harris. — Você está linda!

— Olá, James — cumprimentou ela enquanto ele lhe dava um abraço.

Ela ainda não estava acostumada a tantos abraços, então ficou parada e permitiu que ele a envolvesse.

— Esse aqui acabou de me contar que vou jantar com vocês durante todo o outono — comentou James Harris. — Para ficar de olho em você enquanto ele está fora.

— Mal podemos esperar — disse Patricia.

— Você entendeu alguma coisa do livro desse mês? — perguntou Kitty. — Todo aquele jargão militar me deixou tonta.

— Helicópteros! — berrou Horse, levantando o copo de cerveja.

E os homens começaram a discutir sobre a guerra às drogas, e os problemas nos centros urbanos, e os detectores de metal nas escolas, e James Harris falou algo sobre bebês que já nasciam viciados em crack por causa do uso durante a gestação, e, por um instante, Patricia o viu com sangue escorrendo pelo queixo, uma coisa que não era humana se retraindo de volta para a sua boca, e então expulsou aquela imagem da cabeça e o viu da maneira usual — acenando enquanto passeava pela vizinhança durante as noites, no clube do livro, sentado à mesa deles quando Carter o convidava para jantar. Estava escuro na parte de trás do seu furgão. Fazia muito tempo. Ela nem sabia ao certo o que vira. Provavelmente não tinha sido nada. James Harris fez muito por eles.

Era melhor não pensar nisso.

CAPÍTULO 25

— E aí, o que ele disse? — perguntou Carter. Ele parou de enfiar camisetas e meias na mala aberta na beirada da cama.

— O diretor falou que Blue vai ter que ir à escola aos sábados pelos próximos dois meses — contou Patricia. — E que vai ter que fazer doze horas de trabalho voluntário num abrigo de animais até o fim do ano.

— É quase uma hora por semana — disse Carter. — Além da escola aos sábados. Quem vai levá-lo para tudo isso?

A mala dele escorregou da cama e caiu no chão. Soltando um palavrão, Carter começou a se curvar, mas Patricia foi mais rápida, se agachando de forma desajeitada, os joelhos estalando. Ele sempre ficava ansioso antes das suas viagens, e ela precisava que o marido se acalmasse para ajudá-la com Blue. A mulher pegou a mala e a colocou de volta no lugar.

— Slick e eu vamos nos revezar para levá-los — informou Patricia, dobrando novamente as camisetas dele.

Carter balançou a cabeça.

— Não quero Blue andando com o filho dos Paley. Para falar a verdade, não gosto nem que você fique andando com Slick. Ela é uma linguaruda.

— Isso é impraticável — disse Patricia. — Nenhuma de nós tem tempo para levar e buscar os dois todo sábado.

— Vocês são donas de casa. O que têm para fazer o dia inteiro?

Ela sentiu as veias comprimirem, mas não respondeu. Se era tão importante para Carter, ela daria um jeito. As veias começaram a relaxar. O que mais a incomodou foram os comentários que ele fez sobre Slick.

Ela colocou a última camiseta dobrada na pilha dentro da mala de Carter.

— Temos que falar com Blue — afirmou ela.

O marido soltou um suspiro que veio das profundezas da alma.

— Vamos terminar logo com isso — disse ele.

Patricia bateu na porta do quarto do filho. Carter ficou atrás dela. Nenhuma resposta. Ela deu outra batidinha, tentando ouvir qualquer som que pudesse ser um "sim", um "hã" ou mesmo um raro "o quê?", mas então Carter esticou a mão, bateu forte, girou a maçaneta e a abriu enquanto ainda batia.

— Blue? — chamou ele, passando pela esposa. — Sua mãe e eu queremos conversar com você.

Sentado à escrivaninha, Blue levantou a cabeça como se tivesse sido interrompido de surpresa no meio de alguma coisa. Quando ele foi para o acampamento no verão anterior, Carter e ela lhe deram um conjunto de móveis escandinavos de madeira clara, feitos sob medida para o quarto, com armários que contornavam a janela, uma escrivaninha encaixada entre as prateleiras e uma cama acoplada ao lado. Blue o decorou com pôsteres de filmes de terror recortados do jornal: *Canibal Ferox*, *Zumbis*, *Eu Bebo Seu Sangue*. O ventilador de teto fazia os recortes pulsarem e tremeluzirem como borboletas alfinetadas. Havia pilhas de livros no chão, a maioria sobre nazistas, mas também uma coisa chamada *O livro de receitas do anarquista* sobre um dos montes e o exemplar dela de *Ted Bundy: Um estranho ao meu lado*, que Patricia estava procurando.

Na cama, havia o exemplar da biblioteca de *Experimentos nazistas em humanos e seus resultados*, e, no peitoril da janela, os restos mutilados dos seus bonecos de *Star Wars*. Patricia se lembrava de ter comprado aqueles brinquedos para ele muito tempo antes, e suas aventuras pela casa e no carro foram a trilha sonora da sua vida por anos. Agora o rosto dos personagens tinha sido reduzido a caroços cor-de-rosa e mutilados, obra do canivete de escoteiro de Blue. Ele também tinha derretido as mãos dos brinquedos com cola quente. E queimado o corpo de cada um com fósforos.

E era culpa dela. O menino tinha encontrado a mãe tendo convulsões no chão da cozinha. Havia chamado a emergência. E viveria com aquela lembrança pelo resto da vida. Patricia disse a si mesma que ele já estava velho demais para os bonecos. Era assim que adolescentes brincavam.

— O que vocês querem? — perguntou Blue, a voz engrossando um pouco no final.

Com uma fisgada no peito, Patricia notou que a voz do filho estava mudando.

— Bem — disse Carter, procurando um lugar para se sentar. Já fazia algum tempo que ele não entrava no quarto do filho, ou saberia que era impossível encontrar. Acabou se acomodando na beira da cama. — Pode me contar o que aconteceu na escola hoje?

Blue bufou, se jogando no encosto da cadeira.

— Meu Deus — soltou ele. — Não foi nada de mais.

— Blue — disse Patricia. — Não é verdade. Você maltratou um animal.

— Deixe o garoto falar com as próprias palavras — ordenou Carter.

— Ah, meu Deus — replicou Blue, revirando os olhos. — É isso que vocês vão dizer? Que eu maltrato animais? Me joguem na cadeia! Fica esperto, Ragtag.

Aquilo foi direcionado ao cachorro, que dormia sobre uma pilha de revistas debaixo da cama.

— Vamos todos nos acalmar — pediu Carter. — Blue, o que você acha que aconteceu?

— Foi só uma brincadeira idiota — respondeu o garoto. — Tiger conseguiu uma lata de tinta spray e achou que ia ser engraçado pintar o Rufus, só não quis parar depois.

— Não foi isso que você falou na diretoria — disse Patricia.

— Patty — avisou Carter, sem tirar os olhos do filho.

Ela percebeu que estava sendo insistente e parou, torcendo para não ser tarde demais. Já tinha insistido em outras coisas antes, e acabou com Blue tendo um ataque num voo para a Filadélfia, ou Korey jogando o escorredor de louças longe e quebrando um monte de pratos, ou Carter torcendo o nariz, ou ela tomando aqueles comprimidos. Toda vez que Patricia insistia, as coisas pioravam. Mas já era tarde demais.

— Por que você sempre fica do lado dos outros e nunca do meu? — perguntou Blue, se levantando da cadeira num ímpeto.

— É melhor todo mundo se acalmar... — disse Carter.

— Rufus é um cachorro — replicou Blue. — Tem gente morrendo todo dia. Tem gente que aborta bebezinhos. Seis milhões de pessoas morreram no Holocausto. E ninguém está nem aí. É só um cachorro idiota. É só dar um bom banho que a tinta sai.

— Vamos todos respirar fundo — pediu Carter, as palmas voltadas para o filho, num gesto tranquilizador. — Na semana que vem, nós dois vamos nos sentar, e vou passar para você um teste chamado Escala de Conners. É só para determinar se prestar atenção é mais difícil para você do que para os outros.

— E se for? — indagou Blue.

— Se for, aí vamos te dar uma coisa chamada Ritalina — explicou Carter. — Com certeza vários dos seus amigos tomam. Não muda nada em você, é apenas uma lupa para o seu cérebro.

— Não quero lupas para o meu cérebro! — berrou Blue. — Não vou fazer esse teste!

Ragtag levantou a cabeça. Patricia queria parar com aquilo. Carter não discutira essa parte com ela. Era o tipo de decisão que eles deveriam tomar juntos.

— É por isso que você é a criança, e eu sou o adulto — retrucou ele. — Eu que sei o que é melhor para você.

— Não sabe nada! — gritou Blue.

— Acho melhor pararmos por uns minutos — disse Carter. — Podemos conversar de novo depois do jantar.

Ele levou Patricia para fora do quarto, puxando-a pelo cotovelo. Ela olhou para o filho, inclinado sobre a escrivaninha, os ombros tremendo, e cada gota de sangue sua queria ir lá afagar o garoto, mas Carter a colocou para fora e fechou a porta.

— Ele nunca... — disse Carter.

— Por que Blue está gritando? — perguntou Korey, praticamente pulando em cima deles da porta do seu quarto. — O que ele fez agora?

— Não é da sua conta — respondeu Carter.

— Só pensei que gostariam da opinião de alguém que realmente conversa com ele de vez em quando — comentou Korey.

— Quando quisermos ouvir a sua opinião, vamos pedir — afirmou Carter.

— Tá bom, então! — berrou Korey, batendo a porta tão forte que chacoalhou o batente. E lá de dentro veio um "Que se dane" abafado.

Por muitos anos, Korey foi tranquila: ia para as aulas de aeróbica depois da escola, via *Barrados no Baile* com o mesmo grupo de meninas do time de futebol toda quarta à noite, passava os verões no acampamento de futebol de Princeton. Naquele último outono, porém, tinha começado a passar cada vez mais tempo trancafiada no quarto. Parou de sair e de encontrar as amigas. Ia de quase letárgica para explosiva, e Patricia não sabia o que a deixara daquele jeito.

Carter falou que via aquele tipo de coisa o tempo todo no trabalho: era o penúltimo ano do colégio, o vestibular se aproximava, ela precisava começar a pensar na faculdade, e Patricia não deveria se preocupar, Patricia não entendia, Patricia deveria ler alguns dos artigos sobre estresse na adolescência que ele lhe dera, se estivesse tão preocupada.

No quarto de Korey, a música ficou mais alta.

— Tenho que terminar de arrumar a cozinha — anunciou Patricia.

— Você não pode me culpar pela maneira como ele está se comportando — disse Carter, seguindo a esposa pela escada. — Ele não tem autocontrole nenhum. É você quem deveria ensinar Blue a lidar com as emoções.

Ele foi com Patricia até a saleta. As mãos dela coçaram para pegar um aspirador de pó e abafar a voz de todos com seu rugido, levar aquilo tudo para longe. Ela não queria pensar nas malcriações de Blue porque sabia que a culpa daquilo era dela. O comportamento dele mudou no instante em que o menino a encontrou tendo convulsões no chão. Carter a seguiu até a cozinha. Mesmo lá embaixo, dava para ouvir a música do quarto de Korey, com guitarras e gaitas abafadas.

— Ele nunca agiu dessa maneira antes — disse Carter.

— Talvez você só não passe tempo suficiente com ele — comentou Patricia.

— Se você sabia que as coisas estavam tão ruins assim, por que não falou nada?

Patricia não tinha resposta para aquilo. Ficou parada no meio da cozinha e olhou ao redor. Ela estava tirando medidas do cômodo para a reforma quando ligaram da escola lhe pedindo que fosse até lá para falar com o diretor sobre Blue e Tiger terem pintado o cachorro, e havia muita coisa nos armários que precisava ser jogada fora: os livros de culinária que ela nunca usava, a sorveteira que nem tinham tirado da caixa, a pipoqueira com uma tomada incompatível com as da casa. Ela tirou os elásticos de proteção das maçanetas do armário em que guardavam a ração de Ragtag, olhou dentro do móvel e encontrou uma caixa de sapatos cheia de mapas rodoviários num canto. Precisavam mesmo daquilo?

— Você não pode continuar com a cabeça nas nuvens, Patty — disse Carter.

Teria que analisar a gaveta de tralhas, então a abriu. De onde tinham vindo todas aquelas porcas e aqueles parafusos? Patricia queria jogar tudo no lixo, mas e se alguma coisa fosse importante, de algo caro?

— Você está me escutando? — perguntou Carter. — O que está fazendo?

— Estou limpando os armários da cozinha — informou Patricia.

— Não é hora para isso. Temos que entender o que está acontecendo com o nosso filho.

— Estou indo embora — anunciou Blue.

Eles se viraram. Blue estava de mochila na soleira da porta da saleta. Não era a mochila da escola, era a outra, com uma das alças rasgadas, que ficava no armário.

— Já escureceu — replicou Carter. — Você não vai a lugar nenhum.

— E como vai me impedir? — questionou Blue.

— Vamos jantar daqui a uma hora — lembrou Patricia.

— Eu cuido disso, Patty — disse Carter. — Blue, vá para o seu quarto até a sua mãe chamar você para jantar.

— Vão colocar um cadeado na minha porta? — perguntou o filho. — Porque, se não, estou indo embora. Não quero mais viver nesta casa. Vocês só querem me encher de remédios que vão me transformar num zumbi.

Carter suspirou e deu um passo à frente, para explicar melhor as coisas.

— Ninguém vai transformar você num zumbi. Só...

— Você não pode me impedir de fazer o que eu quiser — rosnou Blue.

— Se passar por aquela porta, ligo para a polícia e digo que você fugiu de casa — disse Carter. — Vão te trazer para cá algemado e você vai ter uma ficha criminal. É isso que quer?

Blue fuzilou os pais com os olhos.

— Vocês são um saco! — esbravejou ele, e saiu da saleta cheio de raiva.

Eles o ouviram subindo a escada correndo e batendo a porta do quarto. Korey aumentou o som ainda mais.

— Eu não tinha percebido que as coisas estavam tão ruins — afirmou Carter. — Vou mudar a data do voo para voltar um dia antes. É óbvio que precisamos lidar com isso.

Ele continuou falando enquanto Patricia passou a organizar os livros velhos de culinária. O marido explicava as opções de Ritalina para ela — o tempo de liberação no organismo, doses, revestimentos —, quando Blue voltou à saleta com as mãos às costas.

— Se eu sair de casa, você vai ligar para a polícia? — perguntou ele.

— Não quero ter que fazer isso, Blue — disse Carter. — Mas você não me dá escolha.

— Boa sorte em ligar para eles sem telefone, então — replicou o garoto.

Ele mostrou as mãos, e, por um segundo, Patricia pensou que o filho estava segurando espaguete. Então percebeu que eram os fios dos telefones da casa. Antes de Patricia assimilar completamente a visão, ele correu pela saleta, e ela e Carter foram atrás, chegando no vestíbulo no momento que a porta batia. Quando enfim estavam na varanda, Blue já tinha desaparecido na escuridão.

— Vou pegar a lanterna — declarou Patricia, dando meia-volta para entrar em casa.

— Não — disse Carter. — Ele vai voltar assim que ficar com fome e frio.

— E se ele for para a Coleman Boulevard e alguém oferecer uma carona? — perguntou Patricia.

— Patty, admiro a sua imaginação, mas isso não vai acontecer. Blue vai perambular por Old Village e voltar para casa daqui a uma hora. Ele nem levou casaco.

— Mas...

— Lembre-se de que faço isso da vida — disse ele. — Vou até o mercado comprar fios. Blue vai estar de volta antes de mim.

Blue não voltou antes do pai. Após o jantar, Patricia continuou a limpar os armários da cozinha, observando os números no relógio do micro-ondas mudarem de 18h45 para 19h30, para 20h01.

— Carter, acho que deveríamos fazer alguma coisa.

— Para disciplinar, é preciso disciplina — respondeu ele.

Ela levou as latas de lixo para a frente da casa e jogou a pipoqueira e a sorveteira dentro. Em seguida, desatarraxou tudo que havia no aquário para peixes de água salgada, deixando na lavanderia para secar. Enfim, o relógio do micro-ondas bateu dez da noite.

Não vou falar nada até 22h15, prometeu Patricia a si mesma, colocando os livros velhos de culinária em sacolas plásticas.

— Carter — disse ela às 22h11. — Vou pegar o carro e dar umas voltas.

O marido suspirou e abaixou o jornal.

— Patty... — começou ele, e o telefone tocou.

Carter atendeu antes de Patricia.

— Alô?

Então ela notou os ombros dele relaxarem.

— Graças a Deus. Claro... aham, aham... se não se importar... é claro...

Ele não dava sinais de que ia desligar ou mesmo contar a ela o que estava acontecendo, então Patricia correu até a sala e pegou a extensão.

— Korey, desligue esse telefone — mandou Carter.

— Sou eu — disse Patricia. — Alô?

— Oi, Patricia — cumprimentou uma voz baixa e suave.

— James.

— Não quero que fiquem preocupados — informou James Harris. — Blue está aqui comigo. Ele apareceu há algumas horas, e conversamos um pouco. Falei que ele podia ficar aqui, mas que tinha que contar para os pais onde estava. Sei que vocês dois deviam estar arrancando os cabelos.

— É... muita bondade sua — disse Patricia. — Já chego aí.

— Não sei se é uma boa ideia — respondeu James Harris. — Não quero me meter na vida de vocês, mas ele pediu para passar a noite aqui. Tenho um quarto de hóspedes.

James Harris e Carter bebiam juntos no iate clube uma vez por semana. Os dois foram caçar pombos com Horse. Levaram Blue e Korey para pescar camarão à noite em Seewee Farms. Ele até jantava com a família de Patricia cinco ou seis vezes por semana quando Carter não estava na cidade, e, em nenhuma das vezes que o encontrava, Patricia pensava no que tinha visto. Ela agia de forma distante e fria, ainda que agradável. Seus filhos o adoravam, e ele tinha dado a Blue de Natal um jogo de computador chamado *Comando-alguma-coisa*, e Carter conversava com ele sobre a carreira, e ele tinha opiniões musicais que Korey tolerava, então Patricia fazia um esforço. Mas, ainda assim, não queria que Blue passasse a noite na casa de James Harris sem mais ninguém por perto.

— Não queremos incomodar — disse Patricia, a voz aguda e pesada no peito.

— Talvez seja melhor assim — anunciou Carter. — Vamos deixar a poeira baixar.

— Não é incômodo algum — afirmou James Harris. — Fico feliz com a companhia dele. Esperem um minuto.

Houve uma pausa, e Patricia ouviu um barulho e depois o som do filho respirando.

— Blue? — chamou ela. — Está tudo bem?

— Mãe — respondeu ele. Ela o escutou engolindo em seco.
— Desculpa.

Os olhos de Patricia se encheram de lágrimas. Ela queria o filho em seus braços. Naquele instante.

— Que alívio saber que está tudo bem com você.

— Desculpa por ter gritado com você e desculpa pelo que fiz com Rufus — disse Blue, engolindo em seco, a respiração pesada. — E, pai, se quiser fazer o teste, James disse que eu deveria tentar.

— Só quero o melhor para você — afirmou Carter. — Sua mãe e eu queremos.

— Amo vocês — disse Blue rápido.

— Escute o tio James — pediu Carter, e James Harris voltou ao telefone.

— Não quero fazer nada que cause qualquer tipo de desconforto a vocês — declarou ele. — Têm certeza de que está tudo bem?

— Claro que sim — respondeu Carter. — Ficamos muito agradecidos.

Patricia respirou fundo, na intenção de intervir, mas então parou.

— Sim — disse ela. — Claro que está tudo bem. Obrigada.

Aquilo era o melhor para a família dela. James Harris se provara confiável inúmeras vezes. Acalmara toda aquela rebeldia raivosa do filho a ponto de ele dizer que a amava. Patricia tinha que parar de remoer uma coisa de tantos anos antes que achava que talvez lembrasse.

Não é uma coisa tão ruim, disse a si mesma, *ignorar uma ideia louca e horrível que você achou ser verdade em troca de tudo isto: do píer, do carro, da viagem a Londres, da sua orelha, da faculdade das crianças, das aulas de aeróbica para Korey, de um amigo para Blue e de tantas outras coisas. Não é mesmo um mau negócio.*

CAPÍTULO 26

Carter foi buscar Blue na casa de James Harris na manhã seguinte.

— Vai ficar tudo bem, Patty — disse ele.

Ela não discutiu. Em vez disso, preparou o café da manhã, falou que Korey não podia ir para a escola usando gargantilha e precisou ouvir a filha reclamar que ela era praticamente uma freira, até a menina sair e deixá-la sozinha em casa.

Mesmo sendo outubro, o sol aquecia os cômodos e a deixava com sono. Ragtag encontrou um facho de luz na sala de jantar e desabou ali, as costelas subindo e descendo, os olhos fechados.

Patricia tinha várias tarefas — terminar a limpa dos armários da cozinha, pegar os jornais e as revistas no jardim de inverno, dar um fim ao aquário na lavanderia, passar aspirador de pó na garagem, limpar o armário da saleta, trocar os lençóis — e não sabia por onde começar. Tomou a quinta xícara de café e se sentiu sendo esmagada pelo silêncio da casa, o sol cada vez mais intenso transformando o ar numa neblina indutora de sono.

O telefone tocou.

— Casa dos Campbell — disse ela.

— Blue foi para a escola sem problemas? — perguntou James Harris.

Uma fina camada de suor surgiu no buço de Patricia, e ela se sentiu tola, como se não soubesse o que dizer. Respirou fundo. Carter confiava em James Harris. Blue confiava nele. Ela mantivera os pés atrás com ele por três anos, mas o que conseguira com isso? James Harris era importante para o filho dela. Era importante para a família dela. Patricia precisava parar de afastá-lo.

— Foi, sim — respondeu, se obrigando a sorrir para transparecer sua boa vontade. — Obrigada por acolher meu filho ontem à noite.

— Ele estava bem chateado quando apareceu. Nem sei por que decidiu vir para cá.

— Fico feliz por Blue ver sua casa como um lugar para onde pode ir — disse ela, forçando as palavras a saírem. — Prefiro que fique aí do que perambulando pelas ruas. Old Village já não é tão segura como antigamente.

James Harris adotou um tom relaxado, o tom de quem estava com muito tempo livre para conversar.

— Ele confessou que estava com medo de você ir na casa do vizinho para chamar a polícia, então ficou um tempo escondido nos arbustos do Alhambra. Como eu não sabia se ele tinha jantado, esquentei uma pizza. Espero que não tenha problema.

— Está tudo bem — garantiu ela. — Obrigada.

— Tem algo de errado acontecendo na sua casa? — perguntou James Harris.

O sol que entrava pelas janelas da cozinha fazia os olhos de Patricia doerem, então ela se virou para a escuridão fria da saleta.

— Ele está virando adolescente, só isso.

— Patricia — disse James Harris, e ela notou a voz dele assumindo um tom sério —, sei que ficou com uma impressão ruim de mim quando me mudei para cá, mas, independentemente de como se sinta, acredite em mim quando digo que me importo com Korey e Blue. São crianças boas. Carter trabalha demais, e fico preocupado de você estar fazendo tudo sozinha.

— Bem, o trabalho de fato o mantém ocupado — concordou ela.

— Falei pro Carter que ele não precisava ganhar todos os dólares do mundo. Qual o sentido de trabalhar tanto se não puder ver os filhos crescerem?

Patricia sentia que era uma traição falar sobre Carter pelas costas, mas também era um alívio.

— Ele tem que lidar com muita coisa — comentou ela.

— Você é quem vem lidando com muita coisa. Criar dois adolescentes praticamente sozinha... não é brincadeira.

— Com Blue é mais difícil. Ele tem muita dificuldade de acompanhar a escola. Carter acha que é transtorno de déficit de atenção.

— A atenção dele é boa quando o assunto é Segunda Guerra Mundial.

A familiaridade de conversar sobre Blue com alguém que o entendia relaxou Patricia.

— Ele pintou um cachorro com tinta spray — informou ela.

— O quê? — James Harris riu.

Depois de um segundo, ela riu também.

— Coitado do cachorro — disse ela, se sentindo culpada. — O nome dele é Rufus. É a mascote não oficial da escola. Blue e o caçula de Slick Paley o pintaram com tinta spray prateada e agora os dois vão ter que ir para a escola aos sábados até o fim do ano.

Aquilo soava absurdo quando dito em voz alta. Ela imaginou a situação se tornando uma anedota familiar no ano seguinte.

— O cachorro vai ficar bem? — perguntou James Harris.

— Disseram que sim. Mas como se tira tinta do pelo de um cachorro?

— Comprei um aparelho de som novo — comentou James Harris, mudando de assunto. — Vou pedir para Blue vir aqui e me ajudar a montar. Se o assunto surgir, pergunto o que aconteceu e depois conto pra você.

— Você faria isso? Eu ficaria muito grata.

— É bom conversar assim de novo. Quer vir aqui tomar um café? Podemos colocar o papo em dia.

Ela quase concordou, pois seu primeiro instinto em qualquer situação era ser agradável, mas sentiu um cheiro de limpeza, que trazia uma memória de algo clínico e gelado, e esse cheiro a tirou de sua cozinha ensolarada por um instante, e, de repente, estava de volta a quatro anos antes, a porta da garagem escancarada, e Patricia conseguia sentir o odor dos absorventes geriátricos da srta. Mary. Por um momento, sentiu-se como a mulher que era naquela época, alguém que não precisava se desculpar constantemente por tudo, e respondeu:

— Obrigada, mas não posso. Preciso terminar de limpar os armários da cozinha.

— Fica pra outro dia, então.

Patricia se perguntou se James Harris havia percebido a mudança em sua voz.

Eles desligaram, e ela olhou para a porta da garagem fechada. Sentiu o cheiro do produto para limpar carpetes que costumava usar no quarto da srta. Mary, e o desinfetante com aroma de pinho que a sra. Greene borrifou naquela vez em que a sogra se aliviou nas calças. Ela esperava ver a porta se abrindo a qualquer minuto e a cuidadora subindo os degraus toda vestida de branco, carregando um monte de lençóis embolados.

Ela se levantou e foi até a porta, o odor do quarto da srta. Mary ficando mais forte a cada passo. Pegou a chave no gancho ao lado e observou a própria mão flutuar da ponta do braço e inserir a chave na fechadura. Ela girou a chave e a porta se escancarou, e o quarto na garagem estava vazio. Não sentiu nada, exceto o ar gelado e a poeira.

Patricia trancou a porta e decidiu recolher os jornais no jardim de inverno, depois terminar com os armários da cozinha. Cruzou a sala de jantar enquanto Ragtag tomava seu banho de sol, mexendo uma orelha quando ela passou. No jardim de inverno, os jornais e as capas brilhantes de revista refletiam a luz do sol, ofuscando sua visão. Ela recolheu os jornais que Carter deixara no pufe e voltou pela sala de jantar até a cozinha. Assim que pisou na saleta, uma voz além da sala de jantar falou:

patricia

Ela se virou. Não havia ninguém ali. Mas então, pela abertura das dobradiças da porta da sala de jantar, Patricia notou um olho azul debaixo de cabelos grisalhos a observando, e em seguida nada além da parede amarela atrás da porta.

Patricia congelou por um instante, a pele arrepiada, os ombros contraídos. Sentiu um dos músculos da bochecha estremecer. Não havia nada ali. Tinha sido uma espécie de alucinação olfativa, que a fez imaginar ter ouvido a voz da srta. Mary. Só isso.

Ragtag se levantou, encarando a porta aberta da sala de jantar. Patricia jogou os jornais no lixo e se obrigou a passar pela sala de jantar de novo até o jardim de inverno.

Recolheu os exemplares das revistas femininas e da *Time* e hesitou por um momento, então passou mais uma vez pela sala de jantar para ir até a saleta. Ao chegar à porta aberta da sala de jantar de novo, a srta. Mary sussurrou atrás dela:

patricia

O ar entalou na sua garganta. Ela apertou as revistas. Não conseguia se mexer. Sentia os olhos da srta. Mary encarando sua nuca. Sentia a srta. Mary atrás da porta da sala de jantar, observando tudo pela abertura, e então veio uma torrente de sussurros.

ele está vindo pegar as crianças, ele pegou a criança, meu neto, ele está vindo pegar o meu neto, o andarilho da noite, hoyt pickens devora bebês, bebês gordinhos lindos, com suas perninhas gordinhas lindas, ele gruda como um carrapato, gruda como um carrapato e está sugando tudo de você, patricia, ele veio pegar o meu neto, acorde, patricia, acorde, o andarilho da noite está na sua casa, está no meu neto, acorde, patricia, patricia, acorde, acorde, acorde...

Palavras mortas, um rio insano de sílabas sussurradas por lábios gélidos.

— Srta. Mary? — chamou Patricia, mas sua língua parecia pesada, e ela mal conseguiu produzir um sussurro.

ele é o filho do demônio, o andarilho da noite, e está com meu neto, acorde acorde acorde, vá ver ursula, ela tem o retrato, está na casa dela, vá ver ursula...

— Não posso — respondeu Patricia, e, dessa vez, com força suficiente para a sua voz ecoar pela saleta.

Os sussurros pararam. Patricia se virou e não havia nada por trás das dobradiças da porta. Ela tomou um susto ao ouvir o som de unhas batendo, mas era apenas Ragtag se levantando e saindo dali.

Patricia não acreditava em fantasmas. Sempre considerara o misticismo corriqueiro da srta. Mary uma coisa que poderia ser interessante para um sociólogo de faculdade pequena. Ficava irritada quando alguma conhecida dizia que a avó tinha aparecido nos seus sonhos para revelar onde encontrar uma aliança perdida, ou que o primo Eddie havia acabado de morrer. Não era real.

Mas aquilo era. Mais real do que qualquer coisa pela qual tinha passado nos três anos anteriores. A srta. Mary esteve naquele cômodo, atrás da porta da sala de jantar, sussurrando alertas sobre James Harris, avisando que ele queria os filhos dela, queria Blue. Fantasmas não eram reais. Mas aquilo era.

Por um momento, Patricia temeu que estivesse ficando confusa de novo. Sua capacidade de julgamento era como uma camada fina de gelo, e ela ficava com medo de confiar em si mesma. Mas havia sido real. E que mal haveria em confirmar? Ela era só uma dona de casa, afinal. O que mais tinha para fazer?

acorde, patricia

— Como?

acorde, patricia

— Como?

vá ver ursula

— Quem?

ursula greene

CAPÍTULO 27

Patricia não sabia que suas mãos podiam suar tanto, mas elas deixaram marcas úmidas por todo o volante conforme ela atravessava a Rifle Range Road em direção a Six Mile. Tinha enviado cartões de Natal para a sra. Greene, e qualquer uma delas podia ter ligado para a outra, e talvez a sra. Greene não quisesse vê-la, e talvez ela estivesse apenas respeitando seu espaço. Patricia não tinha feito nada de errado. Às vezes, conhecidos só ficavam um tempo sem se falar. Ela passou as mãos na calça, uma de cada vez, tentando secá-las.

Provavelmente a sra. Greene nem estaria em casa assim no meio da tarde. Devia estar trabalhando. *Se o carro não estiver na entrada, dou meia-volta e vou para casa*, disse a si mesma, sentindo uma onda enorme de alívio com aquela decisão.

A Rifle Range Road tinha mudado. As árvores dos dois lados foram podadas, e os acostamentos estavam livres. Havia um desvio com asfalto novo em folha após uma placa de madeira de compensado verde e branca que trazia a imagem de uma grande casa de fazenda e as palavras *Gracious Cay — em 1999 — Imobiliária Paley*. Depois dela, o esqueleto amarelado do Gracious Cay se erguia atrás das poucas árvores que restavam.

Patricia pegou a rodovia estadual e começou a fazer o retorno para Six Mile. As casas estavam vazias, algumas até sem porta, e a maioria com placas de "Vende-se" na frente. Nenhuma criança brincava na rua.

Ela entrou na Grill Flame Road e seguiu devagar até chegar a Six Mile. Pouca coisa havia sobrevivido. Uma cerca de metal contornava os fundos da Mt. Zion. Atrás, havia um terreno enorme cheio de máquinas de construção amarelas e entulho. A quadra de basquete não existia mais, a floresta no entorno havia sido reduzida a uma árvore ou outra, e todos os trailers nas cercanias de onde Wanda Taylor morava haviam desaparecido. Restavam apenas sete casas na frente da igreja.

O Toyota da sra. Greene estava na entrada.

Patricia estacionou, abriu a porta do carro e, na mesma hora, seus ouvidos foram atacados pelo grito agudo das serras do Gracious Cay, o estrondo dos caminhões, a algazarra ensurdecedora de tijolos e escavadeiras. O caos da construção a paralisou por um instante e a deixou incapaz de pensar. Então, ela se recompôs e tocou a campainha da sra. Greene.

Nada aconteceu, e Patricia se deu conta de que a sra. Greene provavelmente não conseguia ouvi-la com todo aquele barulho, então bateu os nós dos dedos na janela. Não havia ninguém em casa. Talvez o carro estivesse quebrado, e ela tivesse ido para o trabalho de carona. O corpo de Patricia foi tomado pelo alívio, e ela se virou para voltar ao seu Volvo.

A obra estava tão barulhenta que Patricia não ouviu na primeira vez, só na segunda:

— Sra. Campbell.

Deu meia-volta e viu a sra. Greene na soleira da porta, o cabelo preso, usando uma camisa cor-de-rosa grande e uma jardineira. Um buraco pareceu se abrir e se encher de espuma no estômago de Patricia.

— Pensei que... — disse ela, então percebeu que suas palavras eram engolidas pelo barulho da construção. Ela foi até a sra. Greene. Ao chegar mais perto, percebeu que havia um tom cinzento na pele dela, os olhos estavam cheios de remela, e o cabelo, com caspa. — Pensei que não tinha ninguém em casa! — gritou ela, para se sobrepor ao som.

— Eu estava dormindo! — berrou a sra. Greene de volta.

— Que bom! — bradou Patricia.

— Faço faxina de manhã e trabalho de madrugada no Walmart! — esbravejou a sra. Greene. — E aí volto a trabalhar de manhã.

— Quê?

A sra. Greene olhou ao redor, depois para a própria casa e então de novo para Patricia.

— Venha — disse.

Ela fechou a porta, o que diminuiu o barulho pela metade, mas Patricia ainda ouvia os guinchos agudos e animados de uma serra atravessando a madeira. A casa estava exatamente igual, a não ser pelos pisca-piscas desligados. Parecia vazia e tinha cheiro de sono.

— Como estão os seus filhos? — perguntou a sra. Greene.

— São adolescentes agora — disse Patricia. — Você sabe como é. E os seus?

— Jesse e Aaron ainda estão morando com a minha irmã em Irmo — respondeu a sra. Greene.

— Ah. Vê eles com frequência?

— Sou mãe deles — disse a sra. Greene. — Irmo fica a duas horas de distância. Nunca é *frequente* o bastante.

Patricia se encolheu ao ouvir uma batida alta no lado de fora.

— Já pensou em se mudar? — perguntou ela.

— A maioria das pessoas fez isso. Mas não vou deixar a minha igreja para trás.

Lá de fora, veio o *bip-bip-bip* de um caminhão dando ré.

— Você consegue pegar mais faxinas? — indagou Patricia. — Seria bom ter alguém para me ajudar, se a senhora estiver livre.

— Trabalho para uma empresa de diaristas agora — disse a sra. Greene.

— Que bom.

— São casas grandes. — A srta. Greene deu de ombros. — E o dinheiro é bom, mas antigamente eu costumava passar o dia inteiro conversando com as pessoas. A empresa não gosta que os funcionários conversem com os donos das casas. Me deram um telefone celular, se eu tiver dúvidas devo ligar para o meu gerente para que ele ligue para os donos da casa. Mas pagam em dia e tenho alguns benefícios.

Patricia respirou fundo.

— Posso me sentar? — perguntou.

Algo passou rápido pelo rosto da sra. Greene — repulsa, considerou Patricia —, mas a anfitriã apontou para o sofá, incapaz de escapar do peso da hospitalidade. Patricia se sentou, e a sra. Greene se acomodou na poltrona. Os braços tinham ficado mais gastos desde a sua última visita.

— Queria ter vindo vê-la antes — disse Patricia. — Mas não pararam de surgir coisas.

— Aham.

— Você ainda pensa na srta. Mary? — indagou Patricia. Ela observou a outra mudar a posição das mãos. A pele ali era cheia de cicatrizes pequenas e claras. — Sempre vou agradecer pela sua presença lá naquela noite.

— Sra. Campbell, o que deseja? — questionou a sra. Greene.

— Eu estou cansada.

— Desculpe. — Patricia decidiu que deveria ir embora. Apoiou a mão no braço do sofá para se levantar. — Desculpe por ter incomodado a senhora, ainda mais durante seu horário de descanso antes do trabalho. E desculpe por não ter vindo aqui antes, mas estive muito ocupada. Desculpe. Só queria dar um oi. E eu vi a srta. Mary.

O ruído distante de tábuas caindo no chão atravessou o vidro da janela. Nenhuma das mulheres se mexeu.

— Sra. Campbell...

— Ela disse que você tinha um retrato — continuou Patricia. — Disse que era muito antigo e estava com você. Então eu vim. Ela disse que era sobre as crianças. Não teria incomodado a senhora se fosse por qualquer outro assunto. Mas são as crianças.

A sra. Greene encarou Patricia, que se sentia uma boba.

— Eu gostaria — disse a sra. Greene — que a senhora entrasse no seu carro e dirigisse de volta para casa.

— Perdão?

— Falei que gostaria que voltasse para a sua casa. Não quero você aqui. Você abandonou a mim e aos meus filhos porque o seu marido mandou.

— Isso… — Patricia não sabia como responder à injustiça da acusação. — Isso é um exagero.

— Meus filhos não moram comigo há três anos. Jesse volta todo machucado das partidas de futebol americano, e a mãe dele não está lá para cuidar dele. Aaron fez uma apresentação de trompete que eu não estava lá para ver. Ninguém se importa com a gente a não ser quando precisam de nós para resolver alguma coisa.

— Você não entende — argumentou Patricia. — Eram os nossos maridos. Nossa família. Eu teria perdido tudo. Não tive escolha.

— Teve mais escolha do que eu — afirmou a sra. Greene.

— Eu fui parar no hospital.

— Por culpa sua.

Patricia se engasgou, soltando algo entre uma risada e um gemido, então colocou a mão na boca. Ela havia arriscado toda a certeza, todo o conforto, tudo que tinham construído cuidadosamente nos três anos anteriores ao ir até lá, e se deparou apenas com uma pessoa que a detestava.

— Sinto muito por ter vindo — disse ela, se levantando, a visão borrada pelas lágrimas. Pegou a bolsa e ficou sem saber para onde ir, porque as pernas da sra. Greene bloqueavam o caminho até a porta. — Só vim porque a srta. Mary estava atrás da porta da sala de jantar e me mandou vir, e acabei de perceber como isso soa idiota, e peço desculpas. Por favor, sei que a senhora me odeia, mas, por favor, não conte a ninguém que vim aqui. Não ia suportar se alguém soubesse que vim aqui e falei essas coisas. Não sei o que me deu na cabeça.

A sra. Greene se levantou, deu as costas para Patricia e saiu da sala. Patricia não conseguia acreditar que ela a odiasse tanto a ponto de nem mesmo acompanhá-la até a porta, mas é lógico que odiava. Patricia e o clube do livro a haviam abandonado. Ela seguiu aos tropeços até a porta, batendo com o quadril na poltrona da sra. Greene, e então ouviu, às suas costas:

— Eu não roubei — disse a sra. Greene.

Patricia se virou e viu a mulher segurando um pedaço quadrado e brilhante de papel branco.

— Estava na mesa de centro um dia — continuou ela. — Talvez eu tenha trazido para cá depois da morte da srta. Mary e esqueci que estava comigo, mas, quando vi a foto, fiquei de cabelo em pé. Senti alguém atrás de mim me olhando. Eu me virei e, por um instante, vi aquela pobre senhora atrás daquela porta.

Seus olhos se encontraram na sala de estar escura, e o barulho de obra ficou muito distante. Patricia sentiu como se tivesse tirado os óculos escuros depois de muito tempo usando. Pegou a fotografia. Era velha, com uma impressão ruim, as pontas amassadas. Havia dois homens no meio. Um parecia uma versão masculina e mais jovem da srta. Mary. Usava macacão, um chapéu e estava com as mãos enfiadas nos bolsos. Ao lado dele, via-se James Harris.

Não era um homem parecido com James Harris, ou um ancestral, ou um parente. Mesmo que o cabelo estivesse com brilhantina e uma parte cortada a navalha, era o próprio James Harris. Ele usava um terno claro e uma gravata larga.

— Olhe no verso — indicou a sra. Greene.

Patricia virou a fotografia com os dedos trêmulos. No verso, alguém escrevera com caneta-tinteiro: *Wisteria Lane, 162, verão de 1928.*

— Sessenta anos — comentou Patricia.

James Harris estava exatamente igual.

— Não sei por que a srta. Mary me entregou essa foto — declarou a sra. Greene. — Não sei por que ela não entregou diretamente para você. Mas ela queria que você viesse aqui, e isso deve significar alguma coisa. Se ela ainda se importa com você, então talvez eu também possa suportar a senhora.

Patricia sentiu medo. A srta. Mary tinha visitado as duas. James Harris não envelhecia. Nenhuma das duas coisas podia ser verdade, mas eram, e aquilo a assustava. Vampiros também não envelheciam. Ela balançou a cabeça. Não podia começar a pensar daquele jeito de novo. Era o tipo de pensamento que podia botar tudo a perder. Queria viver no mesmo mundo que Kitty, Slick, Carter e Sadie Funche, não ali, sozinha com a sra. Greene. Olhou para a foto outra vez. Não conseguia parar de olhar.

— O que fazemos agora? — perguntou.

A sra. Greene foi até a estante e pegou uma pasta verde da última prateleira. A pasta tinha sido reaproveitada várias vezes, com as diferentes funções escritas e riscadas. A mulher a abriu na mesa de centro, e ela e Patricia voltaram a se sentar.

— Quero que os meus filhos voltem para casa — disse a sra. Greene, mostrando a Patricia o conteúdo da pasta. — Mas veja só o que ele faz.

Patricia viu diversos recortes de jornais e congelou.

— Foi tudo ele? — perguntou.

— Quem mais? Minha empresa faz faxina na casa daquele homem duas vezes por mês. Uma das garotas que ia lá está sumida. Eu me ofereci para ir essa semana.

O coração de Patricia parou.

— Por quê? — indagou ela.

— A sra. Cavanaugh me deu uma caixa cheia daqueles livros de assassinato que vocês leem. Disse que não queria mais aquilo em casa. O que quer que o sr. Harris seja, não é algo natural, mas acho que ele tem uma coisa em comum com os homens malignos dos seus livros. Eles sempre levam uma lembrancinha. Gostam de guardar alguma coisa quando machucam alguém. Só encontrei o sujeito algumas vezes, mas já deu para ver que ele é bem convencido. Aposto que tem alguma coisa de cada uma dessas pessoas em casa, para que possa pegá-las e se sentir o maioral de novo.

— E se estivermos erradas? Pensei ter visto ele fazendo alguma coisa com Destiny Taylor anos atrás, mas estava escuro. E se eu me enganei? E se a mãe dela tinha mesmo um namorado e escondeu da gente? Nós duas achamos que vimos a srta. Mary, nós duas acreditamos que é James Harris nesta foto, mas e se for só alguém parecido com ele?

A sra. Greene segurou a fotografia na ponta dos dedos e olhou de novo.

— Um homem do mal vai dizer que pode mudar — disse ela. — Vai dizer o que você quiser ouvir, mas é uma tolice não acreditar nos próprios olhos. É ele nesta foto. Foi a srta. Mary que sussurrou isso para nós. Todo mundo pode me dizer o contrário, mas o que eu sei eu sei.

— E se ele não tiver nenhum desses troféus das vítimas? — indagou Patricia, tentando dar uma desacelerada nas coisas.

— Então não vai ter nada para ser encontrado.

— Você vai ser presa.

— Seria mais rápido se nós duas fôssemos — argumentou a sra. Greene.

— É contra a lei.

— Você já me deu as costas uma vez — disse a sra. Greene, o olhar intenso. Patricia queria olhar para qualquer outro lugar, mas não conseguia se mover. — Você me deu as costas, e agora ele está indo atrás dos seus filhos. Você não tem mais tempo. É tarde demais para encontrar desculpas.

— Desculpe — disse Patricia.

— Não quero as suas desculpas. Quero saber se você vai entrar na casa dele e me ajudar a procurar.

Patricia não podia concordar com aquilo. Nunca violara uma lei durante toda a sua vida. Ia contra todas as fibras do seu corpo. Ia contra tudo que ela acreditara por quarenta anos. Se fosse pega, nunca conseguiria encarar Carter de novo, perderia Blue e Korey. Como poderia criar os filhos e dizer que deveriam seguir as leis se ela mesma não fizesse isso?

— Quando? — perguntou Patricia.

— Ele vai para Tampa no fim de semana que vem — informou a sra. Greene. — Preciso saber se está falando sério ou não.

— Desculpe.

A expressão da sra. Greene se fechou.

— Tenho que voltar a dormir — disse ela, começando a se levantar.

— Não, espera, eu vou.

— Isso não é uma brincadeira — avisou a sra. Greene.

— Eu vou — afirmou Patricia.

A sra. Greene a acompanhou até a porta. Lá, Patricia parou.

— Como podemos ter visto a srta. Mary? — perguntou ela.

— Ela está queimando no inferno — respondeu a sra. Greene. — Perguntei ao meu pastor, e ele disse que é de lá que os fantasmas vêm. Eles queimam no inferno e não podem ir para as águas frescas e medicinais do rio Jordão até abrirem mão desse mundo. A srta. Mary aguenta os tormentos do inferno porque quer avisar você. Ela queima porque ama os netos.

Patricia sentiu o corpo pesar.

— Também acho que é ela — disse Patricia, e tentou, pela última vez, parar com aquela conversa de fantasmas e de homens que não envelheciam; tentou apagar a imagem de James Harris dentro do furgão, em cima de Destiny Taylor, aquela coisa de outra espécie saindo de sua boca. — Talvez a gente esteja complicando muito as coisas. Talvez, se formos lá e pedirmos para ele parar... contar o que sabemos...

— Três coisas nunca se fartam — falou a sra. Greene, e Patricia reconheceu a citação de algum lugar. — E quatro nunca bastam. Ele vai engolir todos no mundo e continuar comendo. A sanguessuga tem duas filhas: Dá e Dá.

Patricia teve uma ideia.

— Se tudo vai ser mais rápido com nós duas — disse ela —, podemos correr ainda mais com três.

CAPÍTULO 28

—P atricia! — gritou Slick. — Graças a Deus!
— Desculpe aparecer sem ligar...
— Você é sempre bem-vinda — disse Slick, puxando-a para dentro. — Estou planejando a minha festa de Dia das Bruxas, e talvez você possa me ajudar com o meu bloqueio criativo. Você é tão boa nessas coisas!

— Você vai dar uma festa de Dia das Bruxas? — perguntou Patricia, seguindo Slick até a cozinha.

Ela segurava a bolsa bem junto ao corpo, sentindo a pasta e a fotografia queimando lá dentro.

— Sou contra o Dia das Bruxas em todas as suas formas, porque é satanismo — respondeu Slick, abrindo a geladeira de aço inox e pegando o leite. — Então, nesse ano, na Véspera do Dia de Todos os Santos, vou dar uma Festa da Reforma. Sei que está em cima da hora, mas nunca é tarde demais para louvar o Senhor.

Ela serviu café, adicionou o leite e entregou a Patricia uma caneca preta e dourada da Bob Jones University.

— Uma festa do quê? — indagou Patricia.

Mas Slick já tinha passado pela porta vaivém que levava ao novo cômodo nos fundos. Patricia foi atrás, a caneca numa das mãos, a bolsa na outra. Slick se acomodou num dos sofás, no que ela chamava de "área de conversa", e a amiga se sentou à sua frente, procurando um lugar em que pudesse colocar a caneca. A mesa de centro entre as duas estava coberta de fotocópias, recortes de matérias de revistas, fichários e lápis. A mesa de canto, repleta de uma coleção de caixinhas decorativas, vários ovos de mármore e uma tigela de pot-pourri. Além das pétalas secas, das folhas e das raspas de madeira, Slick havia acrescentado algumas bolas de golfe e *tees* para homenagear o esporte tão amado por Leland. Então, Patricia decidiu ficar com a caneca no colo mesmo.

— A gente atrai mais moscas com mel do que com vinagre — disse Slick. — Então, no domingo, vou dar uma festa que vai fazer todo mundo esquecer o Dia das Bruxas: minha Festa da Reforma. Vou apresentar a ideia na St. Joseph amanhã. Veja, vamos levar as crianças até o Salão da Amizade... e claro que Blue e Korey estão convidados... e vamos garantir que tenha atividades para os adolescentes. Afinal, eles são os que correm mais risco. Porém, em vez de fantasias de monstros, eles vão estar vestidos como os heróis da Reforma.

— Quem?

— Você sabe. Martinho Lutero, João Calvino. Faremos danças medievais coreografadas e comida alemã, e pensei que seria legal termos lanches temáticos. O que acha? É um bolo das noventa e cinco maioneses.

Slick entregou a Patricia uma foto que recortara de uma revista.

— Um bolo de maionese? — perguntou Patricia.

— Um bolo das *noventa e cinco maioneses* — corrigiu Slick. — Quando Martinho Lutero pregou as suas proposições na porta da igreja, sabe? As noventa e cinco teses?

— Ah.

— Não são noventa e cinco maioneses de verdade, claro — explicou Slick. — Mas não vai ser engraçado? A ideia é ser divertido *e* educativo. — Ela tirou o recorte da mão de Patricia e o analisou. — Acha sacrilégio? Talvez nem todo mundo saiba quem foi João Calvino. Também vamos tentar reinventar o "gostosuras ou travessuras".

— Slick. Odeio ter que mudar de assunto, mas preciso da sua ajuda.

— O que foi? — perguntou a amiga, colocando o recorte na mesa e se inclinando na direção de Patricia, os olhos grudados nela. — Alguma coisa com Blue?

— Você se considera uma pessoa espiritualizada? — indagou Patricia.

— Sou cristã. Tem uma diferença aí.

— Mas acredita que há mais coisas neste mundo do que podemos ver?

O sorriso de Slick vacilou um pouco.

— Estou preocupada com o rumo dessa conversa — comentou ela.

— O que acha de James Harris?

— Ah — disse Slick, soando verdadeiramente decepcionada. — De novo isso, Patricia?

— Aconteceu uma coisa.

— Não vamos voltar para esse assunto. Já superamos isso.

— Eu também não queria fazer isso — argumentou Patricia. — Mas vi uma coisa e preciso da sua opinião.

Ela enfiou a mão na bolsa.

— Não! — replicou Slick. Patricia congelou. — Pense no que está fazendo. Você ficou muito mal da última vez. Deu um susto e tanto na gente.

— Preciso da sua ajuda, Slick — pediu Patricia. — Não sei mesmo o que pensar. Se disser que estou louca, nunca mais toco no assunto. Juro.

— O que quer que seja, não tire da bolsa. Ou então me dê aqui, para eu colocar na picotadora de papel do Leland. Você e Carter estão numa fase tão boa! Todos estão tão felizes! Faz três anos. Se alguma coisa ruim fosse acontecer, já teria acontecido.

Patricia se sentiu invadida por um sentimento de impotência. Slick tinha razão. Os três anos anteriores foram um melhor que o outro, não um eterno círculo. Se mostrasse a foto para a amiga, voltaria para onde tudo começou. Três anos de sua vida jogados no lixo. Só de pensar naquilo, ficava tão exausta que queria se deitar e tirar uma soneca.

— Não faça isso, Patricia — disse Slick, baixinho. — Continue na realidade comigo. As coisas estão melhores do que nunca. Todos estão felizes. Estamos bem. As crianças estão seguras.

Dentro da bolsa, os dedos de Patricia esfregaram o canto gasto da pasta da sra. Greene.

— Eu tentei. Tentei muito por três anos, Slick. Mas as crianças *não* estão seguras.

Ela puxou a pasta da bolsa.

— Não — pediu Slick, num gemido.

— Tarde demais. Não temos tempo. Dê uma olhada nisso e diga se estou louca.

Ela colocou a pasta em cima dos recortes de Slick, com a fotografia em cima. Slick pegou o retrato, e Patricia percebeu que os dedos da amiga endureceram e o rosto ficou mais rígido. Então colocou a foto de volta no lugar, virada para baixo.

— É um primo — disse ela. — Ou um irmão.

— Você sabe que é ele. Olhe o verso: 1928. Ele continua igual.

Slick respirou fundo, tremendo, e soltou o ar.

— É coincidência.

— Essa fotografia era da srta. Mary. Esse era o avô de Carter. James Harris apareceu em Kershaw quando a srta. Mary era menina. Na época, ele atendia pelo nome de Hoyt Pickens e envolveu todo mundo num esquema financeiro que deixou um monte de gente com dinheiro, mas depois faliu a cidade inteira. E ele sequestrava as crianças do lugar. Quando as pessoas o acusaram, culpou um homem negro. Acabaram matando o homem, e ele desapareceu. Acho que já faz tanto tempo, e Kershaw fica tão ao norte do estado, que nem imaginou que seria reconhecido se voltasse.

— Não, Patricia — disse Slick, franzindo a boca e balançando a cabeça. — Não faça isso.

— A sra. Greene juntou essas coisas — informou Patricia, abrindo a pasta verde.

— A sra. Greene tem muita fé. Mas não teve a mesma educação que a gente — argumentou Slick. — Ela vem de outra realidade. Tem outra cultura.

Patricia mostrou quatro cartas da cidade de Mt. Pleasant.

— Encontraram o carro de Francine no estacionamento do Kmart em 1993. Você se lembra da Francine? Ela fazia faxina para James Harris quando ele se mudou para cá. Eu a vi entrando na casa dele, e aparentemente a mulher desapareceu depois. Encontraram o carro dela abandonado no estacionamento do Kmart após alguns dias. Enviaram cartas para ela, pedindo que fosse buscar o carro na empresa de reboque, mas não adiantou nada. Foi lá que a sra. Greene as encontrou.

— Roubar cartas é crime federal — comentou Slick.

— Tiveram que arrombar a casa dela para alimentar o gato — continuou Patricia. — A irmã da Francine acabou a declarando morta e vendendo a casa. Colocaram o dinheiro numa conta caução. Pelo que dizem, a pessoa tem que ficar desaparecida por cinco anos para que outra possa receber o dinheiro.

— Talvez o carro tenha sido roubado — tentou Slick.

Patricia retirou o maço de recortes de jornal e os dispôs na mesa como cartas de baralho, da mesma forma que a sra. Greene tinha feito.

— Essas são as crianças. Você se lembra de Orville Reed? Ele e o primo Sean morreram logo depois do desaparecimento da Francine. Sean foi morto, e Orville se jogou na frente de um caminhão.

— Já debatemos isso antes — protestou Slick. — A questão daquela outra garotinha…

— Destiny Taylor.

— E o furgão de Jim, e todo o resto. — Slick lançou um olhar solidário para Patricia. — Cuidar da srta. Mary foi muito estresse para você.

— As mortes não pararam — argumentou Patricia. — Depois de Destiny Taylor, foi Chivas Ford, em Six Mile. Ele tinha nove anos de idade e morreu em maio de 1994.

— Crianças morrem por várias razões.

— Então aconteceu isso — disse Patricia, batendo com a ponta do dedo num recorte de um registro policial. — Um ano depois, em 1995. Uma garotinha chamada Latasha Burns, em North Charleston, cortou o próprio pescoço com um cutelo. Por que uma criança de nove anos faria isso se não estivesse tentando se livrar de uma coisa horrível?

— Não quero ouvir mais nada. Toda criança que morreu de forma horrível foi culpa de Jim? Por que parar em North Charleston? Por que não vai até Summerville ou Colúmbia?

— As pessoas começaram a sair de Six Mile por causa da construção do Gracious Cay. Talvez não fosse tão fácil encontrar crianças de que ninguém sentiria falta.

— Leland pagou um preço justo por aquelas casas.

— Aí, nesse ano — continuou Patricia —, teve Carlton Borey, em Awendaw. Onze anos. A sra. Greene conhece a tia dele. Disse que encontraram o menino morto de hipotermia na floresta. Quem morre de frio no meio de abril? Segundo ela, Carlton passou meses doente, exatamente como as outras crianças.

— Nada disso faz sentido. Você está agindo como uma boba.

— Uma criança por ano, por três anos. Sei que não são os nossos filhos, mas são crianças. Não deveríamos nos importar com elas só porque são pobres e negras? Foi assim que agimos antes, e, agora, ele quer o Blue. Quando vai parar? Talvez vá querer Tiger depois, ou Merit, ou um dos filhos da Maryellen.

— É assim que começam as caças às bruxas — rebateu Slick. — As pessoas começam a se preocupar por nada e, quando veem, alguém sai machucado.

— Está de brincadeira? Você vai dar uma Festa da Reforma para proteger os seus filhos do Dia das Bruxas, mas não quer mexer um dedo para protegê-los desse monstro? Ou você acredita no Diabo, ou não.

Ela odiou o tom de coerção na própria voz, porém, quanto mais falava, mais se convencia de que precisava fazer aquelas perguntas. Quanto mais Slick negava o que estava bem diante dos seus olhos, mais lembrava Patricia de como havia agido tantos anos antes.

— *Monstro* é uma palavra forte para alguém que tem sido tão bom com as nossas famílias — argumentou Slick.

Patricia virou a fotografia da srta. Mary.

— Como ele não envelhece, Slick? Me explica isso e eu paro com as perguntas.

Slick mordeu o lábio.

— O que você vai fazer? — perguntou ela.

— Nossos maridos vão viajar nesse fim de semana. A empresa de faxina em que a sra. Greene trabalha limpa a casa dele no sábado, e ela vai estar lá e me deixar entrar. Enquanto faz a faxina, vou ver se consigo encontrar algumas respostas.

— Não pode invadir a casa de alguém, Patricia — disse Slick, horrorizada.

— Se não encontrarmos nada, vou parar e ponto-final. Me ajude a acabar com isso. A gente pode encontrar alguma coisa ou não, mas, de qualquer forma, isso vai acabar.

Slick pressionou a ponta dos dedos na boca e analisou as prateleiras por muito tempo, então pegou o retrato e pensou mais um tempo. Por fim, voltou a colocar a foto no lugar.

— Me deixe rezar um pouco — pediu ela. — Não vou contar ao Leland, mas deixe a fotografia e a pasta aí, para que eu possa rezar com elas.

— Obrigada.

Jamais ocorreu a Patricia que não podia confiar em Slick.

CAPÍTULO 29

Slick telefonou na quinta-feira, às 10h25.
— Estarei lá — disse ela. — Mas só vou olhar. Não vou abrir nada que esteja fechado.
— Obrigada.
— Não me sinto bem quanto a isso — comentou Slick.
— Nem eu — respondeu Patricia.
Depois desligou e telefonou para a sra. Greene, para contar a novidade.
— Isso foi um grande erro — disse a sra. Greene.
— Vai ser mais rápido com três pessoas — argumentou Patricia.
— Talvez. Mas estou dizendo que foi um erro.
Ela deu um beijo de despedida em Carter na manhã de sexta-feira, às sete e meia, e ele foi para Tampa no voo 1237 da Delta, saindo do aeroporto de Charleston, com escala em Atlanta. Na manhã de sábado, às nove e meia, Patricia levou Blue para a escola. Falou a Korey que elas podiam pensar na lista de faculdades juntas, mas, ao meio-dia, quando Patricia teve que ir buscar Blue, Korey mal tinha aberto os catálogos.
Quando estacionou diante do Albemarle cinco minutos depois do meio-dia, o único outro carro lá era o Saab branco de Slick. Patricia desembarcou e bateu na janela do motorista.
— Oi, sra. Campbell — disse Greer, abaixando o vidro.
— Sua mãe está bem? — perguntou Patricia.

— Ela teve que resolver uma coisa na igreja. Falou que encontraria você mais tarde?
— Estou ajudando ela com a Festa da Reforma.
— Legal — comentou Greer.

O relógio indicava 12h40 quando ela e Blue chegaram em casa. Korey deixara um bilhete no balcão dizendo que tinha ido até o centro para a aula de aeróbica e que depois iria ao cinema com Laurie Gibson. Às 14h15, Patricia bateu no quarto de Blue.

— Vou dar uma saída — informou ela.

O filho não respondeu. Ela presumiu que ele tinha ouvido.

Patricia não queria que ninguém visse seu carro, e, de qualquer forma, a tarde estava agradável, então foi caminhando pela Middle Street. Viu o automóvel da sra. Greene estacionado na entrada da garagem de James Harris, ao lado de uma caminhonete verde e branca da Greener Cleaners. O Corsica de James Harris não estava lá.

Patricia odiava a casa dele. Dois anos antes, James Harris demolira o chalé da sra. Savage, dividira o terreno no meio, vendera a metade mais próxima aos Henderson para um dentista de algum lugar ao norte e então construíra para si uma mansão exagerada, que ocupava todo o terreno. Um enorme caroço sulista com abacaxis de concreto marcando os limites da entrada de garagem, se sustentava em palafitas, com o primeiro andar todo fechado para estacionamento. Era uma monstruosidade branca com seus vários telhados de metal pintados de vermelho-ferrugem e cercada por uma varanda enorme.

Patricia esteve naquela casa uma vez para a festa de inauguração no verão anterior, e lá dentro só havia tapetes de sisal e móveis enormes, pesados e de grandes franquias, nada com um pingo de personalidade, tudo anônimo e bege, ou creme, ou off-white, ou ardósia. Parecia o cadáver embalsamado e inchado de uma casa de praia sulista em ruínas, com um pouquinho de maquiagem e ar-condicionado central.

Patricia virou na McCants, fez outra curva e deu uma volta até entrar na Pitt Street, diretamente atrás da casa de James Harris, o bastante para ver os telhados vermelhos por cima das árvores no final de uma vala entre dois terrenos que cortava o quarteirão. Quando chovia, a vala levava o excesso de água da Pitt até o cais. Mas fazia semanas que não chovia, e no momento a vala não passava de um fio d'água lodoso, um caminho desgastado usado por crianças como atalho.

Ela saiu da calçada rachada pelas raízes das árvores e caminhou até a casa por ali, o mais rápido possível, sentindo-se observada o tempo inteiro. O quintal de James Harris estava coberto pela sombra intensa da casa, tão frio quanto a água no fundo de um lago. O lugar não recebia luz suficiente, e seus passos faziam barulho na grama amarelada.

Patricia foi até a escada na varanda dos fundos e parou, olhando para trás, procurando Slick, que ainda não tinha chegado. Patricia foi em frente, querendo desaparecer de vista o quanto antes. Bateu na porta.

Lá dentro, ouviu um aspirador de pó sendo desligado. Um minuto depois, a fita veda-frestas fez um barulho e a porta se abriu, revelando a sra. Greene, que usava uma camisa polo verde.

— Olá, sra. Greene — disse Patricia, em voz alta. — Vim aqui ver se consigo encontrar minhas chaves. Que eu deixei aqui.

— O sr. Harris não está em casa — respondeu a sra. Greene, também em voz alta, um aviso a Patricia de que a outra mulher que trabalhava com ela estava lá. — Talvez seja melhor voltar depois.

— É que preciso mesmo das minhas chaves — disse Patricia.

— Tenho certeza de que ele não vai se importar se você der uma olhada para procurá-las — declarou a sra. Greene.

Ela abriu caminho, e Patricia entrou. A cozinha tinha uma ilha grande, quase inteiramente coberta por uma espécie de chapa de aço inoxidável. Armários marrom-escuros revestiam as paredes, e a geladeira, a lava-louça e a pia eram todas de aço inoxidável. O cômodo era frio. Patricia desejou ter trazido um casaco.

— Slick já chegou? — sussurrou ela.

— Ainda não — respondeu a sra. Greene. — Só que não dá para esperar mais.

Uma mulher, vestindo a mesma camisa polo verde da sra. Greene, chegou do vestíbulo. Usava luvas amarelas de borracha e uma pochete de couro brilhante.

— Lora — disse a sra. Greene. — Essa é a sra. Campbell, do fim da rua. Ela acha que deixou as chaves aqui e vai procurar.

Patricia esboçou o que esperava ser um sorriso amigável.

— Oi, Lora. É um prazer conhecê-la. Não se incomode comigo.

Lora encarou Patricia com seus grandes olhos castanhos, depois a sra. Greene e, por fim, voltou para Patricia. Colocou a mão na cintura e tirou de lá um telefone celular.

— Isso não é necessário — disse a sra. Greene. — Eu conheço a sra. Campbell. Já fiz faxina para ela.

— Só vai levar um minuto — avisou Patricia, fingindo analisar o balcão de granito. — Sei que as chaves estão aqui em algum lugar.

Com os olhos castanhos ainda focados na sra. Greene, Lora abriu o celular e apertou um botão.

— Lora, não! — disse Patricia, alto demais.

Ela se virou e encarou Patricia. Piscou uma vez, segurando o celular aberto na luva amarela de borracha.

— Lora. Preciso mesmo encontrar as minhas chaves. Elas podem estar em qualquer lugar, e talvez demore um pouco. Mas você não vai ter problema nenhum por isso. Prometo. E vou pagar por qualquer inconveniência.

Ela havia deixado a bolsa em casa, mas a sra. Greene tinha sugerido que levasse dinheiro, por precaução. Patricia enfiou a mão no bolso e retirou quatro das cinco notas de dez dólares que trouxera, colocando-as sobre a ilha da cozinha, perto de Lora, e dando um passo para trás.

— O sr. Harris só volta amanhã — argumentou a sra. Greene.

Lora foi adiante, pegou o dinheiro e enfiou as notas no fundo da pochete.

— Muito obrigada, Lora — agradeceu Patricia.

A sra. Greene e Lora saíram da cozinha, e o aspirador de pó rugiu. Patricia olhou pela janela dos fundos para ver se Slick estava chegando, mas o caminho por onde havia chegado estava vazio. Virou-se, atravessou o grande vestíbulo e conferiu a janela ao lado da porta. O vidro era ondulado, num estilo artístico próprio para parecer uma antiguidade. O Saab de Slick não estava na entrada da garagem. A amiga não era de se atrasar, mas se tivesse perdido a coragem no último instante talvez também não fosse a pior coisa do mundo. Patricia não sabia como Lora reagiria com duas mulheres fazendo buscas pela casa.

Além disso, não havia muita coisa. As gavetas da cozinha estavam vazias. Não havia quase nada de comida nos armários. Nenhuma gaveta da bagunça. Nenhum ímã da empresa de dedetização ou da pizzaria na porta da geladeira. Nenhuma torradeira no balcão, liquidificador, máquina de waffle, grill George Foreman. A casa toda era assim. Decidiu ir ao segundo andar. Se ele tivesse algo mais pessoal, era provável que estivesse escondido lá.

Subiu a escada acarpetada, deixando o barulho do aspirador no andar de baixo. Parou no vestíbulo superior, cercado por portas fechadas, e, de repente, sentiu que estava prestes a cometer um erro terrível. Não deveria estar ali. O certo seria dar meia-volta e ir embora. O que tinha dado nela? *Barba Azul* passou pela sua cabeça, em que o marido mandava a esposa não olhar atrás de uma porta e, claro, a mulher olhava e descobria os cadáveres das antigas esposas dele. Segundo a mãe de Patricia, a moral da história é que sempre se deveria confiar no seu marido e nunca bisbilhotar. Mas não era melhor saber a verdade? Ela foi até o quarto principal.

O cômodo tinha cheiro de vinil quente e carpete novo, mesmo que, àquela altura, o carpete já devesse ter uns dois anos. A cama estava feita e tinha quatro hastes, cada uma coroada por um abacaxi entalhado. Perto da janela, havia uma poltrona e uma escrivaninha. Sobre a escrivaninha, um caderno. Todas as páginas estavam em branco. Patricia deu uma olhada no closet. Todas as roupas estavam dentro de sacos da lavanderia, até mesmo a calça jeans, e todas cheiravam a produtos químicos de limpeza.

Vasculhou o banheiro. Pentes, escovas, pasta de dente e fio dental, mas nenhuma receita médica. Band-Aids e gaze, mas nada que indicasse qualquer coisa sobre o morador. Tudo tinha cheiro de produtos de vedação e drywall. A pia e o chuveiro estavam secos. Patricia voltou para o vestíbulo e tentou novamente.

Foi de quarto em quarto, abrindo gavetas e armários vazios. Tudo tinha cheiro de tinta fresca. Os cômodos davam uma sensação de serem desabitados. As camas estavam feitas, com travesseiros decorativos e fronhas chiques. A casa parecia abandonada.

— Encontrou alguma coisa? — perguntou uma voz, e Patricia deu um pulo.

— Deusdocéu! — soltou ela, colocando a mão no peito. — Você quase me matou de susto.

A sra. Greene estava na soleira da porta.

— Encontrou alguma coisa? — repetiu.

— Está tudo vazio. Slick ainda não apareceu, não é?

— Não — respondeu a sra. Greene. — Lora está almoçando na cozinha.

— Não tem nada aqui. Isso é inútil.

— Não tem nada na casa inteira? Em lugar nenhum? Tem certeza de que procurou direito?

— Procurei em todos os lugares. Vou embora antes que Lora mude de ideia.

— Não é possível — disse a sra. Greene.

A teimosia dela fez Patricia explodir.

— Se acha que vai encontrar alguma coisa que deixei passar, por favor, fique à vontade.

As duas ficaram paradas, olhando uma para a outra. A decepção deixou Patricia nervosa. Tinha chegado tão longe para nada. Não havia como seguir adiante.

— Nós tentamos — declarou ela, por fim. — Se Slick aparecer, diga a ela que recuperei o juízo.

Patricia passou pela sra. Greene, indo na direção da escada.

— E ali? — perguntou a mulher às suas costas.

Cansada, Patricia se virou e a viu com o pescoço esticado para trás, olhando para o teto. Mais especificamente, para um pequeno gancho preto. Usando aquilo como ponto de referência, Patricia notou a linha retangular de uma porta ao redor, com as dobradiças pintadas de branco. Pegou uma vassoura da cozinha, prendeu o cabo no gancho e puxou. Com um ranger das molas e um estalo da tinta, os vértices do retângulo se moveram, ficando mais escuros, e a porta para o sótão desceu, desdobrando a escada de metal presa a ela.

Um fedor de algo seco e abandonado se espalhou pelo vestíbulo.

— Vou subir — disse Patricia.

Ela segurou as laterais da escada, que sacudiu. Patricia se sentiu muito pesada, como se o pé fosse quebrar os degraus. Então a cabeça passou pelo teto, e ela foi envolvida pela escuridão.

Quando os olhos se ajustaram à menor incidência de luz, Patricia percebeu que não estava completamente escuro. O sótão tinha toda a extensão da casa, com persianas em cada lateral. A luz do dia entrava pelas frestas. O lugar era abafado e sufocante. O lado do sótão que dava para a rua não tinha nada, apenas vigas e um material isolante rosa. Nos fundos, havia uma confusão de silhuetas obscuras.

— Você tem uma lanterna? — perguntou Patricia.
— Aqui.

Ela retirou algo do chaveiro, e Patricia desceu alguns degraus para pegar: um retângulo pequeno de borracha verde do tamanho de um isqueiro.

— É só apertar nos lados — explicou a sra. Greene.

Uma lâmpada minúscula na ponta emitiu um brilho fraco. Era melhor do que nada.

Patricia subiu para o sótão.

O chão era grosso, coberto por uma camada de veneno para insetos, fezes secas de rato e de morcego, penas de pombo, baratas mortas de barriga para cima e pilhas maiores de excrementos que pareciam ser de guaxinins. Patricia foi na direção da bagunça. O ar frio formava uma corrente através das aberturas. Havia um pó branco no chão de madeira compensada sob seus pés.

O sótão tinha cheiro de inseto morto, de pano podre, de papelão molhado que secou e mofou. Lá embaixo, tudo era meticulosamente limpo e lustroso, sem qualquer traço de algo orgânico. Já ali em cima, a casa era um esqueleto: vigas de madeira crua, piso imundo, marcas feitas pelos pedreiros no compensado abaixo das telhas. Patricia lançou o facho de luz sobre os itens nos fundos e percebeu que era o cemitério da vida da sra. Savage.

Cobertores, mantas e lençóis cobriam todas as caixas, baús e malas que Patricia já tinha visto na sala de estar da idosa. Infestados de ovos de baratas, com teias de aranha em cada brecha, os lençóis e cobertores imundos estavam grossos de sebo e fedidos.

Patricia levantou a ponta de uma manta rosa encardida e liberou um aroma de polpa de madeira apodrecida. Embaixo, no chão, havia uma caixa de papelão com livros danificados pela água. Ratos tinham roído um canto da caixa, e livros baratos de cores vivas se espalhavam pelo chão. Por que ele levara todo aquele lixo para a casa nova? Não fazia sentido. Na moradia moderna e meticulosamente sem graça, aquilo parecia um erro.

A pele fervilhava de repulsa sempre que Patricia tocava nos cobertores. Eles estavam imundos, cheios de veneno branco de barata e fezes de ratos. Ela deu voltas pelas caixas até onde os lençóis acabavam, onde a chaminé de tijolos saía do chão e atravessava o teto. Reconheceu uma fileira de velhas malas encostadas na parede, cercadas pela mobília que ela lembrava da antiga casa: luminárias completamente engolidas por teias de aranha cheias de ovos, a cadeira de balanço que tinha virado um ninho de rato, o aparador com tampo empenado e rachado.

Sem saber por onde começar, Patricia ergueu cada uma das malas. Estavam vazias, com exceção da penúltima, que não saiu do lugar. Ela tentou de novo. Parecia presa ao chão. Então, conseguiu deslizar a mala marrom e com as laterais rígidas, o suor pingando do nariz. Abriu o primeiro trinco, emperrado, depois o segundo, e a pressão do que quer que estivesse lá dentro forçou a tampa a se abrir.

O fedor químico de naftalina explodiu na sua cara, deixando-a com os olhos cheios d'água. Ela apertou a lanterna que a sra. Greene tinha lhe dado e viu que a mala estava cheia de sacos plásticos pretos salpicados de bolinhas brancas de naftalina que rolaram pelo chão. Retirou um pouco do plástico, e um par de olhos leitosos refletiu a luz.

Seus dedos ficaram dormentes e a lanterna se apagou quando Patricia a deixou cair no meio dos sacos plásticos. Ela deu um passo para trás e o pé caiu no espaço entre duas vigas onde o piso de madeira de compensado acabava. Começou a cair de costas, os braços girando, mas conseguiu por um triz agarrar uma trave grosseira do teto e recuperar o equilíbrio.

Voltando a tatear a mala, o pânico quase saindo de controle, seus dedos encontraram a lanterna e a apertaram. Ela viu os olhos de novo, e agora notava o rosto ao redor deles. Estava enrolado por um saco plástico claro de lavanderia, e Patricia percebeu grãos brancos lá dentro, que foram ficando amarelados e amarronzados com o tempo. Chegou à conclusão de que era sal. A naftalina estava ali para neutralizar o cheiro. O sal, para preservar o corpo. A pele do rosto do cadáver era marrom-escura e estava bem esticada, formando um sorriso terrível. Mesmo assim, Patricia reconheceu Francine.

Com o coração martelando no peito, as mãos latejando, ela se obrigou a apagar a lanterna. Colocou-a no bolso, fez força para fechar a mala de novo. Voltou os trincos à posição original, segurou a alça com as duas mãos e a puxou para a escada, arranhando o chão com um chiado alto.

Patricia puxava a mala, dava um passo, puxava mais um pouco e dava outro passo; dessa forma, conseguiu levá-la até o meio do sótão. Seus ombros queimavam e as costas pareciam machucadas, mas, por fim, foi capaz de chegar à beira do alçapão e sentiu alívio invadir o corpo ao ver o cômodo limpo lá embaixo.

Ela deixaria a mala ali em cima, chamaria a sra. Greene e as duas tirariam aquilo da casa juntas. Patricia não hesitaria. Iria direto para a delegacia. Deu meia-volta e pisou no primeiro degrau. Foi aí que escutou vozes e automaticamente puxou o pé de volta.

— Sra. Greene — disse uma voz masculina ao longe. Ela não conseguiu ouvir o que veio depois, a não ser: — … que surpresa.

Ouviu a sra. Greene falar alguma coisa que não conseguiu entender, mas então escutou o final da resposta de James Harris:

— … voltei antes para casa.

CAPÍTULO 30

O choque percorreu os braços e as pernas de Patricia, deixando-a presa naquele lugar.
— ... finalizar o serviço... — disse James Harris. — ... subir e descansar um pouco.

Um pensamento horrível irrompeu: a qualquer segundo, Slick apareceria e bateria na porta dos fundos da casa. Ela era incapaz de mentir. Diria estar lá para encontrar Patricia.

Uma voz que Patricia não conseguia identificar falou algo, e então James Harris comentou:

— Lora está aqui hoje?

Patricia olhou para baixo, e o coração bateu tão forte que poderia ter deixado um hematoma nas costelas. Lora estava parada sob a soleira da porta do quarto de hóspedes, com uma flanela na mão, olhando para cima, para Patricia.

— Lora — sussurrou ela.

A mulher piscou devagar.

— Feche a escada — suplicou Patricia. Lora continuou a encará-la. — Por favor. Feche a escada.

James Harris estava falando alguma coisa que Patricia não conseguiu ouvir muito bem, pois tudo no seu corpo estava direcionado para Lora, implorando para que ela a entendesse. Então, a moça se mexeu: estendeu a mão com a luva de borracha amarela, a palma para cima num gesto universal. Patricia se lembrou da outra nota de dez dólares. Enfiou a mão no bolso, dobrando a unha para trás, e retirou o dinheiro. Largou a nota, que flutuou devagar até a mão de Lora.

Então, escutou James Harris dizendo lá embaixo:

— Alguém apareceu por aqui?

Lora pegou a parte de baixo da escada e a empurrou para cima. Dessa vez, as molas não rangeram, mas a escada subiu rápido demais, então Patricia teve que se agachar e segurar a porta antes que batesse, para fechá-la devagar, com um *bump* silencioso.

Ela precisava recolocar a mala no lugar antes de James Harris subir. Enfiando o pé direito embaixo da bagagem, sentindo o peso esmagar seus ossos, Patricia deu um passo, usando o sapato como amortecedor quando largava a mala, puxando-a um passo de cada vez. Fazia barulho, mas não tanto quanto arrastar. Mancando alucinadamente, arranhando a canela a cada movimento, os batimentos cardíacos estalando nos pulsos e o peso esfolando o peito do pé, aos poucos Patricia chegou à parede do sótão e colocou a mala de volta no lugar. Então viu que havia várias bolas de naftalina espalhadas pelo chão, brilhando feito pérolas sob a luz fraca do local.

Recolheu todas e, sem ter onde guardá-las, enfiou no bolso. Sua cabeça girava. Achava que ia desmaiar. Precisava saber onde James Harris estava. Pisando apenas nas vigas, voltou até a porta de alçapão, chutou três baratas mortas para longe e se ajoelhou, levando a orelha para perto do compensado sujo.

Ouviu os ruídos abafados de portas se abrindo e fechando. Rezou para que Lora tivesse fechado a porta do cômodo abaixo, mas então ouviu alguém a abrindo e passos muito perto. Ficou com o coração apertado. Patricia se perguntou se dava pra ver as marcas da escada no carpete. Então, mais passos e a porta foi fechada.

Tudo ficou quieto. Ela se levantou. Cada articulação do corpo doía. Como sairia dali? E por que ele tinha viajado durante o dia? Patricia sabia que James Harris poderia, mas só se submeteria a isso se estivesse desesperado. O que tinha acontecido para ele voltar correndo para casa? Será que ele sabia que ela estava lá? E o que aconteceria quando Slick aparecesse?

Patricia escutou vozes fracas lá embaixo:

— ... voltem na semana...

Ele estava dispensando as faxineiras. Patricia ouviu um barulho longínquo e derradeiro, e percebeu que era a porta da casa se fechando. Estava sozinha ali. Com James Harris. Tudo permaneceu em silêncio por alguns minutos, mas então, bem debaixo da porta do alçapão, uma voz cantarolada entoou:

— Patricia. Eu sei que você está aqui.

Ela congelou. Ele estava prestes a subir. Ela quis gritar, mas se segurou antes que qualquer coisa pudesse escapar dos seus lábios.

— Vou encontrar você, Patricia — cantarolou James Harris.

Ele subiria a escada. A qualquer momento, ela ouviria as molas se esticando e notaria o contorno da porta se iluminando, escutaria passos pesados nos degraus e veria a cabeça e os ombros de James Harris surgindo no sótão, olhando para ela, a boca aberta num sorriso, e aquela coisa, aquela coisa grande e preta saindo da sua garganta. Não havia saída.

Abaixo, a porta de um cômodo foi aberta, e depois outra. Ela ouviu portas de armários abrindo e fechando, próximas e distantes, e então a porta de um cômodo bateu com força, e Patricia quase infartou. Outra porta se abriu.

Era só uma questão de tempo até ele se lembrar do sótão. Ela precisava encontrar um esconderijo.

Apertou a lanterna e olhou para o chão, tentando ver se aquilo a denunciara. Havia pegadas por toda parte no veneno branco de barata, além das marcas deixadas pela mala. Agachando-se e se forçando a se mover devagar e com cuidado, Patricia espanou o pó com as mãos, deixando a camada branca um pouco mais fina, porém intacta. Foi para trás, curvada, pisando de leve no chão, a lombar pegando fogo, até chegar perto das malas e se levantar. Usou a lanterna para verificar o trabalho e ficou satisfeita.

Ao examinar as malas, percebeu que aquela com o corpo de Francine parecia limpa demais. Pegou um pouco de veneno e de cocô de rato para sujá-la. Funcionaria, se ele não olhasse com atenção.

Patricia se sentia exposta de pé, então se obrigou a ficar deitada atrás das coisas da sra. Savage. Com a orelha pressionada no chão imundo de compensado, ouviu a casa vibrando lá embaixo. Escutou portas sendo abertas e fechadas. Passos. E então não ouviu mais nada. A ausência de barulho a deixou nervosa.

Deu uma olhada no relógio de pulso: eram 16h56. O silêncio a colocou em um transe. Poderia ficar ali, ele não a procuraria naquele lugar, ela esperaria o quanto fosse necessário, ficaria de orelha em pé, e, quando anoitecesse, ele sairia de casa e ela escaparia. Precisava ser forte. Precisava ser inteligente. Precisava se manter em segurança.

Ela ouviu as molas gemendo quando a porta do alçapão se abriu, e o lado oposto do sótão foi inundado de luz.

— Patricia — chamou James Harris em voz alta, subindo a escada, as molas gritando sob seus pés. — Sei que está aqui em cima.

Ela olhou para os cobertores encardidos que cobriam as caixas e percebeu que, mesmo que fosse para baixo deles, não faria diferença. Havia muito pouca mobília para que conseguisse se esconder. Se James Harris desse a volta, a encontraria. Não havia como fugir.

— Vou pegar você, Patricia — disse ele, feliz, subindo a escada.

Então, Patricia viu a pilha de roupas no canto do sótão onde o chão de madeira de compensado terminava. Diversas caixas tinham aberto completamente, o conteúdo delas despejado numa grande bagunça.

Se pudesse ir para baixo daquelas roupas, ficaria escondida. Rastejou até elas, mantendo-se perto do chão, o fedor de tecido podre deixando as suas cavidades nasais em carne viva. Sua garganta se fechou. Os passos vindos da escada pararam.

— Patty — disse James, do meio do sótão. — Precisamos conversar.

Ela ouviu o compensado ranger.

Patricia levantou uma ponta de tecido grosso e começou a deslizar para baixo da pilha. Aranhas fugiram diante daquela perturbação, e no seu rosto caiu uma chuva de ovos de barata que estavam nas roupas; no seu pescoço, centopeias se contorceram. Ela ouviu James Harris caminhando e se forçou a engolir a ânsia de vômito e a continuar rastejando com todo o cuidado para não mover os cobertores. Os pés dele se aproximavam, estavam perto das caixas agora, e ela puxou as pernas para o peito, sob a pilha de roupas nojentas, e ficou lá, tentando não respirar.

Insetos andavam pelo seu corpo, e Patricia notou que tinha entrado num ninho de ratos. Patinhas com garras se contorciam sobre a sua barriga e os seus quadris. Ela queria gritar, mas manteve a boca bem fechada, com respirações curtas pelo nariz, sentindo o tecido fedorento ao seu redor cheio de ácaros, baratas e bichos.

Tinha cascas secas de insetos no rosto, mas não se atrevia a limpar. Aranhas caminhavam pelos nós dos dedos. Ela se obrigou a ficar completamente parada. Ouviu outro passo e sabia que ele estava retirando os cobertores de cima das caixas de Ann Savage, procurando ali, mas ela fingiu ser invisível.

— Patricia — disse James Harris, como se estivesse batendo um papo —, por que está escondida no meu sótão? O que está procurando aqui?

Ela pensou em como ele havia enfiado o corpo de Francine numa mala, provavelmente tivera que quebrar os braços, estilhaçar os ombros, esmigalhar os cotovelos, arrancar as pernas e dobrá-las com as próprias mãos grandes para fazer tudo caber ali dentro. Ele era muito forte. E estava bem em cima dela.

A pilha de roupas podres se mexeu, e Patricia desejou ficar cada vez menor até não sobrar mais nada. Uma coisa estendeu uma perna comprida e delicada até o seu queixo para depois passar suavemente pelos lábios com as pernas peludas, e Patricia sentiu a antena da barata roçar a beira das suas narinas, como cabelos compridos e ondulados. Ela queria gritar, mas fingiu que era feita de pedra.

— Patricia — insistiu James Harris. — Estou vendo você.

Por favor, por favor, por favor, não entre no meu nariz, ela implorou em silêncio para a barata.

— Patricia — disse James Harris bem ao lado dela. E se os seus pés estivessem aparecendo? E se ele pudesse vê-los? — Está na hora de acabar com essa brincadeira. Você sabe como fico mal se saio durante o dia. Não estou me sentindo bem agora e não estou com cabeça para joguinhos.

A barata passou pelo nariz e atravessou a bochecha. Patricia fechou bem os olhos, grudentos pelo contato com todo aquele tecido infestado, e o passeio do inseto pelo seu rosto incomodou tanto que ela precisou coçar a bochecha, ou ficaria louca. A barata desceu pela lateral da face até a orelha, analisando o canal auditivo com a antena. Então, atraída pelo calor do local, suas pernas começaram a arranhar a parte interna do ouvido.

Ah, meu Deus, Patricia queria gritar.

Por favor, por favor, por favor, por favor...

Sentiu a antena se agitando, explorando as profundezas do seu ouvido, mandando arrepios gelados pela sua espinha e fazendo a bile ferver na sua garganta. Pressionou a língua no céu da boca, sentindo o vômito invadir os seios nasais, e as perninhas já estavam dentro da orelha agora, e as asas batiam levemente na parte de cima do canal auditivo, e ela sentiu a barata entrando no seu ouvido.

— Patricia! — gritou James Harris, e alguma coisa se mexeu violentamente e caiu.

Ela quase gritou, mas se manteve firme, e a barata entrou mais, quase o corpo inteiro dentro de sua orelha, as pernas escalando, e mais um pouco ela não conseguiria retirar o inseto, e James Harris deu chutes na mobília, e Patricia sentiu os lençóis se mexendo.

Então, os passos pesados se afastaram, e ela ouviu o gemido das molas. A barata bateu as asas, tentando ir mais para dentro, mas estava presa, e Patricia sentia que as patas do bicho estavam encostando na lateral do seu cérebro, e ela sabia que James Harris só havia fingido ir embora, e então ouviu um barulho, o chão tremeu, e veio o silêncio, e Patricia tinha certeza de que ele estava esperando por ela.

Preparou a mão esquerda para agarrar as patas traseiras da barata antes que o bicho desaparecesse no seu ouvido, e escutou, esperando James Harris dar um passo em falso, mas então, lá longe, em algum lugar na casa, Patricia ouviu uma porta batendo.

Ela saiu da pilha de roupas, sentindo uma chuva de fezes de rato cair do seu corpo, então apertou a orelha, mas não conseguiu pegar a barata, que entrou em pânico e se contorceu, tentando entrar ainda mais no ouvido. Mas Patricia pegou a carne mole ao redor do inseto e fechou o canal auditivo com a outra mão. Alguma coisa deu um estalo, um fluido escorreu pela sua orelha, e ela retirou o cadáver decepado da barata, limpando a gosma quente lá de dentro com o mindinho.

Aranhas desceram do seu cabelo para o pescoço. Patricia deu tapas nelas, rezando para não serem viúvas-negras.

Por fim, parou. Olhou o monte de roupas velhas, com plena consciência de que, mesmo se ele voltasse, não conseguiria se forçar a entrar ali embaixo de novo por nada no mundo.

Observou as persianas ficarem mais escuras no lado do sótão voltado para a frente da casa e mais claras no lado que dava para as docas, e então a luz ficou rosada, depois vermelha, depois laranja e, por fim, desapareceu. Patricia começou a tremer. Como sairia dali? E se ele passasse a noite inteira em casa? E se ela caísse no sono e ele voltasse? E se Carter telefonasse para casa? Blue e Korey sabiam onde a mãe deles estava?

Viu as horas: 18h11. Os pensamentos davam voltas na sua cabeça enquanto o sol baixava e o sótão esfriava. Ela estava com sede, com fome, assustada e imunda. Por fim, colocou os pés debaixo da pilha de roupas apodrecidas para mantê-los aquecidos.

De vez em quando, Patricia acabava cochilando e acordava com um solavanco da cabeça que machucava o pescoço. Prestava atenção, tentando escutar James Harris, tremia de forma incontrolável e havia parado de olhar o relógio, porque quando pensava que uma hora tinha se passado acabava descobrindo que foram apenas cinco minutos.

Patricia se perguntou o que havia acontecido com Slick e por que James Harris voltara para casa antes, e por que ele tinha se arriscado e saído à luz do dia, e, no seu cérebro mole e frio, aqueles pensamentos ficaram cada vez mais lentos até se misturarem, e, de repente, ela soube que tinha sido Slick.

Slick contara a James Harris que Patricia estava lá. Por isso não tinha aparecido. Telefonara para James Harris na Flórida porque seus valores cristãos não permitiam que quebrasse regras, e Patricia encontrara uma coisa, encontrara *a* coisa, encontrara Francine, mas Slick não se importava com isso, não se importava que Patricia tivesse dito que ele era perigoso, só se importava com sua preciosa alma imaculada.

Deu uma olhada no relógio: 22h31. Completara sete horas dentro do sótão. E ficaria ali por no mínimo mais sete. Por que Slick a traíra? Elas não eram amigas? Mas Patricia percebeu que estava sozinha outra vez.

Levou alguns minutos para identificar o barulho lá embaixo, atravessando o piso, repetindo sem parar. Limpou o nariz e escutou, mas não conseguia identificar o que poderia ser. Então, o barulho parou.

— O que foi?!? — gritou James Harris.

Mesmo ao longe e abafada pelas paredes, a voz a fez pular.

O barulho era o telefone tocando. Ela ouviu passos descendo às pressas, a porta se abrindo e fechando com violência e, por fim, silêncio.

Ficou sentada, o coração martelando, os dentes batendo. Então, sua pele se arrepiou: havia alguém arranhando o outro lado da porta do alçapão. Ele ia subir de novo, estava procurando o gancho, puxando a porta para baixo. Ela estava cansada demais, com frio demais, não conseguia se mexer, não conseguiria se esconder. Então, veio um barulho como o fim do mundo quando a porta se abriu, as molas gritaram e James Harris começou a subir a escada.

CAPÍTULO 31

— Patricia? — sussurrou Kitty.

Patricia não conseguiu entender por que Kitty estava com James Harris.

— Patricia? — chamou Kitty, mais alto.

Patricia se levantou, apoiando-se nos cotovelos, depois nas mãos, e observou por cima das caixas. Kitty estava com a metade do corpo para dentro do sótão. Sozinha.

— Kitty? — perguntou ela, a língua seca se apegando às sílabas.

— Ah, graças a Deus — disse Kitty. — Você quase me matou de susto. Vem.

— Cadê ele? — indagou Patricia, o pensamento lento e pesado.

— Foi embora. Rápido, agora. Precisamos sair daqui antes que ele volte.

Patricia se levantou e cambaleou na direção de Kitty, os joelhos estalando, a coluna rangendo, os pés formigando e gritando de dor com o sangue que retornava a eles.

— Como? — perguntou Patricia.

— O Gracious Cay pegou fogo — respondeu Kitty. — A sra. Greene me ligou e disse que eu precisava vir aqui buscar você.

— Cadê ela? — questionou Patricia, com a voz arrastada, chegando à porta do alçapão.

Kitty segurou a cintura de Patricia e ajudou a amiga a se equilibrar.

— A primeira coisa que fiz foi levar Blue e Korey para Seewee — respondeu, ajudando Patricia a colocar o pé no primeiro degrau. — Dissemos que você teve que visitar um primo doente no norte do estado. Eles ficaram o dia inteiro reclamando com Honey, então alugamos uma porção de filmes. Fiz camas para os dois. Estão todos se divertindo muito.

Kitty colocou os dois pés de Patricia no degrau, então a ajudou a dar meia-volta e descer a escada. No meio do caminho, a cabeça de Patricia saiu do sótão e foi atingida por um cheiro tão bom de limpeza que ela teve vontade de chorar.

— Como o Gracious Cay pegou fogo? — perguntou, se segurando na escada enquanto o cômodo girava lentamente ao seu redor. — Cadê a sra. Greene?

— Uma pergunta responde à outra — disse Kitty. — Acho que foi a primeira vez que a mulher cometeu um crime. Continue descendo.

— Não. Você precisa ver uma coisa.

Ela se obrigou a subir a escada.

— Já vi sótãos antes — afirmou Kitty. — Patricia! Não dá tempo.

Patricia se ajoelhou no piso do sótão e olhou para Kitty pelo alçapão.

— Se você não vir isso, não vai ter adiantado de nada. Vão falar que estou maluca de novo.

— Ninguém acha que você é maluca.

Patricia desapareceu na escuridão. Depois de um instante, ouviu a escada estalando e Kitty surgindo pela abertura.

— Está um breu aqui — comentou Kitty.

Patricia retirou a lanterna do bolso e a usou para iluminar o caminho de Kitty até a chaminé, de onde ela retirou a mala, com grande esforço, e a colocou ao seu lado.

— Já vi malas antes — disse Kitty.

— Segure aqui. — Patricia entregou a lanterna para ela. — Aponta pra cá e aperta.

Kitty segurou a lanterna enquanto Patricia destrancava a mala. Abriu um lado dela e afastou o saco plástico preto. Os olhos arregalados e os dentes de Francine não a assustaram dessa vez, só a deixaram triste. Ela ficara muito tempo sozinha lá em cima.

— Ah! — gritou Kitty, surpresa, e a lanterna parou de funcionar.

Patricia ouviu a amiga lutando contra a ânsia de vômito uma, duas vezes, e então Kitty deu um arroto forte com cheiro de carne. Depois de um instante, a luz retornou e iluminou o conteúdo da mala.

— É a Francine — disse Patricia. — Me ajude a levá-la lá para baixo.

Ela fechou a mala e a trancou.

— Não podemos mexer em evidências — argumentou Kitty, e, na mesma hora, Patricia se sentiu uma idiota. Lógico. A polícia precisava encontrar Francine ali.

— Mas você a viu, não viu? — perguntou Patricia.

— Vi — respondeu Kitty. — Vi, sim, com absoluta certeza. Posso testemunhar diante do tribunal. Mas temos que ir embora.

Elas colocaram a mala de volta no lugar, e Kitty ajudou Patricia a sair do sótão. No entanto, foi apenas quando tinham saído lá do sótão, descido a escada da casa e chegado ao vestíbulo do primeiro andar que Patricia teve um pensamento desanimador e se virou. Ela estava imunda. O carpete que cobria os degraus era branco.

— Ah, não — disse ela, e a força desapareceu das suas pernas, fazendo-a se sentar no chão.

— Não temos tempo para isso. Ele vai voltar a qualquer segundo.

— Olha! — disse Patricia, apontando para o carpete.

A sujeira estava clara ali. Não eram pegadas, mas quase. Cada degrau estava sujo, até lá em cima e mais, Patricia tinha certeza, até o lugar em que a porta do sótão se abria.

— Ele vai saber que fui eu, que eu estava no sótão — disse ela. — Vai se livrar da mala antes que a gente possa voltar com a polícia. Não vai ter adiantado nada.

— Não temos tempo — avisou Kitty, puxando-a pela cozinha para a porta dos fundos.

Patricia se imaginou ouvindo uma chave virar na fechadura da frente, a porta se escancarando, e aquele momento congelante em que todos trocariam olhares antes de James Harris sair correndo atrás delas. Pensou nas outras três malas vazias no sótão ao lado daquela com Francine, esperando pelos seus corpos quebrados, e deixou Kitty arrastá-la pela passagem dos fundos.

Mas e se a polícia não fizesse buscas no sótão? E se Kitty ficasse com muito medo de confirmar a história? E se invadir a casa dele tivesse violado algum detalhe técnico e, por causa disso, não fosse possível conseguir um mandado de busca? Acontecia o tempo todo nos livros. E se a sra. Greene fosse demitida? Precisava haver uma maneira melhor.

Sua mente fervilhava de ideias, mas parou num padrão que lhe soou familiar. Patricia o testou rapidamente, e ele se manteve firme. Ela sabia o que precisava fazer.

— Espera — falou, cravando os pés no chão.

Kitty continuava puxando o seu braço, mas Patricia o girou e se livrou da amiga, parando do lado de fora da cozinha.

— Não estou de brincadeira — disse Kitty. — Temos que ir.

— Pegue a vassoura e o aspirador de pó — ordenou Patricia, voltando para dentro. — Acho que estão no armário debaixo da escada. Vamos precisar de detergente de carpete. Vou voltar lá para cima.

— *Por quê???* — perguntou Kitty.

— Se ele voltar e ver que tinha alguém no sótão, vai pegar a mala, ir de carro até a Francis Marion National Forest e enterrar Francine num lugar onde nunca vai ser encontrada. Precisamos que alguém encontre a mala no sótão, e isso significa que temos que apagar os nossos rastros. Precisamos limpar a escada.

— Nada disso — replicou Kitty, balançando a cabeça sem parar e agitando as mãos, sacudindo os braceletes. — Não, senhora. Temos que ir.

Patricia voltou pelo vestíbulo até ficar cara a cara com a amiga.

— Nós duas vimos o que tem naquele sótão — disse ela.

— Não me obrigue a fazer isso — implorou Kitty. — Por favor, por favor, por favor.

Patricia cerrou os olhos bem forte. Sentiu uma dor de cabeça tentando abrir caminho da unha até a testa.

— Ele matou a Francine — argumentou Patricia. — Temos que deter esse homem. É a única maneira.

Sem dar chance para Kitty protestar, ela se virou e subiu a escada.

— Patricia — chamou Kitty, em tom de reclamação, do primeiro andar.

— Os produtos de limpeza ficam debaixo da escada — disse a outra por cima do corrimão.

Puxou a escada para o sótão novamente e subiu. Quanto mais fazia aquilo, menos incomodada ficava ao abrir a mala. Tateou rápido pelo plástico pegajoso, de vez em quando roçando as costas da mão em alguma coisa leve ou tocando numa perna ou num antebraço emaciado, mas, depois de um minuto, encontrou o que procurava: a carteira de Francine. Ela a retirou do meio do plástico, e o objeto cheirava a canela e couro velho.

De lá, Patricia pegou a habilitação de motorista de Francine, e, com cuidado, recolocou a carteira na mala.

— Vamos voltar para pegar você — sussurrou para Francine, fechando os trincos de novo.

Lá embaixo, encontrou Kitty com a vassoura, o aspirador de pó e o detergente de carpete. Ela também tinha arranjado um rolo de papel-toalha e um spray desinfetante.

— Se temos que fazer isso, então vamos logo — disse ela.

As duas varreram o pó do carpete e jogaram o detergente na escada, do vestíbulo à porta do alçapão. Deixaram o produto agir por cinco minutos, então Kitty murmurou:

— Vamos... vamos...

Passaram o aspirador de pó. Esse foi o passo mais difícil, pois as impedia de ouvir qualquer carro que estacionasse na entrada, a porta se abrindo, James Harris chegando em casa. Patricia obrigou Kitty a ficar de vigia ao lado da entrada enquanto aspirava os degraus.

Ela enfim desligou o aspirador, certificou-se de que as marcas da escada do alçapão não estavam visíveis e levou o aparelho para o armário. Tinha acabado de começar a enrolar o fio do aspirador quando Kitty sussurrou:

— Carro!

As duas congelaram.

— Está estacionando — anunciou Kitty, correndo até Patricia. — Anda! Anda!

Os faróis iluminaram o vestíbulo, e Patricia se apressou para enrolar o fio, os pulsos ardendo. Colocaram a vassoura e o aspirador de pó no armário e fecharam a porta. Lá fora, ouviram uma porta de carro batendo.

Elas deram um encontrão quando tentaram passar pela porta da cozinha rumo à porta dos fundos, iluminada pelas luzes sob os armários do cômodo. Ouviram passos nos degraus da varanda.

— O papel-toalha! — disse Patricia, parando.

Ela olhou para trás e viu o rolo de papel-toalha sobre o pilar principal no final da série de balaústres. Ele parecia muito, muito distante. Passos vinham da varanda. Patricia não pensou, apenas correu para pegar o rolo. No vestíbulo, escutou passos do outro lado da porta, chaves tilintando. Ela pegou o rolo de papel-toalha e ouviu um estalo quando James Harris deixou o chaveiro cair, correu de volta pelo cômodo, escutando a chave entrando na fechadura da porta, recolocando o rolo no lugar, Kitty segurando a porta dos fundos aberta, correndo por ela quando as duas escutaram a porta da frente se abrindo, e então fechando a porta dos fundos devagar e descendo os degraus com o mínimo de barulho possível.

Atrás delas, luzes começaram a se acender por toda a casa.

Assim que chegaram ao quintal dele, as mulheres correram pelo caminho da vala. Estava tão escuro que Patricia quase caiu lá embaixo, mas conseguiu chegar ao Cadillac de Kitty, estacionado na Pitt Street. Ocuparam os assentos dianteiros, e o rugido do motor ligando fez Patricia levar um susto. Ela disse a si mesma que não havia como James Harris ter ouvido aquilo.

Com a adrenalina enfim baixando, suada, trêmula e se sentindo enjoada, ela enfiou a mão no bolso e tirou de lá a carteira de motorista de Francine. Segurou o documento na sua frente.

— Nós vencemos — disse ela. — Nós finalmente vencemos.

CAPÍTULO 32

— Ele estava bêbado — disse Patricia sem fôlego ao telefone, os olhos arregalados, a voz cheia de uma inocência atônita. — E estava agindo como os homens agem numa festa: falando alto, se gabando. Eu não queria ter me afastado tanto do meu marido, mas ele meio que ficou me empurrando para cada vez mais longe.

Patricia parou e engoliu em seco, impressionada com a própria performance. Retirou a carteira de motorista de Francine do bolso e a virou. Ouviu a sra. Greene escutando com atenção do outro lado da linha.

— Quando ele me prendeu num canto — continuou —, ele me falou, com a voz bem baixa para que ninguém escutasse, que anos atrás ficou nervoso com a faxineira dele. Ela tinha roubado um dinheiro, acho, minha cabeça já não estava muito boa àquela altura, detetive. Mas ele falou que "deu um jeito nela". Disso eu me lembro bem. No início, não entendi o que ele queria dizer, e falei que ia ter que perguntar a ela quando a visse de novo, e ele respondeu que eu não a veria mais, a não ser que fosse até o sótão e procurasse nas malas. Não pude evitar, pareceu tão absurdo que gargalhei. Não preciso dizer ao senhor como os homens ficam quando alguém ri deles. A cara dele ficou vermelha, ele pegou a carteira, tirou uma coisa de lá e jogou na minha cara, falando que, se estava mentindo, como eu explicava *aquilo*? Foi aí, detetive, que fiquei com medo. Porque era a habilitação da Francine. Quer dizer, quem anda por aí com uma coisa assim? Se não a tivesse machucado, como ele teria conseguido aquilo? — Ela parou, como se estivesse ouvindo. — Ah, sim, senhor. Ele guardou na hora. Tinha bebido tanto que nem deve lembrar que mostrou o documento para mim.

Ela parou e esperou.

— Você acha que vai funcionar? — perguntou a sra. Greene.

— A polícia não vai precisar de um mandado ou coisa parecida. Tudo que tem que fazer é ir até a casa dele e dar uma olhada na carteira. Ele não vai saber que o documento vai estar lá, então é claro que vai mostrar para os policiais. Quando virem a habilitação, vão pedir permissão para fazer uma busca no sótão, ele não vai permitir, então os agentes vão deixar alguém com ele até conseguirem um mandado, e aí vão encontrar Francine.

— Quando? — indagou a sra. Greene.

— Os Scruggs vão dar um churrasco de frutos do mar na fazenda deles no sábado que vem — contou Patricia. — Ainda faltam seis dias, mas vai estar cheio, é bem público e as pessoas vão beber. É a nossa melhor chance.

Patricia não sabia como colocaria a habilitação na carteira dele — nem sabia se James Harris andava com carteira —, mas ficaria de olhos abertos e pronta para qualquer coisa. O churrasco de Kitty começaria à uma e meia da tarde. Se conseguisse enfiar o documento na carteira dele cedo, poderia ligar para a polícia naquela tarde mesmo. Talvez os policiais até pudessem ir ao churrasco e pedir para ver a carteira dele lá, e tudo aquilo acabaria em menos de uma semana.

— Muita coisa pode dar errado — disse a sra. Greene.

— O tempo está se esgotando — respondeu Patricia.

Já estavam no fim do mês. Aquela noite era o Dia das Bruxas.

A campainha começou a tocar mais ou menos às quatro da tarde, e Patricia se maravilhou com o fluxo interminável de Aladdins,

Jasmines, Tartarugas Ninja e fadas usando tutus com asas que pulavam de um lado para outro.

Ela tinha bombons e uvas-passas para as crianças, e Jack Daniel's para os pais, que ficavam atrás dos filhos, segurando copos vermelhos de plástico. Era uma tradição de Old Village: as mães ficavam em casa dando doces enquanto os pais levavam as crianças para pedir as guloseimas. Todo mundo tinha uma garrafa ao lado da porta para encher os copos do que quer que os pais estivessem bebendo. Eles iam ficando cada vez mais felizes e barulhentos conforme as sombras se esticavam e o sol baixava.

Carter não estava com eles. Quando Patricia perguntou se Korey queria ir pedir doces, recebeu um olhar fulminante e uma única bufada de desdém. Já Blue disse que aquilo era coisa de criança, então Carter falou que, se não precisava levar nenhum dos filhos para pedir doce, iria do aeroporto direto para o escritório, adiantar algum trabalho para segunda-feira.

Mais ou menos às sete da noite, Blue desceu, abriu o armário em que ficava a comida do cachorro e tirou de lá um saco de papel.

— Vai pedir doces? — perguntou Patricia.

— Claro — respondeu ele.

— Cadê a sua fantasia? — indagou ela, tentando se comunicar com o filho.

— Sou um assassino em série.

— Não quer ser uma coisa mais legal? A gente pode criar alguma coisa rapidinho.

Ele deu meia-volta e saiu da saleta.

— Volte às dez — disse a mãe no momento em que a porta bateu.

Os bombons tinham acabado, e Patricia entregava uma caixa de uvas-passas para um Beavis e um Butthead bastante decepcionados quando o telefone tocou.

— Casa dos Campbell — disse ela.

Ninguém respondeu. Ela achou que era um trote e estava prestes a desligar quando alguém inspirou, uma respiração úmida e pegajosa, e uma voz arrasada falou:

— ... eu não...

— Alô? — disse Patricia. — Aqui é a casa dos Campbell.

— Eu não... — falou a voz de novo, atordoada, e Patricia percebeu que era uma mulher.

— Se não disser quem é, vou desligar agora — avisou.

— Eu não... — repetiu a mulher. — ... eu não dei um pio...

— Slick?

— Eu não dei um pio... Eu não dei um pio... Eu não dei um pio... — balbuciou Slick.

— O que aconteceu? — indagou Patricia.

Slick não tinha ligado — nem para se desculpar por tê-la abandonado, nem para ver se ela estava bem —, e, para Patricia, aquilo foi prova suficiente de que a amiga contara a James Harris sobre a invasão à casa. Fora por causa dela que ele tinha voltado antes. Para Patricia, Slick podia ir para o inferno.

Então Slick começou a chorar.

— Slick? O que foi?

— ... Eu não dei um pio... — sussurrou a mulher, sem parar, e os braços de Patricia se arrepiaram.

— Pare com isso. Você está me deixando assustada.

— Eu não — gemeu Slick. — Eu não...

— Onde você está? Em casa? Precisa de ajuda?

Patricia não conseguia mais ouvir Slick ofegando. Ela desligou e retornou a ligação, mas ouviu o sinal de ocupado. Pensou em não fazer nada, mas não conseguiria ficar parada ali. A voz de Slick a deixara em pânico, e algo sombrio se agitava nas suas entranhas. Pegou a bolsa e encontrou Korey no jardim de inverno, os olhos grudados na TV, que exibia um comercial de amaciante.

— Preciso ir até a casa da Kitty — anunciou Patricia, e notou que, quanto mais mentiras contava, mais fácil elas saíam. — Pode atender as crianças?

— Hum — respondeu Korey, sem se virar.

Patricia supôs que aquilo fosse um *sim* na linguagem dos adolescentes.

As ruas de Old Village estavam lotadas de crianças e seus responsáveis, e Patricia foi costurando por eles muito devagar. Os pais pareciam agradavelmente embriagados, os passos ficando mais pesados, pequenos furtos às sacolas de doces dos filhos se tornando mais frequentes. Patricia não conseguia nem imaginar o que havia acontecido com Slick. Precisava chegar à casa da amiga. Foi se arrastando pela multidão, a vinte e cinco quilômetros por hora, passando pela casa de James Harris, onde havia duas abóboras com luzes bruxuleantes na varanda, então virou na McCants e pisou no freio.

Os Cantwell moravam na esquina da Pitt com a McCants, e todo Dia das Bruxas enchiam o quintal com cadáveres falsos dependurados nas árvores, lápides de isopor e esqueletos apoiados nos arbustos. A cada meia hora, o sr. Cantwell se levantava de um caixão na varanda vestido de Drácula, e a família fazia uma apresentação de dez minutos. O lobisomem agarrava as crianças que estavam na frente; uma múmia ia aos tropeções atrás de garotinhas que saíam correndo aos gritos; a sra. Cantwell, usando um nariz falso repleto de verrugas, mexia no seu caldeirão cheio de gelo seco e oferecia colheradas de uma meleca verde comestível e minhocas de gelatina. No final, todos dançavam "The Monster Mash" e faziam uma grande distribuição de doces.

A multidão ao redor da casa chegava até a calçada e bloqueava a rua. Patricia fechou a cara. Era só Slick? E quanto à família dela? Tinha alguma coisa errada. Ela precisava chegar lá. Tirou o pé do freio e se encaminhou para a calçada oposta, quase entrando no jardim dos Simmons. Piscou os faróis, pedindo às pessoas que abrissem caminho. Levou cinco minutos para atravessar o cruzamento e acelerou quando chegou à Coleman Boulevard, alcançando os oitenta quilômetros por hora na Johnnie Dodds Boulevard. Mesmo assim, não era rápido o suficiente.

Ela virou na Creekside e desviou das crianças fantasiadas com o máximo de velocidade que se permitia alcançar. Os dois carros dos Paley estavam estacionados na entrada da garagem. O que quer que tivesse acontecido, envolvia a família inteira. Havia uma vela branca bruxuleante sobre um tamborete na varanda. Ao seu lado, uma bacia cheia de panfletos com uma fonte laranja chamativa que dizia: *Travessuras? Sim. Gostosuras? Só pela graça de Deus!*

Patricia esticou a mão para tocar a campainha, mas parou. E se fosse James Harris? E se ele ainda estivesse lá dentro?

Testou a maçaneta, e, com um barulho, a lingueta recuou e a porta se abriu silenciosamente. Patricia respirou fundo e entrou. Fechou a porta e ficou lá, olhos e ouvidos aguçados, buscando por algum sinal de vida, procurando alguma coisa reveladora: uma gota de sangue no piso de madeira, um porta-retratos caído, uma rachadura numa estante. Nada. Ela arrastou os pés pelo carpete grosso do vestíbulo dianteiro e abriu a porta para a nova área dos fundos. As pessoas começaram a gritar.

Todos os músculos no corpo de Patricia entraram em ação. As mãos se levantaram para proteger o rosto. Ela abriu a boca para dar um berro. Então, os gritos foram se transformando em risadas, e ela olhou através dos dedos e viu Leland, LJ (o filho mais velho deles), Greer e Tiger sentados à grande mesa de jantar do outro lado do cômodo, de costas para ela, todos gargalhando. Greer era a única com o rosto voltado para Patricia.

Ela notou a presença de Patricia e parou de rir. LJ e Tiger se viraram.

— Ai, cacete! — disse Greer. — Como você entrou aqui?

Havia um tabuleiro de Banco Imobiliário no meio da mesa. Slick não estava lá.

— Patricia? — falou Leland, de pé, confuso, tentando sorrir.

— Não precisa se levantar — disse ela. — Slick me ligou e achei que estava em casa.

— Está lá em cima — informou Leland.

— Vou falar com ela rapidinho — disse Patricia. — Podem continuar jogando.

Ela saiu do cômodo antes que alguém pudesse falar qualquer coisa e correu pela escada acarpetada. No segundo andar, não fazia ideia de onde Slick estaria. A porta da suíte estava entreaberta. O quarto se encontrava escuro, mas a luz do banheiro estava acesa. Patricia entrou.

— Slick? — chamou em voz baixa.

A cortina do box chacoalhou. Patricia olhou para baixo e viu Slick deitada na banheira, o batom borrado, o rímel escorrendo pelo rosto, o cabelo completamente desarrumado. A saia estava rasgada, e ela usava apenas um brinco de concha.

Tudo que havia entre elas desapareceu, e Patricia se ajoelhou ao lado da banheira.

— O que aconteceu? — perguntou ela.

— Eu não dei um pio — murmurou Slick, os olhos arregalados de pânico.

A boca se movia sem produzir som, se esforçando para formar palavras. As mãos se abriam e se fechavam.

— Slick? O que aconteceu?

— Eu não... — disse Slick, então umedeceu os lábios e tentou outra vez. — Eu não dei um pio.

— Precisamos chamar uma ambulância — anunciou Patricia, se levantando. — Vou chamar o Leland.

— Eu... — disse Slick, e sua voz foi desaparecendo num sussurro. — Eu não...

Patricia foi até a porta e ouviu a amiga se debatendo na banheira às suas costas, e então, com esforço, Slick disse:

— Não!

Patricia deu meia-volta. Slick se segurava nas laterais da banheira com ambas as mãos, os nós dos dedos brancos, balançando a cabeça, o brinco de concha na orelha indo de um lado para outro.

— Eles não podem saber — disse ela.

— Você está machucada — argumentou Patricia.

— Eles não podem saber — repetiu Slick.

— Slick! — gritou Leland, lá de baixo. — Tudo bem?

Slick firmou o olhar em Patricia e, devagar, balançou a cabeça. Patricia foi para o quarto, ainda olhando para Slick.

— Estamos bem — respondeu ela.

— Slick? — chamou Leland, e, pela voz, Patricia percebeu que ele estava subindo.

Slick balançou a cabeça ainda mais forte. Patricia estendeu a mão, então correu para o corredor e encontrou Leland na escada.

— O que está acontecendo? — perguntou ele, dois degraus abaixo.

— Slick está se sentindo mal. Vou ficar um pouco com ela, vendo se ela vai melhorar. Ela não quis atrapalhar a festa.

— Isso não faz o menor sentido. Não precisava ter saído de casa. Estamos bem aqui embaixo.

Ele tentou dar um passo, mas Patricia se colocou na frente dele.

— Leland — disse ela, sorrindo. — Slick quer que você se divirta com as crianças hoje. É importante para ela que os filhos tenham... associações cristãs com o Dia das Bruxas. Deixa que eu cuido disso.

— Quero ver como a minha mulher está — replicou ele, deslizando a mão pelo corrimão, deixando claro que passaria por cima dela, se necessário.

— Leland. — Patricia baixou a voz. — É um problema feminino.

Ela não sabia ao certo o que um problema feminino significava para Leland, mas o corpo dele perdeu a firmeza.

— Tudo bem. Mas se ela não estiver bem mesmo, você vai me contar?

— Claro. Volte para as crianças.

Leland deu meia-volta e desceu. Ela esperou o homem sair de perto para correr de volta ao banheiro. Slick não tinha se mexido. Patricia se ajoelhou ao lado da banheira, se inclinou para a frente e abraçou a amiga. Então se levantou, puxando Slick consigo, impressionada ao notar como as pernas dela estavam fracas. Ajudou-a a sair da banheira, um pé de cada vez.

— Eles não podem saber — disse Slick.

— Não falei uma palavra.

Ela retirou o brinco da orelha da amiga e o deixou no balcão da pia.

— O outro vai aparecer em algum momento — falou, para tranquilizá-la.

Patricia fechou a porta do banheiro, retirou o suéter de Slick e abriu o sutiã. Os seios de Slick eram pequenos e pálidos, e, pela postura encurvada, as costelas aparentes e os seios sem vida, a aparência da amiga fez Patricia se lembrar de uma galinha depenada.

Ela fez Slick se sentar no vaso sanitário e enfiou os dedos no cós da saia. A peça estava rasgada na parte de trás, então não seria necessário abrir o zíper. O rasgo atravessava o tecido, não seguia a costura. Patricia não sabia o que era forte o suficiente para fazer algo assim.

Quando começou a retirar a saia, Slick se recolheu, colocando as mãos sobre a virilha.

— O que aconteceu? — perguntou Patricia. — Slick, o que aconteceu?

Slick balançou a cabeça, e o coração de Patricia deu um nó. Ela se concentrou em manter a voz firme e baixa.

— Mostra pra mim — pediu, mas a outra sacudiu a cabeça mais rápido. — Slick?

— Eles não podem saber.

Ela pegou os pulsos finos da amiga e os afastou. Slick resistiu a princípio, depois cedeu. Patricia abaixou a saia. A calcinha estava rasgada. Ela retirou a peça, levantando as nádegas de Slick, que fechou as pernas com força.

— Slick — disse Patricia, usando seu tom de enfermeira. — Eu preciso ver.

Ela separou os joelhos da outra. No início, Patricia não sabia o que estava saindo do pelo pubiano louro e esparso, mas então notou os músculos abdominais se contraindo e um fluxo de um líquido gelatinoso preto escorrendo de sua vagina. Tinha um cheiro horrível, como alguma coisa apodrecendo no encostamento de uma estrada em pleno verão. E não parava de sair, um corrimento viscoso e fétido formando uma poça preta e trêmula no assento do sanitário.

— Slick? — perguntou Patricia. — O que aconteceu?

O olhar de Slick encontrou o de Patricia, as lágrimas tremeluzindo nos cílios inferiores, e ela parecia tão atormentada que Patricia se inclinou para abraçá-la. A amiga permaneceu rígida em seus braços.

— Eu não dei um pio — insistiu Slick.

Patricia borrifou tanto aromatizante de ar que seus olhos arderam, e então ligou o chuveiro. Tirou a própria blusa e ajudou Slick a entrar na banheira, segurando-a debaixo do jato quente e forte. Limpou a maquiagem do rosto da amiga com uma toalha, esfregando a pele até ficar rosa, depois usou o máximo de sabão possível para lavar entre as pernas de Slick.

— Se abaixa — disse Patricia em meio ao barulho do chuveiro. — Como se estivesse usando o banheiro.

Ela viu as últimas gotas escuras caindo na água, se esticando até descerem pelo ralo. Usou uma garrafa inteira de xampu para lavar o cabelo de Slick, e, quando terminaram, o banheiro cheirava a vapor e flores. Patricia se secou e vestiu a blusa de novo enquanto Slick permaneceu pelada, tremendo, então vestiu a amiga com o roupão e a levou para a cama. Colocou um copo d'água na mesa de cabeceira.

— Agora, preciso que você me diga o que aconteceu.

Slick olhou para Patricia com os olhos arregalados.

— Fala pra mim, Slick — pediu Patricia.

— Se ele fez isso comigo — sussurrou Slick —, o que vai fazer com você?

— Quem? — indagou Patricia.

— James Harris.

CAPÍTULO 33

— Eu rezei mentalizando a sua fotografia — sussurrou Slick. — Me sentei com os recortes e a foto e rezei, pedindo orientação. Aquele homem tinha colocado tanto dinheiro no Gracious Cay, e virou amigo de Leland, e frequentava a igreja com a minha família, mas eu vi o retrato, li os recortes e não soube o que fazer. É ele naquela foto. Basta olhar para saber.

Seu queixo começou a tremer, e uma única lágrima escorreu depressa pela bochecha, com um brilho prateado causado pelo abajur na cabeceira.

— Liguei para ele em Tampa — contou Slick. — Achei que era o que Deus queria que eu fizesse. Pensei que, se soubesse que eu tinha esses recortes e a fotografia, ele ficaria com medo, e eu poderia fazer ele ir embora de Old Village. Fui idiota. Tentei ameaçá-lo. Falei que se ele não fosse embora agora mesmo, eu ia mostrar a fotografia e os recortes para todo mundo.

— Ele sabe que fui eu, Slick? — perguntou Patricia.

Slick fitou o copo d'água, e Patricia o entregou à amiga. A mulher deu dois goles e o devolveu, depois fechou bem os olhos e assentiu.

— Desculpe. Sinto muito. Liguei ontem de manhã e disse que você ia invadir a casa. Falei que ia encontrar o que quer que ele estivesse escondendo. E que a única opção dele era não voltar nunca mais. Que ele podia me dizer para onde iria e que eu mandaria os cheques quando os investimentos no Gracious Cay começassem a dar retorno, mas que ele não deveria nunca mais voltar para cá. Eu achava que ele queria dinheiro, Patricia. Achava que se importava com a própria reputação. Falei que a fotografia e os recortes eram a minha garantia de que ele nunca mais pisaria na cidade. Achei que você ficaria muito feliz por eu ter resolvido tudo. Estava tão orgulhosa...

De repente, Slick deu um tapa no próprio rosto. Patricia tentou pegar sua mão, mas errou o alvo, e a amiga deu outro antes que Patricia enfim conseguisse segurá-la.

— O orgulho vem antes da destruição — sibilou Slick, os olhos furiosos, o rosto pálido. — A igreja não quis fazer a minha Festa da Reforma, então as crianças ficaram em casa para nos divertirmos juntos. Estávamos jogando Banco Imobiliário, Tiger e LJ pela primeira vez na vida deram uma trégua nas brigas e eu estava prestes a colocar um hotel numa das minhas propriedades. Tudo parecia tão normal. Eu me levantei e pedi licença, e levei o dinheiro comigo, de brincadeira, como se Leland fosse me roubar quando eu não estivesse vendo. As crianças morreram de rir. Subi para usar o banheiro da suíte, porque a descarga do vaso do andar de baixo vive vazando.

Ela olhou ao redor, se certificando de que a porta e as janelas estavam fechadas, assim como as cortinas. Slick se esforçou para libertar as mãos, mas Patricia apertou os pulsos dela com mais força.

— Minha Bíblia — disse Slick.

Patricia viu o livro na mesa de cabeceira e o entregou a ela. Slick apertou a Bíblia junto ao seu peito como um ursinho de pelúcia. Demorou um minuto para conseguir voltar a falar.

— Ele deve ter entrado pela janela de cima e ficou esperando por mim. Não sei o que aconteceu. Numa hora eu estava passando pelo corredor, na outra estava de cara no carpete, e tinha alguma coisa pesada nas costas, me pressionando para baixo, e uma voz no meu ouvido falou que, se eu desse um pio, um único pio que fosse... Quem é esse homem? Ele falou que ia matar toda a minha família. Quem é ele, Patricia?

— Ele é pior do que a gente é capaz de imaginar.

— Achei que a minha coluna fosse quebrar. Doeu tanto. — Slick colocou a mão na boca e pressionou com força. Ela franziu bastante a testa. — Nunca estive com ninguém além do Leland.

Ela apertou a Bíblia com ambas as mãos e fechou os olhos. Por um instante, seus lábios se moveram numa oração silenciosa. Quando falou de novo, a voz mal passava de um sussurro.

— O dinheiro do Banco Imobiliário se espalhou pelo chão quando ele me acertou. E fiquei olhando para aquela nota laranja de quinhentos dólares diante do meu nariz. Foi nisso que me concentrei, o tempo todo. E ele continuou dizendo para eu não dar um pio, e eu não dei, mas estava com tanto medo de alguém vir me procurar que só queria que ele acabasse logo e fosse embora. Só queria que aquilo acabasse. Foi por isso que não resisti. E ele terminou. Ele terminou dentro de mim.

Slick agarrava a Bíblia com tanta força que os nós dos dedos ficaram vermelhos e brancos, e o rosto estava retorcido. Patricia odiava ter que fazer aquela pergunta, mas precisava saber.

— E a foto? Os recortes?

— Ele me obrigou a contar onde estavam — respondeu Slick. — Desculpe. Desculpe mesmo. Foi o meu orgulho. Meu orgulho idiota, idiota.

— Não foi culpa sua.

— Achei que poderia resolver isso sozinha. Achei que era mais forte do que ele. Mas nenhuma de nós é.

As pontas da franja de Slick estavam úmidas de suor. As bochechas tremiam. Ela inspirou forte.

— Onde está doendo? — perguntou Patricia.

— Nas minhas partes íntimas.

Patricia levantou o edredom. Havia uma mancha escura no roupão, sobre a virilha de Slick.

— Você precisa ir para o hospital — disse Patricia.

— Ele vai matar a minha família se eu contar.
— Slick...
— Ele vai matar a minha família — repetiu Slick. — Ele vai.
— Não sabemos o que ele fez com você — argumentou Patricia.
— Se ainda estiver sangrando de manhã, vou para o hospital. Mas não posso chamar uma ambulância. E se ele ainda estiver lá fora, de olho? E se estiver esperando para ver o que eu vou fazer? Por favor, Patricia, não deixe ele machucar os meus filhos.

Patricia pegou uma toalha quente para limpar Slick da melhor forma que pôde, encontrou alguns absorventes debaixo da pia e ajudou a amiga a vestir uma camisola. Lá embaixo, conversou com Leland em particular.

— O que está acontecendo? — perguntou ele. — Slick está bem?

— Ela está com umas cólicas horríveis. Amanhã já deve estar boa, mas talvez seja melhor você dormir no quarto de hóspedes. Slick precisa de um pouco de privacidade.

Leland colocou a mão no ombro de Patricia e a fitou nos olhos.

— Desculpe por ter sido grosso com você mais cedo — disse ele. — Não sei o que faria se alguma coisa acontecesse com a Slick.

Lá fora, tudo estava quieto e escuro. A vela na varanda tinha se apagado, e todas as crianças fantasiadas da Creekside já deviam ter voltado para casa. Patricia foi rápido para a lateral da casa e jogou a calcinha, o roupão e as roupas manchadas da amiga na lixeira, enfiando tudo debaixo dos sacos. Então correu até o carro, entrou e trancou todas as portas. Slick tinha razão. Ele ainda poderia estar por perto.

Assim que colocou o carro em movimento, sentiu-se mais segura, e a raiva começou a borbulhar, fazendo a pele parecer apertada para seu corpo. Seus movimentos estavam apressados, precipitados. Ela não conseguia se conter. Precisava ir para outro lugar.

Precisava ver James Harris.

Queria ficar cara a cara com ele e acusá-lo do que tinha feito. Era o único lugar para onde fazia sentido ir naquele momento. Ela dirigiu com cuidado pela Creekside, usando todo o seu autocontrole para desviar das poucas crianças fantasiadas que restavam, e então, quando chegou na Johnnie Dodds Boulevard, pisou fundo no acelerador.

Em Old Village, voltou a conduzir mais devagar. As ruas estavam praticamente desertas. Havia abóboras com velas apagadas nas varandas. Um vento frio assobiava pelas saídas de ar do Volvo. Ela parou na esquina da Pitt com a McCants. O jardim dos Cantwell estava vazio, com todas as luzes apagadas. Quando continuou, rumo à casa de James Harris, o vento balançou os cadáveres dependurados nas árvores, que se voltaram para ela, esticando as mãos com bandagens em sua direção enquanto Patricia dirigia.

Aquele enorme caroço maligno que era a casa de James Harris pairava à sua esquerda, e Patricia pensou no sótão escuro com a mala que guardava o corpo solitário de Francine. Pensou no olhar amedrontado e frenético de Slick. Pensou no que ela havia sussurrado:

Se ele fez isso comigo, o que vai fazer com você?

Ela precisava saber onde seus filhos estavam. Imediatamente. Uma necessidade esmagadora de ter certeza de que eles estavam a salvo invadiu seu corpo e a fez voar para casa.

Patricia estacionou na entrada da garagem e correu até a porta. Uma das abóboras tinha se apagado, e a outra estava caída nos degraus da varanda. Patricia escorregou nas vísceras enquanto subia correndo. Abriu a porta e foi direto para o jardim de inverno. Korey não estava lá. Subiu às pressas e escancarou a porta do quarto da filha.

— O que foi?! — berrou a garota de onde estava, sentada de pernas cruzadas na cama, inclinada sobre uma revista de música.

Ela estava em segurança. Patricia não falou nada. Correu para o quarto de Blue. Vazio.

Checou todos os cômodos lá embaixo, até mesmo o sombrio quarto da garagem, mas Blue não tinha voltado para casa. Ela entrou em desespero. Checou se a porta dos fundos estava trancada e pegou as chaves do carro. Mas e se ele aparecesse enquanto ela o estivesse procurando? E como deixaria Korey sozinha com James Harris à solta?

Precisava ligar para Carter. Ele precisava voltar para casa. Juntos, eles poderiam lidar com aquilo. Teve um sobressalto ao ouvir a porta se abrindo e correu para o vestíbulo. Blue havia acabado de entrar.

Ela deu um abraço forte no filho. O garoto ficou paralisado por um minuto, então se contorceu para se livrar da mãe.

— O quê? — perguntou ele.

— Só estou feliz por você estar bem. Onde estava?

— Na casa do Jim — respondeu ele. Patricia levou um segundo para entender.

— Onde?

— Na casa do Jim — disse ele, na defensiva. — Jim Harris. Por quê?

— Blue. É muito importante que me conte a verdade agora. Onde você ficou a noite inteira?

— Na. Casa. Do. Jim — repetiu Blue. — Com ele. Por que quer saber?

— E ele estava lá? — indagou ela.

— Estava.

— A noite inteira?

— Sim!

— Ele não saiu em nenhum momento nem sumiu da sua vista por um minuto que fosse?

— Só quando alguma criança tocava a campainha — respondeu Blue. — Por quê?

— Preciso que seja sincero comigo — insistiu Patricia. — Que horas você chegou lá?

— Não sei. Logo depois que saí daqui. Eu estava entediado. Ninguém queria me dar doces porque diziam que eu não estava usando uma fantasia de verdade. Aí ele me viu e falou que eu não parecia estar me divertindo muito, então me convidou para jogar PlayStation. Prefiro ficar com ele mesmo.

O que Blue estava falando simplesmente não podia ter acontecido, por causa do que James Harris fizera com Slick.

— Preciso que pense um pouco — pediu a mãe. — Tenho que saber exatamente o horário em que chegou na casa dele.

— Mais ou menos às sete e meia. Meu Deus, para que você quer saber isso? Ficamos jogando *Resident Evil* a noite inteira.

Ele estava mentindo, não compreendia a seriedade da situação, achava que era outro cachorro pintado com tinta. Patricia tentou deixar aquilo claro no seu tom de voz.

— Blue — disse ela, olhando no fundo dos olhos do filho. — Isso é extremamente importante. Talvez a coisa mais importante que vai falar na sua vida. Não minta.

— Não estou mentindo! — gritou o garoto. — Pergunta pra ele! Eu estava lá. Ele também. Por que eu mentiria? Por que você sempre acha que estou mentindo? Meu Deus!

— Não acho que está mentindo — afirmou ela, se obrigando a respirar devagar. — Mas acho que está confuso.

— Eu! Não! Estou! Confuso! — berrou Blue.

Patricia se sentiu numa armadilha, como se piorasse tudo a cada palavra que dizia.

— Uma coisa muito séria aconteceu hoje à noite — disse ela. — E James Harris estava envolvido, e não acredito nem por um segundo que ele ficou com você o tempo inteiro.

Blue suspirou e deu meia-volta. A mãe agarrou o pulso do filho.

— Para onde você vai?

— De volta pra casa do Jim! — gritou ele, agarrando o pulso da mãe em resposta. — Ele não fica berrando na minha cara o tempo inteiro!

Blue era mais forte, e Patricia sentia os dedos dele cravados na sua pele, chegando até o osso, formando um hematoma. Ela largou o pulso do filho, torcendo para que o garoto fizesse o mesmo.

— Preciso que me conte a verdade — insistiu ela.

Ele largou o pulso da mãe e a encarou com total desprezo.

— Você não vai acreditar em nada do que eu disser mesmo. Deveriam te colocar de volta no hospício.

A raiva de Blue irradiava da pele como calor. Aquilo fez Patricia dar um pequeno passo para trás. Mas o filho, por sua vez, avançou, e ela se encolheu. Então, ele se virou e subiu a escada.

— Para onde você vai? — perguntou ela.

— Terminar o dever de casa! — gritou ele.

Ela escutou a porta do quarto batendo. Carter ainda não tinha voltado. Deu uma olhada no relógio — quase onze horas. Conferiu se todas as portas e janelas estavam trancadas. Ligou as luzes do quintal. Tentou pensar no que mais poderia fazer, mas não restava nada. Deu uma conferida em Korey e Blue outra vez, depois foi para o quarto e tentou ler o livro de novembro do clube.

Livros podem ajudá-lo a se amar ainda mais, dizia. *Ao ouvir, escrever ou expressar verbalmente os seus sentimentos.*

Notou que avançara três páginas sem conseguir se lembrar de uma única palavra. Sentia saudade de ler livros que de fato contavam alguma história. Tentou outra vez.

Separe um tempo para focar em si, dizia o texto. *Assim, pode alcançar compreensão, aceitação, validação e aprovação maiores sobre si mesmo.*

Ela jogou o livro longe e encontrou seu exemplar de *Helter Skelter*. Foi até a parte dos julgamentos. Leu e releu, diversas vezes, o momento em que Charles Manson era sentenciado à morte, como se fosse uma história de ninar. Precisava reafirmar para si mesma que nem todos os homens escapavam, nem sempre. Leu sobre a sentença de Charles Manson até os olhos ficarem pesados e ela cair no sono.

HOMENS SÃO DE MARTE, MULHERES SÃO DE VÊNUS

Novembro de 1996

CAPÍTULO 34

Levaram Slick para o hospital universitário na terça-feira. Na quarta, começaram a obrigar os visitantes a usarem máscaras e aventais descartáveis.

— Não sabemos exatamente o que está acontecendo — disse o médico. — É uma doença autoimune, mas está se desenvolvendo mais rápido do que esperávamos. O sistema imunológico dela está atacando os glóbulos brancos, e um número indesejado de glóbulos vermelhos estão em estado hemolítico. Mas estamos mantendo-a no oxigênio e fazendo vários exames. É cedo demais para entrar em pânico.

O diagnóstico deixou Patricia animada e horrorizada ao mesmo tempo. Confirmava que James Harris podia ser qualquer coisa, menos humano. Colocara uma parte de si em Slick, e aquilo estava matando sua amiga. Ele era um monstro. Por outro lado, Slick não melhorava.

Leland a visitava todo dia por volta das seis horas, mas sempre parecia precisar sair dali no instante em que chegava. Quando Patricia foi atrás dele no corredor para perguntar como estavam as coisas, Leland chegou extremamente perto e perguntou:

— Você contou o diagnóstico dela para alguém?

— Até onde sei, Slick não foi diagnosticada — respondeu Patricia.

Ele se aproximou ainda mais. Patricia queria recuar, mas já estava encostada na parede.

— Disseram que é uma doença autoimune — sussurrou ele.
— Você não pode falar para ninguém. Vão achar que é aids.
— Ninguém vai pensar isso, Leland.
— Já estão comentando na igreja — replicou ele. — Não quero que isso chegue aos ouvidos dos meus filhos.
— Eu não contei nada para ninguém — afirmou Patricia, com um desgosto profundo por ser forçada a corroborar com algo que parecia errado.

Na manhã de sexta, colocaram um aviso na porta do quarto de Slick. O papel já tinha sido copiado tantas vezes que estava repleto de pontos pretos, e dizia que era proibida a entrada de pessoas com febre ou que houvessem tido contado com alguém resfriado.

Slick estava pálida, a pele fina, e não queria ficar sozinha nunca, sobretudo à noite. As enfermeiras trouxeram cobertores, e Patricia dormia na poltrona ao lado da cama. Depois que Leland ia para casa, Patricia segurava o telefone para que Slick pudesse rezar com os filhos antes de eles dormirem, mas, na maior parte das vezes, ela ficava ali parada, os cobertores quase no queixo, os braços finos cobertos de esparadrapos, agulhas e tubos intravenosos. Tinha febre quase toda tarde. Quando pareceu ficar mais lúcida, Patricia tentou ler *Homens são de Marte, mulheres são de Vênus* para ela, mas, depois de um parágrafo, notou que Slick estava tentando dizer alguma coisa.

— O que foi? — perguntou Patricia, curvando-se para perto da amiga.

— Qualquer... outra... coisa... — disse Slick. — ... qualquer... outra... coisa.

Patricia pegou o último livro de Ann Rule da bolsa.

— "O dia 21 de setembro de 1986" — leu ela em voz alta — "foi um domingo bonito e de temperatura agradável em Portland. Em todo o estado do Oregon, para falar a verdade. Com um pouco de sorte, as chuvas de inverno vindas do nordeste ainda estavam a bons dois meses de distância..."

Os fatos e a geografia inabalável acalmaram Slick, que ficou escutando de olhos fechados. Ela não caiu no sono, só ficou lá, com um sorrisinho no rosto. As luzes lá fora ficaram mais fracas, enquanto as da parte de dentro, mais fortes, e Patricia continuou lendo, falando mais alto para compensar a máscara de papel.

— Cheguei tarde demais? — perguntou Maryellen, e Patricia olhou para cima e a encontrou abrindo a porta. — Ela está acordada? — sussurrou, também de máscara.

— Obrigada pela visita — disse Slick, sem abrir os olhos.

— Todo mundo quer saber como você está — comentou Maryellen. — Sei que Kitty queria ter vindo.

— Você está lendo o livro desse mês do clube? — indagou Slick.

Maryellen puxou uma poltrona marrom pesada até o pé da cama.

— Não consegui nem abrir — respondeu. — *Homens são de Marte*? Isso é dar crédito demais a eles.

Slick começou a tossir, e Patricia levou um segundo para perceber que ela estava rindo.

— Obriguei... — sussurrou Slick, e Patricia e Maryellen tiveram que se inclinar para ouvi-la. — Obriguei Patricia a parar de ler.

— Sinto saudade dos livros que líamos antigamente. Sempre tinha pelo menos um assassinato — confessou Maryellen. — O problema com o clube do livro hoje em dia é que tem muito homem. Eles não seriam capazes de escolher um livro bom nem que o mundo dependesse disso e amam ouvir o som da própria voz. Ficam só dando opiniões, o dia inteiro.

— Isso parece... sexista — disse Slick, baixinho.

Ela era a única sem máscara, então, mesmo que sua voz fosse a mais fraca, soava como a mais alta.

— Eu não me importaria de ouvir se tivesse pelo menos uma opinião digna de nota — afirmou Maryellen.

Com as três ali ao leito hospitalar de Slick, Patricia sentiu ainda mais falta das outras duas. Elas pareciam uma espécie de sobreviventes — as últimas três.

— Você vai no churrasco de frutos do mar da Kitty no sábado? — perguntou ela a Maryellen.

— Se é que vai mesmo acontecer... — respondeu Maryellen. — Do jeito que ela está, pode ser que cancelem.

— Não falo com ela desde antes do Dia das Bruxas — disse Patricia.

— Liga pra Kitty quando tiver um tempinho. Tem alguma coisa errada. Horse diz que ela ficou em casa a semana inteira e que ontem mal saiu do quarto. Ele está preocupado.

— O que ele acha que tem de errado? — indagou Patricia.

— Diz que são pesadelos. Que ela anda bebendo muito. Que quer saber onde os filhos estão o tempo inteiro. Que tem medo de que aconteça alguma coisa com eles.

Patricia decidiu que era hora de mais gente saber.

— Você quer falar alguma coisa para Maryellen? — perguntou a Slick. — Precisa contar algo a ela?

Slick balançou a cabeça, firme.

— Não — murmurou ela. — Os médicos ainda não sabem de nada.

Patricia se inclinou.

— Ele não pode machucar você aqui — disse, a voz baixa. — Pode contar a ela.

— Como Slick está? — perguntou uma voz masculina gentil e carinhosa vinda da porta.

Patricia se encurvou como se tivesse levado uma facada entre as escápulas. Slick arregalou os olhos. Patricia se virou, e não havia como confundir os olhos sobre aquela máscara ou o corpo por trás do avental hospitalar.

— Desculpe por não ter vindo antes — continuou James Harris, entrando no quarto. — Pobre Slick. O que aconteceu com você?

Patricia ficou de pé e se colocou entre James Harris e a cama de Slick. Ele parou na frente dela e colocou uma das mãos grandes no ombro de Patricia, que precisou de todas as forças para não sair do lugar.

— Muita gentileza sua estar aqui — disse ele, e então a afastou delicadamente e pairou sobre Slick, a mão segurando o apoio da cama. — Como está se sentindo, querida?

Aquilo era obsceno. Patricia queria gritar, pedir socorro, chamar a polícia, queria aquele homem preso, mas sabia que ninguém iria ajudá-las. Então percebeu que Maryellen e Slick também estavam caladas.

— Não quer conversar? — perguntou James Harris a Slick.

Patricia se perguntou quem ia ceder primeiro, qual delas se dobraria à educação e bateria papo com ele, mas todas permaneceram firmes, olhando para as mãos, para os pés, pela janela, e ninguém falou nada.

— Tenho a impressão de que interrompi alguma coisa — disse James Harris.

O silêncio continuou, e Patricia sentiu algo maior do que medo: solidariedade.

— Slick está cansada — declarou Maryellen, por fim. — Foi um longo dia. Acho melhor irmos embora para ela descansar um pouco.

Conforme todo mundo se mexia, tentando se despedir, tentando chegar até a porta, tentando pegar as próprias coisas, Patricia umedeceu os lábios secos. Não queria fazer o que estava prestes a fazer, mas, logo antes de se despedir de Slick, falou o mais alto que pôde:

— James?

Ele se virou, as sobrancelhas erguidas.

— Korey está com o carro — disse ela. — Pode me dar uma carona para casa?

Na cama, Slick tentou se levantar.

— Volto amanhã — disse ela à amiga. — Mas preciso ir para casa, guardar umas compras e me certificar de que os meus filhos ainda estão vivos.

— É claro — respondeu James Harris. — Fico feliz em te dar uma carona.

Patricia se inclinou na direção de Slick.

— Vejo você em breve — falou, dando um beijo em sua testa.

Maryellen insistiu em acompanhá-los até o carro de James Harris, que estava no terceiro andar do estacionamento. Patricia ficou grata pelo gesto, mas então chegou o momento em que a amiga teria que seguir o próprio rumo.

— Ih, olha — disse Maryellen, numa péssima atuação. — Achei que tinha estacionado aqui, mas pelo visto me enganei de novo. Podem ir, vou ter que achar onde parei o carro.

Patricia observou Maryellen indo para a escada, até conseguir ouvir apenas seus saltos, e por fim estes também cessaram, e o estacionamento ficou em silêncio. Patricia levou um susto quando as trancas do carro se abriram. Ela puxou a maçaneta, acomodou-se muito sem jeito no banco do carona, fechou a porta e afivelou o cinto de segurança. O motor ganhou vida, e, com o carro ainda parado, James Harris esticou o braço na direção do rosto de Patricia. Ela recuou quando ele colocou a mão na parte de trás do apoio de cabeça no banco, virou o pescoço e saiu de ré da vaga. Desceram as rampas em silêncio, ele pagou o estacionamento, e os dois saíram pelas ruas escuras de Charleston.

— Fico feliz de termos esse tempinho juntos — disse ele.

Patricia tentou responder, mas não conseguia forçar o ar a passar pela garganta.

— Você faz ideia do que Slick pode ter? — perguntou ele.

— Uma doença autoimune — disse ela, por fim.

— Leland acha que é aids. Está com muito medo de que as pessoas descubram.

A seta do carro apitava alto conforme James Harris fazia a curva na Calhoun, passando pelo parque que ainda abrigava as colunas do antigo Museu de Charleston. Para Patricia, lembravam lápides.

— Você e eu presumimos um monte de coisas um sobre o outro — disse James Harris. — Acho que é hora de colocarmos tudo em pratos limpos.

Patricia afundou as unhas na palma das mãos para se forçar a ficar quieta. Tinha conseguido entrar no carro. Não precisava falar nada.

— Eu nunca machucaria ninguém — afirmou ele. — Você sabe disso, não é?

Até que ponto ele sabia? Será que elas tinham limpado a escada direito? Ele tinha certeza de que ela esteve em seu sótão ou apenas desconfiava? Será que faltou limpar algum canto, será que havia deixado algo para trás, algum rastro?

— Eu sei — respondeu Patricia.

— Slick tem alguma ideia de como pegou isso? — perguntou James Harris.

Patricia mordeu a parte de dentro das bochechas, sentindo os dentes afundarem no tecido sensível e esponjoso, ficando mais alerta.

— Não — disse ela.

— E você? O que acha?

Se ele tinha atacado Slick, o que faria com ela agora que os dois estavam sozinhos? Patricia começava a entender a posição em que havia se colocado. Precisava assegurar para ele que não representava perigo algum.

— Não sei o que pensar — respondeu ela, após algum esforço.

— Pelo menos você admite. Me encontro numa posição parecida.

— Como assim? — perguntou ela.

Eles entraram na ponte que cruzava o rio, subindo num arco leve sobre a cidade, por cima do cais escuro. Não havia muito trânsito, apenas alguns carros passando aleatoriamente.

O momento que Patricia temia estava chegando. No fim da ponte, a estrada se bifurcava. Duas pistas seguiam para Old Village. As outras duas faziam uma curva para a esquerda e davam na Johnnie Dodds Boulevard, passando por lojas, pela Creekside, até chegar ao interior, onde não havia postes nem vizinhos, dentro da Francis Marion National Forest, com as suas clareiras escondidas e estradas de terra, lugares em que vez ou outra a polícia encontrava carros abandonados com cadáveres no porta-malas ou esqueletos de bebês dentro de sacos plásticos enterrados sob as árvores.

A estrada que James Harris escolhesse diria a Patricia se ele a considerava uma ameaça ou não.

— Foi Leland quem fez isso com ela — disse James Harris. — Leland a deixou doente.

Os pensamentos de Patricia se fragmentaram. Do que ele estava falando? Ela tentou prestar atenção, mas ele já estava falando de novo.

— Tudo começou com aquelas malditas viagens. Se eu soubesse, nunca as teria sugerido. Foi em fevereiro, em Atlanta, lembra? Carter tinha a conferência sobre Ritalina, e Leland e eu fomos no domingo levar alguns médicos para jogar golfe e para sugerir que investissem no Gracious Cay. Durante o jantar, um psiquiatra de Reno perguntou se gostaríamos de ver algumas garotas. Disse que existia um lugar chamado Gold Club, cujo dono era um ex-jogador do New York Yankees e, portanto, devia ser de alto nível. Não é minha praia, mas Leland gastou quase mil dólares lá. Aquela foi a primeira vez. Depois disso, pareceu ficar mais fácil para ele.

— Por que está me contando isso? — indagou Patricia.

— Porque você precisa saber da verdade — disse ele, os dois quase chegando ao final da ponte. Mais adiante, chegaria a ramificação da estrada: direita ou esquerda. — Fiquei sabendo das garotas no verão passado. A cada viagem que fazíamos, Leland ficava com uma nova. Às vezes, em lugares como Atlanta ou Miami, para onde fomos com certa frequência, ele ficava com a mesma garota. Algumas eram profissionais, outras não. Está entendendo o que quero dizer?

Ele esperou. Patricia assentiu de forma rígida, confirmando, os olhos na estrada. James Harris estava na pista do meio, onde poderia tomar qualquer caminho. Ela se perguntou se aquela era uma confissão final porque James Harris sabia que, em breve, a mulher não seria capaz de contar nada a ninguém.

— Ele pegou uma doença de uma delas e passou para Slick — declarou James Harris. — Não tem como saber o que é. Mas sei que foi isso que aconteceu. Perguntei uma vez se ele usava proteção, e Leland riu na minha cara. Falou: "Que graça teria?" Alguém precisa contar ao médico.

Ele não deu a seta para indicar a mudança de pista; o carro simplesmente saiu da ponte e, de forma tão suave que Patricia mal notou, foi em direção a Old Village. Os músculos da sua nuca relaxaram.

— E Carter? — perguntou ela após um instante.

Eles avançaram pelas curvas suaves da Coleman Boulevard, passando por casas, postes de luz, e então por lojas, restaurantes, pessoas.

— Ele também — respondeu. — Sinto muito.

Ela não esperava que fosse ficar tão magoada.

— O que quer que eu faça? — questionou Patricia.

— Ele trata você feito idiota. Carter não vê a família maravilhosa que tem. Mas eu vejo. Sempre vi. Eu estava lá quando a sua sogra faleceu, e ela era uma boa mulher. Vi Blue crescer, e, mesmo que esteja passando por uma fase difícil, ele tem muito potencial. Você é uma pessoa boa. Mas o seu marido jogou tudo isso no lixo.

Eles atravessaram o posto de gasolina no meio da estrada e entraram em Old Village, o interior do veículo ficando mais escuro conforme os postes ficavam mais espaçados.

— Se Leland passou alguma coisa para Slick — disse ele —, Carter pode fazer o mesmo com você. Sinto muito que tenha que ser eu a te dizer isso, mas você precisa saber. Não quero que fique doente. Eu me importo com você. Me importo com Blue e Korey. Vocês são todos parte importante da minha vida.

Enquanto fazia a curva da Pitt Street e entrava na McCants, ele parecia tão sincero quanto um homem pedindo uma mulher em casamento.

— O que você quer dizer com tudo isso? — perguntou ela, os lábios dormentes.

— Você merece coisa melhor — afirmou ele. — Você e os seus filhos merecem alguém que valorize vocês.

Lentamente, o estômago de Patricia virou do avesso. Ele passou pelo Alhambra Hall, e a vontade dela era abrir a porta e se jogar do carro. Queria sentir o asfalto batendo, cortando, arranhando seu corpo. Isso, sim, pareceria algo real; aquele pesadelo, não. Ela se obrigou a encarar James Harris, mas não se sentia capaz de falar. Ficou calada até ele parar na frente de sua casa.

— Preciso de um tempo para pensar — disse ela.

— O que vai dizer para o Carter? — perguntou James Harris.

— Nada — respondeu, o rosto tão duro quanto uma máscara. — Ainda não. Isso fica entre nós.

Ela se atrapalhou com a maçaneta da porta e, nesse momento, largou a carteira de motorista de Francine no chão do carro e a chutou para debaixo do banco do carona.

Não foi na carteira dele, mas era a melhor opção possível.

Ela acordou no escuro. Devia ter desligado o abajur da mesa de cabeceira em algum momento. Não lembrava. Agora estava lá, com medo de se mexer, dura feito uma tábua, escutando. O que a acordara? Seus ouvidos se aguçaram, perscrutando a escuridão. Queria que Carter estivesse lá, mas o marido estava em outra viagem de negócios em Hilton Head.

Apurou os ouvidos para esquadrinhar a casa às escuras. Ouviu o assobio agudo do aquecedor que entrava pela ventilação, os estalos que ele fazia pelos dutos de metal. O fluxo de ar quente vindo pelos dutos, a torneira do banheiro pingando.

Pensou em Blue. De alguma forma, precisava se reconectar com o filho, antes que James Harris exercesse ainda mais controle sobre ele. Blue tinha acobertado um estupro, mas Patricia não achava que o filho era um caso perdido. Precisava dar algo que ele quisesse mais do que a aceitação de James Harris.

Então ela escutou, sob todos os sons da casa, uma janela se abrindo. Tinha vindo do outro lado do corredor, de trás da porta fechada do quarto de Korey, e, de repente, Patricia se deu conta que era a filha saindo escondida.

Ficou nervosa. Era por isso que Korey parecia tão cansada de manhã. Era por isso que sempre estava zonza e confusa. Saía de casa toda noite para encontrar algum garoto. Patricia estivera tão envolvida com Slick, James Harris e todas as outras coisas que ignorou o fato de ter dois adolescentes em casa, não só Blue. E ainda havia muitos riscos normais e cotidianos com os quais se preocupar.

Ela jogou o edredom para o lado, colocou as pantufas e atravessou o corredor. Um som furtivo e ritmado vinha de trás da porta do quarto da filha, e Patricia percebeu que talvez Korey não tivesse saído, mas sim o garoto tivesse entrado. Ligou a luz do corredor e abriu a porta do quarto da filha.

A princípio, sob a luz fraca do corredor, não entendeu o que estava vendo.

Dois corpos nus e pálidos estavam na cama, e Patricia percebeu que o mais próximo a ela era James Harris, as costas musculosas e as nádegas se mexendo de leve, com ritmo, pulsando como um coração. Ele estava ajoelhado entre as pernas longas e macias de uma garota com uma barriga lisa e seios firmes, arrebitados e ainda não completamente desenvolvidos, de adolescente. A boca dele estava fixa na parte interna da coxa, bem ao lado do púbis. O cabelo da garota estava espalhado pelo travesseiro, os olhos entreabertos em êxtase, e ela sorria, entregue, um sorriso que Patricia nunca tinha visto no rosto de Korey.

CAPÍTULO 35

Patricia foi para cima da filha, balançando os ombros dela, batendo em suas bochechas.

— Korey! — gritou. — Korey! Acorda!

Eles continuaram, de maneira obscena, presos um ao outro, pulsando como um saco inchado de sangue. Korey soltou um gemido de prazer e uma das mãos foi para baixo, passando suavemente pela barriga, em direção aos pelos pubianos. Patricia agarrou o pulso da filha e o manteve longe, Korey começou a contorcer o braço, e a mãe tinha que tirar a cabeça de James do meio das pernas da filha, e, quando olhou para ele, seu estômago deu uma cambalhota. Teve vontade de vomitar.

Ela fechou bem os lábios, largou o pulso inquieto de Korey e tentou puxar James pelos ombros, mas ele se esforçou para continuar grudado à garota. Sentindo-se uma idiota, Patricia pegou uma chuteira no chão e acertou a cabeça dele com as travas. O primeiro golpe foi um tapa besta e fraco, mas o segundo foi mais forte, e o terceiro fez um som alto quando a trava atingiu o osso.

Conforme acertava James Harris na cabeça com a chuteira de Korey sem parar, Patricia repetia:

— Sai! Sai! Sai de cima da minha filha!

Um ruído de baba sendo sugada cortou o silêncio do quarto, então houve um som como o de um pedaço de carne sendo rasgado, e James Harris olhou para ela como alguém completamente simplório, a boca aberta, aquela coisa preta e inumana dependurada no buraco na parte inferior do seu rosto, pingando sangue grosso, os olhos vidrados. Ele tentou focar em Patricia, que estava com a chuteira puxada para trás, pronta para dar outro golpe.

— Hã — disse ele, debilmente.

James Harris arrotou, e uma baba sangrenta escorreu pelo canto daquele negócio de sugar que ia até depois de seu queixo. Então a coisa começou a se enrolar, se retraindo aos poucos para dentro da boca cheia de sangue.

Meu Deus, pensou Patricia, *eu enlouqueci*, e deu outro golpe com a chuteira. James Harris se levantou, pegando o pulso dela com uma das mãos, o pescoço com a outra, e a jogou na parede. O impacto nas costas foi tão grande que ela ficou sem ar. Mordeu a língua. Então, o homem estava em cima dela, a respiração quente e forte, o antebraço em seu pescoço, mais forte do que ela, mais rápido do que ela, e Patricia perdeu o vigor sob aquelas garras, como uma presa.

— Isso é tudo culpa sua — disse ele, a voz grossa e viscosa.

O sangue manchava os lábios de James Harris, e perdigotos caíram no rosto de Patricia. Ela sabia que ele estava certo. Era. Tudo. Culpa. Dela. Tinha exposto os filhos àquele perigo, fora ela quem o convidara para entrar na sua casa. Ficara tão obcecada com as crianças de Six Mile e Blue que não vira o risco que Korey corria. Colocara os dois filhos nas mãos de James Harris.

Ela observou um caroço descer, e descer, e descer pela garganta de James Harris conforme ele engolia o que quer que fosse o aparato que usava para sugar sangue. Então, ele falou:

— Você disse que isso ficava entre nós.

Ela se lembrava de ter dito aquilo no carro mais cedo, e seu único objetivo tinha sido atrasá-lo, conseguir mais tempo, distraí-lo, mas de fato dissera aquilo, que, para ele, soou como outro convite. Ela havia tentado enganá-lo. Merecia aquilo. Mas a filha, não.

— Korey — tentou dizer, a traqueia apertada.

— Olha o que você está fazendo com ela — sibilou ele, torcendo o pescoço de Patricia para que ela pudesse ver a cama.

Korey estava em posição fetal, tremendo, em choque. O sangue escorria no colchão. Patricia fechou os olhos, tentando se livrar da náusea.

— Mãe? — disse Blue do corredor.

Ela e James Harris trocaram um olhar, ele completamente pelado, a parte frontal do seu corpo imunda de sangue, ela de camisola, sem nem mesmo um sutiã, a porta entreaberta. Nenhum deles se mexeu.

— Mãe? — repetiu Blue. — O que está acontecendo?

James Harris murmurou para ela um silencioso *faça alguma coisa*.

Ela levantou a mão e, com a ponta dos dedos, tocou o antebraço que apertava seu pescoço. Ele a largou.

— Blue — disse Patricia, indo até o corredor. Rezava para que o sangue salpicado que sentia no rosto não estivesse tão evidente. — Volte para a cama.

— O que aconteceu com a Korey? — perguntou ele, sem se mexer.

— Sua irmã está passando mal — respondeu Patricia. — Por favor. Ela logo vai se sentir melhor. Mas precisa ficar sozinha agora.

Após decidir que aquilo não era nada que exigiria sua atenção, Blue deu meia-volta sem falar nada, voltou para o quarto e fechou a porta. Patricia retornou para o quarto de Korey e ligou a luz a tempo de ver James Harris, nu, agachado sobre o parapeito da janela. As roupas estavam amontoadas perto da barriga, e ele parecia um amante fugindo de um marido irado numa comédia antiga.

— Você pediu por isso — disse ele, e então desapareceu, e a janela voltou a ser um grande retângulo escuro da noite.

Korey choramingou na cama. Era o som de quando a filha tinha um pesadelo, que Patricia já havia escutado tantas vezes antes, e, num gesto de solidariedade, a mãe respondeu com o mesmo ruído. Patricia se aproximou e examinou o ferimento na parte interna da coxa da garota. Parecia inchado e infeccionado, mas não era o único. Ao redor dele, havia hematomas e punções que se sobrepunham, a pele cortada e arranhada em volta. Percebeu, então, que aquilo já tinha acontecido antes. Muitas vezes.

Dentro da sua cabeça, morcegos guinchavam e se batiam, estraçalhando todos os seus pensamentos coerentes. Patricia nem sequer saberia dizer como encontrou a câmera e tirou as fotos, como chegou ao banheiro, parou na frente da pia, molhando uma toalha com água quente, como limpou os ferimentos de Korey e passou antisséptico. Queria fazer um curativo, mas não poderia, não sem deixar a filha saber que tinha visto aquela coisa obscena. Não poderia passar daquele limite com a filha. Ainda não.

Tudo parecia tão normal. Patricia esperava que a casa fosse explodir, que o quintal fosse ser invadido por água, que Blue saísse do quarto com uma mala e anunciasse que estava se mudando para a Austrália, mas o quarto de Korey estava a mesma bagunça de sempre, e, quando foi para o primeiro andar, a lâmpada do vestíbulo estava acesa como sempre, e Ragtag levantou a cabeça de onde estava dormindo no sofá da saleta, a plaquinha de identificação na coleira tilintando como sempre, e as luzes da varanda se apagaram quando ela desligou o interruptor, como sempre.

Ela foi até o banheiro e lavou o rosto, com força. Usou uma toalha, esfregando e limpando, e tentou não se olhar no espelho. Esfregou até a pele ficar vermelha e ardendo. Esfregou até doer. Ótimo. Em seguida, beliscou a orelha esquerda até doer, torcendo-a, e aquilo lhe deu uma sensação boa também. Foi para a cama e ficou deitada na escuridão, olhando o teto, sabendo que nunca conseguiria dormir.

Era tudo culpa dela. Era tudo culpa dela. Era tudo culpa dela.

A culpa, a sensação de traição e a náusea se reviraram nas suas entranhas, e ela quase não conseguiu chegar ao banheiro antes de vomitar.

* * *

Na manhã seguinte, Patricia se esforçou muito para não alterar seu comportamento com Korey, e a filha parecia a mesma de todas as manhãs: mal-humorada e taciturna. Patricia sentiu as mãos dormentes quando mandou Korey e Blue para a escola, e então se sentou ao lado do telefone e esperou.

A primeira ligação veio às nove, e ela não conseguiu se forçar a atender. A secretária eletrônica pegou o recado.

— Patricia — disse James Harris. — Está em casa? Temos que conversar. Quero explicar o que aconteceu.

Era um dia ensolarado e sem nuvens de outubro. O céu azul-claro a protegia. Mas ele ainda podia ligar. O telefone tocou de novo.

— Patricia — falou ele na secretária eletrônica. — Você precisa entender o que está acontecendo.

Ele telefonou mais três vezes e, na terceira, Patricia atendeu.

— Há quanto tempo? — perguntou.

— Venha aqui e me escute — respondeu ele. — Vou contar tudo para você.

— Há quanto tempo?

— Patricia. Quero que possa olhar nos meus olhos, para saber que estou sendo sincero.

— Só me diga há quanto tempo — insistiu ela, e, para a própria surpresa, sua voz falhou, sua testa se franziu e ela sentiu lágrimas escorrendo pelo queixo. Não conseguia fechar a boca; havia um grito preso que precisava sair.

— Fico feliz por você finalmente saber — disse ele. — Estou cansado demais de esconder. Mas isso não muda nada do que falei ontem à noite.

— O quê?

— Eu valorizo você. Valorizo muito sua família. Ainda sou um amigo.

— O que você fez com a minha filha? — perguntou ela após algum esforço.

— Sinto muito por ter visto aquilo. Sei que deve estar confusa e assustada, mas não é tão diferente dos meus olhos. É só um problema de saúde. Alguns dos meus órgãos não funcionam bem e, de vez em quando, preciso pegar o sistema circulatório de alguém emprestado para filtrar o meu sangue através da pessoa. Não sou vampiro, não bebo o sangue. Imagine uma máquina de diálise, só que natural. E juro que não dói. Na verdade, pelo que vejo, causa uma sensação boa. Você tem que entender, eu nunca faria qualquer coisa que machucasse a Korey. Ela concordou com aquilo. Quero que saiba disso. Depois de eu ter contado a ela sobre a minha doença, Korey veio aqui e me ofereceu ajuda. Você precisa acreditar que eu nunca faria nada contra a vontade dela.

— O que você é?

— Sou solitário — respondeu ele. — Estou sozinho há muito tempo.

Patricia percebeu que não havia arrependimento na voz dele, apenas vitimismo. Ela já tinha ouvido Carter reclamando tantas vezes que jamais confundiria aquilo com qualquer outra coisa.

— O que você quer de nós?

— Eu me importo com vocês — disse ele. — Com a sua família. Vejo como Carter trata você e fico furioso. Ele joga no lixo uma coisa que eu adoraria ter. Blue já me adora, e Korey me ajudou tanto que tem a minha eterna gratidão. Gostaria de pensar que podemos chegar a um acordo.

Ele queria a família dela. Aquilo surgiu na cabeça de Patricia de repente. Ele queria o lugar de Carter. O homem era um vampiro, ou o mais próximo disso que ela encontraria. Patricia se lembrou da srta. Mary tantos anos antes, falando no escuro.

Pegam tudo que veem pela frente e não conhecem limites. Venderam a própria alma e agora devoram tudo, sem saber como parar.

Ele havia encontrado um lugar onde se integrara muito bem, com uma fonte de alimento próxima, se tornara um membro respeitado da comunidade, e agora queria a família dela porque não sabia como parar. Sempre queria mais. Aquela conclusão abriu uma porta dentro da sua mente, e os morcegos saíram num fluxo preto e frenético, deixando seu crânio vazio, silencioso e claro.

Ele queria a antiga casa da sra. Savage, então a tomou dela. A srta. Mary o ameaçara com a fotografia, e ele a destruiu. Tinha atacado Slick para se proteger. Falaria qualquer coisa para conseguir o que queria. Ele não tinha limites. E Patricia soube que, no instante em que ele suspeitasse de que ela havia decifrado o jogo dele, seus filhos estariam em perigo.

— Patricia? — chamou James Harris, quebrando o silêncio.

Ela respirou fundo, tremendo.

— Preciso de um tempo para pensar — disse. Se desligasse o telefone logo, ele não notaria a mudança no seu tom de voz.

— Deixe eu ir aí — pediu ele, com a voz mais cortante. — Hoje à noite. Quero me desculpar pessoalmente.

— Não — respondeu ela, apertando o fone com a mão, que começara a suar de repente. Forçou a garganta a relaxar. — Preciso de tempo.

— Prometa que vai me perdoar — disse ele.

Ela precisava desligar. Com uma pontada repentina de felicidade, notou que tinha que ligar para a polícia naquele instante. Os policiais iriam até a casa dele, encontrariam a carteira de motorista, fariam uma busca no sótão e até o pôr do sol aquilo estaria acabado.

— Prometo — disse ela.

— Estou confiando em você, Patricia. Você sabe que eu nunca machucaria ninguém.

— Eu sei.

— Quero que saiba tudo sobre mim — afirmou ele. — Quando estiver pronta, quero passar muito tempo com você.

Ela ficou orgulhosa de como conseguiu manter a firmeza e a calma na voz.

— Eu também — respondeu.

— Ah — disse ele. — Antes de desligar, uma coisa bem estranha aconteceu hoje de manhã.

— O quê? — perguntou Patricia, nervosa.

— Encontrei a carteira de motorista de Francine Chapman no meu carro — contou ele, a voz incrédula. — Você se lembra dela? Minha antiga faxineira? Não sei como foi parar lá, mas já cuidei disso. Estranho, não acha?

Patricia teve vontade de enfiar as unhas no rosto, arranhar toda a cara, arrancar a pele. Era uma idiota.

— É estranho mesmo — respondeu, a voz sem uma gota de vida.

— Bem. Que bom que encontrei. Poderia ter sido uma coisa difícil de explicar.

— Pois é.

— Fico no aguardo de notícias suas. Mas não me faça esperar muito.

E desligou.

Como mãe, a única função de Patricia era proteger seus filhos de monstros. Aqueles que ficavam debaixo da cama, dentro do armário, escondidos nas sombras. E, no entanto, ela havia convidado um monstro para dentro de casa e fora fraca demais para impedi-lo de pegar o que quisesse. O monstro tinha matado sua sogra, encantado o seu marido, tomado os seus filhos.

Não tinha forças para detê-lo sozinha, mas alguém precisava fazer isso. Não havia tanta gente a quem pudesse pedir ajuda.

Patricia pegou o telefone e ligou para a sra. Greene.

— Alô?

— Sra. Greene. — Patricia deu um pigarro. — Pode vir na segunda de noite ao centro da cidade?

— Por quê?

— Quero que vá a uma reunião do meu clube do livro.

CAPÍTULO 36

Na segunda, as temperaturas despencaram por volta do meio-dia, e nuvens escuras começaram a se acumular no céu. Folhas se arrastavam pelas ruas desertas de Old Village. Na ponte, lufadas de vento repentinas balançavam carros, obrigando-os a mudar de pista de forma abrupta. Às quatro horas, já estava escuro, e janelas sacudiam, portas se abriam de repente e ventos arrancavam galhos de carvalhos e os jogavam no meio da rua.

A ventania sombria açoitava as janelas do hospital em que Slick estava, e o vidro estalava, enquanto lá dentro parecia uma geladeira de tão frio.

— Vai demorar muito? — perguntou Maryellen. — Monica tem um trabalho de latim para amanhã, e preciso ajudá-la a construir um Partenon com tubos de rolo de papel higiênico.

— Não gosto de ficar longe de casa — disse Kitty, colocando as mãos debaixo do avental hospitalar para mantê-las aquecidas.

O avental de Kitty estava amarrado de qualquer jeito, e, através do material, Patricia conseguia ver o suéter marrom com duas marcas de mão feitas de lantejoulas prateadas no peito. Maryellen usava uma blusa xadrez, e seu avental estava com os nós bem certinhos. A luz do teto tinha sido desligada, e a única claridade vinha das lâmpadas fluorescentes sobre a cabeceira de Slick e em cima da pia, enchendo o quarto de sombras. Slick estava sentada na cama, um cardigã azul-marinho com triângulos verde-azulados jogado nos ombros. Patricia tentou passar um pouco de maquiagem na amiga, mas ainda assim ela parecia um crânio com uma peruca arrepiada.

Alguém bateu na porta, e a sra. Greene entrou.

— Obrigada por vir.

— Olá… sra. Greene. — Slick sorriu.

A sra. Greene levou um instante para reconhecê-la, e Patricia viu o horror tomar os olhos da mulher antes que ela se forçasse a assumir uma expressão mais agradável.

— Como vai, sra. Paley? — disse ela. — Sinto muito pelo seu mal-estar.

— Obrigada — respondeu Slick.

A sra. Greene se empoleirou numa cadeira, a bolsa no colo, e o silêncio recaiu sobre o quarto. O vento batia nas janelas.

— Slick — disse Maryellen. — Você queria que viéssemos aqui para te visitar, mas estou com um pressentimento de que existe um objetivo secreto nesta reunião.

— Desculpa, gente — pediu Kitty —, mas podemos ir logo ao que interessa?

A porta se abriu de novo, e todas se viraram para Grace. As entranhas de Patricia se contorceram.

Grace acenou com a cabeça para Slick e então viu a sra. Greene e Patricia.

— Você me ligou pedindo para eu dar uma passada aqui — disse ela a Slick. — Mas parece que já está com visitas demais. Volto outra hora.

Ela se virou, e Patricia gritou:

— Não!

Grace olhou para trás, sem expressão.

— Fica — pediu Slick, fraca, de onde estava sentada. — Por favor…

Entre dar um escândalo e fazer uma coisa que não queria fazer, Grace escolheu a segunda opção. Abriu caminho entre Maryellen e Kitty e ocupou o único assento vago, próximo à cama. Slick e Patricia concluíram que, assim, seria mais difícil para ela ir embora.

— E então? — disse Grace após um longo silêncio.

— Sabem — comentou Maryellen —, parece até que o antigo clube do livro está de volta. A qualquer minuto, alguém vai tirar um livro de crimes reais da bolsa.

Patrícia se inclinou e pegou o seu exemplar de *Morte ao anoitecer*. Todo mundo deu risadinhas, com exceção de Grace e da sra. Greene, que não entendeu a brincadeira. A risada de Slick se transformou num acesso de tosse.

— Imagino que exista uma razão para estarmos aqui — disse Kitty a Slick.

Ela assentiu para Patricia, dando a palavra a ela.

— Precisamos conversar sobre James Harris — afirmou Patricia.

— Acabei de me lembrar de um compromisso — anunciou Grace, se levantando.

— Grace, preciso que escute isso — disse Patricia.

— Vim aqui porque Slick me telefonou — replicou ela, colocando a alça da bolsa no ombro. — Não vou fazer isso de novo. Com licença.

— Eu estava errada — disse Patricia. Aquilo fez Grace parar. — Estava errada sobre James Harris. Achei que ele era um traficante de drogas e acabei confundindo vocês. Me desculpem.

Grace relaxou um pouco e se recostou na cadeira.

— É muita bondade sua — disse Maryellen. — Mas todas nós tivemos uma parcela de culpa. Deixamos aqueles livros entrarem na nossa cabeça.

— Ele não é traficante — continuou Patricia. — É um vampiro.

Kitty pareceu prestes a vomitar. O rosto de Grace se contorceu numa careta horrorosa. Maryellen proferiu uma única risada que mais lembrou um latido e falou:

— Como é?

— Slick — disse Patricia. — Conta pra elas o que aconteceu.

— Eu fui... atacada — confessou Slick, e, na mesma hora, seus olhos ficaram vermelhos e marejados. — Por James Harris... Patricia e a sra. Greene... tinham uma foto que... pertencia à mãe de Carter... Uma foto de James Harris... em 1928... com a mesma aparência... de agora.

— Tenho que ir mesmo... — comentou Grace.

— Grace — disse Slick. — Se um dia... fomos amigas... preciso que me escute agora.

Ela não respondeu, mas parou de se inclinar para a frente na cadeira.

— Eu estava... com a fotografia e os recortes de jornal... que a sra. Greene tinha juntado — prosseguiu Slick. — Patricia me procurou... porque ela e a sra. Greene achavam que aquilo provava... que ele era um servo do Diabo. Elas queriam entrar na casa dele... encontrar evidências de que ele machucava crianças... mas o meu orgulho falou mais alto... e fui atrás dele e tentei barganhar... Disse que se ele fosse embora... eu destruiria o retrato e guardaria segredo... ele me atacou... me profanou... com seu... desculpem. — Ela inclinou a cabeça para trás, para que as lágrimas não borrassem a maquiagem. Patricia lhe entregou um lenço amassado, e Slick deu batidinhas embaixo dos olhos. — A secreção dele... me deixou doente. Ninguém sabe o que está acontecendo comigo... os médicos não sabem... não contei a ninguém o que ele fez... pois... ele disse que, se eu ficasse quieta... ele não machucaria os meus filhos.

— A sra. Greene e eu fomos até a casa dele — disse Patricia, aproveitando a deixa de Slick. — Encontramos o corpo de Francine dentro de uma mala escondida no sótão. Tenho certeza de que ele já deve ter se livrado dela a essa altura.

— Isso é uma brincadeira de mau gosto — rebateu Grace. — Francine era um ser humano. Usar a morte dela como parte da sua fantasia é grotesco.

Patricia pegou a fotografia da coxa de Korey que havia tirado. O flash deixou as marcas de hematoma e punção escuras na pele recentemente limpa. Ela a entregou para Grace.

— Olhe o que ele fez com a minha filha — disse Patricia.

— O que foi isso? — perguntou Kitty, baixinho, tentando ver a foto.

— Ele a seduziu sem que eu percebesse — respondeu Patricia. — Passou meses conquistando a minha filha, preparando ela, se alimentando dela e fazendo ela pensar que gostava disso. Ele disse que tem uma doença e que precisa usar pessoas para filtrar o seu sangue, como uma diálise. Aparentemente, o processo cria uma sensação de euforia na pessoa. Elas ficam viciadas.

— É a mesma marca que encontraram nas crianças de Six Mile — afirmou a sra. Greene.

— E também é a marca que Ben disse terem encontrado em Ann Savage quando ela morreu — disse Patricia.

— Achei que ele deixaria os nossos filhos em paz se eu não falasse nada — continuou Slick. — Mas ele pegou a Korey. E pode vir atrás de qualquer uma de nós depois. A fome dele não acaba nunca.

— Antes de suspeitarmos de qualquer coisa — retomou Patricia —, Francine já tinha desaparecido. Orville Reed se matou, assim como Destiny Taylor. Mas Kitty e eu vimos o corpo da Francine no sótão. Ele atacou a Slick. Atacou a minha filha. Está preparando o Blue. E me quer.

— Você viu mesmo o corpo da Francine no sótão? — perguntou Maryellen a Kitty.

Kitty olhou para os joelhos.

— Diga pra elas — pediu Patricia.

— Ele quebrou os braços e as pernas da Francine para enfiá-la na mala — contou Kitty.

— Quantas outras evidências vão ser necessárias até admitirmos que nenhuma de nós está a salvo? — questionou Patricia.

— Nossos maridos acham que James Harris é o melhor amigo

deles, mas esse homem pegou tudo que queria bem debaixo do nosso nariz. Quanto tempo vamos esperar para fazer alguma coisa? Ele está devorando os nossos filhos.

— Podem me chamar de antiquada — disse Grace de repente.

— Mas primeiro você conta para a polícia que ele molesta crianças. Depois, fala pra gente que é traficante de drogas. E agora está nos dizendo que o homem é o conde Drácula. Suas fantasias nos custaram muito, Patricia. Sabe o que aconteceu comigo?

— Eu sei — respondeu Patricia, com dentes cerrados. — Sei que errei. Meu Deus, Grace, sei que causei um grande transtorno e estou pagando por isso, mas nós tiramos o corpo fora quando as coisas ficaram difíceis. E agora esperamos tanto tempo que acredito que não dê mais para nos livrarmos dele da forma tradicional. Acho que ele se enraizou demais em Old Village.

— Me poupe — replicou Grace.

— Estou de joelhos implorando a sua ajuda — insistiu Patricia.

— Não vão me dizer que todas vocês acreditam nessa bobagem — comentou Grace.

Maryellen e Kitty desviaram o olhar.

— Kitty — disse Patricia. — Nós duas vimos o que ele fez com a Francine. Sei que está com medo, mas quanto tempo acha que vai levar até ele descobrir que você esteve no sótão também? Quanto tempo vai levar até ele ir atrás da sua família?

— Não fale uma coisa dessas — retrucou Kitty.

— É a verdade — disse Patricia. — Não podemos nos esconder mais.

— Ainda não entendi o que está nos pedindo para fazer — comentou Maryellen.

— Você uma vez falou que queria viver num lugar onde as pessoas cuidassem umas das outras — argumentou Patricia. — E é justamente isso que vocês estão se negando a fazer.

— Somos um clube do livro — argumentou Maryellen. — O que poderíamos fazer? Matá-lo de tédio com os nossos livros?

Usar uma linguagem forte e ofensiva? Não podemos pedir a ajuda do Ed de novo.

— Acho... que já passamos desse ponto — opinou Slick.

— Então não sei aonde vocês querem chegar — afirmou Maryellen.

— Na última vez que fizemos isso, aprendemos uma coisa — disse Patricia. — Homens apoiam homens. A amizade deles com James Harris agora é mais forte do que nunca. Só temos a nós mesmas.

Grace encaixou a alça da bolsa bem alto no ombro e encarou as mulheres no quarto.

— Estou indo embora antes que isto aqui fique ainda mais absurdo — anunciou ela, que então se dirigiu a Kitty e Maryellen: — E acho que vocês deveriam vir comigo antes de fazerem algo de que se arrependam.

— Grace — disse Kitty, a voz baixa e calma, olhando para os joelhos —, se continuar agindo como se eu fosse uma idiota, vou dar um soco na sua cara. Sou uma mulher adulta, assim como você, e vi um cadáver naquele sótão.

— Boa noite — replicou Grace, indo na direção da porta.

Patricia fez sinal com a cabeça para a sra. Greene, que parou na frente de Grace.

— Sra. Cavanaugh — disse ela. — Eu não sou nada para você?

Grace olhou surpresa para a mulher, a primeira vez que qualquer uma delas via Grace fazer aquilo.

— Como disse? — perguntou, com uma altivez gélida.

A altivez gélida não afetou nem um pouco a sra. Greene.

— Você deve achar que eu não sou nada — afirmou a sra. Greene.

Grace engoliu em seco, tão ultrajada que não conseguia nem formar palavras.

— Nunca falei algo do tipo — disse ela, por fim.

— Suas ações não condizem com as atitudes de uma cristã — declarou a sra. Greene. — Anos atrás, como mãe e como mulher, procurei você e implorei por ajuda, porque um homem estava atacando as crianças de Six Mile. Pedi para fazer uma coisa simples, ir comigo até a delegacia e contar aos policiais o que você sabia. Coloquei em risco meu trabalho e minha fonte de renda para pedir a sua ajuda. Você por acaso sabe pelo menos o nome dos meus filhos?

Grace levou um minuto para perceber que a sra. Greene estava esperando uma resposta.

— Tem o Abraham — disse Grace, buscando os nomes. — E a Lily, acho...

— O primeiro é Harry — respondeu a sra. Greene. — Ele morreu. Harry Jr., Rose, Heanne, Jesse e Aaron. Você não sabe nem quantos filhos tenho, e eu não esperava mesmo que fosse saber. Mas está me devendo. Protegeu a si mesma, mas não moveu um dedo pelas crianças de Six Mile, porque elas não valiam seu esforço. Bem, agora ele está indo atrás dos seus filhos. A filha da sra. Campbell é uma de vocês. A sra. Paley, em teoria, é sua amiga. A sra. Scruggs viu o corpo da Francine na casa dele. O quanto você vale, sra. Cavanaugh, quando abandona as suas amigas dessa maneira?

Elas observaram Grace passar por um ciclo de dezenas de emoções diferentes, cem respostas possíveis, a mandíbula se mexendo, os dentes trincados, as rugas do pescoço se contraindo. A sra. Greene a encarou de volta, o queixo erguido. Então Grace passou por ela, abriu a porta e bateu com força.

No silêncio, ninguém se mexeu. O único som era o vento assobiando por uma fenda na vedação da janela.

— Ela tem razão — declarou Slick. — Todas nós... ficamos assustadas e sacrificamos as crianças de Six Mile... pelas nossas. Estávamos com... vergonha e medo. Os Provérbios dizem... "Como fonte contaminada ou nascente poluída... assim é o justo que fraqueja... diante do ímpio." Nós nos acovardamos... Queríamos acreditar... que Patricia estava errada porque aquilo significava que não teríamos que fazer... nada difícil.

Patricia decidiu que era hora de levá-las para o próximo passo.

— Não sei se a palavra certa é *vampiro* ou *monstro* — anunciou. — Mas eu o vi dessa forma duas vezes, e Slick, uma. Ele não é como nós. Pode viver por muito tempo. É forte. Consegue enxergar no escuro.

— Ele consegue fazer animais o obedecerem — acrescentou a sra. Greene.

Patricia olhou para ela, as duas pensando nos ratos, no cheiro que empesteou a casa por dias, na srta. Mary no hospital, inconsciente, as feridas cobertas por iodo, respirando através de um tubo. Patricia assentiu.

— Acho que sim. E ele precisa colocar o sangue dele nas pessoas para sobreviver. Elas ficam viciadas nisso. Nesse instante, Korey enfiaria uma faca nas minhas costas se eu tentasse impedir que ele sugasse o sangue da minha filha de novo, de tão bom que é. Ele tem tudo que quer, então por que parar? Nós precisamos impedi-lo.

— Mais uma vez — disse Maryellen —, somos um clube do livro, não um grupo de detetives. Se ele é tão forte assim, tudo isso é inútil.

— Você acha... que não conseguimos enfrentá-lo? — perguntou Slick, da cama. — Tive três filhos... E um homem que nunca sentiu... um bebê coroando é mais forte do que eu? Mais duro na queda do que eu? Ele acha que está em segurança... porque pensa como você... Ele olha para Patricia e acha que somos um bando de donas de casa inúteis... Ele acha que somos por dentro o que aparentamos ser por fora: moças boazinhas do Sul. Deixe eu falar uma coisa... moças do Sul não são nada boazinhas.

Após uma longa pausa, Patricia falou:

— Ele tem uma fraqueza. Está sozinho. Não tem ligações com outras pessoas, não tem parentes nem amigos. Basta uma de nós não aparecer para ir buscar as crianças no horário combinado que todo mundo vai na sua casa ver se você está bem. Mas ele é solitário. Se pudermos dar um sumiço nele, um sumiço completo, ninguém vai fazer perguntas. Podemos ter que lidar com um ou dois dias difíceis, mas vai passar, e será como se ele nunca tivesse existido.

Maryellen virou o rosto para o teto e deu de ombros.

— Como podemos estar aqui sentadas, falando essas coisas na maior naturalidade? Somos seis mulheres. Cinco, porque duvido que Grace volte. Quer dizer, Kitty, seu marido precisa abrir os potes para você.

— A questão... não é essa — respondeu Slick, os olhos ardendo em chamas. — Não se trata mais... dos nossos maridos nem de ninguém... O que está em jogo agora... somos nós. Se nós somos capazes de dar um jeito nessa situação. O que importa aqui... não é o nosso dinheiro, a nossa aparência ou os nossos maridos... Podemos fazer isso?

— Matar um ser humano, não — disse Maryellen.

— Ele não é um ser humano — alegou a sra. Greene.

— Escutem — pediu Slick. — Se houvesse... um aterro tóxico nessa cidade... que causasse câncer... não íamos parar até que ele fosse fechado. É a mesma coisa. Estamos falando das nossas famílias... da vida dos nossos filhos. Vocês estão dispostas a pagar para ver?

Maryellen se inclinou para a frente e tocou na perna de Kitty, que olhou para cima, enfim parando de encarar os próprios joelhos.

— Você viu mesmo a Francine naquele sótão? Não minta pra mim. Tem certeza de que era ela, e não uma sombra, ou um manequim, ou uma decoração de Dia das Bruxas?

Kitty assentiu, inconsolável.

— Quando fecho os olhos, vejo a mulher dentro daquela mala, enrolada em sacos plásticos — gemeu Kitty. — Não tenho conseguido dormir, Maryellen.

Maryellen olhou com atenção para o rosto de Kitty e então voltou a se recostar na cadeira.

— Como vamos fazer isso? — perguntou.

— Antes de decidirmos qualquer coisa — interveio Slick —, precisamos deixar tudo às claras... e então nunca mais falar no assunto... Tenho que escutar de cada uma de vocês... Depois disso, não tem como... voltar atrás.

— Amém — disse a sra. Greene.

— Claro — concordou Patricia.

— Kitty? — perguntou Slick.

— Deus me ajude, sim — soltou ela, com um suspiro.

— Maryellen? — indagou Slick.

Maryellen não disse nada.

— Ele vai acabar indo atrás da Caroline depois — argumentou Patricia. — E depois da Alexa. E aí da Monica. Vai fazer com elas o que fez com a Korey. Ele é só fome, Maryellen. Vai devorar tudo até não sobrar mais nada.

— Não vou fazer nada ilegal — disse Maryellen.

— Já passamos desse ponto — replicou Patricia. — Estamos protegendo as nossas famílias. Vamos fazer tudo que for necessário. Você também é mãe.

Todas olharam para ela. As costas de Maryellen estavam rígidas, mas então ela parou de resistir e os ombros relaxaram.

— Tá bom — concordou.

Patricia, Slick e a sra. Greene se entreolharam. Patricia achou que era a sua deixa.

— Precisamos de uma noite em que todo mundo esteja distraído — disse ela. — Na semana que vem, o Carolina vai jogar contra o Clemson. Toda a população do estado vai estar grudada na televisão, do primeiro chute ao último segundo. É nessa hora que vamos agir.

— Agir como? — perguntou Kitty com um fio de voz.

Patricia tirou um caderno da bolsa.

— Li tudo que pude sobre eles — disse ela. — Sobre seres parecidos com vampiros. A sra. Greene e eu fizemos uma lista sobre os pontos em que todas as fontes concordam. Existem tantas superstições para matá-los quanto para criá-los: exposição à luz solar, cravar uma estaca no coração, decapitação, prata.

— Ele até pode ser maligno, mas não um vampiro de verdade — argumentou Maryellen. — Talvez ele seja como Richard Chase, o Vampiro de Sacramento, e só ache que é um vampiro.

— Não — disse Patricia. — Não podemos nos enganar mais. Ele não é uma coisa natural, e temos que matá-lo de vez ou ele vai continuar voltando. Ele nos subestimou. Não podemos subestimá-lo.

Suas palavras soavam bizarras no quarto esterilizado do hospital, com os copos e canudos de plástico, a televisão pendurada no teto, os cartões da Hallmark sobre o peitoril da janela. Elas olharam umas para as outras, todas usando suas sapatilhas sem salto e com as bolsas grandes ao lado dos pés, contendo óculos de leitura, caderno, caneta esferográfica, e perceberam que tinham cruzado um limite.

— Vamos ter que acertar o coração dele com uma estaca? — perguntou Kitty. — Não sei se estou pronta para isso.

— Não vamos usar estacas — disse Patricia.

— Ah, graças a Deus — soltou Kitty. — Desculpe, Slick.

— Acho que isso seria inútil — continuou Patricia. — Os livros dizem que vampiros dormem durante o dia, mas ele fica acordado. O sol machuca os seus olhos e o deixa desconfortável, mas ele não precisa se enfiar num caixão durante o dia. Não podemos levar as histórias ao pé da letra.

— Então o que vamos fazer? — perguntou Kitty.

— A srta. Mary me deu uma ideia de como matá-lo — contou Patricia. — A parte difícil vai ser chegar no ponto em que podemos fazer isso.

— Não quero parecer implicante — disse Maryellen. — Mas se ele é tudo isso que Patricia diz que é... desconfiado, com os sentidos aguçados, rápido, forte... como vamos nos aproximar o suficiente para fazer qualquer coisa?

O medo deixou a voz de Patricia firme e clara:

— Vou ter que dar a ele o que quer. Tenho que me entregar a ele.

CAPÍTULO 37

Patricia disse a Carter que Korey estava usando drogas. James Harris deixou a menina tão debilitada e desorientada que Carter acreditou na hora. Foi ainda mais fácil convencê-lo porque aquele era um dos maiores pesadelos do marido.

— Isso veio da sua parte da família — falou ele enquanto os dois enfiavam as roupas da filha numa bolsa de viagem. — Na minha parte ninguém nunca teve esse tipo de problema.

Não, pensou Patricia. *Só mataram um homem e enterraram o corpo no quintal.*

Ela rezou, pedindo perdão. Rezou muito. Então levaram Korey até Southern Pines, a clínica de tratamento psiquiátrico e de dependência química da região.

— Tem certeza de que ela vai ser monitorada vinte e quatro horas por dia? — perguntou Patricia no momento da internação.

Seu maior medo era que Korey seguisse os passos das outras crianças. Pensou em Destiny Taylor e o fio dental, Orville Reed se jogando na frente do carro, Latasha Burns e o cutelo. Patricia e Carter tinham dinheiro suficiente para diminuir os riscos, mas, quando se tratava da filha, Patricia não queria que houvesse risco nenhum. Queria garantias.

Tentou falar com Korey, tentou dizer que sentia muito, tentou explicar as coisas, tentou de verdade, mas, por qualquer que fosse o motivo, fosse James Harris ou o que eles estavam fazendo com ela, Korey se recusava a reconhecer que a mãe estava no quarto.

— Essa reação é comum — disse o coordenador de admissão. — Uma vez, vi um garoto quebrar o nariz da mãe quando estava dando entrada aqui. Outros simplesmente desligam.

Quando chegaram em casa, o silêncio consumiu Patricia, fazendo-a se lembrar do dano que causara a quem amava. Ela sentia a urgência tomar conta do seu corpo. Precisava acabar com aquilo. Precisava juntar os cacos da família e colar tudo antes que as coisas piorassem ainda mais. Em pouco tempo chegariam a um ponto irreversível.

Naquela noite, Carter foi se afogar em trabalho no escritório. Meia hora depois, o telefone tocou. Ela atendeu.

— Cadê a Korey? — perguntou James Harris.

— Está doente — respondeu Patricia.

— Não estaria doente se ainda estivesse comigo. Posso fazer ela se sentir melhor.

— Preciso de tempo — disse Patricia. — Preciso de tempo para entender as coisas.

— E o que eu faço enquanto você fica pensando? — indagou ele.

— Você tem que ser paciente. Isso é difícil para mim. É uma vida inteira que está em jogo. Minha família. Tudo que eu tenho.

— Decida logo — mandou ele.

— Até o fim do mês — disse ela, tentando ganhar tempo.

— Você tem dez dias — falou ele, e desligou.

Ela tentava ficar o máximo de tempo com Blue. Patricia e Carter perguntaram se o filho tinha alguma dúvida, disseram que não era culpa dele, que poderia visitar Korey em uma ou duas semanas, assim que os médicos determinassem que ela estava bem, mas Blue mal abriu a boca. Quando ele estava jogando videogame no computador, no escritório pequeno, Patricia se sentava ao seu lado. O garoto dedilhava o teclado, movendo formas e linhas coloridas na tela.

— Pra que serve isso? — perguntou ela, indicando um botão, e então apontou para um número na parte de cima do monitor.

— Significa que você está ganhando? Olha a sua pontuação, está bem alta.

— Isso é a quantidade de golpes que eu levei — respondeu ele.

Ela queria dizer ao filho que sentia muito por não ter conseguido proteger melhor ele e a irmã. Mas sempre que começava, o discurso soava como uma despedida, então ela parava. Que ele tivesse ao menos mais uma semana tranquila.

Ela ainda não se sentia pronta quando o sábado chegou, e acordou assustada. Fez uma faxina no quarto de Korey para se manter ocupada, trocou a roupa de cama, pegou todas as roupas no chão, colocou para lavar, dobrou e as guardou nas gavetas em pilhas arrumadas, passou e pendurou os vestidos, arrumou as revistas, encontrou a capa de todos os CDs. Recuperou 8,63 dólares em moedas do tapete e colocou o dinheiro num jarro para quando Korey voltasse para casa.

Mais ou menos às quatro da tarde, Carter parou na soleira da porta e a observou trabalhando.

— Temos que ir logo se quisermos chegar antes do jogo começar — comentou ele.

A família tinha feito planos para ver Clemson versus Carolina no centro da cidade, perto do hospital, com os filhos de Leland e Slick.

— Pode ir — disse Patricia. — Estou ocupada.

— Tem certeza de que não quer ir? — perguntou Carter. — Vai ser bom fazer alguma coisa normal. É mórbido ficar à toa sozinha em casa.

— Preciso ser mórbida — respondeu ela, dando ao marido o sorriso do "soldado corajoso". — Aproveitem.

— Te amo — disse ele.

Aquilo a pegou de surpresa. Patricia vacilou por um segundo, pensando no que James Harris dissera sobre as viagens de Carter e se perguntando até que ponto aquilo era verdade.

— Também te amo — falou, se forçando a responder.

Carter se retirou, ela esperou até ouvir o carro saindo, e então se preparou para morrer.

O estômago de Patricia parecia vazio. O corpo inteiro, seco. Ela se sentia doente, zonza, o coração palpitante. Tudo dava a sensação de vazio, como se estivesse prestes a flutuar para longe.

No banheiro, colocou o novo vestido preto de veludo. Estava justo, horrível, apertando em todos os lugares errados e deixando-a consciente das novas curvas. Então, se ajeitou, puxando-o para baixo e o ajustando, subindo as alças e alisando os vincos. O vestido cobria seu corpo tal qual a pele de um gato preto. Sentia-se mais nua com ele do que sem ele.

O telefone tocou. Ela atendeu.

— Finalmente — disse ele.

— Quero ver você — afirmou ela. — Tomei a minha decisão.

Houve uma longa pausa.

— E? — perguntou ele.

— Decidi que quero alguém que me dê valor. Chego na sua casa às seis e meia.

Delineador, um pouco de lápis na sobrancelha, rímel, um toque de blush. Limpou o excesso de batom com um lenço de papel e jogou as bolinhas vermelhas no lixo. Penteou o cabelo, fez só alguns cachos para dar volume e então jogou laquê. Ao abrir os olhos, eles arderam com a névoa do produto. Olhou no espelho e viu uma mulher desconhecida. Não estava usando brincos ou joias. Tirou a aliança. Deu comida para Ragtag, deixou um bilhete para Carter dizendo que tinha ido até o centro da cidade para ver Slick no hospital e que talvez passasse a noite lá, e saiu de casa.

Do lado de fora, um vento frio castigava as árvores. Havia carros estacionados pelo quarteirão, todos ali para assistir à partida na casa de Grace. Bennett era um torcedor fanático do Clemson e dava uma grande festa para ver o jogo todo ano. Patricia se perguntou como ele ia lidar com tanta gente bebendo. Se ele acabaria tendo uma recaída.

O vento que soprava das docas era denso, fazendo as ondas baterem. Ela passou pelo Alhambra Hall, olhou para o outro lado do estacionamento, perto da água, e viu a minivan estacionada ali. Conseguiu discernir algumas poucas silhuetas lá dentro. Pareciam pateticamente pequenas.

Amigas, pensou Patricia. *Não me abandonem agora.*

A casa de James Harris estava às escuras. As luzes da varanda estavam apagadas, e uma única lâmpada brilhava da janela da sala. Ela percebeu que James Harris fizera isso para que ninguém a visse chegando. Cada entrada de garagem da rua tinha seu carro, e, conforme Patricia se aproximava, ouviu gritos entusiasmados vindos das casas. O pontapé inicial. O jogo tinha começado.

Ela bateu na porta, e James Harris abriu, a luz fraca da lâmpada da sala — a única acesa na casa — contornando sua silhueta. O rádio tocava música clássica baixinho, um piano delicadamente criando arranjos orquestrais. O coração de Patricia dançava dentro de suas costelas quando ele fechou a porta.

Nenhum dos dois se moveu, apenas ficaram no vestíbulo, olhando um para a cara do outro, embalados pela luz suave.

— Você me feriu — disse ela. — Me assustou. Machucou a minha filha. Fez meu filho mentir. Machucou as minhas amigas. Mas esses três anos desde que chegou aqui pareceram mais reais do que os meus vinte e cinco de casamento.

Ele levantou a mão e traçou o queixo dela com os dedos. Patricia não se afastou. Tentou não pensar em James Harris gritando na sua cara, sujando seu rosto com o sangue da sua filha. Sua filha, que jamais seria curada da fome dele.

— Você falou que tomou uma decisão. Então, o que quer, Patricia?

Ela passou por ele e entrou na sala, deixando um rastro de perfume no ar. Um frasco de Opium que encontrara enquanto limpava o quarto de Korey. Patricia quase nunca usava perfume. Parou na frente da lareira e se virou para encará-lo.

— Estou cansada de viver num mundo tão pequeno. Lavar, cozinhar, limpar a casa, mulherzinhas bobas conversando sobre livros fúteis. Não é mais suficiente para mim.

Ele se sentou na poltrona na frente dela, as pernas afastadas, as mãos descansando nos braços do móvel, observando-a.

— Quero que me transforme no que você é — disse ela. Então sua voz diminuiu até um sussurro. — Quero que faça comigo o que fez com a minha filha.

James Harris observou Patricia, seu olhar passando por todo o seu corpo, vendo-a por completo, e ela se sentiu exposta, e assustada, e um pouquinho excitada. Então ele se levantou, se aproximou e riu na cara dela.

A força da sua risada foi como um tapa na cara que fez Patricia dar um passo cambaleante para trás. A gargalhada ecoava pelo cômodo, ricocheteando loucamente pelas paredes, encurralada, duplicando, quadruplicando, agredindo seus ouvidos. Ele riu tanto que caiu de volta na poltrona, encarou-a com um sorriso insano no rosto e começou a gargalhar mais uma vez.

Ela não sabia o que fazer. Sentia-se insignificante e humilhada. Por fim, a risada foi diminuindo, deixando-o sem ar.

— Você deve achar — disse ele, respirando fundo — que sou a pessoa mais idiota do mundo. Veio aqui, toda arrumadinha que nem uma prostituta, para me contar essa história de deixar qualquer um de queixo caído sobre como quer que eu transforme você numa das pessoas ruins? Como pode ser tão arrogante? Patricia, o gênio, mas o resto do mundo é só um bando de idiotas?

— Não é verdade. Quero ficar aqui. Quero ficar com você.

Aquilo produziu outra onda de risada rascante.

— Patético. Uma vergonha pra você e uma ofensa pra mim — replicou James Harris. — Achou que eu ia acreditar nisso?

— Não é mentira! — gritou ela.

Ele riu.

— Estava me perguntando quando a indignação pura e simples ia aparecer. — Ele sorriu. — Olhe só para você: Patricia

Campbell, esposa do dr. Carter Campbell, mãe de Korey e Blue, se rebaixando porque acha que é mais esperta do que alguém que viveu quatro vezes mais do que ela. Veja, Patricia, eu nunca subestimei você. Quando falou para Slick que planejava entrar na minha casa, eu sabia que entraria na minha casa. E, uma vez dentro da minha casa, eu sabia que chegaria ao sótão e encontraria tudo que houvesse lá para ser encontrado. A carteira de motorista da Francine era para ser uma isca? Seu plano era deixar o documento no meu carro para ir até a polícia e dizer que viu a habilitação, assim eles pegariam o carro, fariam uma busca e conseguiriam um mandado? Em que tipo de sonho deplorável de dona de casa isso funcionaria? Aqueles livros realmente estragaram o cérebro de vocês.

Ela não conseguia fazer as pernas pararem de tremer. Apoiou-se no suporte da lareira de tijolos. O vestido de veludo ficou apertado ao redor da barriga e dos quadris. Patricia se sentia ridícula.

— Mas, verdade seja dita, vim mesmo pra cá porque vocês são muito burros — disse ele. — Aceitam qualquer pessoa, contanto que ela seja branca e tenha dinheiro. Com os computadores e todas essas identidades novas, eu precisava fincar raízes, e com vocês foi muito fácil. Só tive que convencer todo mundo de que precisava de ajuda, e aí veio aquela famosa hospitalidade sulista. Vocês não gostam de falar sobre dinheiro, não é? Isso é coisa de gentalha. Mas bastou eu balançar algumas notas por aí que vocês ficaram loucos para meter a mão nelas sem nem perguntar de onde tinham vindo. Agora, seus filhos gostam mais de mim do que de você. Seu marido é um paspalho ignorante. E aqui está você, vestida que nem um palhaço, sem nenhum trunfo na manga. Já faço isso há tanto tempo que sempre estou preparado para o momento em que alguém tenta me expulsar da cidade, mas você me surpreendeu. Não esperava que seria tão lamentável.

Patricia se inclinou, tentando respirar, o som rítmico e úmido preenchendo o cômodo. Ela tentou iniciar algumas frases, mas acabava ficando sem fôlego. Por fim, falou:

— Acaba logo com isso.

Ao longe, Patricia ouviu um coro de vozes gritando, decepcionadas.

— Eu tentei uma vez — disse ele. — Mas a qualidade da obra de arte depende do material do artista. Tinha certeza de que você não aguentaria a humilhação que fiz vocês passarem três anos atrás e se mataria, mas nem isso você fez direito.

— Acaba logo com isso — pediu Patricia. — Acaba logo com tudo isso. Não aguento mais. Meu filho me odeia. Pelo resto da vida dele, vou ser a mulher louca que tentou se matar, a mulher que ele encontrou tendo convulsões no chão da cozinha. Internei a minha filha num hospício. Destruí minha família. Não consegui proteger eles de você.

Patricia se sentou, as costas encurvadas, cuspindo as palavras no chão. Suas mãos eram garras cravadas nos joelhos, a voz corroía os ouvidos feito ácido.

— Achei que você era nojento. Achei que era um animal — continuou ela. — Mas eu sou pior. Não sou nada. Eu era uma boa enfermeira, era mesmo, mas me afastei da única coisa que amava porque quis ficar noiva. E quis me casar porque tinha um medo enorme de ficar sozinha. Quis ser uma boa esposa e uma boa mãe, me esforcei ao máximo, mas não foi o suficiente. Eu sou um fracasso!

Aquelas últimas palavras foram gritadas, e Patricia olhou para James Harris, o próprio rosto uma máscara grotesca de maquiagem borrada.

— Meu marido tem a mesma consideração por mim que teria por um cachorro — disse ela. — Ele e os outros homens saem e comem umas garotas, e nós ficamos em casa, como boas esposas, lavando as roupas deles e arrumando as malas para a próxima viagem que fizerem, onde vão só transar com mais gente. Deixamos a casa aquecida e arrumada para quando eles estiverem prontos para voltar e tomar um banho para tirar o perfume de outra mulher antes de colocarem os filhos na cama. Por anos fingi que não sabia para onde ele ia, quem eram aquelas moças no telefone, mas toda vez que ele volta fico na cama ao lado do meu marido, que não encosta em mim, não conversa comigo, não me ama, e finjo que não consigo sentir o cheiro de uma menina de vinte anos no corpo dele. Nossos filhos odeiam a gente. Olha só pra mim. Teria sido melhor se um cachorro tivesse criado eles.

Ela flexionou os dedos feito ganchos e os passou pelo cabelo, transformando-o num ninho de ratos, com tufos para todos os lados.

— Então estou aqui — concluiu Patricia. — Dando a você a última coisa de valor que tenho, implorando para poupar a minha filha. Fique comigo. Fique com o meu corpo. Me use até jogar fora, mas deixe a Korey em paz. Por favor. Por favor.

— Você acha que pode barganhar comigo? — perguntou ele. — Isso é alguma forma de sedução deprimente, trocar o corpo da sua filha pelo seu?

Ela assentiu, submissa e humilhada.

— É.

Patricia continuou sentada, com catarro escorrendo do nariz e caindo no vestido. Por fim, James Harris disse:

— Venha aqui.

Ela se levantou e foi na direção dele com as pernas trêmulas.

— Se ajoelhe — mandou o homem, apontando para o chão.

Patricia obedeceu. Ele chegou para a frente e agarrou o queixo dela com a mão enorme.

— Três anos atrás, você tentou me humilhar — disse James Harris. — Você não tem mais direito a qualquer pingo de dignidade. Chegou a hora de sermos honestos um com o outro. Primeiro, vou substituir o Carter na sua vida. É isso que você quer?

Ela assentiu, mas percebeu que ele precisava de mais.

— Sim — sussurrou Patricia.

— Seu filho já me adora. E a sua filha pertence a mim. Vou ficar com você agora, mas ela é a próxima. Vai fazer isso? Vai me dar o seu corpo em troca de mais um ano para ela?

— Vou — respondeu Patricia.

— Um dia, será a vez do Blue. Mas, por enquanto, vou me manter como o amigo da família que vai ajudar você a reconstruir a sua vida depois da morte do seu marido. Todo mundo vai pensar que uma poderosa atração nasceu naturalmente entre nós, mas você vai saber que a verdade é que abriu mão da sua vida patética, miserável e falida para aceitar o seu lugar aos meus pés. Não sou médico, advogado ou um filhinho de papai tentando impressionar você. Sou único no mundo. Sou a coisa que vocês transformaram em lenda. E agora voltei a minha atenção para você. Quando terminar, vou adotar os seus filhos, e eles serão meus. Mas você conseguiu um ano a mais de liberdade para eles. Entendeu?

— Entendi — disse ela.

James Harris subiu a escada sem olhar para trás.

— Venha comigo — ordenou.

Depois de um segundo, Patricia foi atrás, parando apenas para destrancar a porta da casa.

Na escuridão do vestíbulo no segundo andar, ela viu paredes brancas maciças ao redor, cada uma delas uma porta fechada, mas então notou um buraco preto, parecido com uma tumba. Entrou no quarto principal. James Harris era iluminado pelo luar. Estava sem camisa.

— Tire a roupa — mandou ele.

Patricia retirou os sapatos e respirou com força. Sentiu-se nua ali, descalça no chão frio de madeira. Não conseguiria fazer aquilo, mas, antes que pudesse parar, suas mãos já estavam indo para as costas.

Baixou o zíper, deixou a roupa cair no chão e deu um passo. O sangue correu para partes do seu corpo que estavam secas, deixando-a zonza. A cabeça girou, e ela pensou que fosse desmaiar. A escuridão ao redor parecia muito próxima, e as paredes, longe demais. Uma febre a tomou quando ela retirou o sutiã, chutando a roupa para longe e jogando a peça em cima do vestido.

Sentiu nos seios nus, nos quadris e na barriga o ar gelado da casa de um estranho. Da janela, ouviu uma família soltar um grito irracional de comemoração, quase inaudível, como as ondas rugindo dentro de uma concha ou um pensamento incompleto levado pelo vento.

James Harris apontou para a cama, e Patricia se sentou. Então, ele foi para a frente dela, a silhueta escura contra o luar. Os ombros largos e a cintura fina, as coxas grossas e as pernas compridas, o queixo quadrado, o cabelo abundante. Patricia olhou para onde os seus olhos estariam e viu um brilho nas sombras. Manteve o contato visual enquanto se deitava na cama, os pés ainda no chão, abria as pernas para ele e sentia o frio da casa beijar o seu sexo. O ar acariciou os pelos pubianos, deixando-os mais lisos. Ele se ajoelhou entre as pernas dela.

Tudo na sua vida a levara àquele momento.

Patricia observou a mandíbula dele se mover de uma maneira que nunca tinha visto antes. Com a cabeça entre as pernas dela, James Harris a encarou e cobriu a parte de baixo do rosto com a mão.

— Não olhe — disse ele.

— Mas... — argumentou ela.

— Você não vai querer ver isso.

Ela afastou delicadamente a mão dele. Queria ver tudo. Seus olhos se encontraram, e aquele parecia ser o primeiro momento sincero que compartilhavam. Então, ele baixou a cabeça, seu rosto se abriu por completo, e ela viu a escuridão sair rastejando da boca de James Harris.

Ele tinha razão. Ela não queria ver aquilo. Deitou a cabeça na cama, olhou o teto liso e branco, e a respiração dele fez cócegas nos pelos dela. E então Patricia sentiu a pior dor da sua vida. Seguida pelo prazer mais intenso.

CAPÍTULO 38

— Vocês acham que a Patricia está bem? — perguntou Kitty, olhando pelo retrovisor.

Estavam todas dentro da minivan de Maryellen, parada no lado mais distante do estacionamento do Alhambra Hall: Maryellen no volante, Kitty no banco do carona e a sra. Greene atrás.

— Ela está bem — disse Maryellen. — Você está bem. Eu estou bem. Sra. Greene, está bem?

— Estou bem — respondeu a sra. Greene.

— Estamos todas bem — declarou Maryellen. — Todo mundo está bem.

Kitty deixou o silêncio se prolongar por cinco segundos dessa vez.

— Menos a Patricia — concluiu ela.

Ninguém tinha uma resposta para aquilo.

— São sete horas — anunciou a sra. Greene na escuridão. Nenhuma delas se mexeu. — Ou a sra. Campbell já conseguiu, ou é tarde demais.

Houve um som de movimento, e a porta de trás foi aberta.

— Vamos — disse ela.

A sra. Greene saiu do carro, seguida pelas outras duas. Ela pegou o cooler vermelho e branco na mala, enquanto Kitty carregava o saco de papel. Do cooler vinham estalidos baixinhos, das ferramentas deslizando lá dentro. De roupas escuras e passos rápidos, as mulheres viraram na Middle Street, preferindo correr o risco de serem vistas a ficar com o carro estacionado na porta de James Harris por três horas. Afinal, as pessoas de Old Village tinham o hábito de anotar placas de automóveis desconhecidos.

A Middle Street era uma via longa e escura, cheia de carros nas garagens, que levava direto para a casa dele. A corrente de ar fria batia em seus casacos. Elas abaixaram a cabeça e seguiram em frente, caminhando depressa sob as árvores nuas e as palmeiras mortas balançando ao sabor do vento.

— Já fizeram suas compras de Natal? — perguntou Kitty.

A sra. Greene se aprumou com a menção ao Natal. Maryellen olhou de soslaio para Kitty.

— Eu compro as coisas maiores nas liquidações depois do Dia de Ação de Graças — contou Kitty. — Mas começo a pensar nos presentes em agosto. Nesse ano, estou com mais dúvidas do que o normal. Honey é fácil, ela precisa de uma maleta para as entrevistas de emprego. Quer dizer, não é que precise, mas pensei que seria o tipo de coisa que ela gostaria de ganhar. E Parish quer um trator, e Horse disse que estamos mesmo precisando de um novo, então isso está resolvido. Quero levar Lacy para a Itália no ano que vem como presente de formatura, então vou comprar uma lembrancinha nesse ano, mas é divertido comprar coisas para ela de qualquer maneira, e, contanto que o presente de Merit seja maior que o da Lacy, ela fica contente. Mas não sei o que comprar para Pony. É diferente comprar presente para homens, e tem a garota nova com quem ele está saindo, então não sei se preciso comprar alguma coisa para ela ou não. Eu até quero, mas será que isso vai me fazer parecer arrogante?

Maryellen se virou para Kitty.

— Do que diabos você está falando? — perguntou.

— Eu não sei! — confessou Kitty.

— Quietas — disse a sra. Greene.

Elas passaram pela casa vizinha à de James Harris, e todas ficaram em silêncio.

A casa branca enorme se assomava diante delas, escura e silenciosa. A única luz vinha da janela da sala. Elas atravessaram a entrada, sentaram-se no primeiro degrau da escadinha da varanda, tiraram os sapatos e os esconderam debaixo da escada. Com a sra. Greene na dianteira, subiram pelas tábuas geladas silenciosamente.

Ele tinha deixado as luzes de fora apagadas, então as três estavam escondidas pela escuridão. Mesmo assim, Kitty olhava ao redor, nervosa, tentando ver se alguém as observava de alguma janela. Um grito de comemoração chegou até o trio pelo vento, e elas congelaram por um instante. Então Kitty colocou o saco de papel no canto da varanda, longe da luz da sala, e, com cuidado, a sra. Greene deixou o cooler nas sombras, ao lado dele. Da sacola, Kitty tirou um bastão de beisebol de alumínio e entregou a faca de caça ainda na bainha para Maryellen, que não sabia como segurá-la. Quando disse a si mesma que aquilo era como uma faca de cozinha, ficou mais fácil.

— Meus pés estão congelando — sussurrou Kitty.

— Shhh — fez a sra. Greene.

A ventania ajudou a encobrir os barulhos que elas faziam enquanto Maryellen abria devagar a porta de tela e testava a maçaneta. Kitty mantinha o bastão perto da perna, só por precaução. A sra. Greene estava do outro lado de Kitty, com um martelo nas mãos.

A porta se abriu com facilidade, sem fazer barulho.

Elas logo entraram. O vento tentou bater a porta, mas Maryellen a segurou e a fechou devagar. Pararam no vestíbulo do primeiro andar, atentas, com medo de que a ventania uivante que havia passado pela porta tivesse alertado James Harris. Não houve movimento algum. Tudo que ouviam era um concerto de piano baixinho, que vinha do rádio na sala à esquerda delas.

A sra. Greene apontou para a escada que levava para as sombras, e Kitty foi na frente, as mãos suando no cabo de borracha do bastão de beisebol. Ela o posicionou sobre o ombro direito e caminhava de lado, o pé esquerdo primeiro, o pé direito logo depois, um passo de cada vez no carpete. A sra. Greene estava no meio, e Maryellen vinha por último. Elas precisavam derrubá-lo para que Maryellen pudesse usar a faca.

Cada passo era leve, silencioso. Quando uma voz masculina grave anunciou uma nova seleção de músicas lá embaixo, no rádio da sala, a sra. Greene levou um susto. Levavam uma hora para subir cada degrau, e, a cada segundo, esperavam ouvir a voz de James Harris no topo da escada escura.

As três se reagruparam na escuridão da parte superior do vestíbulo. Ao redor, todas as portas estavam fechadas, menos a do quarto principal. Um estalido ecoava de todos os cômodos da casa, e Maryellen quase gritou antes de perceber que era o vento balançando as janelas.

Elas estavam bem na direção do quarto e, ali de dentro, conseguiam ouvir um som baixo e viscoso de sucção. Seguiram devagar até lá, parando sob o batente quando o luar revelou o que acontecia dentro do cômodo.

Patricia estava deitada de barriga para cima, os braços jogados em cima da cabeça, um meio-sorriso lascivo nos lábios, nua, as pernas abertas, e, entre elas, bloqueando a visão, estava ajoelhado James Harris, sem camisa, os músculos das costas pulsando. As escápulas se estendiam e retraíam como asas conforme ele se alimentava de Patricia, a cabeça encaixada bem no meio das duas pernas, uma das mãos grandes segurando a coxa esquerda, mantendo-a aberta, a outra na barriga, os dedos se contorcendo sobre a pele clara.

A fome voraz e pura daquela visão as paralisou. Dava para sentir o cheiro, viscoso e carnal, preenchendo o quarto abarrotado.

Kitty se recuperou antes das outras duas. Ela ajustou as mãos no bastão, deu três passos para a frente, parando com o pé esquerdo próximo ao tornozelo direito de James Harris, posicionou melhor o taco perto do ombro e bateu com força.

O bastão acertou a lateral da cabeça dele com um *tum* metálico, como uma marreta acertando um pedaço de pedra, e Kitty soltou a mão de baixo e deixou o bastão completar o círculo completo, quase acertando o queixo da sra. Greene. James Harris regurgitou um punhado de sangue, sujando os pelos pubianos e a barriga de Patricia, mas ele continuou sugando, sem parar.

Patricia gemeu em êxtase sexual, excitada, com dor, e Kitty deu outro golpe, mesmo com o ombro esquerdo doendo. Dessa vez, tentou bater ainda mais forte.

O segundo acerto chamou a atenção dele, até demais, na verdade, e James Harris se virou ainda agachado, os olhos animalescos, o sangue escorrendo pelo rosto e pingando de uma coisa que saía do seu queixo. A ferida da coxa de Patricia também sangrava. Kitty viu os músculos da barriga e dos ombros de James Harris se tensionarem e o seu rosto se movendo de maneira impossível. A coisa que saía dali desapareceu, e Kitty pensou *Ele vai*, e mesmo não sendo uma rebatedora canhota, não tinha escolha: era o lado em que o bastão estava, e ele não lhe daria tempo de ficar em posição ou até de terminar o pensamento. Ela brandiu o bastão com toda a força, mesmo sabendo que não seria o suficiente.

James Harris recebeu o bastão nas costelas com um baque surdo. Baixou o braço e o prendeu ali, girando a arma para longe. Patricia deu outro gemido de prazer, inconscientemente fechando as pernas, e James Harris ficou de pé, agarrando os ombros de Kitty com tanta força que ela conseguia sentir os ossos da mão dele esmagando os seus. Ele a levou até o batente, derrubando a sra. Greene e Maryellen no caminho e a empurrando contra a porta com tanta força que a maçaneta fez uma marca na parede. Então, arremessou Kitty longe. Cambaleante, a mulher foi parar perto da janela no canto, caindo numa poltrona, que tombou para o lado. Enquanto isso, a sra. Greene acertava a cabeça dele com um martelo.

O martelo ricocheteou no crânio dele, e James Harris tirou a ferramenta da mão da mulher com facilidade. Ela deu um grito e foi para trás, em pânico, com a intenção de sair do cômodo, se afastar dele o mais rápido possível, olhando para trás para conferir Maryellen, e acabou dando meia-volta e parando na porta aberta do banheiro da suíte.

Maryellen ficou entre James Harris e a sra. Greene. Encarou-o nos olhos e acabou fazendo xixi nas calças. Suas mãos, dormentes, pareciam ser de outra pessoa, alguém muito distante dali, e a urina e a faca de caça na bainha caíram no chão ao mesmo tempo.

James Harris empurrou Maryellen para longe e foi para cima da sra. Greene. Seus poderosos músculos do peitoral se destacavam como uma armadura branca, seus antebraços grossos se flexionaram quando os dedos formaram garras, e a sra. Greene se virou rápido para tentar entrar no banheiro. Se conseguisse pegar a pesada tampa de porcelana da descarga do vaso sanitário, teria uma chance. Porém, acabou tropeçando na soleira da porta, onde o azulejo começava, e se estatelou no chão, batendo com força os dois joelhos.

O sangue escorria da boca de James Harris e deixava marcas no seu peito e na barriga chapada. A sra. Greene foi se arrastando no chão, tão frio que chegava a queimar, e então James Harris apertou o tornozelo direito dela com tal força que sua mão mais parecia uma tornozeleira de ferro. Sem esforço algum, ele a puxou de volta para o quarto. A sra. Greene virou para ficar com as costas no chão e levantou os braços para se defender. Quando ele se aproximasse, ela atacaria os olhos, mas, ao ver a fúria estampada no rosto do sujeito, percebeu que os seus braços seriam míseros gravetos diante daquele furacão com dentes.

Ele se abaixou, os dedos em garra esticados, e Kitty o acertou por trás como um trem descarrilhado, atacando sua lombar, as pernas aceleradas, empurrando James Harris para o banheiro. Os dois acabaram passando por cima da sra. Greene, um pisando na barriga, outro chutando seu queixo.

Houve um *smash* alto e um *unf* quando James Harris bateu o abdômen na quina da pia e deu com a cara na parede de ladrilhos. Kitty se pendurou nele até o homem cair no chão, em cima dos próprios braços. Ele podia ser mais forte, mas ela era vinte quilos mais pesada.

Ele tentou se virar, mas Kitty fez força com o quadril para impedir. Então, agarrou as orelhas e pressionou a lateral do rosto de James Harris no chão de azulejo. Ele tentou soltar o braço, mas ela conseguiu afastá-lo com um tapa.

— A faca! A faca! — gritou Kitty, mas Maryellen permaneceu parada no quarto, entorpecida, sobre uma poça da própria urina.

A sra. Greene se arrastou para fora do banheiro e conseguiu chegar ao quarto. Ela observou James Harris e Kitty se engalfinharem, silhuetas escuras sobre os ladrilhos gelados. James Harris conseguiu firmar as pernas no chão, erguendo Kitty nas costas encurvadas.

— A faca, Maryellen! A faca! — berrou Kitty, a voz histérica.

A sra. Greene olhou ao redor e viu que Maryellen apenas fitava a faca aos seus pés. Percebendo que estava longe demais para pegá-la e James Harris estava perto demais de conseguir se levantar, gritou, sem se preocupar em usar sobrenomes:

— Maryellen! Joga a faca pra mim!

Maryellen levantou o rosto, viu a sra. Greene, olhou para baixo, viu a faca e se agachou de repente. Lançou a arma para a mulher, que, pela primeira vez na vida, conseguiu pegar no ar uma coisa jogada para ela. Então, abriu o botão da bainha e pegou a faca.

No banheiro, Kitty prendeu o tornozelo direito de James Harris com a perna e puxou. Com o peso da mulher em cima dele, o homem caiu com força sobre um dos joelhos. Ela forçou o quadril, puxando o traseiro de James Harris para baixo. Ele estava se apoiando no braço esquerdo agora, o cotovelo sustentando as costelas; ela usou a mão esquerda para tentar retirá-lo daquela posição, mas o homem parecia uma rocha. Desesperada, Kitty cravou os dedos na axila esquerda dele, que estava desprotegida, e o choque foi tanto que James Harris perdeu o equilíbrio e caiu como um bife sendo jogado numa tábua de carne.

Ela não conseguiria continuar com aquilo por muito mais tempo.

Kitty se contorceu de um lado para outro, tentando manter o seu centro de gravidade sobre o dele conforme James Harris se debatia. Enquanto isso, procurava qualquer coisa que pudesse lhe dar alguma vantagem. Sentiu que ele estava recuperando a força, e, de repente, ela se tornou uma folha de papel flutuando numa onda que estava prestes a quebrar. Kitty sabia que, dessa vez, ia cair.

Alguma coisa dura encostou nas costas da sua mão, e Kitty compreendeu o que era sem que o pensamento conscientemente tomasse força na sua cabeça. Pegou a coisa e a girou, e um momento perfeito pareceu congelar no tempo, em que viu a parte de trás do pescoço branco e arqueado de James Harris, com os ossos da coluna despontando sob a pele, iluminados perfeitamente pelo luar que invadia o banheiro através da claraboia. Kitty segurou a faca de caça com ambas as mãos e afundou a lâmina.

Ele gritou, um som tão alto no banheiro pequeno que o tímpano direito de Kitty vibrou. Ela sentiu a lâmina arranhando o osso. Então puxou a arma e sentiu o tecido cedendo. Apunhalou-o de novo. James Harris jogou a cabeça para trás, prendendo a faca entre as vértebras, mas Kitty colocou todo o peso sobre o cabo, e a ponta de aço rangeu, guinchou e foi entrando cada vez mais na coluna dele, devagar, centímetro a centímetro, conforme ela forçava a lâmina.

James Harris tentou se livrar da mulher, mas suas pernas não chutavam mais com tanta força, e ele começou a espernear no chão enquanto ela enfiava a faca mais fundo, e aí seus gritos se tornaram gorgolejos, e ele voltou a se contorcer. Kitty usou os cotovelos para forçar os ombros do sujeito para baixo, bateu com os peitos no meio das costas dele, e a lâmina se afundou de repente, acertando o azulejo do outro lado. Ele parou de se mexer.

Ela tinha conseguido.

No silêncio que se seguiu, ouviu apenas os gorgolejos de James Harris e a própria respiração enquanto saía de cima dele e olhava para trás. A sra. Greene prendia um dos pés do homem, e Maryellen, o outro, as duas mantendo as pernas dele no chão. Do andar de baixo, vinha o som alegre de uma sinfonia.

— Suas putas, vocês não vão conseguir me impedir — gorgolejou James Harris.

Por que é sempre putas?, pensou Kitty. Era como se os homens achassem que aquela palavra tivesse um poder mágico. Ela tentou ficar de pé, e Maryellen a ajudou enquanto a sra. Greene mantinha os joelhos sobre as pernas de James Harris para o caso de ele tentar voltar a lutar. Kitty acendeu o interruptor e tornou tudo ainda mais real.

Todas as pupilas no cômodo se dilataram na hora e depois se ajustaram à claridade. Elas olharam para o vampiro, de cara no chão, respirando fundo, inofensivo no chão do banheiro.

Agora vinha a parte difícil.

CAPÍTULO 39

— Vamos pegar o cooler — disse Kitty, já sob o batente da porta do banheiro.

O que ela queria era que Grace estivesse ali, dando ordens à sua maneira fria e condescendente. Se Grace estivesse no comando, as coisas estariam sendo feitas da maneira correta. Mas ela tinha abandonado as amigas, e as três precisavam continuar. Maryellen passou por Kitty e acendeu as luzes do quarto.

— Ela não está respirando — anunciou.

Kitty não entendeu a quem Maryellen se referia. Agora que a adrenalina começava a abrandar, hematomas surgiam por todo o seu corpo. Seu pescoço doía. Sentia que estava com um olho roxo.

— Quem? — perguntou de forma um tanto idiota, para logo depois perceber que a outra estava obviamente falando de Patricia.

Ela se virou e foi mancando para o quarto, deixando a sra. Greene sozinha com aquela coisa no chão do banheiro. A única indicação de que algo tinha acontecido era a poltrona caída no canto, e Patricia, nua, o sangue entre as pernas escorrendo no edredom.

— Vim aqui para cobri-la com alguma coisa — explicou Maryellen, a mão na testa de Patricia, levantando uma das pálpebras.

Abaixo da pálpebra, elas viram o olho todo branco. Patricia estava inerte, sem vida, um peso morto. Kitty tentou ver se o peito da amiga subia e descia, mas sabia que aquilo não significava nada. Encostou no pescoço de Patricia sem saber exatamente o que estava fazendo.

— Como sabe se ela está respirando ou não? — perguntou.

— Coloquei o ouvido no peito dela e não escutei nada — respondeu Maryellen.

— Sabe fazer respiração boca a boca?

Os ombros de Patricia se mexeram e seu corpo começou a ter convulsões leves, molengas.

— Você sabe? — indagou Maryellen. — Só vi isso em filmes.

— Vocês mataram ela. — A voz ecoou do banheiro. Apesar da rouquidão, ainda soava forte e clara. — Ela está morrendo.

Maryellen encarou Kitty, o queixo caído, as sobrancelhas erguidas como se estivesse prestes a chorar. Kitty se sentiu perdida.

— O que vamos fazer? — perguntou. — Chamamos uma ambulância?

— Não, vamos girar o corpo assim... — Maryellen pegou as mãos de Patricia e tentou coisas diferentes, posicionada em cima do corpo que não parava de tremer. — E se a gente levantar a cabeça dela? Ela pode estar em choque? Não sei.

É claro que era a sra. Greene quem sabia fazer respiração boca a boca. Num momento, Kitty viu Maryellen, desamparada, repassar tudo que sabia, e, no seguinte, a sra. Greene a empurrando com delicadeza para o lado, pondo as mãos debaixo dos ombros de Patricia e dizendo:

— Me ajudem a colocá-la no chão.

Kitty segurou os pés dela, e as três a arrastaram, meio sem jeito, mas Patricia acabou caindo no tapete ao lado da cama. Então a sra. Greene colocou uma das mãos na nuca dela, a outra no queixo, e abriu a sua boca como o capô de um carro.

— Vejam se as persianas estão fechadas — pediu a sra. Greene.

— Certifiquem-se de que não tem ninguém observando.

Kitty quase chorou de gratidão ao receber uma ordem. Deu uma olhada no banheiro, e James Harris continuava no chão, onde havia sido deixado. A princípio, achou que ele estava tendo convulsões, mas depois percebeu que estava rindo.

— Estou começando a me sentir bem melhor — disse ele. — A cada segundo, cada vez melhor.

Ela fechou todas as persianas da casa. Queria desligar a sinfonia que vinha do rádio lá embaixo, mas não encontrou o botão e precisava voltar logo lá para cima. Não dava para fazer tudo só com elas três.

No quarto, a sra. Greene fez quatro compressões peitorais perfeitas, depois expirou quatro vezes idênticas na boca de Patricia, bem calma e sistemática, como se estivesse enchendo uma boia de piscina. A boca de Patricia estava mole. Ela havia parado de ter convulsões. Era um bom sinal?

A sra. Greene parou de fazer a respiração boca a boca, e o coração de Kitty também parou.

— Ela está…? — perguntou, mas sentiu que a garganta estava seca demais para continuar.

A sra. Greene pegou um lenço de papel da bolsa e limpou a boca, dobrou o lencinho e o passou nos cantos dos lábios.

— Ela está respirando — anunciou.

Kitty conseguiu ver o peito de Patricia subindo e descendo. Ela e a sra. Greene olharam para Maryellen.

— Entrei em pânico — disse Maryellen. — Desculpa.

— Preciso que você aplique pressão à ferida — pediu a sra. Greene, apontando para a coxa de Patricia.

A ferida que James Harris fizera na perna de Patricia estava em péssimo estado, toda dilacerada. O sangue escorria dali como seiva.

— Não adianta — interveio James Harris, do banheiro. — Ela vai morrer mais cedo ou mais tarde. E daí?

— Não falem com ele — disse a sra. Greene. — Ele vai falar, tentar nos convencer de alguma coisa, porque é sua única arma agora. Precisamos lembrar o que temos que fazer. Pegue uma toalha e pressione na perna dela.

Kitty foi para o banheiro, passou por cima de James Harris, evitando as mãos dele, e trouxe com ela todas as toalhas que conseguiu encontrar. Maryellen dobrou uma num quadrado e a pressionou na coxa de Patricia. A sra. Greene e Kitty voltaram para o banheiro.

— Qual é o plano de vocês? — perguntou James Harris enquanto elas o viravam. Seus braços se debateram, inúteis. — Vão ficar lendo enquanto me esperam morrer? Não vão me convidar para a próxima reunião do clube?

Cada uma pegou uma axila dele e o levantou, deixando-o sentado. Então, a sra. Greene e Kitty trocaram um olhar e assentiram. *Um... dois...*

— Use os joelhos — aconselhou a sra. Greene.

... três. Elas ergueram James Harris para colocá-lo na borda de sua banheira de hidromassagem.

— Afogamento não vai funcionar — disse ele, sorrindo. — Já tentaram.

Elas não se importavam com o que ia acontecer com ele a partir dali; James Harris já estava morto, então o largaram, e ele caiu de costas, batendo no fundo da banheira de fibra de vidro numa confusão de membros.

— Vão ter que fazer melhor do que isso — falou ele.

Kitty esticou o homem na banheira e colocou suas costas apoiadas numa das pontas, enquanto a sra. Greene tirava tudo do caminho. Então ela saiu do banheiro e voltou com o cooler e a bolsa de papel.

Elas estenderam uma lona azul pelo chão e prenderam com fita crepe. Kitty pegara vários livros de caça de cervos de Horse e tirara cópia das páginas mais relevantes. Quando prenderam as páginas na parede sobre a banheira como referência, James Harris deu uma boa olhada nelas.

— Não podem fazer isso — disse ele, os olhos arregalados de choque. — Não podem fazer isso comigo. Sou único. Sou um milagre.

A sra. Greene retirou as ferramentas do cooler. Arcos de serra, dez facas de caça idênticas, uma serra para metais com dois pacotes de lâminas extras, um rolo de linha de nylon azul. Luvas de malha de aço para evitar cortes caso alguma lâmina escorregasse. Ela e Kitty colocaram joelheiras verdes de jardinagem.

— Escutem — tentou James Harris. — Eu sou único. Existem bilhões de pessoas, e só eu sou assim. Vocês querem mesmo destruir uma coisa dessas? Seria como quebrar um vitral ou... incendiar uma biblioteca. Vocês são um clube do livro. Não queimam bibliotecas.

Elas tiraram os sapatos e as meias de James Harris, depois a calça, e o deixaram nu na banheira de hidromassagem. Seus mamilos estavam pálidos e o pênis ficou largado em meio aos pelos pubianos. A sra. Greene abriu a água para ter certeza de que o ralo não estava entupido. Ela colocou uma tampa no ralo para que nenhuma das partes grandes fosse parar nos canos e causasse problemas depois. Entregou a faca de caça para Kitty.

Kitty se ajoelhou ao lado da cabeça de James Harris. Olhou para a linha pontilhada no diagrama e esticou a mão até o braço dele. O primeiro corte deveria atravessar o cotovelo, rompendo os ligamentos, permitindo que depois ela girasse e arrancasse o antebraço. Ela disse a si mesma que seria como tirar as entranhas de um cervo.

— A Patricia não falou de mim para vocês? — perguntou ele, tentando fazer contato visual. — Estou vivo há quatrocentos anos. Conheço o segredo da vida eterna. Posso fazer vocês pararem de envelhecer. Não querem se manter nessa idade para sempre?

Kitty encostou a lâmina na pele fina da parte interna do braço do sujeito, mal se atrevendo a respirar. A ponta se afundou de leve no cotovelo.

— Esta é a única vez na vida que vocês estão diante de algo maior do que si mesmas — continuou ele. — Sou um mistério do universo. É isso que vão fazer?

Sob a luz forte, com James Harris deitado indefeso na banheira, e todo mundo assistindo àquilo no banheiro calmo e sério de azulejos brancos, Kitty congelou.

— Exatamente — disse James Harris. — Vocês não fizeram nada que ainda não possa ser consertado. É só me dar uns minutos que vou ficar novinho em folha. Aí mostro para vocês como viver para sempre.

— Aqui — falou a sra. Greene, colocando a mão no ombro de Kitty e estendendo a outra. — Espere no quarto. Fique de olho em Patricia.

Grata, Kitty entregou a faca para a sra. Greene e se levantou, tirando as luvas de cota de malha e entregando-as para ela. A sra. Greene fechou os olhos numa reza silenciosa.

— Sou a única coisa neste mundo maior do que todas vocês! — gritou James Harris para Kitty. — Posso deixá-las mais fortes do que todos que conhecem, posso fazê-las viver por mais tempo. Vocês encontraram algo que é realmente fantástico.

— E o que seria isso? — perguntou a sra. Greene, abrindo os olhos e se ajoelhando ao lado da banheira. Colocou as luvas.

— Eu! — respondeu ele.

— Vamos ter que concordar em discordar — disse ela.

Pela hora seguinte, aquelas foram as únicas palavras que ela disse para James Harris. Sem dar a si mesma a chance de hesitar, a sra. Greene enfiou a faca na dobra do braço do sujeito. A lâmina acertou o osso logo abaixo da pele, mas ela deu um jeito de contorná-lo, e quanto mais pensava que estava cortando um pernil grande de Natal, mais fácil ficava se dissociar do que estava fazendo enquanto o homem gritava.

Ela se esforçou no cotovelo, desistindo de fazer um corte limpo e simplesmente arrebentando os ligamentos e tendões. Ela serrava, cortava, raspava a pele dele com a faca de caça.

— Escute — insistiu James Harris, com dificuldade. — Você encontrou o segredo da vida eterna e está jogando no lixo. Isso é loucura.

A sra. Greene o ignorou e finalmente conseguiu chegar até o osso.

— Maryellen? — disse ela. — Deixe a Kitty cuidando da Patricia. Preciso de ajuda.

— Sim, senhora — respondeu Maryellen, entrando no banheiro.

Ela segurou o braço de James Harris com as duas mãos e o girava para um lado e para outro enquanto a sra. Greene segurava o ombro dele e cortava qualquer coisa que ainda parecia conectada. Com um grunhido cartilaginoso e uma série de estalos rápidos, o antebraço se desprendeu. Uns fios de carne e cartilagem ainda o conectavam ao braço, mas a sra. Greene cortou aqueles que Maryellen não conseguiu desprender. Maryellen jogou o antebraço num saco de lixo preto e deu um nó cuidadoso em cima. Na mesma hora, o saco começou a se contorcer com o braço tentando sair.

— Consigo sentir a minha coluna se curando. — James Harris sorria para a sra. Greene. — É melhor cortar mais rápido do que consigo me curar.

Com a ajuda de Maryellen, a sra. Greene trabalhou rápido. Arrancaram o restante do braço, depois o pé direito, a perna direita na altura do joelho, então na altura do quadril. Os sacos plásticos pretos se acumulavam num canto do banheiro, se debatendo. Conforme os músculos e os ossos gastavam o fio das lâminas, a sra. Greene enfiava a mão na sacola plástica e pegava outra. Maryellen limpou as luvas de cota de malha quando elas ficaram ensanguentadas demais, assim evitaria que deslizassem na carne de James Harris.

— Onde os seus filhos moram? — perguntou James Harris para a sra. Greene. — Irmo, não é? Jesse e Aaron. Quando eu sair daqui, vou fazer uma visitinha a eles.

Mesmo quando ela o virou de bruços para trabalhar no braço e na perna esquerdos, James Harris continuava um monólogo que ficava cada vez menos coerente enquanto cortavam mais e mais.

— Nunca fui a lugar nenhum sem ter sido convidado — divagou James Harris. — A fazenda, a casa da viúva, a Rússia: só fui aonde me queriam. Lup me pediu para usá-lo, me pediu com o olhar, ele sabia que eu poderia mantê-lo vivo, mas ele precisava me manter vivo primeiro. Sempre vou me lembrar daquele garoto lindo. O soldado queria isso, o rosto dele estava todo queimado, foi um favor que fiz para ele. Só fiz o que as pessoas me pediram. Até Ann queria o que eu tinha a oferecer.

Elas pararam um pouco. Os braços da sra. Greene latejavam de dor. A ameaça da coluna cervical de James Harris se restabelecer sozinha pairava sobre ela. Não havia muito tempo, mas tudo que ela queria era tomar um banho quente e dormir. A noite parecia eterna.

— Como Patricia está? — perguntou para Kitty.

— Dormindo — respondeu a outra, ainda pressionando a toalha na coxa da amiga.

Maryellen percebeu como o pescoço de Kitty estava duro. Um círculo roxo se formava em seu olho esquerdo.

— O que vai contar para o Horse? — perguntou Maryellen.

Kitty pareceu triste.

— Não pensei nisso ainda — disse ela.

— Vamos inventar alguma coisa quando terminarmos aqui — afirmou a sra. Greene. Sua confiança acalmou Kitty. — Coloque um pouco de gelo no olho por enquanto.

De volta ao banheiro, ela foi recebida outra vez pelo torso de James Harris. Era hora de cuidar da cabeça. Temia aquele momento, embora esperasse que ele enfim fosse calar a boca. Uma coisa aprendera sobre homens: eles gostavam de falar.

Conforme avançava com a faca pelos tendões e o que havia restado da coluna, James Harris continuou tagarelando.

— O Wide Smiles Club vai vir me procurar — disse ele, tentando fitá-la nos olhos. — É isso que fazemos. Vão vir me procurar e, quando descobrirem o que vocês fizeram, vão transformar a vida de vocês, de seus filhos e de suas famílias num inferno. É sua última chance. Se parar agora, mando eles deixarem vocês em paz.

— Ninguém vai vir procurar você — respondeu a sra. Greene, incapaz de resistir. — Você é sozinho. Não tem ninguém no mundo, e, quando morrer, ninguém vai notar. Ninguém vai se importar. Você não vai deixar nada para trás.

— É aí que se engana — replicou ele, lançando um sorriso sangrento para ela. — Estou deixando um presente para vocês. Esperem só até a sua amiga Slick ficar pronta.

Ele começou a rir, e a sra. Greene passou a faca pela traqueia, e ela e Maryellen agarraram o cabelo dele e arrancaram a cabeça com um estalo alto.

Então fizeram o que a srta. Mary dissera para Patricia fazer alguns anos antes à mesa de jantar, na noite em que cuspiu em James Harris. Enquanto Maryellen segurava a cabeça, a sra. Greene pegou o martelo e cravou um prego grosso em cada olho. A boca dele enfim parou de se mexer. Em seguida, colocaram a cabeça num saco e o fecharam.

Elas o estriparam e colocaram os órgãos e as entranhas em sacos diferentes. A sra. Greene estava cansada demais para serrar a costela, então as duas simplesmente removeram o máximo de carne que podiam e enfiaram quilo após quilo de músculo em sacos diferentes. Depois, colocaram os sacos dentro de outros sacos e de outros sacos, reduzindo James Harris a uma pilha de sacolas bem fechadas que caberiam numa lata de lixo comum.

Quando terminaram, o banheiro parecia um matadouro. A sra. Greene e Maryellen voltaram para o quarto.

— Acabaram? — perguntou Kitty.

— Sim — respondeu a sra. Greene.

— Preciso pegar o carro — disse Maryellen, então se jogou no chão, certificando-se de que estava longe do tapete. — Só quero ficar sentada um minuto.

O corpo de todas elas doía até os ossos, mas ainda não estavam nem perto de terminar. A sra. Greene deu uma olhada no banheiro e no quarto, e Maryellen seguiu seu olhar, assim como Kitty.

— Jesus, Maria e José — soltou Kitty, baixinho.

Havia sangue em todos os lugares. Apesar da lona, o banheiro estava pintado de vermelho. As bancadas, as paredes, o batente da porta, o vaso sanitário. Havia sangue nas tábuas escuras de carvalho do quarto, sangue no edredom debaixo de Patricia, marcas de mãos ensanguentadas nas portas e paredes. Ver quanta limpeza teriam pela frente esmagou a alma delas, tirou a última gota de ânimo que tinham. Eram quase dez da noite. O jogo acabaria em menos de uma hora.

— Não vai dar tempo — comentou Maryellen.

Alguma coisa sussurrou no banheiro. Elas trocaram olhares, então se levantaram e pararam na soleira da porta do banheiro. Os sacos plásticos pretos que continham os pedaços do corpo de James Harris se remexiam feito cobras. O movimento era muscular e nervoso.

— Mas nós pregamos os olhos dele — disse a sra. Greene.

— Ele não vai parar — guinchou Kitty. — Não funcionou. Ele ainda está vivo.

A campainha tocou.

CAPÍTULO 40

— Quem quer que seja, vai acabar indo embora — sussurrou Maryellen.

A campainha tocou mais uma, duas vezes.

As mãos e os pés da sra. Greene gelaram. Maryellen sentiu uma dor de cabeça começando na base da nuca. Kitty choramingou.

— Por favor, vá embora — murmurou ela. — Por favor, vá embora… por favor, vá embora… por favor, vá embora…

Os sacos plásticos escuros faziam barulho no banheiro. Um deles escorregou da pilha e acertou o chão com um *tum*. Então, começou a se contorcer na direção da porta.

— As luzes estão acesas — lembrou Maryellen. — A gente se esqueceu de desligar as luzes. Dá para ver pelas persianas. Todo mundo sabe que ele está em casa.

Dessa vez, a campainha tocou três vezes seguidas.

— Quem está em melhores condições? — perguntou Maryellen. Elas olharam umas para as outras. Ela e a sra. Greene estavam cobertas de sangue. Kitty só tinha alguns machucados.

— Ah, Jesus misericordioso — resmungou Kitty.

— Deve ser um dos Johnson — comentou Maryellen. — Talvez a cerveja deles tenha acabado.

Kitty respirou fundo três vezes, quase hiperventilando, aí saiu para o corredor, desceu a escada e foi até a porta. Tudo estava em silêncio. Talvez a pessoa tivesse ido embora.

A campainha tocou de novo, tão alto que ela deu um guincho, virou a maçaneta, destrancou a porta e abriu uma fresta.

— Estou muito atrasada? — perguntou Grace.
— Grace! — gritou Kitty, puxando-a pelo braço.
As outras a ouviram lá do quarto e desceram correndo. Grace ficou de caído quando Maryellen e a sra. Greene apareceram, cobertas de sangue. Ela as encarou horrorizada.
— Esse carpete é branco — falou.
Elas pararam e olharam para a escada às suas costas. As pegadas sangrentas ficaram bastante evidentes no carpete. Deram meia-volta e viram Grace dando um passo para trás, absorvendo tudo.
— Vocês não... — começou ela, mas não conseguiu terminar.
— Veja com os próprios olhos — disse Maryellen.
— Prefiro não fazer isso — declarou Grace.
— Não — replicou a sra. Greene. — Se tiver dúvidas, é melhor ver. Ele está no banheiro lá em cima.
Com relutância, Grace subiu a escada, evitando com todo o cuidado as pegadas de sangue nos degraus. Elas ouviram seus passos cruzarem o quarto e pararem na porta do banheiro. Houve um longo silêncio. Quando Grace voltou, estava trêmula e teve que se apoiar na parede. Encarou as três mulheres ensanguentadas.
— O que aconteceu com a Patricia? — perguntou.
Elas contaram o que tinha acontecido. E o rosto de Grace foi ficando firme, os ombros, empertigados, as costas retas. Quando terminaram o relato, ela falou:
— Entendi. E qual é o plano para se livrar dele?
— A Stuhr tem um contrato com o Roper and East Cooper Hospital — disse Maryellen. — Eles queimam os resíduos hospitalares no crematório cedo de manhã e tarde da noite. Tem uma caixa grande de sacolas de descarte de resíduos biológicos no meu carro, mas... as partes estão se mexendo. Não dá pra levar assim.
Elas observaram Grace tamborilar os dedos nos lábios.
— Ainda podemos usar a Stuhr — declarou, dando uma olhada no relógio na parte de dento do pulso. — O jogo deve terminar em menos de meia hora.

— Grace — disse Maryellen, os pedaços de sangue seco começando a craquelar no seu rosto. — Não dá para levar sacolas com partes de corpos se mexendo para a Stuhr. Eles vão ver. Vão abrir os sacos, e não vou conseguir explicar o que tenho dentro.

— Bennett e eu temos dois nichos no columbário para as nossas cinzas — explicou Grace. — Ficam nos fundos do cemitério, no lado leste, de frente para o nascer do sol. Vamos colocar a cabeça num dos nichos, e o resto, no outro.

— Mas existe um registro — argumentou Maryellen. — No computador. E o que vai acontecer quando vocês morrerem?

— Com certeza você pode alterar os registros — disse Grace.

— Quanto ao Bennett e a mim, se Deus quiser, ainda vamos levar anos para fazer a passagem. Agora, vamos ver se ele tem algumas caixas. Maryellen, você e a sra. Greene podem ir tomar banho no banheiro de hóspedes. Usem toalhas escuras e, depois, deixem elas na banheira. Por favor, me digam que pelo menos trouxeram outra muda de roupa.

— No carro — respondeu Maryellen.

— Kitty — disse Grace —, traga o carro para cá. Vou procurar as caixas. Vocês duas vão se limpar. Só podemos contar com as ruas vazias por mais ou menos quarenta minutos, então não dá para perder tempo.

Kitty trouxe o carro, ajudou Grace a colocar nas caixas os sacos com as partes de corpo que não paravam quietas, e as duas as levaram até a porta. A sra. Greene e Maryellen não estavam totalmente limpas, mas, ao menos, não pareciam mais trabalhar num matadouro.

— Quanto tempo falta para acabar o jogo? — perguntou Grace quando elas colocaram a última caixa de papelão na pilha perto da porta.

Kitty ligou a TV.

— ... e Clemson pediu um tempo para ver se consegue manter a vantagem no placar... — bradou o locutor.

— Menos de cinco minutos — disse Kitty.

— Então vamos colocar as coisas no carro enquanto as ruas ainda estão vazias — anunciou Grace.

Elas quase correram, cambaleando para cima e para baixo dos degraus da varanda na escuridão, enfiando as caixas na minivan de Maryellen. Conseguiam sentir James Harris se mexendo lá dentro, como se estivessem carregando caixas cheias de ratos.

Quando terminaram, pararam no vestíbulo e perceberam que o plano havia falhado. A ideia era fazer James Harris desaparecer da face da Terra, deixando a casa impecável, como se ele tivesse simplesmente evaporado ou juntado as suas coisas e ido embora. Mas havia sangue perto da porta onde as caixas foram empilhadas, o carpete branco da escada estava uma sujeira, havia manchas vermelhas em todas as paredes, além de impressões digitais sangrentas secando no corrimão, e, mesmo do térreo, dava para ver a zona que havia no andar superior. E ainda tinha o banheiro da suíte principal.

Um urro estrondoso surgiu das casas ao redor. Alguém apertou uma buzina de ar comprimido. O jogo tinha terminado.

— Não vai dar — disse Maryellen. — Alguém vai vir aqui atrás dele e vai saber que foi assassinado no instante em que abrir a porta.

— Para de reclamar — replicou Grace, interrompendo-a. — Procurem os nichos C-24 e C-25 do columbário, Maryellen. Tenho certeza de que vão conseguir encontrar os dois. Você e Kitty não estão com a aparência tão ruim, então vão dirigindo até a Stuhr.

— E o que você vai fazer? — perguntou Maryellen. — Colocar fogo na casa?

— Não fale absurdos — disse Grace. — A sra. Greene e eu vamos ficar. Passamos a vida limpando a bagunça dos homens. Isto aqui não é diferente.

Faróis percorriam as ruas conforme torcedores bêbados cambaleavam até os carros, gritando e chamando uns aos outros na escuridão. Havia uma neblina baixa acima do asfalto.

— Mas... — disse Maryellen.
— Sem mas — replicou Grace. — Agora, vão.

Kitty e Maryellen mancaram até a minivan. Grace fechou a porta e se virou para a sra. Greene.

— É bastante trabalho — comentou a sra. Greene.

— Nós duas juntas somamos oitenta anos de faxina — disse Grace. — Acredito que estamos à altura do desafio. Agora, vamos precisar de bicarbonato de sódio, amônia, vinagre branco e detergente. Precisamos colocar os lençóis e as toalhas na máquina de lavar e limpar o carpete primeiro, para que possa ficar de molho enquanto trabalhamos.

— Acho melhor lavarmos as toalhas e o edredom no chuveiro — disse a sra. Greene. — Deixar a água bem quente e passar uma escova com sal. Depois, colocamos tudo na secadora com bastante amaciante.

— Vamos ver se conseguimos encontrar um pouco de água oxigenada para as manchas de sangue no carpete.

— Prefiro amônia — disse a sra. Greene.

— Água quente? — perguntou Grace.

— Não, fria.

— Interessante.

Por volta da meia-noite, Maryellen ligou para elas de um telefone público no posto de gasolina.

— Terminamos — anunciou. — Nichos C-24 e C-25. Estão trancados, e vou mexer nos registros amanhã.

— A sra. Cavanaugh está terminando de passar os lençóis — disse a sra. Greene. — Depois, vamos limpar o carpete com detergente, guardar tudo, e pronto.

— Como está ficando? — perguntou Maryellen.

— Como se ninguém nunca tivesse morado nessa casa — respondeu a sra. Greene.

— E Patricia?

— Dormindo. Quieta e em silêncio.
— Quer que eu vá aí para lhe dar uma carona?
— Vá para casa — disse a sra. Greene. — Não queremos que as pessoas pensem que isso aqui é um estacionamento público. Eu dou um jeito.
— Tá bom. Boa sorte.

A sra. Greene desligou o telefone.

Ela e Grace terminaram de passar os lençóis, colocaram o edredom de volta na cama e inspecionaram a casa, procurando qualquer mancha de sangue que poderiam ter deixado passar. Então Grace foi andando para casa para pegar o carro enquanto a sra. Greene levava Patricia para o andar de baixo, desligava o rádio e as luzes e usava as chaves de James Harris para trancar a porta.

Bennett estava desmaiado no sofá da sala, então elas deixaram Patricia no quarto de hóspedes, e aí Grace telefonou para Carter.

— Ela acabou assistindo ao jogo aqui depois de visitar Slick no hospital — disse Grace. — E pegou no sono. Acho melhor não acordá-la.

— Provavelmente é melhor assim — respondeu Carter. Ele tinha bebido muito, então soou mais como *provalmentiémelhoashim*. — Que bom que vocês voltaram a ser amigas.

— Boa noite, Carter — disse Grace, e desligou.

Ela deu uma carona para a sra. Greene, deixando-a na porta de casa.

— Obrigada pela ajuda.

— Amanhã — disse a sra. Greene — vou até Irmo buscar meus bebês.

— Que bom.

— Você errou três anos atrás — disse sra. Greene. — Errou e foi covarde, e pessoas morreram.

Elas encararam uma à outra sob a luz do teto do carro conforme o motor ficava em silêncio. Por fim, Grace disse uma coisa que quase nunca falava na vida:

— Desculpe.

A sra. Greene assentiu de leve.

— Obrigada por vir nos ajudar — disse ela. — Não teríamos conseguido sozinhas.

— Nenhuma de nós teria conseguido isso sozinha.

Grace ficou sentada ao lado da cama de Patricia, cochilando na cadeira. Mais ou menos às quatro da manhã, Patricia acordou com um arquejo. Grace retirou o cabelo grudado de suor da testa dela.

— Acabou — disse Grace.

Patricia caiu no choro, e Grace tirou os sapatos, subiu na cama e embalou a outra enquanto ela chorava. A dor veio a seguir, e Grace a levou até o banheiro e ficou do lado de fora enquanto Patricia ficava ali sentada no vaso, as entranhas expelindo água. Ela mal havia conseguido dar a descarga quando precisou se ajoelhar no chão para vomitar.

Grace a ajudou a voltar para a cama e ficou ao lado dela enquanto Patricia se revirava, sem conseguir dormir. Por fim, encontrou o seu exemplar de *A sangue frio*.

— "O vilarejo de Holcomb fica nas grandes plantações de trigo do oeste do Kansas" — leu em voz alta para Patricia com seu leve sotaque sulista. — "Uma área isolada que outras pessoas de Kansas chamam de 'lá'. A terra é plana, os horizontes são grandiosamente extensos: cavalos, gado, um conjunto claro de silos tão graciosos quanto templos gregos, que são vistos muito antes de qualquer viajante conseguir alcançá-los."

Grace leu para a amiga até o sol raiar.

CAPÍTULO 41

Patricia viu a srta. Mary uma última vez.

Ela teve febre por dois dias, então talvez tivesse sido apenas um sonho. Porém, mais tarde, com a idade, Patricia teria esquecido a roupa que usava no dia em que Carter lhe pediu em casamento, teria esquecido se a formatura do colégio de Blue havia acontecido a céu aberto porque fazia um dia lindo ou dentro do ginásio porque chovia, e até esquecido quando era seu aniversário de casamento, mas jamais esqueceu que abriu os olhos numa tarde clara de novembro e sentiu uma mão seca e macia acariciando sua bochecha, jamais esqueceu que viu alguém usando um par de sapatos pretos ao lado da sua cama.

Eram sapatos feios, ortopédicos, de sola baixa — sapatos de professora. Nas pernas se via uma meia-calça bege, subindo até chegar à bainha de um vestido branco e simples de algodão, mas Patricia estava fraca demais para levantar a cabeça e ver o resto. Então, os sapatos se viraram e saíram do quarto, e o que Patricia sempre se lembraria sobre a srta. Mary não eram as refeições complicadas, ou o choque de encontrá-la naquela noite depois da festa de Grace, ou a barata caindo dentro do seu copo d'água, mas, sim, do quanto devia amar o filho para voltar do inferno e avisar que ele deveria tomar cuidado.

E então ela percebeu que a srta. Mary não tinha voltado para avisar a Carter. A srta. Mary voltara para avisar a ela.

A febre baixou naquela tarde. Num minuto, ela se sentia entorpecida e suada, dormindo tão profundamente que não conseguia acordar; no seguinte, tudo pareceu claro, e ela piscou para a luz do sol e se sentou na cama, o suor secando na pele, os olhos se aguçando. Ela ouviu a descarga do vaso sanitário, e Grace saiu do banheiro.

— Ah, que bom, você acordou — disse ela. — Quer um copo d'água?

— Estou com fome — respondeu Patricia.

Antes que Grace pudesse fazer qualquer coisa, Carter entrou correndo no quarto.

— Ela acordou — anunciou Grace.

— Que bom que você está de volta — disse ele. — Passou uns dias com febre. Se não melhorasse hoje, ia levar você para o hospital.

— Estou me sentindo bem. Só com fome. Cadê o Blue e a Korey?

— Eles estão bem. Escute, nós vamos perder... — Então, ele se lembrou da presença de Grace. — Agradeço a sua ajuda, mas gostaria de um minuto a sós com a minha esposa.

Patricia assentiu para ela, e, antes de sair do quarto, Grace disse:

— Volto de tarde para dar uma olhada em você.

Carter sentou na cadeira de Grace ao lado da cama.

— Vamos perder o Gracious Cay — disse ele. — Leland não vai conseguir manter as coisas agora que James Harris desapareceu. Ele tinha muito dinheiro investido, e uma parte desse dinheiro simplesmente não está mais lá. Os investidores já estavam meio aflitos depois do incêndio, e se ficarem sabendo que Jim sumiu e que Leland não tem como encontrar um monte de dinheiro do nada, vamos perder tudo que colocamos lá. Você tem ideia de onde ele está? A casa está vazia.

— Carter — disse Patricia, aprumando as costas na cama. — Não quero conversar sobre isso agora. Quero saber quando vamos trazer a Korey para casa.

— Um homem está *desaparecido*. Jim é muito importante para nossa família, muito importante para as crianças e muito importante para aquele projeto. Se você tiver qualquer informação sobre onde ele pode estar, preciso que me conte.

— Não sei nada sobre James Harris.

Ela não deve ter soado muito convincente, porque Carter entendeu aquilo como uma prova de que a esposa sabia de algo.

— Isso tem a ver com sua obsessão? — perguntou ele, se inclinando para a frente, os cotovelos nos joelhos. — Você enlouqueceu de novo e falou alguma coisa para ele? Patty, eu juro, se você ferrou todo mundo nessa... você não tem ideia de quantas famílias vai afetar. Tem Leland, a gente, Horse e Kitty...

Ele se levantou e começou a dar voltas no quarto, ainda tagarelando sobre James Harris, contas bancárias, dinheiro desaparecido e investimentos primários, e Patricia percebeu que não reconhecia mais aquele homem. O rapaz quieto de Kershaw pelo qual se apaixonara estava morto. No lugar dele, havia um estranho ressentido.

— Carter — disse ela. — Eu quero o divórcio.

Dois dias depois, Patricia se arrastou para fora da cama e foi de carro até o hospital. Encontrou Slick cochilando, então esperou até ela acordar. A amiga estava pálida e, vez ou outra, arfava forte. Usava uma máscara de respiração que cobria o rosto inteiro agora, tentando manter o nível de oxigênio alto. Patricia se lembrou de quando encontrara James Harris dormindo tantos anos antes e pensara que ele estava morto. Slick exibia a mesma aparência.

— Grace já... me contou — disse Slick, abrindo os olhos e tirando a máscara. — Obriguei ela... a me dar... todos os detalhes.

— Eu também. Estava apagada por causa do que ele fez comigo.

— Como você... se sentiu?

Patricia nunca contaria aquilo para ninguém, a não ser Slick. Ela se inclinou para a frente.

— Foi tão bom... — admitiu, ofegante, então na mesma hora lembrou o que ele havia feito com Slick e se sentiu egoísta e insensível.

— A maioria dos pecados é.

— Entendo por que as pessoas se machucam — disse Patricia.

— É aquela sensação de que as coisas estão completas, estáveis, cálidas e seguras, e você quer tanto sentir isso de novo, mas a coisa acaba escapando, e você acha que nunca mais vai recuperá-la, e não quer viver sem isso. Mas aí continua vivendo e sentindo uma dor constante. Parece que a minha pele está sendo esfaqueada o tempo todo, e as minhas juntas doem.

— O que... ele fez com a gente? Ele nos transformou... em assassinas... e traímos... tudo... e agora as coisas estão... desmoronando...

Patricia apertou a mão de Slick que não estava conectada ao cateter intravenoso.

— As crianças estão bem — afirmou. — É o que importa.

A garganta de Slick se mexeu por um minuto, e então ela falou:

— Não as... de... Six Mile...

O sangue de Patricia gelou.

— Nem todas. Mas os seus filhos, e os da Maryellen, e os da Kitty. Os meninos da sra. Greene. Ele fez isso por muito tempo, Slick. Ninguém conseguiu detê-lo antes. Nós conseguimos. Pagamos o preço, mas conseguimos.

— E quanto a... mim? — perguntou Slick. — Eu vou... melhorar?

Por um momento, Patricia considerou mentir, mas elas já tinham passado por tanta coisa juntas que não seria justo.

— Não — respondeu ela. — Acho que não. Sinto muito.

Slick apertou a mão de Patricia com tanta força que ela pensou que seus dedos fossem se quebrar.

— Por quê? — perguntou Slick.

— Segundo a sra. Greene, ele disse algo antes de morrer — respondeu Patricia. — Acho que é assim que ele transforma outras pessoas no que ele é. Acho que foi isso que ele fez com você.

Slick encarou Patricia, que viu os olhos da amiga ficarem vermelhos e injetados. Então, ela assentiu.

— Sinto… alguma coisa… crescendo… em mim. Está esperando… eu morrer… para depois… eclodir.

Ela colocou a mão na parte de baixo do pescoço.

— Aqui — disse ela. — Algo… novo… difícil de engolir…

Elas ficaram em silêncio por um tempo, de mãos dadas.

— Patricia… Peça para… o Buddy Barr vir… amanhã… Quero… mudar o meu testamento… Quero… ser cremada…

— Claro — concordou Patricia.

— E me certificar… de que não estou sozinha…

— Não precisa se preocupar com isso — disse Patricia.

E não precisava mesmo. Alguém do clube do livro esteve sempre com ela, até o fim. No Dia de Ação de Graças, quando Slick começou a ter dificuldade para respirar, sua taxa de oxigênio começou a baixar e ela ficou inconsciente pela última vez, Kitty estava lá, lendo *A sangue frio* para ela. Mesmo quando a equipe do hospital entrou às pressas no quarto, cercando Slick e jogando Kitty para um canto, ela continuou lendo em silêncio, apenas mexendo os lábios, sussurrando as palavras como numa oração.

Alguns dias depois do funeral de Slick, Ragtag começou a andar em círculos. Patricia notou que ele ficava caminhando perto das paredes, sempre virando para a esquerda, nunca para a direita. E de vez em quando batia nas portas ao tentar atravessá-las. Ela o levou para o dr. Grouse.

— Tenho duas notícias ruins para você — disse ele. — A primeira é que Ragtag está com um tumor no cérebro. Isso não vai matá-lo hoje ou amanhã, e ele não está sentindo dor nenhuma, mas a situação vai piorar. Quando isso acontecer, traga ele aqui para que eu possa sacrificá-lo.

A segunda má notícia era que o exame para detectar o tumor custava quinhentos e vinte dólares. Patricia passou um cheque para o veterinário.

Quando voltou para casa, contou para Blue. A primeira coisa que o filho disse foi:

— Precisamos pegar a Korey.

— Você sabe que não podemos fazer isso — disse ela.

Patricia achava que não podiam mesmo. Tinham pagado para Korey permanecer em Southern Pines por oito semanas, e havia uma programação completa com terapeutas, orientadores e médicos, todos dizendo para Patricia que a filha dela tinha dificuldade de dormir e que parecia nervosa, ansiosa e distraída, e que não era aconselhável retirá-la do tratamento antes da hora. Porém, quando a visitara no dia anterior, Korey parecia calma e com o olhar aguçado, mesmo que não tivesse falado muita coisa.

— Mãe — disse Blue, falando como se Patricia fosse surda. — Ragtag é mais velho do que eu. Você deu ele de presente para a Korey no primeiro Natal dela. Se Ragtag está doente, ele vai ficar assustado. Ele precisa da Korey.

Patricia queria argumentar. Queria salientar que não podiam interromper o tratamento da filha, que os médicos sabiam o que estavam fazendo. Queria dizer a ele que Ragtag não ia saber se Korey estava presente ou não. Queria comentar que a garota passava a maior parte do tempo ignorando o cachorro, de qualquer forma. Em vez disso, percebeu que queria tanto que a filha voltasse para casa que falou:

— Tem razão.

Eles foram juntos para Southern Pines, e, ignorando a opinião dos médicos, ela retirou a filha da clínica. Quando Ragtag a viu, começou a bater o rabo no chão, no lugar em que estivera brincando.

Patricia observou de longe Blue e Korey em cima de Ragtag o fim de semana todo, acalmando-o quando ele latia para coisas que não estavam lá, indo até a loja para comprar comida molhada quando ele não conseguia comer a ração seca, ficando com ele no jardim ou no sofá ao sol. E, na noite de domingo, quando as coisas pioraram e o consultório do dr. Grouse estava fechado, os dois ficaram com Ragtag enquanto ele caminhava em círculos pela saleta, latindo e rosnando para coisas que ninguém conseguia ver, e conversavam com ele em voz baixa, dizendo que ele era um cachorro bonzinho, um cachorro corajoso, e que não iam abandoná-lo.

Quando Patricia foi para a cama, mais ou menos à uma da madrugada, seus dois filhos ainda estavam com Ragtag, fazendo carinho quando ele dava a volta e se aproximava deles, falando com o cachorro, demonstrando uma paciência que Patricia nunca vira nos dois. Perto das quatro, ela acordou com um susto e correu lá para baixo. Os três estavam no sofá da saleta. Korey e Blue dormiam, um em cada ponta, com Ragtag no meio, morto.

A família o enterrou ao lado da casa, e Patricia abraçou os filhos enquanto eles choravam. Quando Carter foi lá na tarde seguinte e eles se sentaram para contar a Korey e Blue que estavam se separando, o pai explicou como as coisas aconteceriam:

— É assim que vai ser — disse ele. Carter falou para Patricia que crianças gostavam de convicção e que, portanto, entre os dois, ele era o mais qualificado para revelar essa nova realidade para os filhos. — Vou ficar com a casa na Pierates Cruze e a casa de praia. Vou pagar o colégio e a faculdade de vocês, fiquem tranquilos. E podem ficar comigo pelo tempo que quiserem. Como essa decisão foi da mãe de vocês, ela vai ter que procurar um lugar novo para morar. E pode não ser tão grande, talvez seja até em outra parte de Mt. Pleasant. Ela só vai ficar com um carro, então provavelmente vocês não vão nem conseguir pegá-lo emprestado para sair com os amigos. Sua mãe pode ter que se mudar de cidade. Não estou dizendo essas coisas para punir ninguém, mas quero que tenham uma ideia real de como as coisas vão mudar.

Então, Carter perguntou aos filhos com quem eles queriam ficar durante a semana. Os dois surpreenderam Patricia ao responder:

— Com a mamãe.

A SANGUE FRIO

Fevereiro de 1997

CAPÍTULO 42

Patricia embicou para dentro do cemitério e saiu do carro, a bolsa de compras balançando. Era um daqueles dias típicos de inverno em que o céu parecia um grande domo azul, branco nas bordas e de um azul saturado no topo. Ela caminhou pela trilha serpenteante entre as lápides e pisou na grama quando encontrou o que procurava. A grama seca estalava sob seus pés conforme caminhava até o túmulo de Slick.

A parte interna da coxa latejava, como sempre acontecia quando Patricia andava em terrenos desnivelados. Korey sentia o mesmo tipo de dor. Era algo que tinham em comum. Mas a mãe se recusava a aceitar que a filha fosse ficar assim para sempre. Já tinham começado a ir a especialistas, e um médico achava que uma transfusão de sangue e uma série de eritropoietinas sintéticas ajudariam Korey a produzir mais hemoglobinas, o que daria fim à dor. Planejavam começar assim que ela entrasse de férias. Só tinham dinheiro para o tratamento de uma das duas. Patricia cedera de bom grado.

Todo mundo estava sem um tostão. Leland declarara falência logo depois do Ano-Novo e estava vendendo casas para Kevin Hauck, ganhando por comissão. Kitty e Horse quase perderam todos os bens e estavam arrendando Seewee Farms, vendendo o terreno por partes para continuarem tendo um teto. Patricia não sabia o tanto que Carter tinha se afundado com o Gracious Cay, mas, a julgar pela quantidade de vezes que o advogado dela precisava lembrá-lo de mandar o cheque da pensão dos filhos, o rombo devia ter sido enorme.

Todos presumiram que James Harris tinha visto a crise chegando, feito as malas e fugido da cidade. Ninguém fez muitas perguntas. Afinal, encontrá-lo daria um bom trabalho, e trazê-lo de volta só levaria a perguntas constrangedoras, cujas respostas ninguém queria ouvir. No final, alguns brancos ricos perderam dinheiro. Alguns negros pobres perderam a casa. É assim mesmo.

Patricia fora de carro até o Gracious Cay em janeiro. O maquinário de obra tinha sido confiscado, e agora só havia as estruturas das casas, rígidas e inacabadas, como esqueletos imponentes se deteriorando. Seguiu pela estrada pavimentada que passava pelo centro de Gracious Cay até Six Mile. A sra. Greene tinha se mudado para Irmo com a intenção de ficar perto dos filhos até eles terminarem a escola, mas algumas pessoas estavam voltando para lá. Um bando de criancinhas brincava com uma bola de tênis na parede da Mt. Zion. Patricia viu carros estacionados em algumas entradas de garagem e sentiu o cheiro de fumaça saindo de um bocado de chaminés e preenchendo a rua.

Antes de morrer, Slick tinha deixado presentes para todo mundo, e Maryellen os distribuiu em dezembro. Patricia desembrulhara o suéter cor-de-rosa e o segurou à frente do corpo. Ele tinha a imagem do menino Jesus dormindo na manjedoura, que, inexplicavelmente, estava embaixo de uma árvore de Natal enfeitada com um sininho de verdade em cima. Em letra cursiva, estava escrito: *Jamais se esqueça do verdadeiro sentido do Natal*.

— Ela fez um desses para a Grace? — perguntou Patricia.

— Tenho uma foto dela usando o suéter — respondeu Maryellen. — Quer ver?

— Acho que eu não aguentaria o choque.

Ela e os filhos fizeram a ceia de Natal com Grace e Bennett. Depois de lavarem a louça e Korey e Blue voltarem para o carro, Grace entregou a Patricia uma sacola com as sobras, em seguida abriu a gaveta da mesinha no vestíbulo, retirou de lá um envelope grosso e o enfiou no saco.

— Feliz Natal — disse ela. — Não quero ouvir uma palavra sobre isso.

Patricia colocou a sacola na mesa e abriu o envelope. Lá dentro, havia um maço generoso de notas velhas de vinte dólares.

— Grace...

— Quando me casei — disse a outra —, minha mãe me deu isso e falou que uma esposa sempre deve ter algum dinheiro separado, só por precaução. Quero que fique com ele agora.

— Obrigada. Vou te pagar de volta.

— Não — replicou Grace. — De jeito nenhum.

Ela usou parte do dinheiro para dar a Korey e Blue o Natal que eles mereciam. O restante, juntou aos dois mil trezentos e cinquenta dólares em espécie que tinha desde a época de James Harris e deu entrada num apartamento mobiliado de dois quartos perto da ponte. Onde eles moravam havia apenas um quarto, e Blue vinha dormindo no sofá.

Patricia retirou o seu exemplar de *A sangue frio* da sacola e o colocou no túmulo de Slick. Então, pegou uma garrafinha de vinho, encheu uma taça e a depositou em cima do livro. Certificou-se de que não ia cair, e aí fez o que sempre fazia nessas visitas: caminhou até o columbário para ver os nichos C-24 e C-25. Não havia nome algum inscrito neles. Nunca haveria nomes escritos neles.

Patricia pensou em quem James Harris tinha sido. Fazia quanto tempo que ele viajava pelo país? Quantas crianças mortas tinha deixado em seu encalço? Quantas cidadezinhas como Kershaw ele havia sugado até ficarem secas? Ninguém nunca saberia. James Harris provavelmente ficara vivo por tanto tempo que nem mesmo ele devia saber. Patricia imaginava que, quando ele chegara a Old Village, o passado daquele homem já devia ser um longo borrão, fazendo-o viver num presente eterno.

James Harris não deixara ninguém, nenhum filho, nenhuma memória compartilhada, nenhuma história, ninguém contava causos sobre ele. Tudo que havia para marcar a sua passagem era dor, que diminuiria com o tempo. As pessoas lamentariam os mortos deixados por ele, mas seguiriam em frente. Amariam de novo, teriam outros filhos, envelheceriam, e os seus filhos lamentariam suas mortes um dia.

Mas não James Harris.

Se essa história fosse um livro, se chamaria *O misterioso desaparecimento de James Harris*, mas não seria um mistério tão bom, porque Patricia já conhecia o final: a resposta para o enigma do que acontecera com James Harris era Patricia Campbell.

Mas ela não havia resolvido aquilo sozinha.

Se Maryellen não trabalhasse na Stuhr, se Grace e a sra. Greene não fossem experts em faxinar casas, se Kitty não fosse uma rebatedora tão fantástica, se Slick não tivesse ligado e convencido todas a se reunirem de novo naquele quarto de hospital, se Patricia não tivesse lido tantos livros de crimes reais, se a sra. Greene não tivesse juntado as pistas, se a srta. Mary não tivesse achado a fotografia, se Kitty não a tivesse chamado na frente da casa de Marjorie Fretwell naquele dia, nada teria sido possível.

Às vezes, quando estava lavando roupa ou louça, Patricia parava, o coração acelerado, o sangue pulsando nas veias, assoberbada pelo puro horror de terem chegado tão perto.

Não eram mais fortes ou mais inteligentes do que ele, nem estavam mais preparadas. Mas as circunstâncias as uniram e permitiram que se saíssem bem onde tantos outros haviam falhado. Patricia sabia que elas pareciam um bando de mulheres sulistas bobas, tagarelando sobre livros enquanto bebericavam vinho branco. Donas de casa que buscavam os filhos nos lugares, beijavam joelhos ralados, resolviam coisas na rua, compravam presentes de amigo-oculto e bancavam a Fada do Dente nas horas vagas, usando calças jeans confortáveis e suéteres com cores chamativas.

Podem falar o que quiserem da gente, pensou ela, *nós cometemos erros, e provavelmente traumatizamos os nossos filhos para sempre, e servimos comida congelada, e esquecemos de buscar as crianças, e nos divorciamos. Mas, na hora H, nós damos conta do recado.*

Chegou o mais perto da tampa do nicho a que se atrevia e escutou. Ouviu os carros passando na estrada ao longe, e, mais perto, os pássaros nas árvores, e o vento balançando os galhos, mas, sob tudo isso, escutou algo abafado e implacável. Ela sabia que era impossível, mas, por baixo de todos os sons do mundo exterior, pensou ter ouvido alguma coisa envolvida em plástico se contorcendo, rastejando, procurando às cegas uma saída, esperneando para sempre na escuridão, buscando sem parar pela fraqueza que o libertaria novamente.

Tudo tinha mudado. Ela se divorciara. Sua amiga morrera. Havia uma sombra nos seus filhos, e ela não sabia quanto tempo duraria ou sua profundidade. Seewee Farms estava sendo vendida para construtoras. Six Mile estava arrasada. Sua sogra falecera. Ela tivera uma espécie de comunhão com um homem que não era o seu marido, e depois o matara.

Patricia não se arrependia de nada. O que fora destruído tornava o que sobrevivera ainda mais precioso. Ainda mais firme. Ainda mais importante.

Ela se afastou da cripta, dando as costas para os restos de James Harris, e foi na direção do carro. Não parou no túmulo de Slick. Voltaria de manhã para pegar a taça e o livro. Mas, por ora, eles poderiam esperar.

Afinal, ela tinha uma reunião do seu clube do livro.

Feliz Natal, leitoras!

Que ano maravilhoso tivemos na Guilda Literária de Mt. Pleasant, pessoal!

Enquanto nos preparamos para o novo milênio, acho que podemos olhar para trás e dizer que o décimo segundo ano foi o melhor do nosso clube do livro. Ninguém sabe o que o futuro nos reserva, mas, enquanto você passa as festas com seus entes queridos, espero que aproveite para refletir sobre todas as coisas incríveis que lemos em 1999. E, se não se importar, e tiver um tempinho, talvez este poeminha ajude você a lembrar!

Aprendemos diversas coisas nesse ano
Sobre todo tipo de fato horrível e desumano.

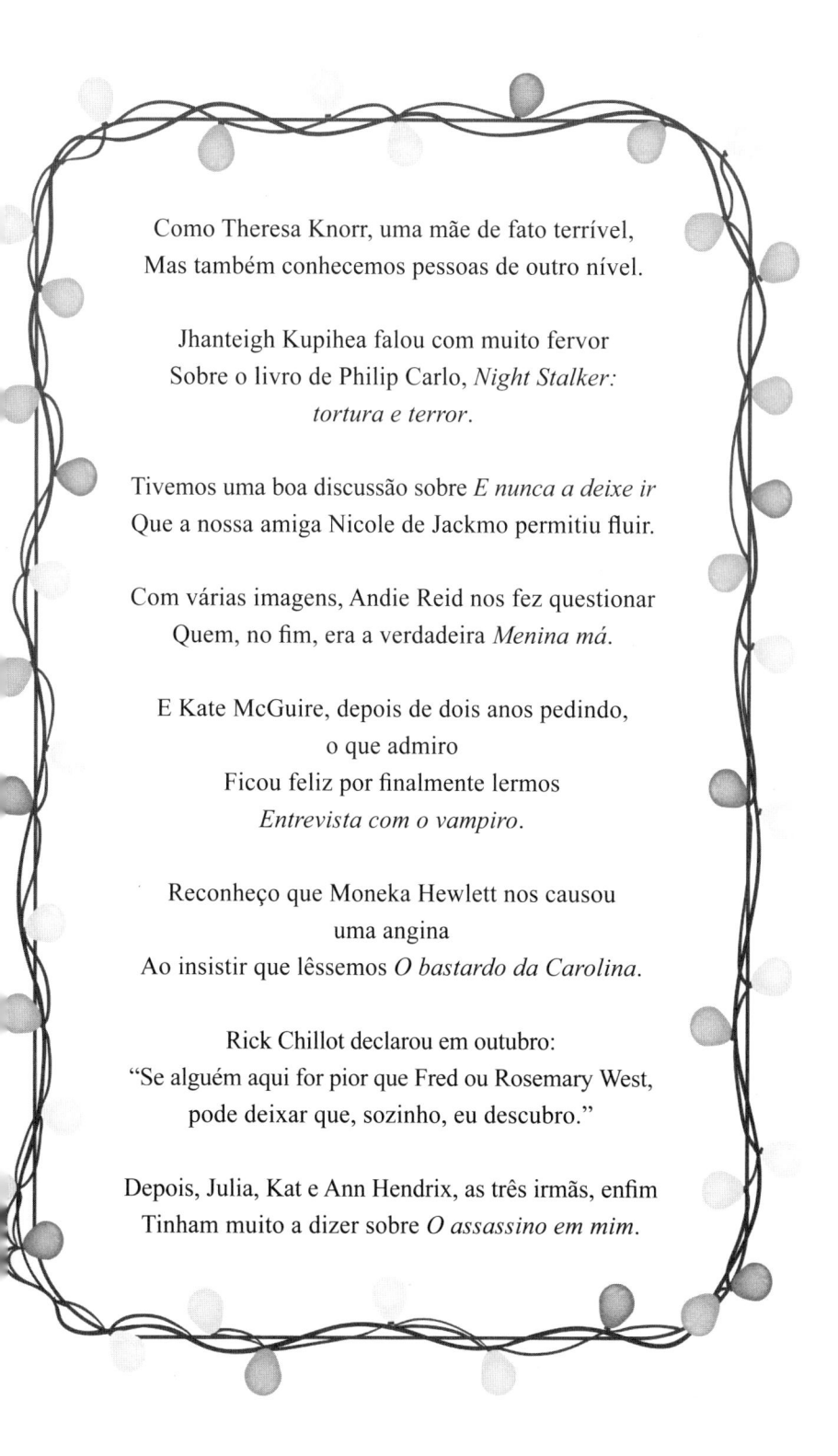

Como Theresa Knorr, uma mãe de fato terrível,
Mas também conhecemos pessoas de outro nível.

Jhanteigh Kupihea falou com muito fervor
Sobre o livro de Philip Carlo, *Night Stalker:
tortura e terror*.

Tivemos uma boa discussão sobre *E nunca a deixe ir*
Que a nossa amiga Nicole de Jackmo permitiu fluir.

Com várias imagens, Andie Reid nos fez questionar
Quem, no fim, era a verdadeira *Menina má*.

E Kate McGuire, depois de dois anos pedindo,
o que admiro
Ficou feliz por finalmente lermos
Entrevista com o vampiro.

Reconheço que Moneka Hewlett nos causou
uma angina
Ao insistir que lêssemos *O bastardo da Carolina*.

Rick Chillot declarou em outubro:
"Se alguém aqui for pior que Fred ou Rosemary West,
pode deixar que, sozinho, eu descubro."

Depois, Julia, Kat e Ann Hendrix, as três irmãs, enfim
Tinham muito a dizer sobre *O assassino em mim*.

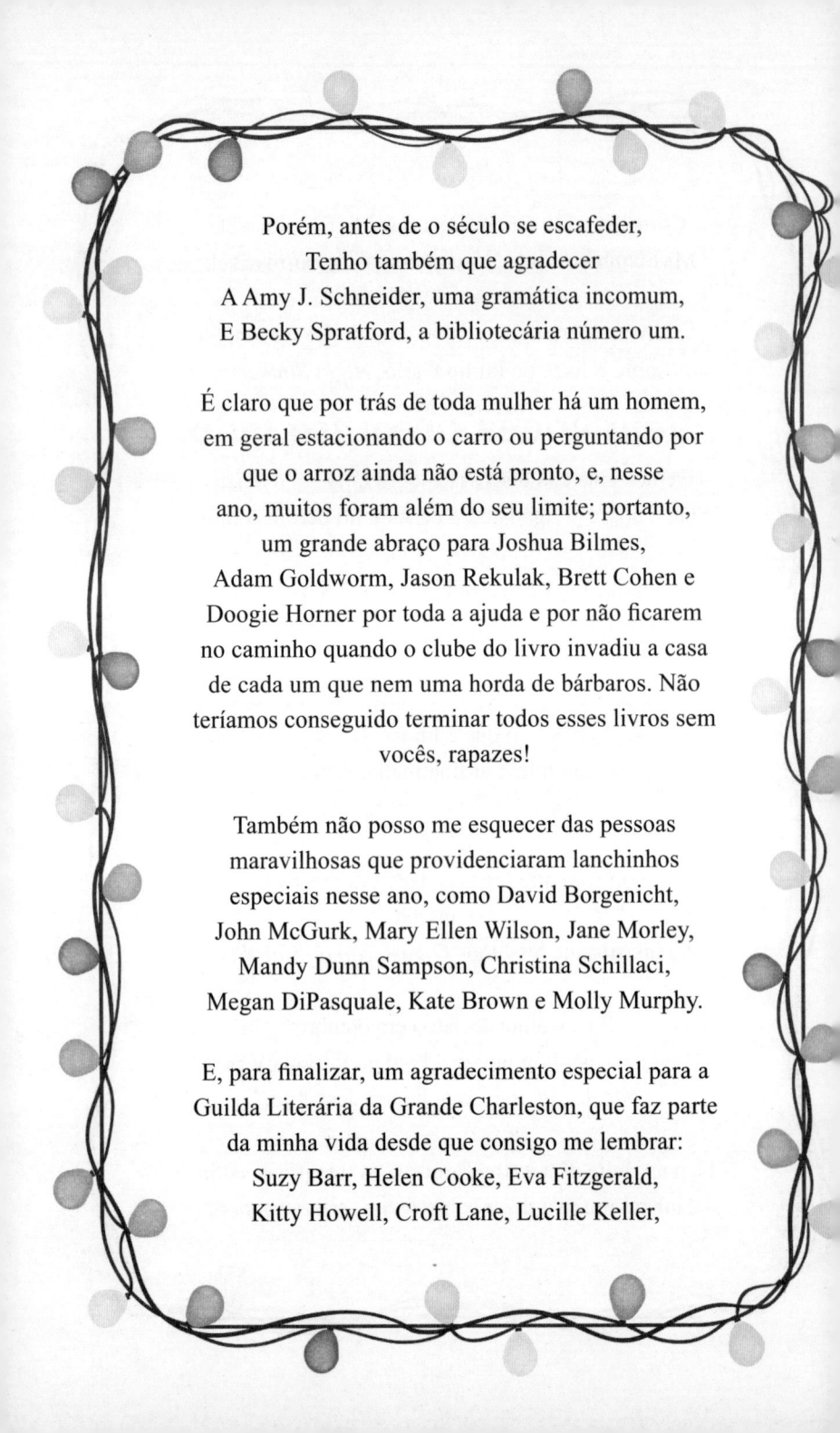

Porém, antes de o século se escafeder,
Tenho também que agradecer
A Amy J. Schneider, uma gramática incomum,
E Becky Spratford, a bibliotecária número um.

É claro que por trás de toda mulher há um homem, em geral estacionando o carro ou perguntando por que o arroz ainda não está pronto, e, nesse ano, muitos foram além do seu limite; portanto, um grande abraço para Joshua Bilmes, Adam Goldworm, Jason Rekulak, Brett Cohen e Doogie Horner por toda a ajuda e por não ficarem no caminho quando o clube do livro invadiu a casa de cada um que nem uma horda de bárbaros. Não teríamos conseguido terminar todos esses livros sem vocês, rapazes!

Também não posso me esquecer das pessoas maravilhosas que providenciaram lanchinhos especiais nesse ano, como David Borgenicht, John McGurk, Mary Ellen Wilson, Jane Morley, Mandy Dunn Sampson, Christina Schillaci, Megan DiPasquale, Kate Brown e Molly Murphy.

E, para finalizar, um agradecimento especial para a Guilda Literária da Grande Charleston, que faz parte da minha vida desde que consigo me lembrar:
Suzy Barr, Helen Cooke, Eva Fitzgerald,
Kitty Howell, Croft Lane, Lucille Keller,

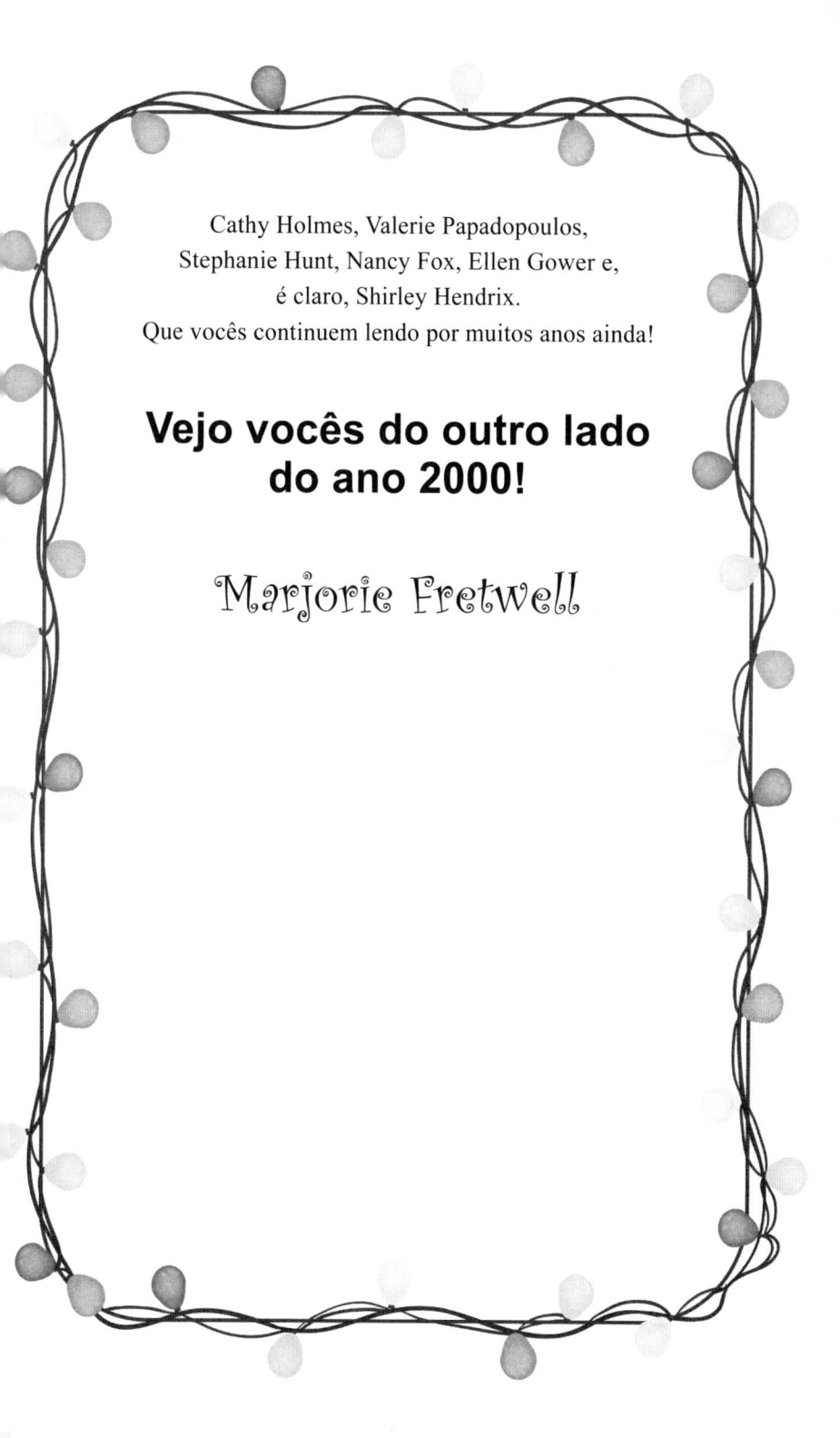

Cathy Holmes, Valerie Papadopoulos,
Stephanie Hunt, Nancy Fox, Ellen Gower e,
é claro, Shirley Hendrix.
Que vocês continuem lendo por muitos anos ainda!

Vejo vocês do outro lado do ano 2000!

Marjorie Fretwell

🌐 intrinseca.com.br

𝕏 @intrinseca

f editoraintrinseca

📷 @intrinseca

♪ @editoraintrinseca

▶ intrinsecaeditora

1ª edição	JULHO DE 2025
impressão	LIS GRÁFICA
papel de miolo	IVORY BULK 65 G/M²
papel de capa	CARTÃO SUPREMO ALTA ALVURA 250 G/M²
tipografia	GRANJON LT STD